U0611036

奉天靖难

大明监国皇帝

尹文勋 —— 著

辽宁人民出版社

© 尹文勋　2022

图书在版编目（CIP）数据

大明监国皇帝 . 奉天靖难 / 尹文勋著 . —沈阳：
辽宁人民出版社，2022.8
ISBN 978-7-205-10434-4

Ⅰ. ①大… Ⅱ. ①尹… Ⅲ. ①长篇历史小说—中国—
当代 Ⅳ. ① I247.5

中国版本图书馆 CIP 数据核字（2022）第 069623 号

出版发行：辽宁人民出版社
　　　　　地址：沈阳市和平区十一纬路 25 号　邮编：110003
　　　　　电话：024-23284191（发行部）　024-23284304（办公室）
　　　　　http://www.lnpph.com.cn
印　　刷：北京长宁印刷有限公司天津分公司
幅面尺寸：170mm×240mm
印　　张：20.25
字　　数：280 千字
出版时间：2022 年 8 月第 1 版
印刷时间：2022 年 8 月第 1 次印刷
责任编辑：赵维宁　段　琼
封面设计：琥珀视觉
版式设计：一诺设计
责任校对：吴艳杰
书　　号：ISBN 978-7-205-10434-4

定　　价：49.80 元

孙武说：凡用兵之法，驰车千驷……日费千金……军无辎重则亡。

汉高祖刘邦说：镇国家，抚百姓，给馈饷，不绝粮道，吾不如萧何。

朱棣常说的一句话，打仗打的是钱粮。燕王朱棣打出"遵祖制，奉天靖难"大旗，亲率数万之众摧城拔寨，斩将搴旗，战必胜攻必取，靠的就是自家的萧何——他的嫡长子，燕王世子朱高炽。

朱高炽临危受命，筹饷，守城，抚牧百姓。在母妃徐静和道衍和尚的赞襄下，面对朝廷五十万大军，北平城坚守月余，固若金汤，为主力部队赢得时间。在北平孤城，他要面临朝廷大军，细作，北平忠于朝廷的官兵，还有来自内部的暗箭。他成为各方面的眼中钉，除夕夜遇刺，性命保住，但落下残疾——足疾。他不屈不挠，最终……

本书从一匹大宛良马——"蒲捷"入手，草蛇灰线。许多大事都与此马有关，敬请期待。

目　录 •————————————————————

第一回　见圣驾弈棋诚世子　扮昏王胡为感朝臣　001

第二回　承恩情王府敬阿舅　得警讯京师走高阳　009

第三回　燕世子五河会兄弟　高阳王京通失名驹　016

第四回　邹太尊武桥显富贵　王父母邹府设公堂　024

第五回　接密信皇上生悔意　见三义世子抒真情　033

第六回　水河驿欺凌陆马驿　苦命人义救落难人　041

第七回　世子府贤妃谈生计　大校场舅爷显将才　048

第八回　探病情御史露圣意　听佛语世子悟禅机　056

第九回　黄直出首惊风密雨　金忠释疑山雨欲来　064

第十回　作假象金忠赚天使　杀命官朱棣起燕兵　071

第十一回　燕世子助力夺督府　高阳王立威斩彭松　078

第十二回　统筹兼顾张玉布阵　夺占九门唐云立功　　084

第十三回　写檄文仪宾显文采　安市井世子忌中人　　090

第十四回　施巧计王爷抚北郡　筹粮饷世子尽孝心　　097

第十五回　君臣测字燕王府　将帅惊叹居庸关　　105

第十六回　黄子澄奏对袁忠彻　张文博险夺居庸关　　113

第十七回　长兴侯中秋败三阵　高阳王深夜杀降人　　119

第十八回　东书房弈棋责世子　承运殿劳师宴百官　　125

第十九回　李九江征燕假节钺　张文起训兵斩宫人　　132

第二十回　会攻北平排兵布阵　固守通州首战告捷　　138

第二十一回　施反间解围北平府　逞豪气奇袭丽正门　　144

第二十二回　燕亲王智胜郑村坝　李景龙效颦袭蔡州　　151

第二十三回　平永宁深冬归藩邸　查细作年关露端倪　　157

第二十四回　审茶馆清晨得实信　战王府除夕灭群贼　　165

第二十五回　得圣意九江升三孤　中毒箭高炽落足疾　　172

第二十六回　巧言令色父子奏对　调笔弄舌南北休兵　　180

第二十七回　廉将府托孤动世子　白沙河失利遇故人　　187

第二十八回　燕王府设席待元使　济南城中计累乡民　　194

第二十九回　战东昌张玉归地府　　鼓士气道衍说燕王　　201

第三十回　　说天命大师解谶语　　收人心燕王祭南郊　　208

第三十一回　传消息金华惊世子　　患天花王孙揪众心　　214

第三十二回　无独有偶南军施计　　祸不单行安阳重伤　　221

第三十三回　荐南谍黄俨设陷阱　　寻孤女世子走远郊　　228

第三十四回　见张勇世子遭暗算　　恼金忠王爷起疑心　　235

第三十五回　收秋粮布政司课税　　开大戏郡王府庆生　　243

第三十六回　效今古祈雨北平城　　惊君臣理政东书房　　250

第三十七回　张文弼娶亲遂夙愿　　姚广孝献计定江山　　257

第三十八回　虑河工藩台谈积弊　　悲三子王驾引愁思　　265

第三十九回　下沛县颜伯玮死难　　万家口唐丙忠立功　　271

第四十回　　中军帐怒责众将士　　齐眉山大败平保儿　　278

第四十一回　遂人意燕兵夺灵璧　　施巧计高炽平叛贼　　285

第四十二回　败盛庸朱棣定淮北　　虑杨文唐云赴直沽　　291

第四十三回　苦肉计秀才破辽兵　　五味心燕王祭祖陵　　298

第四十四回　叱来使驸马复大义　　定民心皇上罪己诏　　305

第四十五回　对弈藩邸老友吐胆　　饮马长江世子南行　　311

第一回

▼

见圣驾弈棋诫世子　扮昏王胡为惑朝臣

临江仙　京师怀古①

燕子矶边明月夜，烟笼双水洲头②，梅香馥郁引群鸥。

龙盘虎踞地，六代帝王州。

王谢③寄奴④埋古冢，盛衰功罪难留，深宫古殿几春秋。

后庭⑤吟不尽，悲恨续新愁。

　　这是本书中一位帝王所作的一首临江仙，称作《京师怀古》。这位帝王所述京师，即今日之南京，京师，应天也，确有说不尽的帝都气象，道不完的千载兴衰。它北有钟山、覆舟山，西有鸡笼山，东有石城山，北临大江，又有秦淮河自南而北穿城而过，西入大江，被横截其间的白鹭洲分为两支，浩浩荡荡奔流东去。确实虎踞龙蟠，气象万千，六朝旧事，尽付东流。

---

① 这首词是本文作者所作，托以主人公朱高炽作。
② 长江、秦淮河和白鹭洲，明朝以前白鹭洲在两水之间，两水环洲而过。
③ 东晋在南京的琅琊王姓和陈郡的谢姓，王敦、王导、谢安和谢玄是代表人物。
④ 宋武帝刘裕的乳名，被史书称为南朝第一帝，这两句诗引用古诗词。
⑤ 陈后主所作《玉树后庭花》后有《后庭花》词牌，常指亡国之音或靡靡之音。

大明太祖高皇帝起于布衣，提三尺剑，历经百战，始有国朝，定都金陵，改称南京，亦称京师。立朝三十一年，高皇驾崩，立皇太孙朱讳允炆为帝，年号"建文"，不觉已一年有余。天下太平，铸戈为犁，百姓安居乐业。

然洪武之时，高皇居京师，而令诸子藩屏边镇，统帅边兵，令内外之敌，莫敢窥视朝廷。及至高祖驾崩，新君继位，各藩皇叔，辈分尊崇，难免恃尊而骄，多行不法，乃至尾大不掉。天子幼冲，深感如芒刺背，议于臣工。有齐泰、黄子澄者，天子近臣，献计于朝廷，故朝廷下旨削藩。

只为这事，却引出许多故事。

此时的南京正值五月天，已进入小暑，空气中散发着水汽，不管你走在哪里，感觉都是湿漉漉的。似乎微风也饱含水汽，让人感到湿热的难受。早朝已经过了半个时辰，在空荡荡的右顺门西偏殿，燕亲王世子朱高炽跪在金砖上，不时挺直腰活动一下。他身着世子常服，玉带皮靴，盘领窄袖金织盘龙红袍。翼善冠冠脚俯垂向前，显出超郡王一等和王世子的尊贵。他长得高大魁梧，有几分胖，圆圆的脸显出几分憨态，圆脸上渗出细汗，尽管室内的四角都放着冰盆，站在后面的几位中人在使劲地踏着扇车，但是他常居北平，不惯京师暑热，另外也有几分紧张和忐忑。

朱高炽知道皇上去用早膳，过会儿还要见大臣奏对。这个时间召见自己，必有大事，肯定是训诫。朱高炽没吃早餐，他真怕皇上赐早膳。他不想吃，他有自己的打算。朱高炽正焦躁无奈之际，传来一声接着一声的传话声"皇上驾到"。朱高炽赶紧以头触地，不敢仰视。

"平身吧。用过早膳了？来，陪朕弈棋。"

朱高炽作大喜状："谢皇上，只是皇上万几宸函，臣弟不敢浪费皇上时间。"说着站起来，拿捏着立在棋枰旁边，偷偷地打量一下皇上。

这位曾经的皇太孙朱允炆继位已过一年。这时他已经换上了皇帝常服，他二十几岁，中等身材，面白无须，一双柔和的眼睛给人更多的是亲切感，说话语调略显低沉："你知道朕为什么要选在这里召见你吗？"

"回皇上，臣弟愚钝，恭请皇上赐教。"朱高炽当然明白，这里是他曾经和皇上一起读书的地方。他不能这样说。因为天下最圣明的是皇上。

"把头抬起来，让朕看一下。"

朱高炽早就等着呢，缓缓地抬起头来。皇上一看，大吃一惊，接着就是一阵轻笑。朱高炽的脸上呈灰色，没有一点光泽，眼圈发黑，无精打采。听见皇上笑了，也赶紧赔笑。

皇上说："卿弟，看起来所言不虚。这段时间朕案几上的奏疏都是真的。"

朱高炽显出一脸的迷茫，说："奏疏？皇上，恕臣弟愚鲁。"

皇上说："弹劾你的奏疏。"

朱高炽睁大了眼睛看着皇上，忽然扑通一声跪下，说："臣弟该死，不知道犯了什么过错，请皇上告知一二。"

皇上笑着说："没什么，都过去了，坐下下棋，开局吧。"

朱高炽心里高兴，他熬了一夜，不吃不喝不睡觉，人看上去脱相了。这是什么？这就是戏游过度，好色之徒的标配。他心里明白，最近这段时间皇上案几上有太多他们三兄弟的弹劾奏章。

上月二十四，郑国公儿媳妇与人争道，动起手来，这个女人被拉下轿子打了一顿，而且还被那个人当众轻薄了一回。兵马使得到报告，不敢怠慢，赶紧出现场，到现场目瞪口呆。行凶者竟然是高阳郡王朱高煦。兵马使只是一个六品官，哪方也不敢得罪，溜之大吉。郑国公咽不下这口气，上了弹劾奏章。

从那天起，皇上接二连三接到奏报。

四月二十六，信国公孙子被人围殴，一只画眉鸟被抢。这只画眉鸟是用五千两银子买的，能说连贯句子。打人抢鸟的是安阳郡王朱高燧。

四月二十九，长兴侯孙子被打，祖传一口宝刀被抢，行凶者是高阳郡王朱高煦。同日，后军都督府同知在回家路上被打，一把金柄四眼手铳被抢，行凶者是安阳郡王朱高煦。

……

皇上气得差点一口气没上来，大喝一声："明天早朝过后，宣燕王世子朱高炽见驾。朕要当面问一下，他是怎么教导自己弟弟的？"

话音未落，一份奏章又放在了他的龙案上。伯龄侯上了奏疏，弹劾燕王世子朱高炽，说他不加检点，游走于秦楼楚馆、勾栏瓦舍之间，眠花宿柳，有失王世子形象。

皇上看过心下狐疑，伯龄侯八十多岁了，早已不问政事，这是为何？正好吏部侍郎黄子澄在身边，皇上问了一下，才知道真相。

京师朱翠楼来了一个头牌，被伯龄侯包场，已近三个月。这几天燕王府几个奴才把她硬抢到王府里去了。伯龄侯不服，派人去抢，被王府侍卫们打得落花流水。伯龄侯气不过，这才上了奏疏。皇上哭笑不得，这伯龄侯七老八十了，还要不要脸？这个朱高炽竟然是这么一个货色。他一时拿不定主意。

黄子澄说："陛下，现在朝野都在说，咳咳……都在说……"

皇上不耐烦地说："别吞吞吐吐的，这是御前奏对，当心御史、科道弹劾你大不敬。"

黄子澄说："朝野都说皇上畏惧燕亲王，想扣住三兄弟作为人质。"

黄子澄没说错，朱高炽三兄弟是太祖高皇帝大行一周年时，代父来京参加大祭，快三个月了，其实已经被软禁在京师。这件事朝野皆知，只是没有人捅破这个窗户纸而已。皇上当然心里明白，他看了黄子澄一眼，说："哦？有这事？官员们认为是应该放还是应该留？"

黄子澄说："大多说都赞成把他们放回去，一个是在这太闹腾，还有一点……"

皇上摆了一下手说："不用讲了，让朕考虑一下。他们确实够闹腾。"

"那明天还让燕王世子进宫吗？"黄子澄问了一句。

"再说吧，朕先看看再说。"

又过了十几天，皇上的案几上几乎每天都有三兄弟的弹劾奏章。这三兄弟把这首善之区搅得天翻地覆。

过了端午节，朱高炽突然接到旨意，次日随朝听政。大家都吃了一惊，朱高炽却暗暗欢喜，他下令："马和，今天晚上，就不要像每天那样，早早熄灯就寝。"马和一脸迷惑，不敢再问。这段时间，燕亲王府灯笼火把，彻夜不熄，呼卢喝雉，浮白畅饮，夜夜笙歌。

这天晚上却早早地就熄灯了。朱高炽来到凉亭坐着，一夜不睡，四更炮响过之后，他也不吃早餐，他的亲随总管、太监卜义来服侍他穿戴，带着张辅和几个小厮，骑马进宫上朝。

现在看来，皇上已经深信不疑。朱高炽猜测，皇上现在肯定对他们三兄弟的去留有了主意。这段时间朱高炽的小舅徐增寿几乎每天都派人告诉他朝廷的动向。

皇上在做最后的试探。

朱高炽在皇上示意下拿捏着打横坐下，开始下棋。

"卿与朕情同骨肉，自幼一起读书玩耍。此番进京，为何不单独来见朕？"

他手里拈着棋子，并不落在棋枰上，眼睛看着燕亲王世子朱高炽。朱高炽慌忙把棋子放进盒里，就要站起来，皇上摆摆手，示意他坐着。皇上所言不虚，朱高炽是洪武十一年所生，小皇上两岁，曾经一起读书一起玩耍，而今君臣分际，尊卑有序，当然是此一时彼一时，遂道："臣弟在藩，无时无刻不思念皇上，这次进京祭拜太祖高皇帝，于大典时有幸一睹龙颜，臣弟已经知足，皇上万几宸函，为我大明亿兆子民宵衣旰食，臣弟怎敢打扰皇上？"

朱允炆对朱高炽的奏对很满意，落下一棋子，说："卿所言极是，朕自登基以来，确实有批不完的奏章。今日诏卿前来，只是兄弟之间说说话，下下棋。想这些兄弟，卿的棋艺堪称第一，在群臣中也难逢敌手，今日使出手段，与朕对弈一局。朕每逢下棋，不是赢就是和，朕还是有自知之明的，哈哈。"

皇上的笑声让朱高炽打了一个寒战，他马上欠身说道："皇上此言，令臣弟汗颜，年少无知之时，懂什么棋艺？而今皇上胸怀宇内，腹有机谋，棋艺自然精进，岂是臣下所能项背？太祖常讲，棋艺就在于人的胸襟，可见此言是真的。"

朱允炆点点头，接着说："太祖高皇帝实乃历朝历代第一圣主，洞察事情。"朱高炽听得明白，皇上同意了他的话，听皇上接着说："高炽。"听到皇上喊这一声名字，几乎把朱高炽的眼泪喊下来。皇上不经意地问了一句："看到朕罪己诏否？"

朱高炽明白，上月京师地震，燕子矶、蒲子口、下关几处民房破损严重，并且都有伤亡，知道皇上下诏罪己，遂老老实实地回答看到了。

皇上接着讲："地震次日，群情汹汹，这些讨厌的御史、科道，奏章雪片似地上来，虽未明讲，朕也知其意，无非是朕施政不德。有的奏谏放各位王叔归藩，恢复爵禄，这让朕着实难办。"说完叹了口气。

朱高炽知道，近几年朝廷在削藩，首先是周王被贬为庶人，迁往云南蒙化，上月看到朝廷邸报，齐王、湘王和代王三位亲王皆被废为庶人，齐王被逮至京师，圈禁起来；代王被软禁在大同封地；湘王不堪受辱，为保名节阖家焚死。皇上问他，他不敢不答："承蒙陛下垂询，臣弟敢不如实回奏！说句不知轻重的话，臣弟是不大关心朝局的。陛下一国之君，为九州黎民，为江山社稷，公而废私，万民敬仰。臣弟虽不才，也知私情与大义。皇上雄才大略，既念骨肉亲人之情，又不负天下臣民之望。实在令臣弟感佩。"

朱允炆很了解这位堂弟，表面愚钝，实则内心清明，说："知朕者，卿也。天下臣民都如此去想，则天下太平，社稷安宁。"突然话锋一转："钦天监观测天象，今年正月太白犯日，上月测到月犯荧惑。卿熟读百家经典，此天象预示着什么？"

朱高炽大脑迅速旋转，这才是这位堂兄皇上今天奏对目的，他不敢不据实回奏："回皇上，说熟读二字，羞煞臣弟。读书时，众多弟兄，哪个不知道皇上是最好学、最通典的。"偷看一眼，皇上脸上露出不易察觉的笑意，遂接着说："这种天象示警，当主刀兵。臣弟愚鲁，不知当否？"

朱允炆提掉两子，用手轻轻拈起，慢慢放入棋盒中，说："朕又提了你两子，仔细了，卿那里又有气数不够的，过会儿朕可要打劫了，可不要说朕没告诉你。是啊，卿说得好，是主刀兵，而且是北方，就有人谣言蛊惑，说是皇四叔燕亲王要造反。"

皇上把话说到这份儿上，朱高炽再也坐不住了，"扑通"一声跪下，颤声说道："皇上恕罪，臣弟打断皇上的话，且容臣弟为臣父辩解几句，臣父就藩北平以来，惟知忠于国事，循分守法，多次出兵放马，北征蒙元，抚绥百姓。况眼下臣父并未带兵，王府各卫早已随宋忠远征北元，且臣父病情日益严重，有时连臣弟这儿子都不认识，阖府上下，都急得不行。臣弟在此，无时无刻不挂念臣父。"说着哭出声来，连连磕头。

朱允炆虚扶一下，道："卿弟快起来，朕若不信卿父，岂能当面讲出？皇四叔是最疼朕的，是先帝同父母兄弟，是朕至亲骨肉，只怕身边有小人作祟，饶舌蛊惑，卿弟多注意就是了。"

朱高炽没敢起来，又磕了一个头，说："回皇上，臣弟遵旨！只是臣弟敢保燕亲王府都是忠义之士，若有奸宄小人，臣弟定当擒械京师，以报陛下知遇之恩，以彰燕王府清白。"

朱允炆道："卿弟不必太放在心上，朕根本就没当一回事，皇四叔病重，朕很是挂念，已经让宗人府和太医院准备一些高丽参和一些安神的药丸，卿弟归藩时带着。"

朱高炽抬起头来狐疑地看着皇上，朱允炆笑了："怎么？不认识朕了，朕还是你至亲的皇兄，回去准备吧，朕即刻下旨，令你们回北平，乘驿北归，侍奉皇四叔床前，以尽人伦。"

喜从天降，朱高炽磕了几个头，又说了一些不想离开皇上的话，陪皇上下完了一盘棋，和了，皇上非常满意。令朱高炽跪安，传旨宣礼部侍郎卓越和监察御史尹昌隆进殿。

朱高炽不知道，是扣、是放这三兄弟，朝廷里争论得不可开交。各方显示，多种情报，燕王朱棣反心已定，只是早晚之事。三兄弟就这样软禁着，时间过长也不是办法。皇上问计于群臣，多数人劝谏皇上扣住三兄弟作为人质，使燕王投鼠忌器，不敢妄动。有一部分大臣与燕王友善，极力谏阻皇上不要扣留，朱高炽也在暗中游说。

皇上最倚重的吏部侍郎黄子澄力排众议：为使燕王不疑，放归三兄弟。黄子澄可不是与燕王友善者，他是削藩的倡议者和实施者。黄子澄的话起了决定性作用，再加上一人，中山靖王徐达之子徐增寿，这三兄弟的亲舅舅，三番五次地上奏章，让三兄弟北归，并担保燕王不会造反。说燕王病重，三子不能侍奉床前，有伤皇上仁孝之名。

朱允炆是一位没有主见的皇上，准备下旨令其归藩。

徐达的长子、袭封魏国公的徐辉祖坚决反对，他预测燕王必反。他看圣意已决，只好退而求其次，恳请皇上扣住二王子、高阳郡王朱高煦。他对几位外甥比较了解，朱高煦顽劣不羁、刻薄凶狠，且武艺高强，熟读兵书，晓畅军事，若燕王起兵，必得其力。于是他在宫门外候旨时和卓越等官员商量，达成一致，再谏皇上。

朱高炽哪里知道这些勾当，他从里面退出来，正赶上卓越和尹昌隆往里走，就在宫门外十几步远遇上。两人看到世子出来，穿的是亲王世子常服，尹昌隆不认识朱高炽，但出于礼制，两人紧走几步上前见礼。卓越和朱高炽认识，卓越去年还去过北平，盘桓数日，与燕世子见过几面，也算是熟人了。

施礼毕，报过职衔，世子知道了尹昌隆的姓名，还了一礼，虚扶一下，说："尹昌隆尹大人，尹解元，尹榜眼，名满天下，今日一见，果然名不虚传，真是丰姿俊朗，一表人才。大人的诗文学生读过许多，早想登门求教，只是碍于祖制，在京藩王不得交通文武大臣。卓大人，别来无恙。"又寒暄了几句，说："二位大人快进去吧，皇上还等着呢。"

尹昌隆早就听说燕亲王世子文武双全、礼贤下士，经史典籍，无不通晓。今日一见，果不其然，朝廷有制，官阶超过两级，见礼时官长不必回礼，贵为亲王世子，竟然还了一礼，还口称学生。尤其是世子一席话，使尹昌隆更生好感。走出几步，又返了回来，说："世子爷，秋闱时，臣争取去北平主试，去向世子讨教，北平的大桃那时也该熟了，到时赏臣二个吧。"说完告辞。

没头没脑的话，卓越也未放在心上。这尹昌隆自恃才高，说话有时不合官场规矩，同僚也都习惯了。

第二回

▼

承恩情王府敬阿舅　得警讯京师走高阳

朱高炽回到下处，这是燕王府在京师的府邸，虽不似北平的王府，却也气势宏伟，在太平门附近，很幽静，还有几分清凉。燕王府中官马和等得心焦，走来走去，往大门口跑了好几次。阖府人都很着急，以为出事了。

这马和是云南人，幼名三保，于明洪武四年出生，洪武十三年冬，明朝军队进攻云南，父母家人皆死于战火，马和仅十岁，被明军副统帅蓝玉掠走至南京，阉割成太监之后，进入朱棣的燕王府，姚道衍和尚收马和为菩萨戒弟子，法名静修，在燕亲王府读书学习，演习弓马拳脚。太祖高皇帝祖训，中人不得认字，但马和进宫时已经学完了《四书》。

看到世子回来，大家喜出望外。世子说："我带着张辅出去，还能有失？何况又去面圣，你们也太谨慎了。"本来大明典制，朱高炽可以自称"本座、本世子和小王"，但是他很少如此称呼。世子和张辅走在前面，其他人跟着。

这张辅是燕山卫指挥佥事张玉的长子，字文弼，二十六七岁，身高八尺有余，微红的宽脸上刚刚留须，浓眉，鼻梁高挺，一双虎目炯炯有神，颧骨略高，现充燕王府亲兵队长，习得一身武艺，弓马娴熟，晓畅军机，王府纪善金忠善相，对其父张玉说，张辅虎目配高颧骨，一生杀人无数，贵不可言。他这次护侍燕王府三兄弟进京，保其安全。

他们穿过前堂，走过曲径通幽的画廊，又走过河卵石铺就的开阔地，到了一个水边的亭子，上了亭子，因在水边，似乎不那么热了。高阳郡王朱高煦和三王子、安阳郡王朱高燧早坐在上面候着。

朱高煦头戴武生巾，腰系大宽丝带，脚穿快靴，一身武人打扮。他身材高大，站起来比朱高炽高很多，方脸，剑眉，高颧骨，两只大眼睛，不但俊朗，更显英气逼人。美中不足的是眼白稍多一些，显得缺乏活力。

朱高燧头戴四方平定巾，身穿蓝绸直裰，一身秀才打扮，脸上还留着稚气，漆黑的眸子深不见底，一眨一眨地，给人以顽皮的感觉。朱高炽看他们的打扮就知道是刚从外面回来的。

兄弟两人看到哥哥走上亭子，跪下磕头见礼，朱高炽还了半礼，大家落座。侍女倒上茶，中人卜义上来打扇子。马和吩咐侍女："去，告诉后面，这大热天，啥好茶也喝不出味道，把煮好的绿豆水放上夏枯草和嫩桑叶再煮一遍，醒一醒（凉一下），看凉了加上冰，给几位爷端上来。"侍女们答应着转身欲走，马和又说："现在几位爷已经渴了，先上一盘冰镇过的西瓜，去吧。"

朱高煦看到哥哥上了亭子后只顾吃茶沉思，忍不住问道："兄长，皇上召见，什么事停留了这么久？"朱高炽简单地说了一下，把和皇上奏对的关键地方略去。

朱高煦高兴地站起来，向北拱手说："看起来我们的计策已经见效，父王英明。"

朱高燧摆摆手说："二哥，父王英明，此外还有三人，你怎么不夸一下？"说完笑嘻嘻地看着两位哥哥。朱高炽和二弟互看一眼，疑惑地看着三弟。朱高燧接着说："道衍大师和金先生，还有一位……咳咳……"

朱高炽赶紧说："打住，三弟，此非愚兄之计，受之有愧。"

"两位兄长，不要打断，小弟还没讲完，那一位当然是，呃……小弟我了。"停顿一下，说："你们想一下，金先生的信上讲了什么？"

朱高炽脱口而出："学安阳郡王。是不是这话？"这是金忠来信中的关键几个字。

大家都笑了。朱高燧说："当然了。小弟我是出名的荒唐王爷，关键时刻嘛……哼。"

朱高炽点点头，说："道衍大师和金先生真是得道之人啊。二弟，你今天去了哪里？"

"今天去大校场射箭了，没意思，在北平经常和父王射柳，那才叫真功夫，刺激，真想家啊！"这兄弟三人，弓马掌握得最娴熟的当数朱高煦了，朱高炽原也不错，只是近几年身体发福，逐渐生疏了。

侍女端来一盘西瓜，弟兄三人各吃了一块。朱高燧问道："二哥，刚才来的那个人不是国公府的管家徐庆吗？他来做什么？"

朱高煦说："头晌在大校场演习弓马，国公舅爷的亲兵队长韩三也在。他骑了一匹好马，爱得我不行，试骑了几回，这马和我确实有缘，又快又稳，这匹马，等闲人靠近它不得，偏偏我就骑得。我向韩三借骑几天，他答应了。我就牵去找马牙子相看一下，那竟然是一匹纯种的大宛良马，叫'蒲捷'，那厮说此马日行千里不暮，夜走八百不明。三弟，你有所不知，国公府有许多名马，韩三说这匹是国公舅爷的珍爱之物。我刚刚到家，管家徐庆就跟来要回去，说舅爷辉祖公旦夕不可少此马，每天有四人专门照料此马。大哥，咱这舅爷也太小气了。"

朱高燧哈哈大笑，说："二哥，可见人各有所爱，小弟和大哥都看不上什么大宛良马，就像这……"摇摇手边的蝈蝈笼子继续说，"有好的弄几只来就可以了，小弟也不是两位兄长那么守规矩，遵礼法，我若看上了，就抢到手，抢不成就去偷，然后逃之夭夭，哈哈。"

朱高煦和其他从人都笑了。朱高炽盯着朱高燧，说："三弟，你最后讲什么？"朱高燧看大哥脸色不对，赶忙站起来，说："兄长，小弟唐突了。请大哥勿以为意，小弟只是说说而已。"

朱高煦也说："兄长何必计较？"朱高炽又问一遍最后这句话讲什么。其实朱高炽的这两位弟弟并不是很尊敬他，只因他是兄长，又是太祖高皇帝钦封的世子，出于礼制，不敢做出格的事。

朱高燧显然有些不高兴了，他在兄弟当中是小幺，父王母妃极为宠爱，嘟哝一句："抢不到就去偷，然后逃之夭夭。"

朱高炽"腾"地站起来，两手一拍，说："这就对了！"

这时侍女端来绿豆水，拿出几只绿玉杯子，里面放了冰块，给三人各呈上一杯，两兄弟没有吃，错愕地看着兄长，谁也不说话。他们两人太了解大哥，他平时老成持重，和年龄极不相符，这一惊一乍，显然有悖常理。

朱高炽看着侍女们倒完水，让他们都下去。还有马和、张辅和朱高炽的贴身中人卜义，都知趣地离开亭子。亭子里只有兄弟三人，朱高炽就把尹昌隆那句话告诉了两位弟弟，然后接着说："回来的路上一直到现在，就一直在想这件事，就是想不明白，去北平吃桃，三弟的话提醒了我，尹大人在暗示我赶快逃回北平，可皇上亲口答应放我等北归，作为一国之君，没必要骗我等，更不能朝令夕改。兄弟们，他的问题在这个'二'字上。据我所知，尹昌隆是江西人，南方人最说不惯这个'二'字。他偏说吃'二个'。他在暗示我与二弟有关。"

朱高煦没听明白，朱高炽看两位弟弟都在狐疑地看着自己，接着说："我听说阻拦我等归藩的，正是我们亲国公舅爷，刚才卓越和尹昌隆面圣，定与此事有关，以愚兄猜度，可能是放归三弟和我，扣住二弟，尹大人在暗示我，让二弟快逃。"

两位兄弟惊喜参半，皇上恩准归藩，本是好事，又要扣住朱高煦，说明朝廷还在摇摆不定。朱高煦急了，骂道："是哪个混账行子在皇上面前嚼舌根，待我查出来一定宰了这个王八羔子。"朱高煦的脸有些扭曲。

朱高燧笑了："二哥，按说你也是文武兼备，平时说话也是雕章酌句的，一着急，一生气也是满嘴跑骡马，什么都喷出来了，还不如小弟这个出名的'荒唐王爷'。你知道在骂谁吗？你是在骂我们的国公舅爷。"说完朱高煦也笑了。

朱高炽道："现在不是开玩笑的时候。两位兄弟，事急矣。二弟必须先走，就在今日，否则，圣旨一下，你再走就是抗旨。我想好了，二弟你不能悄悄地走，动静要弄大，越大越好。"

世子朱高炽想起了国公舅爷的宝贝——大宛良马蒲捷，兄弟三人在亭子上商量，最后议定。两位兄弟看着朱高炽坚毅的表情，心里着实吃了一惊，对这位兄长刮目相看，感觉到他有些狡猾，平时深藏不露，其实是非常有智慧的人。

午后，朱高煦带着张辅来到魏国公府上，徐庆迎了出来。朱高煦告诉他借马，徐庆不敢违拗，只好派韩三跟着一同去大校场。韩三和朱高煦早就熟识，韩三随国公爷出征漠北，并镇守北平，经常随徐辉祖出入燕王府。在北平时经常陪同燕亲王和国公爷射柳，有时燕王也让朱高煦参加。

所谓"射柳"，就是把柳树细枝外皮扒掉一块露出白瓤，点上朱砂，骑马在一百步以外射箭，射断柳枝并且纵马接住者为胜。也有在树上钉上靶心的。那是在北平，他俩曾经比试过，输赢相当。

几人来到大校场上，朱高煦和韩三比试了弓马，打成平手。朱高炽就说要比试拳脚，韩三高低不敢，怕一旦伤着朱高煦，那就没有活路了，可能还会灭族。没奈何，朱高煦让张辅和他比试拳脚，未分胜负。

最后比试兵器，张辅善使长刀，两人披挂上马，斗了几合，韩三坐骑被张辅砍伤，韩三摔下马来，张辅策马上前，砍了韩三一刀，鲜血崩流，韩三大喊王爷救命，朱高煦充耳不闻，还是韩三的两位亲兵跑过来拦住张辅，为韩三包扎伤口，扶上马回了国公府。

朱高煦和张辅迅速换上早已备好的衣服，打马奔三山门（水西门）而去。到了渡口，卜义早已候在那里。船已备好，两人把马牵上船，东西已备齐，两个艄公整装待发。

卜义说："主子，世子爷交代奴才，务必转告主子，沿途不要住驿站，到五河等世子爷，到时候奴才到京通客栈去找主子。世子爷还说，一路要耐住性子，不要胡闹，把手铳藏在衣服里，不到万不得已时不能使用。若有任何闪失，必砍掉张辅的项上人头，奴才传话完毕，请张将军见谅。"说完看着开船。

朱高煦在抚摸着他的宝马，满心欢喜，说："回去告诉世子爷，一切顺利，五河见。"船顺着秦淮河向北走去。

卜义回到府里，天已经黑了，把事情告诉了世子，朱高炽松了一口气。他知道，只要出城，就不会有人真的为难朱高煦。他又是便装，过了淮河就安全了，自己接到圣旨立即出发，不一定谁先到五河呢。

这时马和来报，舅爷来了，朱高炽心里打鼓，不知是哪个舅爷，他现在最怕见到的当然是国公舅舅了，不敢怠慢，赶忙迎了出去。

是小舅爷徐增寿。这是中山靖王徐达的小儿子。徐达有五子四女，四个女儿，取名瑾、静、贞、肃。长女徐瑾，早夭于天花；二女徐静是燕亲王妃，是这三兄弟的生母；三女徐贞为代王朱桂妃；四女徐肃为安王朱楹妃。长子徐辉祖，袭爵魏国公，二子早夭，三子徐天福，四子徐膺绪，老么是徐增寿。

徐增寿官职为后军都督府佥事。他看到朱高炽迎了出来，挥了挥衣袖作拜状，口称："臣都督佥事徐增寿见过世子爷。"被世子一把拉住，延至大厅上，让徐增寿上座，朱高炽拜了两拜，站起来又作了一个揖。徐增寿还了半礼，在外面行的是国礼，后行的是家人礼，徐增寿是朱高炽的亲舅舅。

朱高炽道："天色已晚，舅爷突然造访，不知有何赐教，不知是否用过晚膳，待甥男吩咐下去，上几道精致园蔬，甥男陪舅爷小酌几杯。"

徐增寿摆摆手说："世子爷不用忙，臣到这里有要事相告。朝廷明日要放世子爷北归，可是要扣住二王爷朱高煦，而朱高煦又一味地胡闹，过晌又打伤了国公府亲兵队长韩三，抢走了大宛良马蒲捷，过一会儿定有人到府上找朱高煦，你早作准备吧，臣不能久留，马上就走。"

他是三兄弟的亲舅舅，敢冒天下之大不韪，前来报信。朱高炽早已经知道，他在朝中百般护着兄弟三人，并且作保燕王不反，遂说道："舅爷莫慌，老二并未胡闹，已经……"拿手指了指北方。

徐增寿恍然大悟，说："高！此举果然高明，那臣放心了，告辞！啊，对了，世子爷，不论何人问起，你只推说朱高煦在臣那里，如果朝廷一旦知道真相，你们兄弟是断断走不脱的。今晚臣就给你父王写信，派人急送北平，让他们放心。"

朱高炽双膝跪地，眼里含着泪水，说："舅舅，大恩不言谢，甥男没齿难忘舅爷大恩。"徐增寿把他扶起来，又嘱咐几句，匆匆地走了。

朱高炽问马和："外面朝廷的暗探昨日就撤了，是吗？"马和答是。朱高炽说："吩咐府里人，有谁透露出舅爷来过，当场乱棍打死。"马和下去安排。

刚刚放过一更炮，大舅爷魏国公徐辉祖带人来访，说找高阳郡王爷朱高煦，有事请教，朱高炽只推说不知，可能在小舅爷府上，国公舅爷也没有多想，准备次日去弟弟府上找朱高煦讨个说法。

朱高炽看得出，国公爷是为了那匹马，可见在他心中，这匹马的分量，"回到北平后，一定找人把马送回来，不然气坏了舅爷，那也是大不孝，母妃那里也过不了关。"

次日，朝廷果然下旨，令燕亲王世子朱高炽、安阳郡王朱高燧归藩侍疾，以全忠孝之心。令高阳郡王朱高煦仍留京师，为太祖高皇帝守制，并留守燕王京师府邸。

朱高炽早已准备妥当，圣旨一下，立刻亲自去宗人府取了文书，到兵部填写了勘合，到通政司用了关防，又到行人司报备，急急如丧家之犬，只带中人马和、卜义和朱高燧的伴读褚敬。几人都暗藏利刃，每人一把四眼手铳贴身藏着。

有司来报，官船已经在通济门备好，护送的官兵问何时出发。朱高炽说："请告诉宗人府官长，不劳烦护送，我们弟兄二人正可一路看看风景，再者，官船较慢，父亲病重，恐有不虞。"说得前后矛盾，总之是谢绝。宗人府乐得清闲。

第三回

▼

燕世子五河会兄弟　高阳王京通失名驹

　　一行五人，不走通济门和水西门，打马奔金川门，走下关码头，渡过河到蒲子口，不敢走水路，走陆路奔向五河。晚上到来安，也没敢在来安驿站歇宿，在半塘一家客栈过夜，如此晓行夜宿，一路走来，非止一日，到了五河。

　　马和已知主子的意思，为不惊州动府惹麻烦，不去驿站，去找客栈。兄弟二人在路边的茶馆吃茶等待。只过了几盏茶的工夫，马和回报，有一家醉仙居，食宿两便，又非常干净。几人走去，果然气派，三层楼，飞檐斗拱，一楼大厅，二、三楼雅座。穿堂而过，后院是住宿歇马。有假山，有水榭，有画廊，最后一面是马厩。世子很满意，让马和出去在侧门和几人牵马而入。马和嘱咐，一定要喂好牲口，必须用上好的草料。

　　店里的老板亲自来招待，他四十多岁，三绺短髭，不像商人，更像读书人，只是未戴方巾。后院有两进，各有一正两偏。每进有二十几间房。三保就和店主人商量，包一处正房。店里的朝奉①也来了，面有难色。

　　马和说："店家，不必为难，有客人需要换房，今晚的房钱都算在在下身上，而且房钱翻倍。"朝奉答应，去安排。

---

　　① 朝奉：掌柜的，现在的经理。

这时几人早跟着朱高炽走向二楼，午饭只是将就一下，眼下已是酉初时分，虽然太阳还很高，但几人已经是饥肠辘辘了。店主人带着朝奉和两个伙计也跟了过来，告诉马和已经布置停当。

卜义拿出一锭钞^①，递给朝奉，说："店家，我等只住两晚。这些钞余下的给你和伙计们买酒吃。如果多住一晚，再加钱给店里。话又说回来，如果我们爷不满意，不但要追回来，还要和你们计较。"

店主人接过话头，说："客官但请放心，让几位这么坏钞^②，小店敢不精心？每次用饭，一定上最好的酒菜。"

朱高炽兄弟俩落座，马和和褚敬候在旁边，世子打发卜义去京通客栈通报给高煦。伙计上茶，摆上几碟果子。茶是著名的六安瓜片，清香可口，沁人心脾，伙计又端上两盘冰镇西瓜。

马和问："这五河确实繁华，在下疑惑，为什么叫五河？"

店主人道："听客官口音，也应该是南方人。我们五河不南不北，确是水陆交通的要冲，有淮河、浍河、洮河、潼河、沱河五水汇聚而得名。今天几位客官到了鄙店，正好可以品尝这五河的特产。是各位点，还是……"未说完看着几位。

马和道："店家就按贵店特色，加上本地特产，上几道略清淡的，同样的在这屋里摆两桌，我们爷吃得好了，自然会重重赏你。"

店主人说："不敢讨客官赏，爷赏得够多了，只盼着几位客官吃着顺口，住着舒心，来往多做推宣，鄙店就不胜感激了。"

这时朱高煦带着张辅和卜义走了进来，朱高煦和张辅都是儒生打扮，众人简单地见过礼，让店里人退下。顷刻间，上了两桌菜，几位随从在外，兄弟三人在里，每上一道菜伙计都要唱报一下名字。

一盘清蒸千头鱼，香椿山药煨青虾，腊烧银鱼，都是本地特产，主要是那有名的线螯大蟹，足有碗口大，红中有青，分外诱人；中间放了一大碗煨得稀烂的鸭子。

①一锭，五十贯，每贯一千文，下文一吊在那时是一百文。
②坏钞，谦辞，破费。

伙计介绍："这是沱河的野鸭子，每天早上就煨上。"还有几盘时蔬青菜，每人又上了一碗莹莹泛绿的米饭，大家都知道这可是天下闻名的白玉贡米，其实，兄弟三人的家乡就离此处不远，严格讲，这里就是家乡了。

马和拿银针试过菜。朱高煦看到马和如此小心，感到好笑，说："没有必要吧，我和张辅几天来都是看哪好就吃到哪，也没有问题。这里饮食确实不错，我们到这里已经第二天了。"

本来说不吃酒的，几位爷吃了几口菜，觉得味道确实不错。弟兄三人天潢贵胄，生于钟鸣鼎食之家，几乎尝尽天下美味，但这么新鲜的食材还真是少见，于是提议少吃一点酒。

把伙计叫来，问有什么特色酒，这时朝奉上来说："各位客官，刚才直接上饭，想是不吃酒，怕误事，小店也不敢多嘴，既然各位想吃一些酒，又不至于醉倒，小店倒是有自酿的米酒，拿来给各位爷尝一尝。"

当然了，还是外桌的先尝，没事了再给三位爷，马和每壶酒都试过一遍。每人只吃一壶。酒确实不错，醇厚中带有丝丝甜味。朱高煦、朱高燧感到不尽兴，想再吃一壶，被世子制止。

几人吃过饭，回到客房，一共九间，马和和卜义一面一间，护侍朱高炽，褚敬住在门边，朱高煦留下，房间也够，世子为小心起见，让朱高煦还回京通客栈去住，兄弟三人在屋里吃茶。卜义已经让店里去买来许多冰块，卖冰人自己送来，拿出四盆放在两位爷的房间，告诉卜义，明日再来换冰盆，卜义赏过。

屋里只有兄弟三人，其他人都退了出去。朱高煦就谈起了尹昌隆，叹了一口气，说："尹昌隆和我们互不相识，能如此仗义，可见文人也有豪侠之士。若没有此人暗示，我恐怕就被扣在京师了，这种情分，我们弟兄三人至死莫忘，尤其小弟我，此生绝不负尹昌隆尹彦谦，如负此言，以此为例。"手里的一双筷子，稍稍用力，碎了几截，众人吃了一惊。朱高炽心里感动，连连点头。

又提到了卓越。朱高炽说："卓越和父王倒有些交情，去年还去了北平，到过王府，盘桓了几日，与父王甚是相得，但对大师有些不恭。"

朱高燧问道："小弟也听说了，不知道是为什么。"

朱高炽说："大师和他以前就熟悉，卓越这人，才气是有的，只是气量有限。不知在京师时，道衍大师在哪方面开罪了他，在北平那天，大家都吃了酒，谈一些文墨，讲起了'三苏'。卓越说，按严格意义来讲，应该是'四苏'，大家不解。道衍大师问为何是四苏，那一苏是哪个。卓越说：'大师博古通今，别人不知道也就罢了，大师会不知道？大师应该听说过苏小妹吧？也应该听说过苏小妹寺中书联的故事吧？'说得大师当时就红了脸，碍于父王面子不好发作。父王赶紧圆场，说：'大家彼此相熟，开句玩笑而已，不必放在心上。'"

朱高燧等不及了，打断道："大哥，是什么典故能让大师这老成人发火？"

朱高炽说："当时我也不晓得，又不敢问父王，悄悄地问了金忠。金忠告诉我，这是野史，苏小妹去寺内上香，没带执事，只是一袭小轿，两个侍女，下轿以后正赶上寺里的执事带着几位僧人走过来，僧人们看她颇有几分姿色，说话时言语中不免有一些轻薄之意。侍女发怒，告诉他们这是苏小妹。几个僧人起初有几分害怕，后来看苏小妹并无责怪之意，就觍着脸皮让她给题一副门联，苏小妹欣然同意，遂书写一副挂在正门上。"

朱高燧说："两位兄长，小弟知道了，定是这副门联有问题。"

朱高煦说："老三你不要插话，看打断了。大哥请继续。"

朱高炽说："三弟确实聪明，你们听一下门联便知。上联是，日落香残，凡人去了一点；下联是，炉尽火寒，骏马牵在身边。"

世子说完，停了下来，端起碗来吃茶，朱高煦和朱高燧愣了一下，几乎在同一时刻哈哈大笑起来，朱高燧正在吃茶，一口茶水喷了出来，说："上联是秃，下联是驴，秃驴。哈哈，道衍大师被人恭敬惯了，也难得有人揶揄他一把。"

又闲谈了一会儿，朱高煦告辞回京通，怕时间太晚，上夜的军士盘查。已经快交三更了。朱高炽不放心，让卜义去送一下，朱高煦的马太扎眼，因此都没有骑马。

三声沉闷的更炮声刚刚响过，卜义慌里慌张地跑了回来，着急地说："爷，不好啦，二爷的马丢了。"朱高炽让褚敬递给他一碗茶，示意他别慌，慢慢讲。卜义喝了一口水，谢过世子，说："奴才随二爷回到京通客栈，店主正着急地候着呢，告诉我等，那匹大宛马不见了，二爷非常生气，正在大发脾气，要店家赔马。奴才看着不是事，赶紧跑回来禀告主子爷。"

朱高炽也着急了，这匹马干系重大，一旦丢了，势必引起轰动，国公爷也会不依不饶；最让他担心的还不在于此，是怕朱高煦的脾气，发怒时不计后果，若伤了人，后果不堪设想。他让卜义留下保护小王爷，带上马和就要出门。

朱高燧说："大哥，带上卜义吧，你们不认识路，晚上又已经宵禁了，东西乱撞，碰上查夜的又要啰嗦一番。"朱高炽一想确是如此，就想让马和留下。朱高燧不同意，说："小弟在店里是安全的，大哥深夜出门，不知道会遇见什么事，人少不行。何况小弟也颇有些力气，等闲几个人也奈何我不得，还有褚敬，也不是吃素的。大哥尽管放心前去。"

三人翻身上马，泼风般地奔向京通客栈。卜义走过两个来回，也算轻车熟路，幸好没遇见上夜的。卜义领着二人走到朱高煦的房间，外面围了一些人，里面朱高煦的大嗓门传得很远。

朱高炽赶紧进去。十几根高脚风烛把宽大的房间照得如同白昼一般，青砖地板上跪着两个人。朱高煦手里攥着马鞭，气愤地走来走去。张辅看着朱高煦来回走动，那眼球就随着他滚动，一副不知所措的样子。看朱高炽进来，两人见礼，朱高炽把卜义打发回去。张辅看座、上茶。

朱高炽示意二弟坐下，开口说话，态度很和蔼："店家请站起来回话。"店主人看了一眼朱高煦，抹了一下脸，慢吞吞地站了起来。他脸上脖子上有几条红印子，想必是挨了朱高煦几鞭子。店主人站在那里，没敢出声，看着朱高煦。

朱高炽道："店家，看你也是老实人，正经做生意的。这马是舍弟的命根子，一下子不见了，有些恼怒，言行有些唐突，在下在这里赔礼了。"店家连说不敢，他早已察觉朱高煦绝非一般人。

朱高炽接着说："话又说回来，马在贵店丢失，当然要向贵店讨要。请问马是在何时不见的？是否听到异常声音？"

店主道："回爷的话，自从令弟来到本店，态度和气，出手大方，时常赏小的。小的是不识马的，但看这两匹马都有官印，并不敢怠慢，用的是极精致的草料。在小店，客人的马匹，每晚只在三更左右加一次草料，而爷的这两匹马每晚要加两次草料，谁承想今儿晚上去加草料时就不见了。刚才小的还在骂伙计，他们说，任谁都没有听见马的叫声。"

朱高煦要说话，朱高炽摆摆手阻止了他，说："店家，你有所不知，这马寻常人是牵不走的，性子极烈，等闲人就算靠近它也不可能。贵地是否有善于相马之人？在下指的是极有名的人。"

店主人说："回爷的话，这里不比北方，平时大多用船，很少用马，有几个善于相马的、贩马的也有限，小的知道几个最有名气的是浍南的几位马牙子①。"

朱高炽打断道："请问店家，最近他们可否有人来过贵店？"

没等店主回答，旁边的一个伙计答道："有一位叫柯满的来过，小的不认识他，是城东的刘疤瘌带他来的，不是住店，是找这里的一位客人。小人和刘疤瘌相熟，他介绍说是浍南的柯满。这个人小人早有耳闻，因此就记住了。他们只在客人的房里待了一个时辰，也没留饭就走了。"

朱高炽啜了一口茶，问道："他们走时你在场吗？那位住店的客人还在否？"

伙计答道："回爷的话，住店的客人走了，当时那人把柯满送出来，柯满看到了爷的马，啧啧称赞，当时小人正在送他们，听得真真的。"

朱高炽心里明白，定和这几个人有关，心里一阵高兴，看了一眼朱高煦，他的脸上也露出了希望。朱高炽平静地问道："那你就说一下，他们都说了什么，越详细越好。"

伙计道："柯满说此马是大宛良马，名字也讲了。只是小人这糨糊脑袋记不住，他说这要是带给武桥的邹太爷，至少要赏一千两黄金。当时小的着实吓

---

①马牙子，贩马的，也有行当的意思。下文的人牙子、鱼牙子都是这个意思。

了一跳，以为他在吹牛，也没放在心上。"

朱高煦刚要说话，店主又跪下去磕了一个头，说："几位爷，事情再明白不过了，就是这几个王八蛋偷走了爷的马，小的马上找人具结，写下状子，也锁上刘疤瘌，明儿个早上送到王父母①处，先打一顿，不怕他不招。刘疤瘌这个无赖，虽然偷鸡摸狗，但和小店从来是井水不犯河水。"

朱高炽道："店家请起，显见不是你店里所为，你就不用管了，也不要声张。若走漏风声，寻不回宝马，我们还会把账算到你等头上；若找回来，自然会赏你。"

说完朝马和使了个眼色，马和嗖地抽出佩剑，说："对店里的客人和伙计说明白，马已经找回来了。记住，你若走漏半点风声，爷杀你如同捏死一只臭虫。"吓得店主人磕头如捣蒜。

马和打发他出去，把伙计留下来，摸出几张钞，足有五六贯，丢给伙计，说："你先去隔壁候着，一会儿带我们去那刘疤瘌家。找回马来，爷再赏你几贯，有钱了，自己去盘个店，好过看别人脸色过活。"这个伙计喜出望外，赶忙答应着，跟着张辅去隔壁候着。

朱高炽说："事情已经很清楚了，就是这几个人偷了马。这个刘疤瘌只是一个市井无赖，断不会有降马的本事，一定有那个柯满参与此事。为今之计，为避免有人通风报信，赶快去拿住刘疤瘌，而后一同去浍南。现已经过了四更，宵禁已过，城门也快开了，事不宜迟，赶紧走。"

安排张辅留下，三人去捉拿刘疤瘌，张辅不从，他不放心朱高煦，没奈何，四人同去，马和又去嘱咐店家，好生照看马匹行李。几人步行来到刘疤瘌家，马和把伙计打发走，几人闯了进去。

这刘疤瘌是一个市井光棍，开始还嘴硬，被马和一顿马鞭，抽得刘疤瘌脸上几道血印子，又看到几人都佩带着刀剑，马上撂了实话：柯满给了他十锭钞，两个银元宝，让他去弄马。

朱高煦轻蔑地说："就凭你这杂碎，能偷走爷的马？呸！你也不撒泡尿照

---

①父母，对知县的称呼。下文的太尊或太府是对知府的称谓。

照，说实话，怎样偷走的？"马和又是几鞭子。

刘疤瘌给打怕了，说："回爷的话，柯老爷，呸，柯满告诉小人，在自己身上撒上马尿，端着细草筛子，接近宝马，马就不会叫。然后摩挲马耳朵和鼻孔，筛子里放好细料，在马吃草料的时候解开缰绳，走几步，停下来让马吃几口，很快就出院了，到了院外有人接应，然后银、马两清，后面的事小的就不知道了。小的该死，猪油蒙了心，求几位爷超生，小的把银子和钞都交给你们。"

把朱高煦气得七窍生烟，抢过鞭子又狠狠地抽了几下。

第四回

▼

邹太尊武桥显富贵　王父母邹府设公堂

已过了寅初时分，各处城门已开。几个人押着刘疤瘌出城，雇了船来到浍南，已经是巳时正刻。马和和张辅押着刘疤瘌去拿柯满，世子兄弟二人在船上边纳凉边等候。

不到半个时辰，两人押着柯满回来了，五花大绑，这人四十多岁，面皮微黑，三绺短髭。马和一脚把他踢倒跪下，他口中骂声不绝，一口一个强盗。

朱高煦又好气又好笑，跳下船拳打脚踢，这个柯满就是不服软。马和抽了他十几鞭子，他还是不停地骂"强盗"。朱高炽看出来了，此人更是一个光棍，光靠打是不行的，遂摆了一下手，都停了下来。

朱高炽问道："你口口声声骂强盗，你知道我们为何找你吗？"

柯满看出来了，这个人说了算，光棍不吃眼前亏，大声说道："你们也不让说话呀，只是一味地打，要钱还是要命，划出道来，也好商量。"

朱高炽说："不要装糊涂，我们不要钱也不要命，只要马。"

柯满是老江湖了，一开始就明白这几个人的来路，虽然几人都是儒生打扮，但看上去气度雍容，举止不俗，能配得上这匹马的人，当然不是平常人，又有刘疤瘌跟着。但是他明白，打死也不能认账，装糊涂就装到底。

马和把刘疤瘌提过来，柯满也只承认是买的。朱高炽说："不管你是如何得到的，这匹马是他偷的，这是不容置疑的，你岂不是销赃的下家？不必啰嗦，把马牵来，让刘疤癞把钱退给你，就当什么也没发生，你看如何？另外你要仔细了，你可不要错打了主意，打量①他们都像我一样好性。"

柯满大声说："在下并没有让他去偷，只是以为平买平卖，现如今被你等说成是赃物，少不得写下状子，具结呈到县里，由王父母定夺。你们在这里私设公堂，就不怕王法吗？"

朱高炽说："真是可笑，亏你还说得出王法！行了，马不要了，来呀，把他丢到河里喂鱼。"说完猛地站了起来，向马和使了个眼色，快步向船上走去。

马和和张辅把柯满重新放到布袋里，捆上双脚，用剑在布袋上捅个洞，把绳子顺出来，拖到河沿，"扑通"一声扔到河里，浸了一会儿，两人一用力，提到岸边。马和高声叫道："你讲不讲实话？"

袋子里传出一声微弱的声音："我招了。"

马和把袋子打开，放出柯满。柯满说："几位爷，那匹马真的是花银子买的，小的是马牙子，从不做偷鸡摸狗的事情。"

朱高炽大喝一声："你们这两个狗才，谁让你们把他拖上来的，柯满，告诉你一句实话，杀你这样的无赖，好似屠一只猪狗。把他沉到河底吧，也算为民除害了。和他啰嗦这半晌，有多少事等着爷呢！"

张辅跑过去搬一块大石头，把双脚的绳子缠在石头上，一步步向河里拖去。刘疤癞哭喊道："柯老爷，招了吧，他们真敢杀人啊。"

柯满早已看出这几人绝非善类，是敢杀人的主，遂高声喊道："几位爷，小的和爷去找回宝马。"朱高炽摆摆手，两人停了下来。柯满说："是小的五千两银子卖给了邹太爷，请几位爷随小的到下处取银子，一同去邹府，他如果不退还，小的就没有办法了。几位爷虽然也不是寻常人，只怕到了太爷府，腿也先软了。"

朱高煦又是两鞭子，大声道："休得啰嗦，管他什么太爷，只是让他还马就是。太爷，不就是一个知府吗！芝麻绿豆大的前程，我呸！"柯满不敢言声

---

　①打量，方言，以为，认为。

了，已经试探出，来头果然不小。

几个人押着他取了银子，向邹府走去。

邹太府名玉，字静之，年近古稀，曾在洪武年间做过两任东昌知府，故人称太府或太爷，是当今驸马都尉梅殷的表舅，也是读书人。但平生也娴熟弓马，尤其酷爱名马，远近闻名。赴任之前，家里就颇有些产业，良田几千顷，两任下来不贪不占，颇有清名。

但是他爱马到如醉如痴，在任上的人情多在马上。人们打探得明白，就以此作为人情奉承他，他往往来者不拒。后被御史、科道闻风参奏，查得属实，革职法办，幸好驸马梅殷多方周旋，免职了事，也算万幸。他回到五河颐养天年，平时也不大与人交往。

在路上，柯满把这些情况讲给世子听。朱高炽对此人有所耳闻，在邸报上也看过此人考绩，都是不错的，看起来每人都有软肋。朱高炽叹了一口气，又嘱咐朱高煦几句。

开始大家以为是武桥县，原来就是五河县的武桥，从浍南划船不到一个时辰就到了。船家收拾了一些酒食，四人吃了，也没管柯满和刘疤瘌，煮了一壶茶边吃边走，到了武桥。

马和看出了问题："爷，我们应该骑马，现在往北走呢，这样还得回去拿东西。"

朱高炽摆摆手，示意他不要说。这里离中都很近了，他还是比较熟悉的，马和讲的，他何尝不知道？只是此处到处是河湖，骑马太难走。虽然一直在水中行驶，但毕竟是夏天，酷热难耐，一个个汗流浃背。

在柯满的指点下，来到了邹府。红油大门，竹树环合，围墙曲曲折折地在竹林掩映下时隐时现。门边就是沱河，一拱桥横卧在河上，远远望去，确似长虹卧波。到了此地，感觉暑气去了不少。大门半敞着，门口有四个小厮站着，两边围墙一直延伸到竹林中，很难看出院落有多宽。

马和上前打招呼，说柯满带客人求见太爷。那人进去通报，等了足有两刻钟，小厮回报"请"。几个人鱼贯而入，柯满和刘疤瘌也没绑着，跟着小厮，走进影壁墙，从边门进去，过了楠木门的大厅，走进一个硕大的院落，一个大湖挡住去路。湖中一片片荷花簇拥着几处错落有致的太湖石假山，在假山边上，有一条鹅卵石铺就的小道。又走过一处小巷，眼前豁然开朗。一个大花园展现在眼前，亭台轩榭，翠竹掩映。一路走来曲径通幽，朱红栏杆。大家又来到一个院落，穿过两扇红油小门，又走过一处长廊，几处房舍映入眼帘，雕梁画栋，飞檐斗拱。

朱高炽生于钟鸣鼎食之家，上自皇宫，下至百官府邸，见得多了，还真是第一次看到这么有情致雅趣的宅子。"三年清知府，十万雪花银"，信夫。

几个人跟随仆人走进客厅。大厅里清一色的红木或楠木家具，擦拭得油光可鉴，室内一尘不染，四角摆放着冰盆。最吸引朱高炽的是墙上的字画：吴道子的《八十七神仙》中的一轴，张旭的狂草"得大自在"，赵骏的《骏马图》，韩干的《夜照白图》，高克恭的《竹石情》。

朱高炽看罢，全是真迹，啧啧称奇。兄弟两人落座，侍女奉茶。这时，邹玉走了进来，须发花白，精神矍铄。互相见礼毕，分宾主落座。邹玉道："山野之人，疏懒至极，怠慢了各位相公①，还请见谅。"说完又打量一下几位客人。仆人告诉他里面有柯满，他早已看见柯满，感觉气氛不对。他是久经世事之人，只作不见。

朱高炽道："学生等冒昧打扰，还望老先生勿怪。自进贵府，耳闻目睹，深感老先生雅量高致，实乃世外高人。单就这几幅字画便知，几幅皆为真迹。尤其是高房山的《竹石情》，世上仅存此一件，等闲之人想见一次也难，能在贵府得见真迹，在下实在是不虚此行。"

朱高煦不满地看了世子一眼，刚要说话，被朱高炽拦住。邹玉看在眼里，只作不见，挥一下手，侍女们又换过一次茶，邹太爷对马和等人道："请几位爷坐下吃茶说说话吧。"

马和笑着摆摆手，邹玉也不勉强，也没和柯满打招呼，继续和朱高炽交谈。他已大致明白几人来意，心中打定主意，只要你不讲来意，我就不问，遂道："老朽生平最喜竹子的沉静，淡雅。赵雪松和其妻管仲姬的竹兰也是不错

---

① 相公，对秀才的敬称，有时称呼解元，有恭维的意思。

的，想必相公有所研究。"

世子道："老先生所言极是，管道升虽女流之辈，所画梅、兰、竹极为生动，行笔以中锋为主，用墨上不求变化，一笔而成，确是难得。"

邹玉拱手道："相公所言，确是行家。老朽也只是见过赝品，至于真迹，老朽无缘得见。"

朱高炽回道："承蒙老先生谬赞，老先生也爱马吗？这里就有两幅真迹，早闻老先生科第出身，却娴熟弓马，看来此言不虚。"

朱高炽眼见侍女们来换三道茶，赶快切入正题。邹玉道："老朽以科甲入仕，然祖有荫功，以武立世，老朽虽为文人，却不敢忘祖训。"说毕，手举盖碗，看着世子。这里有个缘故，汉家礼仪，官场往来，茶需三换，如果没有特殊交情，换过三次后，主人举杯，是送客之意。

朱高炽站起来，一躬身，道："学生讲过，老先生乃世外高人，在此隐居，如神仙一般，学生既羡慕又感佩。今日来得唐突，只因有一事相求，望老先生成全。"

邹静之只好放下玉碗，说："相公但说无妨，只要小老儿能做到，绝不推诿。"

世子朝朱高煦递了一个眼色，朱高煦站起来，拱手道："禀老先生，晚生听老先生和家兄交谈，深知老先生是饱学之士，又是明理之人。晚生直性子，讲话不会拐弯，这个人老先生应该认识吧。"说着张辅把柯满推了过来，柯满说了一句，"见过太爷"。

邹太爷看朱高煦这做派，有几分生气，但不露声色，说："此人柯满，善识马，只因老朽爱马，故此有些来往。"只是不问其他事情。

朱高煦生气，心里想："这个老杂毛，明摆着是在装糊涂。"遂拱手道："老先生有所不知，这厮不是好人，他昨日给你送的大宛良马，是他伙同这厮，"用手指了一下刘疤瘌，接着说："一起偷晚生的。老先生的金银都在，现在还给老先生，恳请老先生把马赐还给晚生，晚生感激不尽。"

邹玉听罢，脸色瞬间变得通红，沉声说道："以公子之意，老朽是窝赃了？那烦劳公子把此二人押往官府，凭官而决，老朽绝无二话。"

朱高煦刚要发火，朱高炽站起来，摆摆手说："老先生息怒，以老先生高致雅量，断不会为此事大动肝火，也必不知此二人之所为。"

没等朱高炽说完，朱高煦高声道："以老先生之意，这马就在贵府了？"

邹玉平时被人恭敬惯了，哪曾有人敢在面前如此放肆，沉声道："此马就在敝府马厩里，公子难道在光天化日之下强抢不成？"

朱高煦勃然变色，大声道："我敬你到底有些岁数，不是什么狗屁知府，在我眼里，知府只是一个奴才。你原来不知道这马是盗来的，情有可原，今日正主找上门来，还带着两个贼人，你却一句不问两个贼人，只是一味地恃老卖老。爷也不和你啰嗦，给个痛快话，是要命还是要马？"

邹玉瞥了一眼朱高炽，坐在那里一动不动，手摇折扇，没事人一般。道是兄弟两人一个唱黑脸一个唱红脸，又看了一眼廊下，站满了持械的庄客。

这位邹太爷，脸上反而没有了刚才的怒气，不屑地看了一眼朱高煦，喊道："来人，"早跑上几个人，护住了太爷，邹玉摆摆手，示意他们退下，说："拿上帖子去武桥守御所给孙千户，让他带人把这些人送去五河县衙，由官府处置。"随后把脸转向朱高炽，说："老朽这里不是公堂，老朽也颇识国家法度，不会私设公堂，断不了你们的案子，知府都是奴才，那知县岂不连奴才都不如。你们还是去奴才们那里断案吧。"

朱高炽说道："老先生此言差矣，刚才舍弟情急，口无遮拦，伤了老先生，还请老先生恕罪。学生兄弟二人虽然年轻，但也颇有家私，说一句不知轻重的话，不要说一匹名马，就是一千匹一万匹，也不在话下。只是此马是借舍亲的，若不能如期归还，恐于脸面上不好看，还望老先生成全。"

邹玉何等之人，从兄弟二人的举止气度，早看出绝非等闲之辈。但是自己广有田产，结交官府，门生故吏遍布朝野，又是驸马都尉梅殷的亲属，因此也未把兄弟二人放在眼里。他做梦也想不到两人的身份，自然就有恃无恐，遂说道："各位稍等，老朽只听官府裁处。"

朱高煦气得七窍生烟，他深知自己哥哥，如果这事大费周章，他会放弃的。他一再强调，迅速北归是第一要务，不能被其他事拖累。这马如果不是舅舅徐辉祖的，朱高炽断不会耽搁这么久来处理。

朱高煦真的急了，喊道："柯满就在跟前，你一问便知，你为何一言不发？你是成心不想还马吗？"

邹玉冷笑道："老朽是致仕官员，刚才讲过，岂敢不顾朝廷法度私设公堂乎？公子若有心讨回宝马，请少安毋躁。"

朱高煦说："既如此，我们去见官，但是你也得去，马也得去。"

任朱高煦如何讲，邹玉只是不开口。

刚过两刻钟，进来一位武官，圆领青袍，熊罴补子，脚蹬粉底皂靴，是个五品的武官，走上前来和邹玉打千见礼，报职衔，是武桥千户所千户孙进。然后恭立听令。邹玉道："管家都讲明白了？就按管家说的办，去吧。"这个孙千总躬身道是，向朱高炽几人走过去。马和和张辅手按佩剑，瞪着他。朱高炽看到邹玉指使朝廷五品官如同家奴，很吃了一惊。

其实这个孙进不是等闲之辈，他向邹府走的时候，已经派人知会县衙，他深知能打进邹府索马，而且是大宛名马，绝非常人，让县里王父母快速赶来。

孙进看两位公子气度不凡，两个伴当也不是等闲之辈，遂走到朱高炽前作了一个揖，道："两位公子，邹府老太爷是朝廷命官，致仕在家，一向与人无争，只为一匹马伤了和气，值吗？况且日后若有个山高水低，不一定会求到谁的身上。下官是武桥千户孙进，给你们两家做个鲁仲连，不知两位公子是否给下官这个薄面？"

马和道："你算……"

没等他说完，世子摆手制止，世子说："感谢孙将军，只是不知将军如何调和？"

孙进道："依下官之见，此马既然已经卖给邹太爷，公子再往回索要就说不过去了。既然说是盗的马，原有金银在此，邹太爷再出些金银，公子派人再去西域购置几匹，岂不两便！不知太爷之意如何？"

邹玉说："既然孙将军说了，老朽无话可说，老朽情愿再出些金银。"

孙千总就问朱高炽，朱高炽道："谢孙将军好意，然学生之意，只要马，学生愿再出一倍的银子，把马赎回。"

邹玉大怒，喝道："孙进，把他们解到县衙吧，公允判决。哼！不知好歹。"

孙千总也翻了脸，喊道："你们几位太不知进退，本官念你们是外乡人，不与你们一般计较。去仔细打听一下，邹府是人撒野的地方吗？这样更好，公事公办，本官也省去许多麻烦。来呀！"廊下如雷声般地应了一声，早跑上来几个武弁。孙进道："下了兵器，一同去县衙。"他还是留了一手，没让绑缚他们。

张辅"仓啷"一声抽出佩剑，大喝一声："谁敢！你个小小的千总，敢和我家爷吃五喝六。哼！告诉你们，千总算个狗屁官，我家三等奴才也比你官大，赶快滚开，惹得爷性起，杀你个千总如屠猪狗。"

大家僵持着，孙进不敢动武，他深知这几个人不好惹，事情闹大了不好收场。这是地方民政，本身就不好插手，碍于邹玉的面子不得不虚张声势。等王县令一到，就没他什么事了。

这时有人喊道："五河县王父母到。"话音未落，急匆匆地走进来一位官员，头戴纱帽，圆领青袍，鹭鸶补子，是位六品县令。他趋步走到邹静之前拜了两拜，邹玉还了半礼，又和孙千户互相一揖执平礼。

县令一到，大出几人意料。这离五河县城不算近，他能专程赶来，可见对邹家重视。邹玉让他升了公座，自己侧坐相陪。朱高炽兄弟二人动都没动一下，稳稳地坐着，大有一副龙子龙孙的派头。

朱高炽心里明白，今日若不亮明身份，一定不会有结果，打定了主意，只看他们如何作为。王县令叫进来几个衙役，手持水火无情棍，把刘疤癞拷问了一回，枷上。又问了柯满，柯满不敢隐瞒，讲了实话，三保把金银呈上。王父母为难地看着邹太爷，邹太爷闭目假寐，一声不吭，孙进又把调解的事讲了一遍。

王父母听罢，沉吟了片刻，站起来走到邹玉前躬身道："请太爷更衣①。"

邹玉站起来，两人朝屏风后走去。过了半晌儿，踱了回来，邹玉面无表情，王县令的面皮变得通红，显然是碰了钉子，落座后又沉吟一下，道："两位相公，"没敢喊原告，若喊了原告，那邹玉岂不成了被告，"下官和太爷议了

———————————————

　①更衣，原意是上厕所，多用于私下谈话。

一下，太爷答应给足银子，再给各位每人一匹马骑走，列位以为如何？"

朱高煦刚要发作，被朱高炽制止。朱高炽知道，这个邹玉一是舍不得这匹马，二是把马还回来传出去名声不好，说："王父母，学生看得明白，你已经尽力了，然判案须以实具结。学生只要求判回赃物——大宛名马，对其他一概不感兴趣，请王父母成全。"

第五回

▼

接密信皇上生悔意　见三义世子抒真情

话音刚落，没等王县令说话，邹玉突然站了起来，大声说："既如此，不必再费口舌，请各位立即离开邹府，去你们五河县衙断案吧，恕老朽不奉陪了。"

刚要抬脚走，世子大喊道："慢着，实话告诉你吧。张辅。"

张辅明白，马上接过话来，"尔等注意，这两位是北平燕亲王府的世子爷和郡王爷。"说着，拿出腰牌晃了几下，扔给王县令。

客厅里的人除了邹玉外，都赶紧离座朝兄弟两个拜了四拜。朱高炽说："本座大明燕亲王世子朱高炽，这位是舍弟，安阳郡王朱高燧。太祖高皇帝大祥，本座二人祭拜皇祖，奉旨归藩。"

他特意讲一下是朱高燧，因为他俩是奉旨，而朱高煦是私自逃走。至于这匹马，总是难圆其说，索性实话实说："王县令，你是一个好官，告诉你实话也无妨，这是一匹大宛名马，叫蒲捷，是本座舅爷徐国公的爱驹，回北平后自然会还给舅舅，倘若有失，如何面对母妃和舅舅？因此不得已找上府来。邹玉，刚才诸位都已见礼，只有你未动，难道你不是我大明子民乎？难道你不懂得人臣之礼吗？"

声音一声声提高，说得邹玉的心里七上八下的，心想，不能软下来，得罪就得罪到底，遂沉声道："说是燕王府世子，那一定有凭信，奉旨归藩，定有勘合。这几年南来北往，有不少人冒充达官显贵的家人，老朽见得多了，希望两位公子拿出凭信，以释我等之疑。"

朱高炽"啪"的一声，狠狠地拍了一下桌子："邹玉，你算个什么东西！敢看本世子凭信，本座念你年长，且有功于国家，不与你计较，你却不知进退，一味胡搅蛮缠，你以为本座不会杀人吗？来人啊。"

马和应声而到，抽出佩剑，就要动手。王县令扑通跪下，哭求道："世子爷息怒，下官派人去马厩牵出马来还于王爷，万不可杀人啊。邹太爷，你倒是说话啊，下官早已接到朝廷的滚单，知道这几天两位王爷过境。"

朱高煦真是长见识了，世子大哥是出了名的好脾气，发起脾气来也真是吓人，遂说道："别说你致仕了，就是在任上，五品的前程，萤火虫大的光芒。惹烦了小王，把你阖府杀个尽绝，再一把火烧了你这鸟府。走，牵马去。"

朱高炽又补充一句："本座临别送你一言，殊不知暗室亏心，神目如电。你已经这把年纪，致仕在家，正可造福桑梓，修身积福，正己之心，泽被后世。告辞。"

邹玉红着脸说一句："不送。"转身离去。

千户孙进早已告辞带兵离开邹府，王县令和几人一起来到马厩，朱高煦找到了自己的马，牵了出来，几人相跟着来到大门口，两队庄丁手持刀枪弓箭拦住去路。

王县令喝令："闪开。"看不到邹玉，大声说："邹太爷，快让他们闪开，你这是要灭门啊。"没有回声，张辅和马和就想大开杀戒。

张辅抽出手铳，朝天上放了一铳，大喊："不想死的闪开。"王县令吓坏了，只是给世子作揖，请求不要动怒。又喊了几声闪开，也没人理他，一个个张弓搭箭，只待号令。王县令让随从团团围定兄弟二人，一步步挪向门外，庄丁们也没敢射箭。

走过桥，朱高煦看了一眼高大的红油对门，恨恨地说："老杂毛，有朝一日，让你知道爷的厉害，此庄定鸡犬不留。"

朱高炽说："休得胡言！"说完转向王县令："你这小小的县令得罪了邹玉，

以后的日子不会好过了，是否愿意随本座回北平？"

王县令很高兴，他知道随世子去北平，前程一定比这好得多，但还是拒绝了："世子爷但请放心，邹太爷是有名的清官、善人，至公至明，断不会为难下官。今臣带回去两个贼人，报于淮安府定夺，臣告退。"

马和实在是憋不住了笑出了声："哈哈，清官，善人，至公至明？王大人，你算了吧，分明是以势压人的豪强劣绅。"大家都笑了，王县令也苦笑着摇了摇头，告退先走了。朱高炽一行去河边找船回五河县，会着朱高燧，继续北行。

朝廷已经知道朱高煦窃马北逃，报于皇上，朱允炆根本没当一回事，口谕大理寺少卿汤宗和宗人令朱守肃商议办理。两人下牌票给直隶各府州县，各衙门也发下火票寻找，怎奈雷声大雨点小，谁愿意真正拿人？江北各县没人事一般，大家心照不宣，不了了之。

舅爷徐增寿亲自上门给兄长赔罪，保证要回来这匹宝马，他心里也有几分担心，怕朱高煦不服朱高炽管教，在路上闹出事来，他可就被动了。

但几日过后，燕王府长史何臣派人秘密进京，把王府所有情况报告了朝廷，说燕王已经准备就绪，只等几位王子归藩就举旗造反。信中强调只要扣住三位王子，燕王就不敢轻举妄动。皇上有几分后悔，把几个腹臣召集到乾清宫，商量对策。

皇上先问徐增寿："有人奏报朱高煦当天夜里宿在你府上，可是真的？"

徐增寿回道："回皇上，这是有人给臣栽赃。朱高煦打伤了臣兄的卫队长，畏罪而逃，怎敢到臣的府上？皇上明察。"

徐辉祖抢话："皇上，臣有话说。"皇上说"准"，徐辉祖接着说："皇上，臣弟仁厚，有时也有些糊涂，被朱高煦骗了。朱高煦是臣的亲外甥，臣对他有所了解，他自幼顽劣凶狠，且自视过高，等闲人不放在眼里。即使打伤了公侯驸马，当朝一品，也不会畏罪而逃，何况一个小小的卫队长，这明明是预谋所为。皇上试想，他的时间把握得恰到好处，难不成真是巧合？"

徐增寿说："皇上，臣兄斥臣昏悖，臣不敢驳。然臣听着糊涂，皇上已经明白告诉朱高炽，令其三兄弟北归，他有必要还用此拙劣的计策吗？"

皇上说："是啊，朕也在思考这个问题，留下朱高煦是第二天朕才决定的。看你们所报，未下旨之前他已经逃了，这作何解释？"

众臣默然。兵部尚书齐泰奏道："皇上，以臣之见，跑了一个朱高煦无关大局，眼下要紧的是燕亲王，如何防患于未然。"他知道，再纠缠朱家三兄弟也没用了。

谁错了？皇上错了，谁又敢说！皇上心下赧然，看揭过去这张，正合心意，说："卿是兵部尚书，腹有良谋，现讲一下你的办法。"

齐泰知道得了圣意，说："谢皇上夸赞，朝廷早有防备，皇上圣明烛照，现都督总兵宋忠屯开平；都督徐凯练兵临清；耿瓛和杨文屯于山海关，三处名为练兵实际是防燕王和蒙元。燕王府兵丁不到一千人，加上府中奴才、杂役也不会超过两千人。皇上下旨把一干人等逮系京师，以眼下情势，燕王有何能为？"

众人赞同，皇上犹疑不定，说："爱卿言之有理，只是皇四叔反迹未著，贸然加刑，世人如何看朕？那是皇考同父母之兄弟。"此言一出，众人面面相觑。

已经升为太常卿的黄子澄奏道："启禀皇上，臣有话说。"皇上说"准"，黄子澄沉吟半晌只是不说，皇上明白，说："留下齐大人，方大人，其他人跪安吧。"

人们退出，黄子澄讲后，果然好计策，皇上准奏。徐增寿赶紧回府给燕王写第二封信，虽然不知道最后议定的是什么，朝廷要动手了，这是一定的。

这时朱高炽一行几人，晓行夜宿，在山东地界也没敢惊动地方，没住驿馆。到了涿州，是北平管辖区，一行七人才到驿站，亮明身份。

驿丞自然不敢怠慢，让驿卒把马牵到马厩，弄一些细草精料，给七位准备了四个客房。朱高煦嫌房间少，发脾气，被朱高炽劝阻，心里不服气，说："朝廷设驿站，供给各处行路官员，自有定制，我等郡王例制，他怎可如此简慢？"朱高燧也煽风点火。

朱高炽安慰道："二弟、三弟，既来之则安之，今儿个暂宿一夜，明儿个找一家干净的客栈住下就是，到家了，不用着忙，舅爷也会打发人告诉父王、母妃的。明儿个去看一下郦道元墓，这里还是刘关张结义的地方，有一个三义官，明天去瞻仰一下。再顺便看一下这北平地界，我们燕王府口碑如何。明儿个早上让褚敬先回府通禀一声，也省得府里悬念。"两位弟弟点头称是。

朱高燧看这里的环境很差，有些犹豫。朱高炽说："两位兄弟有所不知，我大明有严律，非军国重事不许给驿。我等虽有旨意传驿，但一切供给皆出于民人，朝廷并不给任何钱粮，这样已经不错了。"

朱高煦听完，没有了脾气。驿卒弄来了热水，大家洗漱，而后端上来几样菜，几大碗饭。驿丞亲自端来一盆面，放在桌上，兄弟三人一桌，其他四人一桌，也不吃酒。

驿丞给弟兄三人盛面，说："三位王爷，可知道这是什么面？"朱高煦自打一进门就烦这个驿丞，虽然他报过了职衔，他也没记住，沉声道："面就是面，还有什么特殊的！"

这个驿丞叫王德，笑着说："王爷有所不知，这是本地才有的特产，几位爷看一下像什么？"

朱高燧端详了片刻，说："像耳朵，猫耳朵，莫非这就是传说中的猫耳面？"

王德笑了说："小王爷果然有见识，这正是猫耳面，也叫督亢面，是本地名吃，由战国荆轲而闻名，这里传唱着'荆轲吃了督亢面，拿着图，带上剑，上完香火去易县'。"没等他说完几个人都笑了。

朱高炽吃了一口面，感觉没有什么特别，问道："你们都是本地人吧？"

王德说："回世子爷的话，这里的驿丞、驿卒、匠役，还有铺兵都是本地人，我们虽隶属军籍，但不是严格的军籍，我们属于出徭役，课税赋。"

朱高煦看这个人很忠厚，也不似刚才的样子了，遂问道："你们拿官俸吗，一年多少禄米？"

王德说："回爷的话，小的是何等样人，还拿禄米？看小的是九品官，其实是拿本里或本县的贴补，都是由附近各里、各甲额外摊派的粮米。"

朱高燧没听明白，疑惑地看着朱高炽。朱高炽说："这里所有开销都取于附近的乡民，包括他们的薪俸，刚才我讲的就是这个意思。"转过头来问王德：

"饭菜做得还不错，来往官员都有热饭吃吗？"

王德答道："回世子爷，不是这样，站里只是按制给米、菜和炭，由官员们自行解决，这附近的水驿和马驿都这样。大的驿站，朝廷供应一切，官员们都用现成的。"

朱高煦就指了指饭菜，没说话，王德明白，说："不瞒几位王爷，现在爷所用的是拙荆所做。做得不可口，让爷见笑了。"

弟兄三人感叹一番。朱高煦刚才的不快早抛到九霄云外去了，让张辅拿出一块银饼子，足有三两，赏给了驿丞。王德死活不要，最后惹得朱高煦发了脾气，才叩头接过，称谢而去。

次日，众人起床，洗漱完毕，到外面的面馆，每人吃了一碗猫耳面，感觉味道又是不同。褚敬吃完面，辞了众人，先回北平报信。一行六人牵着马走到城东北，游览了双塔。

双塔建于辽代，至今雄风犹在。因在城里，几人不敢逗留时间太长，怕惊动州里，又要应酬。草草看了一回，骑马出城，来到郦亭。这里以郦道元故居闻名遐迩，整座故居占地十余顷，有三进，四十几间房子，松柏环合，红墙黄瓦，掩映其间。大殿里有郦道元的金身，左右各有五间配殿，左处是各处著名山水画，并配上郦道元的描述。还有一室，专写郦道元的生平事迹。右边五间，墙壁上都是古代著名骚人墨客的题诗。

几个人逗留了一个多时辰，中午在饭庄里吃了一碗这里有名的贡米饭，吃了一些解暑的绿豆水，然后又到拒马河旁边的小茶铺吃了几盏茶，感觉有了几分凉爽，几人骑马来到松林店的三义宫。这是三国时蜀汉昭烈皇帝刘备庙，飞檐斗拱，气势宏伟。高炽留下卜义看守马匹，张辅和三保护侍这兄弟三人走进庙里。

朱高炽感叹道："刘备、关羽和张飞在此桃园结义，同生共死，匡扶汉室，实在是我等之楷模。"

朱高煦感觉这话有些不对劲，到底是哪里不对劲也说不上来，刚要说话，朱高燧先说了："大哥。我们兄弟三人是亲兄弟，同父同母的亲兄弟，何必要妄比古人！"这就是朱高燧，从小父母娇惯，言语无忌，无论从家法还是国法，都不能这样和朱高炽说话。论家法，孝悌为先，见兄长要拜两拜。郡王见世子要拜四拜，并且还要讲君臣大义，兄弟之情。

不过世子从不把这些事放在心上，说："三弟见笑了，为兄只是顺口一说而已。"

几人来到刘备的金像大殿前，门口上一副对联，上联：义烈重桃园一代君王扶社稷；下联是：勋名垂竹帛千秋英灵佐神州，碗口大的碑体字，气势磅礴。据说是南宋陆游所作。朱高炽不以为然，他见过陆游的字体，秀气有余，气势不足。兄弟三人走到金像前拜了三拜，起身看粉壁上的题诗。

朱高炽读了几首，心有所感，随口吟道：

仁德如昭烈①，亦需百万兵。
股已生暗肌②，何时报平生。

马和赶快向庙里朝奉要文房四宝，想记录下来，世子摆摆手道："三保，算了，我只是信口而作，不必记下。"

朱高煦已经暗暗记在心里，问道："好诗，大哥擅长古体。小弟没明白'股已生暗肌'是何意，大哥教我。"

朱高炽说："我讲过了，信口而作，莫要认真。"他看到道衍大师的一本书《三国志通俗演义》，在江南招亲的典故，刘备久不骑马，股生暗肌，心中悲凉。两位弟弟并不知道这个典故，可朱高炽哪知道两位弟弟牢牢记住了此诗。他们又到市井酒肆听了一些街谈巷议，也明白了燕王在人们心中的印象。

几人回到涿州，已是掌灯时分，在一家饭庄里吃了一些酒食。兄弟商量，就不要去找客栈了，回驿馆将就一夜就是了，明天早上直接回北平。一更已过，他们回到驿站，看到门口站着几个兵，衣服前后都印着"驿"字。主仆几人走进去，军兵们也没问，他们走到院里，还有一些军兵在走动，他们也没当一回事，回到房间，看到有两位官员在吃酒，旁边站着两个人侍候着，还有两

_____

① 刘备昭烈皇帝。
② 三国演义，刘备在江东感叹久不骑马，腿上长出赘肉，形容贪恋富贵、无所作为。

个歌伎在唱曲儿。朱高炽三兄弟没进去。

张辅走了进去，大声喊道："你们是哪里来的？为什么占用我们房间？出去，王德呢？你是死人吗？"

旁边侍候的军士道："不要大呼小叫的，这两位是鸿胪寺的李大人和严大人，奉命巡察全国驿站。王德贪赃不法，已被羁押，你既在此住，想必是来往官员，请给两位大人见礼，报一下职衔。"

朱高炽在外面听得真切，朝卜义使了个眼色，卜义把端酒过来的驿卒截住问道："你们王大人呢？"

驿卒没敢出声，只是用眼睛朝附近的一扇门扫了几下，暗示给卜义。卜义小跑过去，打开门朝朱高炽等人招手。朱高炽听到里面张辅的怒吼声，也没管，留下马和在门口，兄弟三人朝卜义站着的房间走去。走进屋里，看到王德被反绑着双手，倒挂在房梁上，嘴里塞着东西，只是干着急，叫唤不得，他的下面还绑着两人。朱高燧看到这些哈哈大笑。

朱高炽制止弟弟，朝卜义点点头。卜义把王德放下来，掏出嘴里的东西。王德一阵剧烈的咳嗽，然后跪了下去，清了清嗓子，道明了原委。

第六回

▼

水河驿欺凌陆马驿　苦命人义救落难人

驿站本属于兵部管辖,有人上奏皇上,说全国各地驿站供应吃紧,民人不堪重负。于是皇上命鸿胪寺牵头,分几批人赴各地方查明白,据实回奏,特意避开了兵部衙门,也是皇上用心良苦。王德几天前就接到廷寄的牌票,自以为这事与自己无关,也未太放在心上。

这两位天使今儿个过晌到的,到后就索要酒食和银钱。现在驿站穷得房子漏了都修不起,还是王德求县衙出了几两银子,今年夏天总算对付过去了。那个李大人看他不懂事,就说驿站的银子都让他贪污了,把他绑了起来,今日看管,明日械送京师,也是出巡的功绩。他们在王德那里搜到了朱高煦给的银子,晚上的酒食足够应付了,开始拷问他这银子是哪里来的,硬说是贪墨得来的,问其他的在哪里,赶快吐出来,到明天诸事好商量。

兄弟三人听后义愤填膺,朱高炽道:"马上回北平了,教训他们一下,记住,不能亮明身份。"

朱高煦说:"亮明身份又如何?再说了,我们不说,过后驿卒也会说的。王德,你不会说银子是我们赏的吗?"

王德哭道:"回爷的话,今早晨你们离开时,你们的人千叮咛万嘱咐,不准讲你们住在这里,小的有几个脑袋敢说呀!又叮嘱了下面人,任何人不得透露。"

朱高炽很满意，说："好样的，放心吧，没事啦。"朱高燧接着说："王德，别看你吃点苦，告诉你吧，你要发迹了。走，跟我们一起过去。"

几个人和王德回到那个房间，桌子已经被张辅掀翻，几个亲兵手握长戟围着张辅，马三保抱着肩膀旁观。大家心里都明白，再有这些人也不是张辅的对手，朱高炽看到两个官员，一个五品，一个六品，都是文官服色。

五品的李大人簇新的白鹇补服上污了好大一片，气得胡子一翘一翘的，手哆嗦着指着张辅说不出话来，那个六品官的鹭鸶补服上也污了一块，在给这位李大人顺气，两手在他的后背胡乱地揉搓着。

朱高燧忍不住笑，走了上去，说："两位大人看上去也有岁数，算得上宦海沉浮了。有一件事也应该过一下脑子，他如果不比你们官大敢掀你们桌子吗？哈哈，朝廷怎么养了你们这群没用的东西。跪下！"

这位李大人看这位小秀才来头不小，一声"跪下"，稍带稚气的声音有几分威压，禁不住心里一哆嗦，就觉得两腿发软。转念一想不对，任你是什么官，也没穿官服，又这么年轻，能当什么大官？何况我们又是代天巡狩，定一下神，沉声道："大胆，你又是何人，敢如此和天使讲话？"

朱高燧轻蔑地看了他一眼，说："就凭你？也配问爷？"

朱高炽急喊："三弟。"朱高燧只作没听见，接着骂："还敢冒充天使，强索贿赂，酗酒狎妓。小爷再说一遍，跪下！"

就在这时，一个九品官带兵冲了进来，大喊："保护天使。"在满是油污的地板上跪了下去，拜了四拜，"涿州水驿站大使宋慧之恭请圣安。"

李大人答："圣躬安。宋大人请起，涿州马驿站大使王德贪墨不法，内外勾结，私卖驿粮，损公肥己，现已查证属实，连同这一干人拿问，解往州衙。"

宋慧之站了起来，顾不上身上的油污，躬身答道："卑弁谨遵钦差意旨。不敢动问两位天使，既到涿州，为何不去州衙？"

李大人道："离京时，本官陛辞，圣上严令，不准侵扰百姓，不准去地方衙门，悄悄查实回奏，遇有不法，可便宜行事。身为臣子，定当谨遵圣训。"

朱高燧笑道："小爷见过不要脸的，却第一次见过脸皮这么厚的，好一个不准，你这两个老匹夫，已经在违抗圣旨了。"

朱高燧还没说完，宋慧之走了过去，问道："你是何人？竟敢辱骂天使。来人，绑了。"说完抬脚就朝朱高燧踢去。

朱高燧是有武功之人，自幼演习弓马，熟知拳脚，等闲之人近他不得，只是猝不及防。但是武人的习惯本能，赶紧闪避，还是踢到衣服的下摆，只听"哧"的一声，下摆被踢撕了一个口子。朱高燧刚要发怒，朱高煦忍无可忍，拔出三保佩剑，一剑刺中宋慧之后心，又一剑，结果了性命。朱高煦把剑在尸体上擦干净血迹，还给了马和，拍了几下手，看着目瞪口呆的官员们说："爷杀他如同捏死一只臭虫，一会儿把他拖出去喂狗，先把右脚斩下来，敢踢小爷的兄弟，活得不耐烦了，你们两个老匹夫，敢试剑否？"

朱高炽说："马和，有人敢上前，尽管刀剑招呼。"

马和持剑指着军兵，喝道："退下，否则，我认得你，宝剑认不得你。"众军士退了出去。

兄弟三人也不理两位官员，拿好行李带着王德一家，牵着马，找了一家客栈住了下来。

次日清晨，州官就候在外面，朱高炽请了进来，见礼毕，州官道："世子爷何等精明之人，竟然如此鲁莽，其中必有隐情，臣需要知道真相，也好具结上报。"

朱高炽说："听你这口气，是在编排本座的不是，本座不和你计较，你去吧，到隔壁，有人给你准备好了，拿去具结交差吧。另外，这个王德不错，你先把他护起来，过段时间就留在你衙门里吧。好了，也不虚留你了。"

就在昨天，三兄弟主仆走后不久，知州就到了驿站，他见过朱高炽，一听就知道是这三兄弟，没奈何，具结上报了事。朱高炽派马和去采买一些礼物带回北平。过了一个多时辰，也没见他回来，众人已经收拾停当。

朱高煦就急了，骂道："马和这奴才，平时办事挺妥当的。"刚要让卜义去找，马和回来了，大包小包买了不少，还有两个提包的小厮。朱高煦骂了他一顿。

马和赔着笑脸，说："爷不要生气，回来晚了是遇上点事情，就是因为他们两个。"这两人跪了下去，年纪稍大些的说话了，求几位爷收留。

开始时，谁也没在意，以为是店铺的伙计，两人一跪下说话，才引起众人的注意。稍大的虽然穿男装，却是个女子。两人衣服虽不是很旧，但沾了许多泥巴。朱高炽满腹狐疑地看着马和。马和让卜义领这两人先去隔壁，把情况介绍给众人："这是姐弟俩，姓薛，姐姐叫薛晓云，十五岁；弟弟叫薛苁字子谦，十三岁。都有功夫在身，刚才在市井被人追赶，那些人是官府中人，手里都拿着兵器，这两人赤手空拳，与他们厮打，看看不支，奴才上前相助。看他们和官府厮打，最后哪能有好结果，奴才走后，官府还会找他们麻烦，遂擅自做主，把人带了回来。求主子爷定夺。"

朱高煦看着姐弟这么小的年龄，有些不信，但马和从不撒谎，遂说："兄长，一会儿我们看一下，确实有些本事，带回去，我们才不怕他什么官府。"

朱高燧说："依小弟说，这个女子留给大哥，这个小厮，我要了。你们都看到了，我的书童褚敬像个木头，再说年龄逐渐大了，在宫里也不方便了。母妃还特意嘱咐，让我自己找一个合心意的。"

朱高煦说："既如此说，就留在你府上吧，那得先去势（阉割）啊。回到北平处理，马和，到时你带他去找黄俨，给他去势。"

马和听了一会儿，明白了，"扑通"跪下："几位爷，奴才有一事相求，放了这姐弟吧，奴才本想救他们，谁承想反而害了人家。奴才就是因为那该死的蓝玉才到今日，奴才断不能学蓝玉之流。"

三兄弟都知道马和的身世。朱高煦听后生气了："马和，我们待你不好吗？你这是在要挟我们。不要再讲了，就这么定了。"

马和只是不起，叩头不止。张辅上前扶他，给他使个眼色，马和聪明绝顶，膝行几步，到世子跟前，磕头如捣蒜。世子说："你先起来，这叫什么事！三弟，到时候为兄给你物色一个好书童。这样吧，我们先看看再说。"

朱高燧不高兴，也没办法，嘟囔了一句什么，也没人听清。张辅过去把姐弟俩叫过来。朱高燧也没说话，抬脚就朝薛晓云踢去，薛晓云轻轻闪过，连续几脚，都被她闪过。朱高燧朝两位哥哥点点头。

朱高炽问道："你们是哪里人？为什么官府人会追你们？"

薛晓云说："相公不要问了，我已经没有家了，一家十一口人，只剩下我姐弟俩。若蒙收留，小女子来世结草衔环，报答相公大恩。"

朱高炽听她说话语气不俗，问道："看起来你们是读过书的，我们也是官府的，你就不怕我们把你们送官吗？"

薛晓云说："我姐弟俩已经无路可走，只要能让弟弟活下去，你让我做什么都可以。小女子看得出，几位相公是好人，小女子相信你们。"

朱高炽心里说声惭愧，遂道："我们这就启程回北平，一会儿去买套衣服换上，你还是男装吧。我们也不问你身世了，你们就是杀人的凶手，滚马的强盗，我们也收留了。"

姐弟俩跪下，给几位每人磕了几个头。

两天后，朱高炽一行回到北平，也没声张，悄悄地回到燕亲王府，已是过晌申正时分。天气闷热，虽然刚刚下过阵雨，但丝毫没有缓解逼人的热浪。几人进了端礼门，薛家姐弟才知道是进了王府。

太祖高皇帝二十六个儿子，长成的都封藩各地，屏保国家，筑宫建殿，并且统一规制，亲王府的周长是三里三百零九步五分，城墙高两丈九尺，下宽上窄，且非常明显，上宽两丈，下宽六丈，东西宽一百五十丈二寸二分，南北长是一百九十丈二寸五分。逾制就是大不敬，要被治罪的。

几人进府，负责府门巡视的张昶吓了一跳，他是世子妃张瑾的哥哥，是燕王府的仪卫副使。张辅是王府的亲兵队长，在离开王府的这段时间，由张昶署理，负责王府的保护工作。王府的三卫护卫兵都被朝廷以各种理由调离王府，只有不到两千人，守护偌大的王府。

高皇帝有制，天家子女不和达官显贵结亲，和平民或低级官员结亲。张瑾家也是下级官员之家，张昶和弟弟张升都是起自卒伍，现在也只是一个下级军官。张昶赶紧迎出来，给各位爷见礼，而后飞一般地去给王爷和娘娘报信去了。

燕王府是元朝的宫殿，要比规制大很多，但必须遵制，多余的就拆除了，留出了世子府，不在规制之列。朱高煦和朱高燧都各自有府。这王府改建后，一切都按制实行，包括宫殿府门等的名字都一样。南有端礼门，北有广智门，东有体仁门，西有遵义门，各门皆有城门楼，青绿檐拱，上面是青色琉璃瓦。颜色错了，也是违制。

兄弟主仆几人进了端礼门，直接向承运殿走去，这在府里为前殿，府里有大事时才使用，如祭祀正旦、冬至等大典，有时燕王也用来会见文武官员。其后是谨身殿，府里称作中殿，左右各有十几间房，是燕王处理公务的地方。再后面是存心殿，府里称作后殿，以前是郡王爷们读书的地方，现在是各个僚属的签押房。

几个人穿过几个大殿，再后面就是王府后宫。走过一段青砖路，来到一处花园，中人和宫女们在忙着挂灯，几人无心观看，穿过长廊，来到红油大门前，守卫军士见礼，刚要开门，朱高炽摆手，几人转过门角，又向西走了一段，这时张辅和薛家姐弟停了下来，这是后宫了。

朱高炽让卜义先把薛家姐弟送回世子府交给世子妃张瑾。兄弟几人带着马和没走后宫正门，转过红墙，走到角门，角门也有四名军兵把守，看到几人走过来，打千见礼。打开门，几人走进门洞，也有四位中人侍立，旁边有一门垛，跑出一位小太监，见礼毕，飞也似的去了，他是奉承司的内承奉侯振。几人沿着河卵石小路走到画堂前，躬身侍立，马和跪了下去。

过了片刻，侯振跑了出来，后面跟着奉承司右奉承、王府大太监黄俨，笑嘻嘻地，拖着难听的公鸭嗓："哟，怪不得今儿个的喜鹊叫了一天，敢情是几位小主子回来了，怎么不差人先送个信来，这个马和、卜义是越来越不懂规矩、不会办事了。奴才给几位爷请安。"跪下去，磕了两个头，朱高炽虚扶了一下。

朱高燧说："黄公公，褚敬还没到吗？这奴才是蜗牛吗？还有啊，这都六月了，有没有好的蝈蝈儿和雀儿？"

黄俨的眼睛笑成一条缝，说："有，有，小主子，早给主子备好了。还有……"

朱高煦不耐烦了："别扯淡了，咱们的事过后再谈，王爷和娘娘怎么说？"

黄俨把拂尘一摆，正色道："王爷、娘娘。"说到这里，兄弟三人赶紧跪下，"娘娘正准备用膳，王爷已经进过药，刘医正说无大碍了，娘娘让几位小主子进去，要悄悄地。"黄俨说完去扶高炽，又说："几位小主子，请。"

几人穿过一座假山，灯笼都已打起来，整个院子亮如白昼，大厅门口有两排仪卫，这不是中人，是带刀护卫，是后宫里的真男人。几人穿过抄手游廊，走进抱厦，来到中厅，门里面站着一溜侍女。

燕王妃徐静坐在靠榻上，她四十岁左右，鹅蛋形脸，不施脂粉，略有几粒细细的麻子，双眉略弯，一双细长的眼睛，端庄、平和，又透着几分威严和豪气。旁边下首坐着燕王嫔王氏，三十七八岁，优雅娴静，慈善地看着三兄弟，她生有两女，但对燕王府的三男五女一视同仁，都视如己出，百般呵护，孩子们都叫她娘，如市井民人一般。

两排宫女扇形排开，身后是扇车，两把井口大的蒲扇不慌不忙地扇着风，四名宫女轮流踏着。熏炉里透出细细的烟，既清香又显不出烟气，屋里的四角摆着冰盆，有的已经化去了一半。兄弟三人一字排开，跪下去，拜了四拜，又给王嫔拜了两拜。

徐静开口了："你们弟兄几人从京师出来走了几日？京师来的可比你们快多了。都起来吧。"

兄弟三人站起来，在母妃的示意下坐下来。高炽欠身答道："回母妃，儿子们走了半个多月，原以为十天左右就能到家，不承想路上耽搁了，本应该早就派人禀告母妃，只是怕路上耽搁，空劳父王、母妃和娘惦记。过了涿州，看看不会有事了，遂派褚敬回府禀告，不承想褚敬这奴才倒落在后面。儿臣虑事不周，让家里亲人担忧，儿臣不孝，请母妃责罚。"

王氏接过话头："娘娘没有责怪你们的意思，回来就好，免得家人牵念，一起去给父王请安吧。"

其实王府礼制，晚上不叫请安，称作定侍。出自《礼记·曲礼上》："凡为人子之礼，冬温而夏清，昏定而晨省。"只是久不见面，燕王又在病中，故有此说。

第七回

▼

世子府贤妃谈生计　大校场舅爷显将才

　　几人起身，兄弟三人跟在后面，穿过弄堂，向西又过了一个花厅，侍女们已经打开珠帘，王氏摆了摆手，太监、侍女们都停了下来。几人走进内室，屋子不大，但通风很好，四角放着冰盆，并不太热。燕亲王朱棣身着常服，他身材高大，近八尺，双目炯炯，方脸浓眉，三绺长髯。虽然天热，他的扣子、带子等丝毫不乱，手里拿着一张纸站在那里。他们进来时，他看了一眼，面露喜色，只是一瞬间就恢复平静，低下头，去看那张纸，只说了一句："回来了。"声音略有些沙哑，但透着威严。

　　兄弟三人跪下，膝行几步，拜了四拜，一起说："儿臣叩请父王金安。"

　　朱高炽抬头看了看父王，除脸色略显苍白外，没有明显的病态，只是他发现父王的鬓角上出现了几根白发，这几根白发都倔强地露在外面，他知道父王担心兄弟三人，焦虑所致，遂说道："儿臣在京师就听说父王身体欠安，儿臣想，父王戎马半生，打熬的好筋骨，一定不会有什么大病，今日一见，儿臣放心了。儿臣知道父王是挂念儿子们。儿臣猛然发现几月不见，父王有了几根白发。儿子们不孝通天，让父王牵念，罪该万死。"说着哭出声来，两位弟弟也哭了起来。

　　朱棣的眼睛湿润了，摄定心神，瞪了一眼在抹眼泪的王氏，说："都起来吧，我没病，有点小毛病，你们回来就好了，明日就能视事。"

兄弟们没有站起来，狐疑地看着徐静，徐静道："你父王是不得已而为之，朝廷派出大批侦探侦刺王府情况，你父王索性装病，一月前更是装疯，满大街乱跑。心里只是担心你们，恐被朝廷扣作人质。"

燕王道："不要再讲了，都过去了。高煦，朝廷来人了，为你来的，说说吧，是怎么回事？都坐起来吧。"

朱高炽站起来坐在燕王对面。朱高煦见父王问话，没起来，当然，哥哥跪着，朱高燧也只好陪跪。朱高煦就把经过简单地讲了一遍，"儿臣与兄长一起设计逃离京师，也并不是想要这匹马。"朱棣点点头。

徐静让他们兄弟俩起来坐在朱高炽下首，问朱高炽："炽儿，你们是怎么惹到五河的邹太府，他可是驸马都尉梅殷的舅舅，按辈分还要长我们一辈，而且在朝中有一定势力，他定不与我们干休。你们就不能让父王省点心吗？"

朱高炽听罢，扑通跪下，说："母妃责备得极是，儿臣处置不当，请父王、母妃重重责罚。"

朱高燧腾的一下站了起来，说道："父王，母妃，娘，儿臣不赞同，怎么，这个老东西倒有理了！明知是偷来的马还买？按我们大明律属于协赃、协盗罪，还没告他，他却倒打一耙！哼，这个老匹夫！"

朱棣大喝一声："高燧，你放肆，在长辈面前还有没有礼数，都是我们把你宠的，尤其是你娘。"

他指的是王氏，刚才交代过，她对王府的八个孩子都视如己出。看到朱棣责备自己，赶忙站起来，说："是，王爷教训得极是，是臣婢之罪，但高燧讲得也有些道理，孩子还小，只认死理，其他的还不十分明白，待慢慢理教才是。王爷，孩子们千里迢迢回来了，明日再说也不迟。让孩子们都回府吧，看看媳妇、孩子要紧。依娘娘之意呢？"

徐静赶紧接话："妹妹所言极是。"

说完看着朱棣，朱棣点点头，说："回去用晚膳吧，你娘已经知会各府了，明儿个我去会会这个刘璟，都说他是黑面御史，把事情讲清楚就是。高煦杀人的事按察副使张信打发人来了两次，明儿个高炽亲自去一趟按察司，张信还是给面子的。明日看看情况再说，散了吧，我饿了，传膳吧。"

王氏喜笑颜开，王爷已经好久没有好好地吃一顿饭了，显然是今天高兴，忙站起来，说："好，臣婢这就去安排。"

众人礼毕散去，朱棣突然说："高炽回来。"高炽赶忙回身跪下。朱棣接着说："你明日再去一下庆寿寺看望大师，马和也一定去看他师父，你们一起去吧，不要打执事，悄悄去，带着护卫，多加小心。"世子答应着告退。

两位弟弟已经走了，朱高煦把马留在王府，和护卫们一起走了。朱高炽的世子府就在王府里。卜义早都带人候在那里，出了后宫门，穿过仪门，是长长的一段夹道，虽有灯笼也不够亮。卜义和中人们打着灯笼。夹道里过一段就有两个带刀护卫。世子一边走一边想父王的嘱咐，父王不是婆婆妈妈的人，显见现在北平形势很严峻了，父王明日见刘璟，这说明朝廷这次派来的人是个铁面御史。

刘璟是开国元勋诚意伯刘基刘青田的长子，现为都察院佥都御史。朱高炽认识此人，他一定是为朱高煦事情而来，也带有侦视王府的差使。想到这里，一看已经出了夹道，到了一片开阔地，这目前用作王府校场，这时还有军兵在操练。

朱高炽从旁边甬路穿过，走过祭坛，穿过两个假山，又走了一箭地，到了一座高大的门楼前，门前摆着仪仗，两队仪卫兵雁翅排开，十多对大红灯笼高高地挂着。仪卫兵看见世子走过，右手平伸，掌心向下，贴在胸前，左手执戟往地面上一顿，动作一气呵成，整齐划一，然后目视前方，如钉子一般。

这时早有人迎了出来，是世子妃张瑾的弟弟张升，见礼毕，问道："世子爷，娘娘已经备好晚膳，不知爷是去沁芳斋还是直接回宫。"沁芳斋是朱高炽的书房，在世子府的前殿。

世子说："累了，直接回宫吧。"四个侍卫早已准备好了肩舆。朱高炽真的很累了，他真想骂卜义一顿，这四人抬每次在承运殿出来就坐上，父王在时，他不敢孟浪，就走回来，今日实在是太累了，身体较胖又走了这么远，狠狠地看了一眼卜义，天太黑，卜义也没瞧见。

走过仪仗库，肩舆离开青砖主路，向左拐入鹅卵石小道，穿过挂满灯笼的仪门，又走了一段夹道，来到一座红门楼前，到了世子府后宫了，门两边站着几个军兵。抬肩舆的侍卫们退下，敞开的大门里飞也似的跑出几个中人，抬起肩舆继续走。走上青砖路，前面是一个极大的水池，从旁边宽敞的画廊走过，穿过一个拱门，又走了一箭之地，到了世子的下处。

朱高炽走进大厅，世子妃张瑾急忙迎了出来，拜了两拜，世子扶起，各叙了几句寒暖，世子嫔①李氏进来见礼，然后带着侍女过来引着世子去沐浴更衣，这边已经准备好了晚饭。更衣后，夫妻坐下用饭。李氏和侍女们站着伺候。奶娘抱过孩子，是世子府长子朱瞻基，已经三岁了，虽然离开几月，仍然记得父亲，奶声奶气地喊了几声，朱高炽心花怒放，喝了几杯金华米酒，张瑾陪了几杯。

朱高炽问道："府里最近如何？这么长时间不在府上，难为你了。"张瑾虽是女流之辈，但颇有些见识，欠身道："回世子爷，自你离开北平，也无甚大事，凡事有妹妹帮衬。只是朝廷禄米，自从去年端午节后，再也没有发放，让张升去问过几次布政司，布政使张昺总是说这不是北平的事，朝廷有定制，禄米要朝宗人府领取。"

朱高炽说："听他胡说！亲王府的禄米不同于普通官爵，可以在藩封地支取。他明明是在推脱，谅他张昺也没有这么大胆子，是朝廷有话了。那父王、母妃呢？"

张瑾说："听母妃讲，他们也和我们一样，近一年未支禄米了，日常开销恐怕也够拮据，也不好意思和母妃张口，倒是二弟妹时常接济些，端午节前又送来许多东西，钱四百贯，银二百两，钞一百锭，精米一百石，日子才没有窘迫。"

世子皱起了眉头，说："这分明是朝廷有意推脱，祖训里写得明白，郡王两千石，世子加两百石，若给足，也不至于拮据，只是找各种借口搪塞，分明是有意为之。今年庄子的年景又不好。"说到这里突然住口，看着张瑾，说："二弟这么富有，哪里来的银子？父王不用说了，有足够的积蓄，就一世不支

---

① 嫔，侧妃。

禄米也不会短了生活。只是我等，忝列钟鸣鼎食之家，外人谁会想到，也会为生计发愁。"说完苦笑了一下。

张瑾接道："父王多年征战，自然不愁金银。二弟为何如此，妾身也曾想过，后来听说了一些事情，不知真假，也不敢和世子爷讲。"

世子放下碗筷，侍女马上过来，拿来一盅水，另一侍女手托盂盆，世子漱过口，净了手，走到旁边的榻上，斜倚着，李氏端过茶来，朱高炽看她的肚子，已经几个月了，说："你也是，快到大月了，不用站规矩，这些活儿让下人们去做。"

李氏说："回爷的话，世子妃姐姐经常嘱咐，让小心些，什么都不让做，臣婢没事的，没有那么娇气，放心吧爷。"

侍女过来打扇子。朱高炽问张瑾："听到什么，但讲无妨，这是在自己府里，不到外面讲就是了。"张瑾看朱高炽吃完，早已赶紧放下碗筷，吩咐下人收拾干净，然后走到隔壁，两人坐下，张瑾让下人都离开，李氏也知趣地告退。

张瑾说："世子爷，据妾身所知，二弟有好多产业，都是一些亲戚在打理，阔气得很。"

朱高炽听罢，狐疑地看着张瑾，以她的性格，从不议论别人的是与非，说道："这可不像你说话的做派，人家给我们送银送物，我们反疑人家，这不好吧。"

张瑾听出来世子的不满，赶忙说："以爷对妾身的了解，我会乱讲是非吗？妾身也不是出自大家，什么苦都能吃，世子爷不用为此分心，今日给世子爷讲这些，只是提醒爷，爷心胸坦荡，宅心仁厚，凡事多留个心就是，免堕他人奸计。"

朱高炽听到这里，内心着实感动，说："你我多年夫妻，岂不知你是好意？如此下去也的确不是办法，你也知道，我是不在意这些的。这样吧，张升在府内只是一个闲职，明儿个让他去开个铺子，府里出本钱，也能赚来一些补贴家用。"

张瑾扑哧笑了，说："我等是天潢贵胄，却在这'夫妻东窗下设计，多赚一些孔方兄'①，传将出去，岂不为世人耻笑！再说，谁会相信啊？"世子也笑了。

张瑾接着说："以妾身看来，此事不可行，一来是父王不会同意，会说我们与小民争利，二来，我二哥虽然官职卑微，却心气极高，每日读兵书，习弓马，研习兵法，势必在战场上一刀一枪搏个功名。经常对妾身讲，马上要有战争了，我也经常嘱咐他，不要出去乱讲。"

朱高炽吃了一惊，看着张瑾，说："你二哥真行，有眼光，几年来真是看走眼了，告诉他，我支持他，明天我要专门考考他。太累了，休息吧。"两人朝里间走去。

朱高炽回想起朱高煦对黄俨说的话"我们的事"，这会儿似乎有了答案。朱高炽又把马和救薛晓云姐弟的事告诉了张瑾，张瑾说明天让卜义带来见见。

次日，早膳过后，朱高炽来到沁芳斋，让卜义把张升找来，张升进来，给世子行过礼。世子仔细地打量了一下，二十三四岁，高个，略瘦，面皮微黑，无须，长得很标准，有几分张瑾的模样，问道："张升，你到府上多久了？"

张升躬身答道："回世子爷，自从先君见背②，就在府上，大哥在王府做护卫，臣在世子府做奉正之职。"

朱高炽下意识地看了一下他的黄鹂补服，八品的前程，说："这个奉正是哪年做的？"

张升道："回世子爷，是三年前，开始是从八品，在两年前升为正八品，那天是外甥，啊，不，是小主子的悬弧之日③，因此臣就记得清楚。"

朱高炽说："那是啊，你的亲外甥嘛。"这几年基本没变职衔，这是世子妃的亲哥哥，世子的大舅，朱高炽肃然起敬，说："张升，你是我的亲戚。几年来没听你兄弟两个提一句要官的话，令我欣慰，听说你娴熟弓马，可是有的？"

张升一躬身，答道："回世子爷，臣说句不知轻重的话，不是臣的大哥劝

---

① 孔方兄，制钱，是方孔的，后泛指银钱之类。
② 先君，父亲。见背，去世。
③ 悬弧之日，男孩生日，这天在大门外挂上弓，宣告生的是男孩。

臣，臣早离开世子府了，大哥说现今多事之秋，怕世子爷遭人暗算，嘱咐臣万万不可离开世子府，不论官爵，即使白身也无所谓。世子爷说臣娴熟弓马，只是别人谬赞，臣确实常习弓马，但未经战阵。"

世子非常感动，说："随我来。"

张升不知何意，随世子走到世子府的小校场，早有人备好了马匹、弓箭。高炽指了一下弓马，又指了一下已弄好的靶心，说："五十步怎么样？"

张升的眼睛放光，说："回世子爷，一百二十步。"

卜义也是行家，说："张爷，一百二十步，是我朝武考的最高标准，弓和箭都得用重的，否则发飘，很难命中。"

张升道："谢公公提醒，世子爷，臣请求用十二力弓，七钱箭。"世子点头。卜义告诉了校场执事官，顷刻备齐。

张升扎拽停当，翻身上马，在校场弧径一百二十步以外跑了几圈，做出各种武考动作，而后，说时迟，那时快，弓张如满月，箭发似流星，射出三支箭，又跑了一圈，在世子面前下马，单膝跪下行礼，然后肃立，等候报靶。第一箭脱靶，第二、第三箭全部命中靶心。过来几个军兵给张升道喜。

世子看到马和带着十几个亲兵站在那边，喊道："拿过两只火铳来，一长一短。"马和拿着跑了过来。一个是长筒三眼铳，一个短手铳。

朱高炽说："张升，你熟悉吗？把里面的铅珠和火药退下来重新装填。"

张升答应着，从马和手中接过，不到一刻钟，长短都填装完毕，不等世子下令，朝天上就放了一铳，在人们惊异的目光下，平静地说："世子爷，臣对火铳不看好，一是射程太短，二是装填火药和铅珠时太费时间。不如连环弩好用。"

世子点头，问道："那火炮呢，你能放吗？"

张升说："回世子爷，臣没放过，倒是臣先父部下有个将官，叫霍统，绰号震天雷，放一手好炮，他曾给臣演示过飞空击贼炮、龙门炮、火龙炮、龙门战车炮，还有一窝蜂，也叫虎头炮，是连环炮。"

朱高炽说："王府里真是卧虎藏龙啊，国家承平日久，荒废了你们的功业。走，张升，和我们一起去。从今儿个起，你就是副百户，回来后就跟马和去都司领凭和官服。"

朱高炽这回是真正明白张升的意思，也明白了张昶的用意，有这样的人在府里，又是亲戚，当然无所畏惧了。他知道，这多数是道衍大师的意思，他时时不忘维护朱高炽，怕遭人暗算。

张升看见三保、卜义和亲兵们都是便装，赶忙退去官服，从卜义手里接过早已准备好的衣服，换上，给世子牵马，马和带人到端礼门候着，世子去给王爷、娘娘请安毕，带着众人来到庆寿寺。

庆寿寺在安定门，在北平府学后身斜坡上，创建于金代，元代曾遭雷击，毁坏几处。洪武时期重新修缮，建造双塔，也称作灵塔。左边七级，右边九级。朱高炽等人未进寺门，就已看见双塔，一高一低，远远望去，仿佛一个长者和一位少年并肩而立。

卜义禁不住问道："爷，奴才不明白，为什么是一高一低？奴才来过几次，到今儿个也没弄明白这个塔是做什么用的。"

朱高炽摇摇头转脸看着马和。马和说："奴才听大师讲过，这所谓灵塔，是安居骨灰的，这里的僧人圆寂后，有道高僧占右边，其他占左边。"大家都相信他的话，他是道衍大师的徒弟，因他天分极高，但怕他嗜杀，取法名静修。

大家走进寺院，古木参天，只觉凉气袭人、暑气顿消，世子让众人候着，带着马和拾级而上，卜义和张升不放心，也在后面远远跟着。

第八回

▼

探病情御史露圣意　听佛语世子悟禅机

早有寺里执事迎了上来，道衍大师也早已候在那里，看他俩走进，双手合十，夹着念珠，高宣佛号："阿弥陀佛，得知世子爷三兄弟北归，老僧正想去府上拜访，不承想世子爷先屈尊造访，这酷暑时节，感了时气，岂不是老僧罪过！"

世子紧走几步，回了佛礼。马和跪了下去，磕头，高呼佛号。几人走进禅房，又重新见礼，分宾主落座。马和因是弟子，不敢坐下。小沙弥上茶，道衍须发皆白，总是半低着头，人称他状若病虎，也许是因此而得名。朱高炽看他穿着厚厚的僧衣，冠带也是丝毫不乱，室内既没有扇车，也没有冰盆。朱高炽客气几句，换了三遍茶。

道衍说："世子爷宽坐片刻，老衲和马和说几句话。"

朱高炽说："大师请便。"

大师坐在蒲团上，示意马和坐在对面。两人坐好，无视世子存在。世子深知道衍禀性，必有缘由，也不理会，吃着茶，静静地看着。

大师道："对面者，是马和，还是静修？"

马和双手合十回道："弟子既不是马和，也不是静修，一臭皮囊尔。"

大师问："你从何处而来？"

马和答道："弟子不来不去，不生不灭。"

大师道："老衲问你几句，为何答非所问？你无耳乎？"

马和道："俗身无耳，佛有耳。"

大师问道："何谓佛耳？"

马和答道："妙音佛号为佛耳……"

朱高炽听见这师徒一问一答，很是有趣，忘了吃茶。道衍说："南下三月有余，可曾读佛书？"

马和答道："有读，不敢丝毫懈怠。"

"可读出什么要领？"

马和答道："读书虽多，要领却少，弟子只悟出一字，是一个'空'字。"

道衍说："一个空字能有多少能为？"

马和说："回师父，经书上讲'色即是空，空即是色'。"

道衍说："是了，请解来。"

马和道："弟子以为，若心与空相通，则诋毁赞誉，何喜何忧？若根与空相通，则施给与劫夺，何得何失？"

道衍说："此为大道，请详解。"

马和道："弟子遵命，一个空字，断尽尘世中各种俗事，无欲无争，无为而通，做好分内之事，而不忧谗畏讥；礼于人，而不患得患失，才不失为大道。师父在上，弟子愚钝，不知解之当否？"

大师停下，偷偷看了一眼朱高炽，看他整个人都呆了。示意马和站起来，自己也站了起来，高宣佛号："阿弥陀佛！"朱高炽醒过神来，站起身扑打一下下摆，跪了下去，沉声道："大师真乃世外高人，一席话，有如醍醐灌顶，学生虽然愚鲁，但也明白大师苦心，几个月来压在心中的疑团解开了，多谢大师指点迷津。"

道衍双手扶起朱高炽，说："使不得，世子爷千金之躯，不能礼拜老衲，有恐折了老衲寿数。"给马和使了个眼色，马和退了出去。马和也明白，师徒对解，是为点化世子。

禅室里只有两人，朱高炽只觉得心中清明。道衍问道："昨儿个回来，有没有和王爷私下交谈？"

朱高炽说："还没顾得上，今儿个父王要见佥都御史刘璟，学生过会儿还要去臬司①，不知道今晚会不会和我谈。"

道衍问道："王爷的心思想必世子爷已经知道了，爷是如何想的？请对老僧和盘托出。"

朱高炽是老实人，也不想隐瞒观点，说："在没到这之前，确切地说，没听到大师这番话之前，和现在的想法又不一样。学生在京师，深知朝廷作为，对燕王府的一举一动都了如指掌，皇上还单独召见了学生，谈了很多，有些话直截了当，有些想法也和学生一样。若父王真的起兵，那岂不是犯上作乱，且以一隅而抗全国，无疑是以卵击石，纵观二十一史，此种情况不绝于笔，然有几人成功？汉代七国之乱，藩王不可谓不强，其结果如何？再者即使侥幸成功，也难逃史官之笔。如晋代'八王之乱'，没有赢家，都成了乱臣贼子。大师，史笔如铁啊。"

说到这里，停下来，看一看道衍的表情，他听得正入神，看世子停了下来，遂问道："那世子爷现在的想法呢？"

朱高炽说："听完大师的对解，学生觉得自己见识浅薄：一是自己不论如何思虑，也不会左右父王；其二是，看朝廷这态势，若不举旗，恐做丹徒布衣而不可得也②。现在学生的心中只有一个空字，无欲无争，做好分内之事。大师，学生想通了。"

道衍说："世子爷聪慧过人，诚恳待人，老衲也实言相告，我等众人和大王一样，在等世子爷三兄弟北归，准备起兵。只是担心朝廷扣住你们，那就一切准备都前功尽弃了。在此当口，朝廷能放你们归藩，岂非天意？另外，王爷已经知道世子爷的想法，故让老衲劝世子爷。刚才老僧之意，世子爷已懂，无论起兵与否，无论成败，都要请世子爷记住刚才讲过的话，老僧心愿足矣，切记切记。"

①明朝各省所设的提刑按察使司，掌管一省刑名，按察使是主官，也称臬台。下文称作藩司的是布政使司，是一省最高行政机构，布政使是主官，也称藩台。

②东晋诸葛长民，被皇上刘裕疑忌，害怕被杀。后人常用来表达对富贵危机的感慨。

朱高炽早已明白是父王授意道衍劝自己，道衍言外之意非常明确，大王和众人之意已决，绝无反悔。不管自己内心是否赞同，都不能溢于言表，要尽好自己的职责，免得日后为自己招祸。

朱高炽明白道衍在维护自己，只是内心还有疑惑，这时大着胆子问："大师，学生愚钝，不知父王最终打算，是欲取而代之否？"

这话着实让道衍吃了一惊，也觉得实在不好回答，说："老衲不打诳语，到目前为止，还未议到此处。老僧愚见，伊尹流太甲①，霍光废昌邑②，周公辅成王③，皆为天下苍生社稷，并无一己之私。而我们只有到那时相机而作也。"说得极是含糊，朱高炽也不好多问。

道衍陪着世子，到大雄宝殿拜了一回，告辞前，道衍说："今晚王爷可能会找爷谈话，明儿个老僧进府。"

燕亲王府里，朱棣正在会见刘璟。刘璟字仲景，已经近五十岁了，个子不高，山羊胡子，眼睛虽然不大，却炯炯有神，头戴四梁冠，身穿绯袍，獬豸补子，是三品风宪官④。若论私交两人还是不错的。

刘璟进府，未走端礼门，而从朝西开的一个小角门而入，这让朱棣感到欣慰。进府后，刘璟看到，旌旗乱倒，刀剑不整，王府的仪卫兵都在树荫下乘凉，有的站着，有的坐着。好笑的是，守门的几个军兵在打双陆（棋类游戏），两个人在玩，其他人观战，一个六品的带刀护卫视而不见。由此可见燕亲王病的时间太长，儿子又不在家，三卫护兵都被调走备边，无人管理。

刘璟进入大厅后行君臣大礼。因他没走正门，朱棣也当他没有圣旨，不用请圣上安。侍婢们奉茶，问了一些事，无非是病多久了，都吃了什么药等客气话。朱棣也和他周旋。

刘璟从文袋里拿出一个包说："臣听说王爷贵体欠安，今日一见，看看似已大安，臣放心了。这是先君留下的上好冰片，殿下与臣至交，这不算是送礼

①《史记》记载，伊尹把暴虐、乱德的太甲流放在桐宫，自己摄政。三年后太甲改过自新，伊尹复其皇位。
②《汉书》记载，霍光废掉了淫乱无道的刘贺，改立汉宣帝刘病已。刘贺未登基时作昌邑王。
③周公旦，周武王弟弟，武王死后他辅佐成王，代行天子职权，成王二十岁时还政。
④监察官员，主官是都御史，也称总宪，下设各道御史。

吧！"

燕王说："仲景，你来看看就是了，又让你坏钞，今番能来看我，足见未忘故人。去年身体一直不错，谁料今年正旦过后，一病不起，现在总算没事了。"

刘璟说："王爷客气了，平时还要多多注意才是。王爷北藩屏障，一旦身体欠安，时间过久，恐北元伺机而动。"

朱棣道："多谢仲景谬赞，现在已经非比当年，已经骑不得马，拉不得弓了，徒费朝廷禄米，深感惭愧。"

刘璟说："王爷说哪里话，王爷正值壮年，春秋鼎盛，当今圣上正好倚重。"

燕王看他提到皇上，遂转移话题："仲景前几年一直在十四弟那里做长史，我们有几年未见了，仲景棋艺，技冠当朝，无人能胜半子。你我多年未切磋，今儿个来到，岂能空过？"

刘璟说："臣深知王爷棋艺了得。听王爷一说，臣不免技痒，那臣斗胆和殿下对弈一局，不知王爷身体如何？"

燕王道："对弈一局不成问题，只是我知道仲景棋艺，多少让我几子如何？"

刘璟听出朱棣的弦外之音，正色道："王爷，臣深知棋艺之道，当让则让，不能让时半子也是不能。"

中人已经摆好棋枰，两人刚要起身，朱棣一阵剧烈的咳嗽，太监宫女都围了上来。刘璟站起来说："殿下恕罪，臣死罪，扰了王爷。"

燕王摆摆手道："无妨，看来棋是下不成了，仲景，这里只有你和本王，说正事吧，你也好交差。"燕王已经看出，刘璟丝毫没有妥协之意，于是就拿出公事公办的架势。

刘璟说："回王爷，也没什么大事，臣这次奉旨来北平，是为讼狱之事，顺便有两件事，都牵涉到王府，臣说出来，王爷勿怪。"

燕王说："但说无妨。"刘璟就把朱高煦的事情和盘托出。讲完后，看着朱棣。

朱棣平静地说："仲景大人本是上差，未走大门，本王不敢以钦差礼之，然心里还是按钦差对待。你讲的这些，本王也有耳闻，也使人在调查此事。请刘大人转奏皇上，若朱高煦做了不忠不法之事，本王绝不护私，定以律论处。至于你讲的什么宝马，本王还未听说，也会过问的。但是我想说一句，既然这马是偷他阿舅的，朝廷就不必过问了。若真有此事，哪天不计哪个外甥去京师办差，还给他阿舅就是了。朝廷有些小题大做了。"

刘璟看话不投机，知道多说无益，说几句宽慰的话，告退。连夜写好奏章，派人秘密送往京师，信中明确提到，燕王必反，他在谷王府做了四年长史，亲王府的规制他一清二楚，燕王府看上去一片混乱，只是燕王欲盖弥彰，骗得了别人，骗不了他。打发走信使，他又拜会了都指挥使谢贵、北平布政使张昺，通报情报，让他们候旨。而后离开北平回京师。

在刘璟回京师十几日后，北平按察司副使张信求见朱棣。张信原是北平旧将，其父曾为燕王府卫指挥佥事，那时张信也在营中做一副千户，其父几次北征，屡建战功，擢升为卫指挥佥事，在征北元时阵亡，职位由张信承袭。几年下来，张信颇有功绩，遂擢升为北平按察副使。此人智勇兼备，家属俱在北平。

张信接到旨意，逮系燕王进京。因他家里两代受燕王恩惠，不忍下手。其母令他速报燕王。燕王沉思片刻，觉得没有不见的道理。

张辅说："王爷，张信再三嘱咐臣，不许声张，不走中门，也没穿官服，没带从人。"燕王让张辅快请。

张信急匆匆地走了进来，身穿浅绿色茧绸直裰，头戴方巾，一身秀才打扮，跪下去拜了四拜。朱棣坐在榻上，说："张将军，请恕本王无礼了。"

张信看得出燕王不相信他，说："请王爷屏退左右。"

朱棣说："张大人何意？本王无藏私之处，府中之人，也皆为忠义之士，有事尽管赐教就是。"

张信急了，大声喊道："殿下犹不记张兴之寡妻乎？"

朱棣和众人刹那间呆了，不是急事，断不会这样说自己的父母，不但直呼其名，还说寡妻，这是大不孝。燕王说："令堂身体可还硬朗？碍于祖制，藩王不能结交当地文武大臣，不然本王早该去拜访令堂。"

张信又说："是家母让臣来府上的，事急矣，请速屏退左右。"燕王给三保使了个眼色，马和挥手让中人和侍女们都回避。

张辅过来搀起张信，马和上茶。燕王说："张信，你是朝廷三品大员，到王府要放炮、开中门的，你却这等打扮，这让本王如何担待得起啊！现在有何急事，马和、张辅都是老熟人，但讲无妨。"

张信直起身子，行一个军礼道："王帅，末将张信有紧急军情禀报。"这一做派，朱棣十分感动，这分明示与燕王，我还是你的旧将张信，于是朝张信友善地点点头。张信从衣袖里拿出圣旨让马和递给燕王。燕王看罢，大惊失色。走下靠榻，到张信前深深一躬，口称"恩张"，慌得张信还礼不迭。

张信说："殿下需早作打算，据臣所知，都帅谢贵和藩司的张昺都接到圣旨。但他们的和臣的不同，他们是逮治王府属官。他们得手后再让臣动手，也许还有其他人接到了密旨也未可知。"

燕王说："前些日子刘璟还到过府上，看来他什么都明白，只是想拉我一把，但我不明白你为何要告诉本王？"

张信道："回殿下，是家母之意，家母告诉臣，没有殿下，就没有臣父子的今天，若忘记根本，禽兽不如。家母还讲，太子仙去，接下来秦王、晋王相继薨逝，殿下是嫡长子，当有天下，遂让臣前来出首，臣已经来过两趟，张将军不让进府。现在臣不便久留，恐有人见疑。还有王爷，王府长史何臣可能也得到密旨，臣告退。"

刚要退出，燕王紧紧拉住他的手，说："恩张，令堂真乃千古奇女子，大恩不言谢，你既然在按察司，当然能调动一些军兵，你速去点一些亲信军士守住贵府，我也会派一些军士着便装，悄悄地在贵府周遭游弋。文弼，你速去办理此事，然后回到这里，马和送张大人，派人去请金先生、道衍大师，未正时分在此议事。"又安排张昶监视何臣。

燕王在书房里草草用了午膳，刚进未时，金忠和道衍和尚就来到了。见礼毕，燕王单刀直入，把密旨拿给二人看。道衍两只眼睛放出光来，说："阿弥陀佛，大王需早作决断，若再犹疑首鼠，大事去矣。"

燕王说："两位先生，我委实难决，那天曾经说过，一旦起事，也只是以一隅而抗全国，岂有胜算？再者，大师，史笔如铁呀，我等将为乱臣贼子。"

道衍说："殿下，老僧也曾讲过，自古天道好还，人心向背，如今奸臣当朝，蒙蔽圣聪，天家受戮，四海震动。宇内无不为各藩王爷喊冤，我大明太祖高皇帝留下祖训，朝中有奸臣，各藩镇可兴兵讨之。况现在我等已为鱼肉，而人为刀俎，当断不断，祸不远矣，请殿下速决之。"

金忠说："朝廷邸报有些时日未进王府了，他们说王爷病中，恐劳心神，但臣已看过。"说完看着朱棣，朱棣示意他继续。金忠，其貌不扬，面白短髭，略高微胖。他本是鄞州人，字世忠，号性庵，现已近五十岁了。他自幼博阅史籍，熟读兵书，几乎过目成诵，尤其以善卜著称。

金忠看王爷听得仔细，接着说："王爷，朝廷把王府护卫全部调走，分别调去宋忠、耿瓛和徐凯各部。"几个人走到沙盘前。

第九回

▼

黄直出首惊风密雨　　金忠释疑山雨欲来

这时朱高炽走了进来，带着卜义，看室内气氛不对，打发走了卜义，和各位见礼。

朱棣让他看密旨，看后，世子的脸变得苍白起来，看了一眼众人，知道是在议事，自己进来打断了，他自己对朝廷的最后一点幻想也没了。

朱棣也没理会他，示意金忠继续，"都督总兵宋忠屯开平，现调永清左、右卫，去彰德和顺德；都督徐凯练兵临清；耿瓛和杨文屯于山海关，三处成掎角之势，名为练兵屯田，实为防我。"

道衍说："无妨，一旦起事，杀掉谢贵，夺得兵符，北平都司为我所据，兵马足够与之抗衡。世子爷以为如何？"

朱高炽正在看他们指点沙盘，突然问到自己，遂说："父王，儿臣是不知兵的，但听金先生所讲，儿臣忽然想到，朝廷把王府三护卫悉数调走，却并非坏事，他们都在附近，充到各卫所，儿臣认为这坏事反而变成了好事。"看到三人把目光都集中在自己身上，鼓足了勇气，继续说："父王带兵多年，驭下有术，善抚士卒，将士多愿为父王所用，比如张信宁愿冒夷族之危出首，可见一斑。各处将官都有父王旧署，一旦战事起，即可招来，就好比把一只老母鸡散在了雏鸡里，这岂不是坏事变成了好事？"

几人茅塞顿开，朱棣尤其高兴，他知道，朱高炽一直反对起兵，这时看到世子乐于谋划，心中大乐，说："高炽学会动脑子了，有长进。"

金忠道："贺喜大王，世子爷面色敦厚、平和，实则读书有成，腹有良谋，此计可抵十万精兵。"

几个人坐下来谋划，看哪些人可以争取。首先想到的是通州卫指挥佥事房胜，丽正门守卫指挥佥事郑亨，尤其是老将唐云，等等。定下计划，出其不意，夺占九门，平定城里，而后是通州大营，遵化铁矿，密云卫。

朱棣面有犹疑之色，说："大师和金先生都知道，打仗谈何容易，打的是钱粮，钱从何来，粮从何来，军旅用物，布匹棉花，刀枪箭弩，火药茶盐。我是打过大仗的，兵马未动，粮草先行。这可是大事，一旦起事，南北断绝，物资自给都十分困难，拿什么以资军用？"

朱棣说完，大家默不作声，过了半晌，道衍高宣一声佛号，站了起来说："王爷所虑极是，汉高祖起事，幸有萧何，安国家，抚百姓，不绝饷道，汉高祖一心用在战事上，汉高祖感叹萧何可顶百万雄兵，是大汉第一功臣，可见其重要。但王爷切莫灰心，殿下这里就有萧何，那就是世子爷。"

金忠道："王爷，臣有同感，把差事交给世子爷，必不误殿下。"

朱棣很吃了一惊，知子莫如父，朱高炽天生鲁钝，忠厚老实，怎能当得如此大任？这二位也没有必要拍世子马屁，而且这二人从不乱讲话，他狐疑地看着三人。

朱高炽说："二位先生折煞学生了，'萧何'二字断不敢当，两位先生只要有一人留在北平助我，我二人定不会误事，父王放心。"朱棣大喜，他知道，朱高炽可不是说大话的人。一切谋定，定于明日召集众将议事。

燕王朱棣、朱高炽、朱高煦、朱高燧、道衍、金忠、张玉、朱能、丘福等一些文武都在谨身殿东大厅，武将们一身戎装，燕王也不似带病之人，着亲王常服，一脸凝重。把朝廷给张信的密旨示与众人，道："各位都是孤之股肱，本王能有何病？只不过是朝廷逼迫太甚，为自救耳。然树欲静而风不止，当今圣上正值幼冲，宠信奸臣，屠戮天家，我欲保妻孥，不得不做准备。大家都是百战疆场，随我出兵放马，一起从死人堆里爬出来的生死之交。有意随我者，共谋大业；无意者，人各有志，绝不勉强，任随自便。"

众人已经早有预感，这一天是迟早的事，都站起来，说："谨遵殿下将令，惟殿下马首是瞻。"

殿下的目光投向了三个儿子，世子朱高炽点头，朱高煦和朱高燧神采飞扬，目露精光，刚要说话，黄俨走了进来，在燕王耳边嘀咕了几句。

燕王道："列位少坐，失陪一下，去去便回。"说着便走了出去。到了西厅，见两位身穿青袍、鹭鸶补子的官员站在那里。黄俨说，一位是黄直，字友直，另一位是吕昕，字克声。朱棣狐疑，六品官员为何到王府，还要亲见。两人见燕王进来马上见礼："下官北平按察司经历吕昕，臣北平布政司经历黄直见过燕王殿下。"

朱棣也没赐座，自己坐下，虚扶了一下，道："本王身体欠安，怠慢了两位大人，两位到府上，不知有何赐教。"两人互看一眼，扫了一眼四周，似乎面有难色。

朱棣道："但讲无妨，身边都是家里人，况本王光明磊落，没有可避人之事。"两人从宽大的袍袖里各拿出一个小册子，递给黄俨，黄俨躬身递燕王。

黄直说："殿下英明神武，体恤下情，爱民如子，然圣上不察，遭奸宄蔽数，给下官等人下了密旨，让我等协助臬司把王爷逮至京师。我二人深受王府厚恩，无以为报，虽担不忠之名，但绝不做此等不义之事。"

燕王接过来，并没有打开，只是说："二位大人何出此言？当今圣上聪慧过人，智虑绝伦，仁德之名播于四海，况且与本王又是亲骨肉，断不会有此旨意，请二位勿复言，念你们与本王旧识，颇有交情，不再追究，否则，定上本参你离间天家骨肉之罪。送客。"

二人"扑通"一声跪下，吕昕说："殿下，切勿见疑，事情急迫，臣主官也拿到了密旨，北平布政使张昺、都指挥使谢贵已经在调兵，说话就到。请殿下速谋良策。臣二人既然到府上，誓死不离王府。"说完，泪如雨下。

燕王看了看，看来是真的了，遂道："二位请随我来。"几人鱼贯走入内室，里面的人都站了起来。"大师请看。"燕王把密旨递给道衍和尚，看完后传给众人。屋子里静静地，只有传阅密旨的窸窸窣窣的声音，时而传出外面的鸟叫声。

道衍和尚站了起来，宣一声佛号："阿弥陀佛，王爷，张昺、谢贵之辈已经奉旨，想必已经在调兵遣将，箭已上弦，不得不发。"

黄直道："大师所言极是，他们正在调集军马，我和吕大人先行一步，恐怕已经被他们察觉，说不定现在已经到了。"

朱高煦大声说："父王，谅他张昺一文官，有何能为？谢贵庸才一个，有勇无谋，儿子这就带兵出府，与他见个高下。"

朱棣大声说道："你住嘴，这么多大人在此，哪有你插嘴的份儿。各位大人，事已至此，只求保全。张玉，朱能，丘福，速去校场调兵，打开府库，重赏军士。"

这时，只听外面哗啦啦地响。马和早跑了进来，在朱棣耳边嘀咕了几句。大家其实早已看到，一阵旋风吹落了琉璃瓦，只见朱棣脸上露出狐疑之色，对道衍说："先生，我等正欲举大事，大风吹落屋瓦，现正值暑热，怎会有如此大风，请教大师和金先生，这个主何吉凶？"

道衍对金忠说："世忠，请卜上一卦，看主何吉凶。"金忠从袖里取出六枚制钱，鼓捣一会儿，说道："祝贺殿下，卦象显示，将有换屋顶之喜，主吉。"

大家都站起来拱手道："恭喜王爷。"随后跪了下去，高呼"万岁"！

朱棣道："快快请起，折煞本王，本王起兵，绝不是争此江山，一是为社稷着想，二是为保全家和部下性命。想我太祖高皇帝起于布衣，艰苦征战数十载，始有天下，本意封建诸子，驻疆守藩，永享太平。谁知奸臣祸乱朝纲，屠戮我家。事已至此，我绝不犹豫，望文臣谋划，武将用命，打出一个太平世界，与尔等共享富贵。"

众人听了，似乎前后矛盾，也无人顾及。

外面的鼓噪声喧哗声，一阵阵传进殿来，有人进来报告，王府已经被包围。这时王府外面已经被围得水泄不通。北平都指挥使谢贵戎装佩剑，带着一卫兵马，手持圣旨候在外面。正在和他说话的是一位文官，头戴乌纱，圆领绯袍，锦鸡补子，一看是二品大员，他是北平布政使张昺，也接到旨意，锁拿燕亲王府属官。

两人前后脚到达王府，互相见礼。张昺说："谢帅，这事叨登大发了，这可是大事，皇上下旨锁拿王府属官，这差事不好办。"

谢贵说："张大人所言极是，燕王府这是谋大逆啊。"两人心照不宣。其实两人都上了密奏，说燕王就要起兵。

张昺道："谢帅，燕王殿下统兵多年，多少次出兵放马北元，门将旧部遍及各卫，若有人走漏风声，出府搬兵，非同小可，望大帅早做决断。"

谢贵说："张大人言之有理，但是殿下毕竟是高皇嫡子，当今圣上的亲叔叔，只说锁拿官属，并没有旨意厮杀，似乎不能攻打，倘若伤了亲王或眷属，不是玩的，你我必有灭族之祸。为今之计，守住各门，门外架上木栅，使之内外不通，岂不两便！"

张昺说："此计甚善，待下官先与府里通话，看如何回答，再做计较。"对城门楼的军兵喊道："你们这里谁是官长，请他与本官搭话。"

只片刻，一位军官走上门楼，说："张大人，卑弁是王爷府护卫亲兵张昶，敢问大人带这么多军兵到此有何贵干？我家王爷是高皇帝、高皇后的嫡亲骨肉，是当今圣上的亲皇叔，我大明朝有制，藩属众官不准入亲王府门前三丈，文官下轿，武官及五品以下文官下马。你等身为北平最高文武，不会连这都不知道吧？你们就不怕被治无人臣之礼的死罪吗？"

说话抑扬顿挫，声音铿锵有力，虽然很远，却听得真切。这张昶是燕王世子妃的哥哥，文武双全，极有胆略，现在是燕王亲兵队长，跟了王爷好多年了，也是在死人堆里爬出来的，看上去三十多岁，高高的个子略有些瘦，清癯的脸上透出坚毅。他早已派人通知朱棣，自己在城楼的箭垛上观察了很久。

张昺也见过他，圣旨锁拿的名单里没有这个人，因此说话也很客气，大声说道："原来是张将军，失敬。我们也是熟人了，下官就直言相告，奉皇命进府办差，你想下官一个小小的布政使，米粒大的前程，岂敢在亲王府门前撒野，只是圣命在此，不敢懈怠，等下官了了公事，即刻退兵，改日做东道给张将军赔罪，并到府上给王爷叩头。"

"卑弁听着糊涂，请张大人赐教。"张昶说着，给身边的亲兵使个眼色，亲兵匆匆而去。

张昺说："燕王府有属官蛊惑蒙蔽王爷，当今圣上以仁孝治天下，深恐王爷被蒙蔽，以致做出不忠不孝之事，特下旨令下官将王府属官拿至京师问罪，以全王爷之名和皇上亲亲之义。"

这时上来一个亲兵在张昺身边耳语几句，又匆匆离开。张昺喊道："名单何在，请大人明示，王爷病重，北平城里人人皆知，不能料理烦琐之事，且请宽限几日。"

谢贵答道："好，张将军，还认识本帅乎？这是诏令，逮治属官名单都在上面，请将军呈与殿下。朝廷钦差大人说话就到，我们在这里候着，有事就请王爷说与天使吧。"说完弯弓搭箭，射向门楼，张昺解下诏令，喊一声稍候，飞一般地向后面走去。

马和迎了上来，说："主子让你进去，随我来吧。"燕王展开诏令，擒拿七名属官，第一名赫然是王府长史何臣，接下来是指挥张玉以及佥事朱能、丘福等，还有仪宾李让，仪宾就是王府的女婿，他是永平郡主的夫君，亲王的女婿不能称作驸马，叫仪宾。

这李让洪武二十六年举孝廉，朱棣读过他的文章，十分欣赏，在京师见了他，真是仪容俊美，风流倜傥，并且谈吐得体，见解透彻，甚喜，遂带回北平，掌文牍，作起文来，文不加点，出口成章，朱棣请旨，招为仪宾。太祖有制，各亲王府不准与显贵通婚，只有两类婚姻，一是需平民子女方可，二是功臣之家。李让在王府，参与机密，因此在逮治之列。

朱棣问道："何臣在哪里？"

马和答道："在长史的签押房，刚才他到前殿转了几次，问了一些事情。"

朱棣道："何臣这厮，是皇考亲自简拔做燕王府长史，官居五品，几年来一起做了许多事情，自觉与他还算交心，然人心叵测，殊不知这厮去京师首告，把这里的详情全部报于朝廷，殊为可恨。我常言，人各有志，不能勉强，但是你不能为一己之私而失义气。"说完，转向道衍大师，问道："大师以为此事当如何裁处？"

道衍大师看完名单，又传阅一下，问道："世子爷以为如何裁夺？"

世子朱高炽投向父王，刚才朱高煦被斥责，是教训，世子一向坚持"多言数穷，不如守中"，一直是惜话如金。他看到王爷点头，站起来，清了清嗓子，说道："在各位大人面前，原不应该说话。"

用眼睛的余光偷瞥了一下朱高煦，看他一脸的不屑，还哼了一声，继续说："父王之命，学生就讲几句，现在如此局势，确是箭在弦上，几位王叔下场如此凄惨，实出意料，我十二叔湘亲王更为惨切，为免受辱，阖家焚死。"说着眼泪就流了下来，"以目前形势，外面人多势众，而我王府加在一起不足两千人，只能智取不能硬拼。"

他看了一眼王爷正在认真听，鼓足勇气，接着说："学生是不知兵的，三军鼓噪，仗主帅耳，主帅被擒，顷刻瓦解，现在赚进谢贵杀之，如我上次所讲，率师夺占都司，抢得兵符，各处卫司多父王部署，见兵符，虽是一半，也不会真心为敌。至于如何施为，请父王定夺。"

燕王听完，甚是有理，已经议过一次，大同小异。现在朱高炽有意在众人面前讲出来，是为了鼓足士气。这思路清晰了，朱棣把目光转向金忠。

第十回

▼

作假象金忠赚天使　杀命官朱棣起燕兵

金忠说："就按上次议定的，现在世子爷已经说明，箭在弦上，不得不发，殿下，先让张昶传话给张昺和谢贵，已经在擒拿属官，请他们稍候。"

朱棣说："好，一会儿都去前殿，去请何臣，五花大绑，朱能、张玉，谢贵、张昺两人都认识你，把你虚绑，其他人谅张昺、谢贵也不认识，京师来使更不会认得，胡乱绑几个人，不要告诉何臣实情，把张昺、谢贵请进府内，大事定矣。"

道衍说："不妥，要真绑，先绑三人即可，说按名索拿，正在缉拿中，如来使一旦点名，势必引起何臣怀疑，一旦叫将起来，后果难料，望殿下三思。"

朱棣说："此言甚善，一会儿先请出来使，使其勿疑，然后擒之。张玉、朱能，你二人松绑后速带本部人马控制九门，杀散卫所军兵，徐祥、张昶你们带人在端礼门两旁埋伏，听我号令，立即杀出府门，切记降者免死。三保率卫队埋伏殿后，听我摔门，杀出擒贼。吕昕、黄直你们随高阳王高煦和丘将军杀出府门，速速归家，随高煦率兵保护府上。令张升带三百兵保护女眷，有人擅闯内官，杀无赦。张信之母，史之贤母，待我带兵杀出，留兵保护张府。"燕王简拔完毕，转向道衍，"先生看可妥当？"

道衍说："金忠与张昺素有交往，如能劝降他，北平城会兵不血刃，世忠你看如何？"

金忠道："臣与张昺平时也颇有些往来，让臣试试，但此人心气高傲，定然不屈。"

道衍说："尽人事而已，既如此，世忠，过会儿你起草奏章并昭告天下，自古名不正则言不顺，言不顺则事不成。我们要高举大旗，并昭告天下。"燕王称善。

张昺和谢贵二人等得焦躁，有旨意，今儿个钦差来到，一起擒拿王府属官。七月初五，已是中伏天，北平的夏天又出奇的热。天气炎热，将士们甲胄在身，热得汗流浃背，这时，张昺看有卤簿过来，知道是钦差到了，早已经接到滚单，佥都御史贾瑾，奉旨捉拿王府属官，而后请燕亲王朱棣进京见驾。

二位见过天使，请过圣安。贾瑾拿出圣旨宣读，二人跪听毕，谢贵说："不瞒钦差大人，末将二人已经等了近两个时辰，正无计可施，可好天使到来，请天使定夺。"

贾瑾说："不妨，二位大人辛苦，本座与燕王素有些交情，谅他不会不给面子，这也是圣上差某到此原因。"

两人忙说："全凭大人。"

张昶在城门楼上出现，喊道："两位大人，来者可是天使？王爷已经拜读诏书，要见钦差大人，然后索拿属官，再请两位大人查验。"

贾瑾喊道："请将军速去通报。"张昶过去禀报。不一会儿，又返回门楼，喊道："传王爷令，请天使进府，其他人先候着。"

张昺不放心，说："钦差大人，燕王极其狡诈，下官恐大人遭其毒手，还是一起进去吧。"

贾瑾说："不可，我们几人都进去能顶什么？纵有天大本事也难能逃掉。光天化日，不会就把我们杀了吧。"笑着摇摇头，又加了一句，"张大人，刚才那番话，无礼得很，有御史在，会参奏你无人臣礼。"张昺和谢贵互看一眼，苦笑一下，应着，"是"。

这时三声炮响，中门大开，一队队仪卫亲兵持戟擎旗开出来。门楼上，军兵张弓搭箭，射住门口，谢贵知道王府不放心，挥手让自己的军兵再后退儿步。大红伞盖下闪出燕亲王世子朱高炽，后跟一些官员，朱高炽先请圣安，而后说："禀告天使，父王身体欠安，不能见风，正在谨身大殿候驾。"贾瑾说："前面带路。"

燕王等人已经在谨身殿东大厅，刚落座，长史何臣进来，见过礼，在道衍下首落座。"天使到"，有人喊道，燕王率员叩迎。来使乌纱帽，圆领绯袍，獬豸补子，金银花束带，与燕王彼此相识，燕王一看是金都御史贾瑾。

贾瑾刚要宣读一道旨意，燕王跪下道："大明高皇帝嫡四子燕亲王朱棣恭请皇上圣安。"

贾大人道："圣躬安。"然后宣读旨意。朱棣道："臣遵旨。"贾瑾扶起朱棣，然后跪了下去。燕王一把扯住，"贾大人，你我不必如此。"

贾大人道："惭愧，王爷，京师一别，没想到以这种方式见面，造化弄人，还望殿下体恤下情，助下官了了公事，回京复命。"

燕王道："孤已接到名单，尚存疑虑，本王自认为行事不悖，不知何故，让朝廷大动干戈。今见天使，我放心了不少，但请贾大人放心，本王照办就是，还望贾大人回京面圣，多言本王之忠，勿道听途说，误伤忠良。"说完指了一下两边，"这是长史何臣，指挥张玉、朱能，其他人正在找，一会儿请谢大人、张大人进府拿人，也算了了一段公事。"

张玉、朱能站起来大喊无罪，"圣上误信谗言，残害忠良，我们多次出兵放马，保疆戍边，和王爷九死一生，在死人堆里滚打，在刀头上过生活……"

话未说完，被朱棣一声喝住："放肆，天使面前，敢辱天听，非忠臣之道，尽管随天使进京，天使定会保全，来人，把他们绑起来。"进来几个士兵，捆粽子一样捆了起来。"何大人，你为何不发声？"朱棣问何臣。

何臣心里明镜一般，把自己放在锁拿的第一位，圣上用心良苦，后悔自己刚才没发声，依燕王的精明，一定会怀疑的，但事已至此，只能继续了，说："钦差大人，王爷，君叫臣死，臣不敢不死。圣旨在此，我们遵旨就是，还望王爷念昔日情分，臣去京师后各方周全为盼。"燕王答应。"来人，"三保进来，"去请张昺、谢贵进府拿人吧。"

张昺、谢贵等得心焦，恐天使遭不测，张昺喊道："二位大人，王爷有请。

人已擒拿，在等二位锁走，来人，开放中门。"

张昺和谢贵互看了几眼，眼睛里露出疑虑，以他们对朱棣的了解，不可能这么痛快。张昺道："有诈。"

谢贵回道："难道燕王真敢逆天，我们带兵进去，谅他也不敢怎样，光天化日的，他还敢杀了我们不成，何况我手中的大刀也不是吃素的。"

张昺道："小心为妙，燕王久经战阵，熟读兵书，腹藏机谋，非常人可比，还是先见贾大人。"于是喊道："张将军，请天使答话。""稍等。"

过半炷香的工夫，贾瑾出来了，后面跟着他自己的旗牌。隔着门一箭地停了下来，"张大人，谢大人，王爷病体尚未痊愈，勿使军士鼓噪喧哗，已擒拿几位属官，其他人正在搜寻，两位大人速进，免得生变。"

张昺答道："天使之命，焉敢不遵！"于是二人不疑有他，带了自己的卫队进府了，走到大殿门口，马和截住了二位，"请让卫队留下，解下佩剑。"二人常来，每次如此，并不见疑。

二人走到正殿，见只有张玉、朱能、何臣，还有的不认识，被绑缚在那里，并无他人，马和说："王爷设宴款待天使，二位大人有口福了，请随我来。"

穿过弄堂，见已开宴，燕王坐首，乌纱帽折角向上，蟒衣玉带。旁边放一拐杖，精神萎靡，各桌旁放着切好的西瓜。马和说："各位大人，招待不周，现正盛暑，请吃西瓜。"三保说毕，朱棣拿起一块吃了一口。张昺和谢贵看到燕王身穿常服，放下心来，走到跟前，跪了下去，拜了四拜，王爷赐座。

二人也是王府常客，盛暑之下在太阳下站了两个多时辰，饥渴难耐，迅速地吞下一口西瓜，几乎连皮带籽吞下，冰震的，几乎通体透凉。张昺定了定神，问道："殿下身体一直欠安，如今已是大安了？"

话音刚落，朱棣手里拿的西瓜用力地摔在门上，怒喝道："我能有什么病？还不都是奸臣陷诉，不得不为耳。"一手推倒桌几，"哗啦"一声，早惊动了埋伏的侍卫，冲出来先把贾瑾的随从解除武装。

谢贵武人，力大无比，一脚蹬倒熏笼，掣出熏笼上的竖杆，大喊："我乃朝廷命官，皇命都指挥使，难道王爷要造反吗？"

朱棣答道："亏你是朝廷二品大员，此话何其幼稚，来人，拿下。"两名护卫持刀上前，谢贵抱起熏笼石柱，左右开弓，早放翻了几个护卫，其他人持刀观望，不敢贸然上前。

马和大喝："认识马三保乎？"手持三眼铳就开了一铳，打在谢贵右臂上，打掉了石柱，喊道："绑了。"一时各个绑缚，只等朱棣命令。朱棣给马和使个眼色，马和出去了，不一会儿，马和回报："王爷，已解决。"必是外面关了端礼门，张昶、徐祥把谢贵、张昺的卫队解除了武装。

"殿下做事太过草率，臣深知殿下忠直，回京定会周旋，闹成这个样子，如何收场？"贾瑾道。

朱棣说："贾大人，不知道你是真不知道还是装糊涂？朝廷之意可不单单是这七个人啊。"

贾瑾一愣，说："难道王爷怀疑老臣的为人？"朱棣也不回答，在几案上拿出张信接到的圣旨，示意朱高炽递过去。

贾瑾看了一会儿，脸色渐渐变得苍白。他真不明白，皇上为什么要这么做？他作为钦差大臣，应该一起督办这个案子，而不是只让他办这个，而后面还有一道圣旨。朱棣看到了他脸色的变化，判断他真的不知道张信的这道圣旨。于是说："看起来贾大人真的是不知道这道圣旨。是朝廷不信任你，还是朝廷本身就分了两派？"

贾瑾的脸色已经缓了过来，基本恢复了平静，说："王爷，圣上要是不信任老臣，断不会让老臣来到北平。这非常明显，正如王爷所讲，朝廷也没统一意见。王爷不必意气用事，臣联络诸位大臣，保全殿下就是。"

朱高炽接道："纵观历史，市井百姓，兄弟手足无不互相体恤，和睦相处。我父叔秉承先皇旨意，封建各邦，今日却旦夕不保，想几位王叔，藩屏各镇，功于社稷，当今宠信奸佞，误信谗言，骨肉相残，既如此，我等又有何不能做呢？"

朱棣道："世子刚才所言，贾大人可曾明白？张大人、谢大人，你们都是我皇考高皇帝的旧臣，或寒窗十载，或效命沙场，有今天之功名实属不易，请和我一起讨伐奸贰，再建功勋。"

贾瑾道："殿下差矣，你我同朝为臣，臣的为人王爷清楚，既然事已至此，臣无话可说，只求一死，绝不做贰臣，望王爷成全。"

"贾大人清廉之名誉于朝野，且饱读经史，自古良禽择木而栖，良臣择主而侍。我虽不才，绝不负大人平生所学，杀了大人，如何对得起皇考。来人，带进偏殿，好生伺候。"燕王话音一落，过来一个卫士，说："大人，请。"

这时，贾瑾突然抽出卫士佩剑，在自己的脖子上使劲一拉，殷红的血迅速喷了出来，朱高炽迅速跑过去，由于体胖，险些摔倒，连声喊："贾大人！"贾瑾已无声息。

几个护卫抬出尸体，清扫地面，又有几个押着何臣和鲁真走了进来。燕王道："何臣，我自以为对你不薄，你为何罗织罪名诬告朝廷，害我全家。还有你鲁真，我拿你当亲人，你却以如此报我。今有何话说？"

何臣跪下，磕了几个头，抬起头来，平静地看着燕王，说："大王对臣恩重如山，臣不是那不知好歹的人，平时对殿下如对君父。然自古忠孝不能两全，现在臣只求速死，还望大王成全。"

朱高炽一时有些不知所措，他似乎感觉到了何臣说这话背后的无奈，他真的就想背叛王府吗？设身处地想一下，他有错吗？这个人其实是忠臣。尤其是朱高炽看到了何臣的脸上掠过一丝痛苦，只是稍稍一下子就消失了。朱高炽决定，劝降他，对王府有帮助。

朱高炽说："何臣，眼下时局，你比我们都清楚，王府走到这一步，到底是谁之过？本座之意，想回头，一切都来得及。我可以保证你们全家老幼不受朝廷制约。"何臣的眼睛瞬间亮了一下，随即就消失了。蝼蚁尚且贪生，何况有思想的人啊！

但是又是一瞬间，他又恢复了平静，淡淡地说："世子爷，臣平时还是很佩服你的，在临死之前也要多说一句，王爷殿下做出这样不忠不孝之事，君父两负，还有什么面目见先皇？你作为长子，不但不劝阻，还在这里为虎作伥，你有什么脸在这里劝我？"

这是在找死，想速死，做忠臣。朱高炽不上他的当，但是朱棣的手在抖，脸上青筋暴起，眼圈通红，他愤怒到了极点，大喝一声："磔死了何臣和鲁真这两个畜生，抄家灭门，人牙不留。"士兵们把二人拖了出去。磔死了何臣和鲁真。"来啊，把张昺和谢贵推出去斩首。"朱棣命令。

　　"父王，现今用人之际，且都是朝廷命官，降者免死。"朱高炽求情道。金忠和张昺和谢贵谈了一回，两人只是骂声不绝，朱棣看没有投降的可能，遂杀之。

第十一回

▼

燕世子助力夺督府　高阳王立威斩彭松

　　围府的官兵等到太阳逐渐偏西，也没见到官长出来，带队的孟善千总约束部队，可是大家又渴又饿，很多旗总带着士兵散了。孟善就喊城楼上的军士，张大人、谢大人何在，问几遍都说在吃酒，军士们解衣解甲聊天。

　　这时中门大开，张昶和徐祥先率一队人马杀出来，官兵猝不及防，仓皇应战，真如砍瓜切菜一般。张玉、朱能随即率兵杀了出来，高声喊道："张昺、谢贵皆已伏诛，降者免死。"拍马朝千户孟善奔去。

　　"孟将军，认识朱能否？朝廷已经许诺燕亲王自治北平，现投降王爷，不失富贵。"孟善本是燕王部旧，喊道："愿降。"遂令部下放下武器。

　　张玉喊道："随我们接管九门，立不世之功。"得降卒三千余，声势大振。

　　张玉、朱能命张武、陈珪守住端礼门，带领兵将接管都指挥司。都指挥司在平则门，都指挥同知肖统早已得报，遂命令金事彭松点四千兵马去王府驰援谢贵，自己亲自率兵列阵，压住阵脚。不一刻，张玉率兵杀到，彼此相识，他本就是张玉的二帅。

　　张玉列好阵势，命弓箭手射住阵脚，打马出阵，在马上躬身施礼，大声道："副帅，末将张玉有礼了，甲胄在身，不能全礼，副帅勿怪。"

　　肖统大喝一声："张玉，你文武全才，又颇识大体，谢都帅最是看重，为何要从贼造反？不怕灭族吗？现在听本帅号令，杀回燕亲王府，捉拿叛将，我保你做都指挥同知，何如？”

张玉答道：“副帅有所不知，朝廷已经允许王爷自治北平，王爷现在是北平最高官长，末将奉王命前来接管都司，副帅现在弃戈降王，仍不失富贵，可做都司指挥使，末将仍是大帅马前卒，若副帅不知天命，负隅顽抗，不惟自身不保，恐至族灭，累死三军将士。”

肖统大怒：“张玉花言巧语，欲乱我军心乎？看枪！”张玉一柄长刀早已接住，也不废话，斗了十余合。肖统力怯，渐渐不支，返回本阵，张玉一抖马缰绳，想赶上前去。一阵梆子声，官军阵上一阵连环弩射过来，箭下如雨。燕军盾牌手赶紧过来护侍，张玉亲兵把老大团团围住，一点点退回到两箭地以外。

主将打斗是兵家之大忌，从古到今很少有主将上阵厮杀，而且被团团保护着。现在双方都没把对方放在眼里，索性厮杀了一阵。

肖统退到箭楼上，哈哈大笑：“张世美，你一个小小的卫司佥事，就敢来都司衙门指手画脚，你看一下，这里哪个不比你的梁多[1]？就你这点兵，还敢和本帅叫阵。你现在赶紧扔掉大刀，本帅说到做到，绝不食言。你再犹豫一会儿，大队人马很快就赶过来，那时悔之晚矣。”

张玉明白，这可不是吓唬他，事实就是这样，这里真的缺一个能压住他肖统的人。张玉看对方的军将都在嘲讽似的大笑，一时也没了主意。这并不是说张玉没有策略，他可是配得上文武全才，都说朱棣有两员大将，张玉善谋，朱能善战。没等张玉细想，一阵惊天动地的鼓声响起，官军已经冲了过来，燕军盾牌手人数不够，根本没办法组成有效的防御阵地，对方一阵连环弩和火铳，盾牌手那可怜的阵地迅速瓦解。

官军也不速战，列好队形，鼓噪而进，弓弩手和火铳手交替前进，连盾牌手都不用了，根本没把燕军这千八百人放在眼里。

尤其使燕军胆寒的是，箭楼上已经架起了火炮。燕军们已经做好了撒丫子

---

① 官大，帽子上以梁的多寡判断官员职级。

的准备，跑不掉就投降。张玉也想到了困难，这里是北平都指挥使司衙门，看眼下这个形势，敌众我寡，实难取胜。

这是出王府的第一仗，而且事关生死存亡，燕亲王把这个重任压到自己的肩上，不能辜负王爷期望。他想起了朱高炽的话，三军鼓噪，仗主帅耳，自己不能怂，否则军心就散了。

张玉大喝一声："弟兄们，王爷和众将都在看着我们，杀敌立功，功名富贵就在此时。不怕死的，随本将杀敌。"说完大喊一声"擂鼓"，接着又大喊一声"杀贼"，不顾众人挥舞着大刀冲了上去。大家愣了一下，不怕死的杀，谁怕死？狗娘养的才怕死。他们的心里已经怕得要死了，可这时候不能让人家说自己怂包。将士们嗷嗷叫着，随着张玉杀了过去。

这时燕军已经没有了章法，一阵乱箭和火铳射向对方，官军一下子蒙了，这也叫打架？怎么看上去像是市井的流氓火拼？事起仓促，间不容发，肖统挥舞着大枪，大喊擂鼓，带兵冲了过来。两军就要搅在一起的千钧一发时刻，几匹马向双方中间冲去。这人不要命了吧？这矢石交攻的战场，羽箭和铅弹不长眼睛。

但是双方都睁着眼睛呢，看得清清楚楚，只见有两个人身穿郡王服饰，配合得非常默契，一起鸣锣，各自退回一箭之地，压住阵脚。出乎意料，这两位竟然是燕亲王府世子朱高炽和安阳郡王朱高燧。

这是金忠的主意。

朱棣看端礼门首战告捷，心下高兴，这是一个好彩头，只是各地进展不一。原计划，每攻下一个城门，就派人回报，已经过去了将近一个时辰了，还没有动静，几个人有些着急。金忠一直在沉思，这时说话了："殿下，我们疏忽了。"

燕王急切地说："我也感觉有问题，一时想不起来在哪里有漏洞。金先生请讲。"

金忠说："都司兵符。"

几人恍然大悟，朱高炽说："学生明白先生之意，张玉官微职小，压不住场子。"

金忠点点头说："学生也还没想明白。"

朱高炽说："这就很明白了，现在都司还有肖统和彭松，都是二品大员，张玉怎么能压得住？这是夺兵符的关键一战，不能有丝毫闪失。父王，儿臣请命，这就去都司。"

燕王吃了一惊，瞪大了眼睛，疑惑地看着自己的傻儿子，只说了一个字："你？"尴尬了，大家都尴尬了，好在这是人家的老子，说什么都没关系。

道衍接过话来："殿下，就是世子爷。世子爷，不是用爷去厮杀，不用披挂，只穿世子常服。事不宜迟。"燕王无奈，只好点点头，他有一种以羊投狼的悲凉感。

金忠看了一下坐在那里摩拳擦掌的小王爷，说："三王爷，你也想去吗？"朱高燧看这里有话，大喜，打蛇随棍上，一抱拳，说："先生，小王已经坐不住了，请先生下令。"金忠笑了，这时候他还能笑出来。不要小看这个笑，几乎是给大家吃了定心丸，缓解了大家紧张的心理。

"咳咳……"金忠看了一眼燕王，说话了，显然是在措辞："三王爷，学生之意，爷和世子爷一起去，保护好世子爷，拿下都司，爷就在那里坐纛，其他人也好去放心厮杀。世子爷还得赶紧回府筹集粮饷。不过，这得王爷殿下决定。"

这是最完美的计划，没有之一，朱棣连连点头，说："就听金先生的。你们快去。"二人大喜，率领亲兵飞奔而来，来得恰到好处。

肖统看见他们，一时踌躇起来，燕王府那边情况不明，如果贸然出手，伤了两位小王爷，那可就摊事了。还有一点，就是人们对天潢贵胄的天然畏惧感。这都是龙子龙孙，是天人下凡，平时想见一次都难，还敢伤他们吗？

朱高燧大喊："肖统，你找打吧？见到小王，连个招呼都不打，你答应我的蝈蝈呢？"不等肖统答话，又喊道："肖统，你看你的这些屁兵，一个个像小鬼似的，见到小王都和不认识一样。"

话音未落，官军队伍里传出喊声："拜见世子爷，拜见郡王爷。"

朱高燧哈哈大笑："一点诚意都没有，骑在马上这也叫拜？还一口一个郡王爷，你就不会喊一声王爷。"两边阵地上都笑了起来。

肖统大喝一声："严肃点，这是在打仗呢。见过世子爷，郡王爷。二位爷，今天的事，臣将在听解释。"

朱高炽高声说："肖统将军，本座奉父王之命，前来传旨。朝廷已经有旨意，由燕亲王自治北平，谢贵不遵王命，已经被父王正法。都指挥使一职暂时由肖统将军署理，其他大小将校一律升职，现由安阳郡王坐纛都司。肖统，你要保证小王爷安全。你们都散了吧，各办各差。"

官军看两位王子连盔甲都没穿，根本没有厮杀的意思，这是朝廷的家事，关他们这些丘八什么事，这是升了一级，没说的。

哗啦啦……仓啷啷……将士们扔掉坛坛罐罐，散了。肖统吃喝不住，大怒，骂道："什么自治？你们就是要造反。乱臣贼子，人人得而诛之。将士们，杀。"

不得不说，这是一个忠臣，不为爵禄所动。

朱高燧火了，喝道："张玉，你还等小王亲自动手乎？"

张玉大喊："擂鼓！"把长刀一挥，杀向肖统。燕军看官军顷刻间瓦解了，士气大振，随着主帅杀了过去。肖统看自己身边已经无兵可用，拨转马头想退回都司，但是张玉已经追了上来，一把长刀顷刻间杀掉了肖统的几个亲兵，追上了肖统。肖统已经没有了斗志，只是稍一接战，就败下阵来。张玉纵马上前，只一刀，把肖统斩于马下。

张玉跳下马，枭了肖统首级，然后又飞身上马，手持肖统首级，大喊道："不遵王命者，这就是下场。"

众军兵都说愿意投降，于是张玉占领了北平都司，拿到兵符。朱高燧带人入驻都司。张玉不放心，留下孟善留守，保护郡王爷，又安排人守住平则门。

朱高炽不敢耽搁，打马回到燕王府。张玉和朱能二人持兵符到西直门，看到朱高煦、丘福已到，恐怕众将争功，遂率兵直奔南门而去。

原来北平都指挥佥事彭松，点兵四千，收容沿途逃回的兵士，有七八千人，气势大振，做动员道："众兵将，谢大帅和张大人惨遭屠戮，我们为大人们报仇。养兵千日，用兵一时。我已命令打开府库，杀贼有赏，杀一卒赏钞十贯，百户以上一百贯。"气势汹汹地奔燕王府端礼门而来，那时张玉、朱能正好奔向都司衙门，两方军马正好错开。

到了端礼门，张武和陈珪命军士操弓射住阵脚，拍马向前，怎奈彭松英勇，只是三个回合，张武被彭松刺伤落于马下，幸亏救得及时，没伤性命。陈珪愤怒，战不上三个回合，败下阵来。危急时刻，高阳郡王朱高煦和丘福带兵杀出。他和彭松相识，有些交情，大喊："彭老九，敢挡本王去路吗？"彭松心慌，按住马头欲走，朱高煦坐骑是徐辉祖的大宛名马，脚步极快，四蹄生风，霎时被高煦赶上，高煦手持长枪，上下翻飞，瞬间刺死几个护卫亲兵，众皆胆寒。

朱高煦赶上彭松，丘福大喊："王爷枪下留人。"朱高煦只作听不见，一枪刺死彭松，枭下首级，喊道："彭松已被我杀，降者免死，随我征战者重赏。"端礼门遂平，得降兵几千人，让张武、陈珪仍守此门，又叮嘱了几句，和丘福、吕昕、黄直率兵而去。到张信家里布置停当，留下军兵守护，转身朝西直门而去。

张玉、朱能先取丽正门。守门卫指挥佥事郑亨也是王府护卫出身，早有人传过话来，看到兵符，如何不降！张玉留人守住城门。张玉命郑亨取文明门，朱能取顺承门，自己奔东直门而去，约定在齐化门聚齐，先到者为头功。

郑亨到达文明门，守将是北镇抚司同知谭渊，两人曾是同一卫所，颇为熟悉，谭渊正列队等待，等得焦躁，郑亨赶到，说明原委，谭渊弃戈。留下将领守城门，布置好防务，关闭城门，二人引兵到齐化门。天已经黑透了，让军士点起火把，对百姓只说操练。

第十二回

▼

统筹兼顾张玉布阵　夺占九门唐云立功

朱能到顺承门，卫指挥佥事程能早已得报，关闭城门，众军士在城墙上张弓搭箭，严阵以待。程能看见朱能引兵前来，平时并不相识，一看是个毛头小子，哈哈大笑，大声说道："众家弟兄们，看到没有？贼兵无能为矣，派这个毛头小子前来送死。待我杀掉来将，大家一齐放箭，一个也不许走脱，本将重赏你们。"

然后命令压住阵脚，手持长柄大斧，催马赶来，朱能也是不惧，持刀拍马迎战，战不过五个回合，程能早被朱能砍伤，拖斧向本阵跑去。朱能也不追赶，手持四眼火铳，瞅准一铳射中程能后心，穿透护心铠甲，他掉落马下，呜呼哀哉。主将已死，朱能大喝，奉王命接管城门，有违令者立斩。顺承门遂平定。

只是可惜了程能，如果不去单打独斗，凭借武器之利，火炮、火铳、连环弩俱备，万弩齐发，此城门又是卫指挥司驻地，胜负未可知也。朱能直奔卫司，拿上兵符，宣谕各处守军，南边三门平定。布置好防卫，点上火把，带兵直奔齐化门。

张玉到达东直门，守门主将早已逃跑，一些军兵在一些百户等下级军官的指挥下紧闭城门，张弓搭箭，看到张玉兵到，各自为战，矢下如雨。张玉让军士鼓噪，只是不进，看他有多少弓箭。官兵射了一阵，似乎明白张玉的意图，停下来。张玉大喝一声："放箭。"一阵弓弩，守军逐渐退缩到城墙上。张玉停住弓箭大声说："我奉王命接管城门，有兵符在此，不遵命者视为反叛，夷三族。"守军发一声喊，散了一些，其他降了张玉。

张玉感觉到部署上有些疏忽，布防完毕，从东直门带兵出城，急速赶往齐化门，令守门军士关闭城门，点燃火把，出了护城河远远望去齐化门亮如白昼。急速赶去，只见城门大开。张玉忽略了此门东接通州，城门外设有两卫官军，军士一万有余，通州大营设有四卫，一旦僵持不下，必成骑虎之势，倘若通州来援，必是内外受敌。遂把所带将士分为两队，一队向通州方向设置警戒，另一队随他向内冲杀。

卫指挥使余瑱和郑亨、谭渊已经往来冲杀了几次，各有死伤。余瑱兵多，只是听说都指挥使谢贵被杀，郑亨等又有兵符，口称奉王命接管城门，军无斗志，接连败退。余瑱连杀几个退却军兵，这才重新组织，轮番冲杀。正打得难解难分，张玉率兵杀到。余瑱看看不敌，率军朝城门外突围，被郑亨截杀一阵。

余瑱本打算撤向通州大营，又被张玉留下的军兵截杀一阵，无心恋战，沿着护城河向西逃去。天幸没有兵马截杀，退往居庸关据守，查点军马，已经损失一半，痛悼不已。

张玉和几位会合，说："郑将军幸得头功，可喜可贺。"

郑亨说："末将可不敢贪功，张将军虽然迟于末将，但是调度得当，使我等无后顾之忧，当推为首功。"朱能然之。三人商量，朱能回防南面三门，郑亨驻防东面两门。各自打开卫指挥司府库，犒赏军兵。张玉不敢迟疑，带着谭渊，率兵向北面安定门而去。

王府里，王爷正在和世子朱高炽谈论给养问题，朱高炽说："各卫司和都指挥使衙门已经占据，再打开府里的库房，今天晚上和明天的给养不成问题，主要是赏赐问题。不出赏钞，谁肯出死力？"

燕王点头道："北平城内，粮草府库俱在西直门，打下西直门，十天的给养不成问题。主要粮草在密云和通州，下一步攻下一处，大事定矣。"

朱高炽道："西直门外有两卫又四千户，一万五六千人。不知归何人指挥。"

朱棣答道："是唐丙忠，他只是卫指挥佥事，还有其他军将，只因他是老将唐云的长子，谢贵令他执掌此门。他也是因军功而立，曾随孤征漠北。唐云你应该知道。"

朱高炽忙应道："知道他，这位老将军也多次随父王出兵放马，德高望重，现居卫指挥使之职，守安定门。儿子请令前去此门，说服老将军，事可成矣。"

朱棣说："不用你去，你在都司立了大功，大慰吾心。目前你还有两件紧要事，一是筹粮筹款，二是控制九门后，安民事关重大，要做到市井不惊，一切如常。这两件事不同寻常，虽未驰骋杀敌，若做好，却是功过百倍，吾儿仔细，为父这就去安定门。"

朱高炽说："父王尽管放心，儿不能代父杀敌，心中愧疚，此等差事一定不负差遣。"朱棣说："诸事多请示道衍先生。"朱高炽答道："儿臣遵命。"

朱棣走进中殿，道衍正在候着，未等王爷开口，道衍先道："殿下，兵贵神速，接管九门，出其不意，迟则有变。二王爷性急，贪杀戮，一旦杀伐大滥，势必引起顽强抵抗。望殿下不辞辛劳，亲自执锐，按我们事先商定的，宣示九门，只讲朝廷已许燕王自制一方，愿意在北平为官的留下，不愿意的礼送京师。"

朱棣点头称善，让张昶随朱高炽守卫王府，并传令各部按先生所说，并强调不准妄杀。探马走马灯似的来报，只有安定门和西直门还在胶着状态。朱棣带上亲兵队，让张辅率一队军兵跟随，亲自去安定门。

这时张玉早已到达，只是张玉有几分忌惮唐云，一是张玉手下军士尽皆敬重老将军，再者张玉本人内心也着实惧他。兵将踌躇不前，眼见天将拂晓。张玉内心着急，不敢露于表面。不论燕军如何喊话，唐云放好木栅，就是按兵不动，城墙上军士张弓搭箭，严阵以待。

燕王早已得报，也早料到了这种场面，他太了解唐云了，此人多次随朱棣征战北元，曾救过燕王，是出生入死的情谊。张玉见王爷过来，心中大喜，抱拳道："殿下。"朱棣摆了摆手，下马，亲兵接过马鞭。朱棣道："世美，唐云此人，黄忠、严颜式的人物，僵持下去于我不利，必会坐老我师。你们不许妄动，本王亲赴营地，说服老将军。"

张玉大惊："大王万金之躯，何赴虎狼之穴，给臣一个时辰，定破此营。"

朱棣说："不然，唐云若为我所用，必能影响其他将佐，不要再劝了。"

张玉无奈说："臣与殿下同去。"

朱棣道："不用，我只带你儿子一人前去，如果半个时辰不出来，你就攻打木栅。"说完，带着张辅向木栅走去。

张辅朝里面喊道："诸位将士，燕王在此，速去禀报唐老将军，王爷殿下到访。"

不一会儿，中门大开，唐老将军一身戎装，带着几个人，一路小跑，抢行几步，单膝跪下："殿下，甲胄在身，不能全礼。"朱棣把他虚扶一下，径直往里走，张辅的心提了起来，感觉燕王有些托大，不觉得手握剑柄。

唐云看在眼里，嘴角不易察觉地轻蔑一笑，赶紧小跑几步，在前引路，谁也不说话，没去大帐，去了隔壁休息室，唐云说："殿下宽坐，臣去去就来。"

张辅大惊，说："王爷快随我杀出去，唐云一定有诈。"燕王摇头。不一会儿，唐云走了出来，张辅一看，换下戎装，乌纱团领狮子补绣，花犀束带，倒地便拜。

朱棣十分感动，换上武官常服意味着没把他当作敌人，他扶起唐云说："老将军，依旧不减当年啊，咱们都是死人堆里爬出来的，你这人我了解，不绕弯子，本王来的目的你也该知道了，说吧，何去何从？"

唐云说："有人来传话，说当今圣上已经让王爷在北平自治，说句不知轻重的话，这话骗鬼去吧，老臣只想见到殿下的面，水里火里吩咐就是，老臣这把骨头就交给殿下了。"

朱棣回道："痛快，情况你大概也了解一些了，细节也顾不上告诉你，北平城九门已接管了七门，就这门和西直门，请老将军成全。"

唐云说："末将得令，请王爷稍候片刻，诸位将校都在大帐候着，我换上铠甲一起过去。"朱棣一行来到大帐，各位将军、千户许多都等得不耐烦了。唐云升帐，随后朱棣跟进，大多数都认识燕王，抱拳行礼。

唐云说："将士们，今天燕王殿下来此，势必诸位已明白所为何事，殿下已经接管北平，我已决定跟随殿下，愿各位将军早下决心，随殿下打出一个清平世界，共享太平富贵。各位以为如何？"众皆应是，唯老将军马首是瞻。

这时有一将领问道："殿下，末将有疑问，不知当不当问？"

"李锐，你有什么问题尽管问，你也是和我们征过漠北的，现在是指挥同知，是吧？"朱棣道。

李锐说："殿下，接管九门是否有圣上旨意，按理说不该末将问，但末将心有疑虑，一旦迈错一步，再回头可就难了。殿下，臣言语唐突，多有冒犯，还望见谅。"

"李将军，你的话太多了，我们都是在一起出兵放马的老兄弟，多年来对圣上、对王爷忠心耿耿，不要多虑，老夫断不误你，如果你有异议，请站在一边，交接完毕后立即礼送京师，你看如何？"没等燕王接话，唐云接过来道。

李锐迟疑了一下，站回原位。又有一人说："殿下，老将军。这样做形同叛逆，我家两代受皇恩，断不会做有违君父的事，如有悖逆二心者请看此剑。"当啷一声抽出宝剑。

说话的人王爷不认得，唐云哼了一声："肖千户，你要造反吗？""不是末将造反，是你们造……"话未说完，被张辅在后面一剑刺翻，大声说："对殿下不敬者，犹如此人下场。"

朱棣喝道："文弼，休得恃强，各位将军皆我大明将帅，皆皇考之忠臣。唐将军，下令吧！"

唐云下令："李锐将军，打开木栅，让张玉将军进来接管安定门，你在此留守，本帅带一半人马去西直门。"朱棣听了，心中大喜，果然是响鼓不用重锤敲。遂命李锐镇守安定门，升为指挥使。

朱棣带队赶到西直门，朱高煦和丘福正在与对方骂阵，两方射住阵脚，朱高煦性起，已杀了守军两名千户。丘福正在和一人缠斗，是北平燕山左卫指挥佥事李彬，两军对垒，燕王看到火把高举，照得如白昼一般，李彬和丘福棋逢敌手，将遇良才，已经斗了三十多回合，不分胜负。

燕王看到李彬英雄，恐被误伤。唐丙忠全身披挂，也不出声，愤愤地看着对面。官兵衣甲鲜亮，队形整齐有方，丝毫不乱，各色旗帜随着晨风微微飘动，燕王暗暗喝彩，虎父无犬子，信夫。

唐云高声喊道："李彬将军，丘福将军，快快停下。"两阵战鼓声停了下来，两位将军各归本阵。

"丙忠我儿，各位将军，朝廷已任由燕王殿下自治北平，九门已经接管，愿意效命燕王的，赏钞十贯，想出城的，放任自行，绝不阻拦，但要放下兵器，有负隅者就地格杀。"唐云喊毕，又让护卫重复了两遍。大家都看到了德高望重的唐云老将军，纷纷请示唐丙忠。

唐丙忠跳下马来，队伍就乱了，大多数扔下兵器散去，留下四五千人随唐丙忠降了，燕王命父子各自统帅原有人马，各守防区，派人回府上报捷。天已经亮了，朱棣和张辅率兵一起回王府，唐云和燕王并辔而行。

王府里，包括女眷，几乎都是一个不眠之夜。道衍在大殿坐纛，策应各路。世子和几个太监进进出出地忙碌着，更漏官也忙去了，外面太乱也听不到报更的炮声和梆子声，钟楼也悄无声息了。

道衍双手合十，看似平静，内心如江海翻腾。他俗名姚广孝，始终认为自己是刘秉忠转世，刘秉忠辅佐忽必烈成就大事，名垂竹帛。洪武十五年道衍在京师遇见朱棣，看到他英气逼人，天表外溢，虎步龙骧，眉飞双鬓，天庭外突，有帝王之相。

当时燕王入京凭吊马皇后，在诵经祈福时，遇到了僧录司左善世张宗。张宗是一名高僧，以善相人而著称。他向燕王说起了道衍。朱棣问道："今天在皇姒祈福会上遇到一僧人，形如病虎，双眉上挑，何人？"

张宗道："此人俗名姚广孝，十四岁剃度出家，精通佛道诸家，尤其擅长兵法，每每自比于刘秉忠，双眉外挑，状如病虎，一生嗜杀，杀人数万，能成正果。"遂引荐给燕王，两人见面，惺惺相惜，相见恨晚。朱棣向高皇要了道衍北归，早晚诵经，追荐母后。安署在庆寿寺做住持。道衍到了北平，心下大喜，此寺正是当年刘秉忠做住持的地方。他预感到实现自己抱负的时候到了。

第十三回

▼

写檄文仪宾显文采　安市井世子忌中人

"大师，"世子喊道，"九城已经全部接管，粮草也准备就绪，钱钞不够，学生打开了银库，赏银可否？"

道衍说："做得好，世子爷，但打开库银，破坏钞法，办法似有不妥，给人以攻讦口实，还是多收集绢和帛，待殿下归来定夺。"

朱高炽说："大师，已派人去各处贴安民告示，用四百人组建巡查队，敕令北平府和枭司加强防务，以防散兵、贼人、无赖之徒趁火打劫。据巡查人报告，大多数百姓对此还不甚了解，现在市井不乱，各处井然，百姓作息一如以前。"

道衍说："世子爷裁处得当，为王爷解除了后顾之忧。"

"王爷回府！"有人大声喊道。

王爷、唐云一起走进大殿，把九门的情况通报了一下。唐云也是熟人，不用寒暄，道衍就把世子做的事汇报了一遍，燕王赞许地看了世子一眼："真吾子也。"

马和来报："王妃主子整夜未睡，派人到前边这里打听了几次。"

燕王说："回你家主子吧！一切就绪，勿念。"

道衍拿出来和金忠起草的檄文和奏章，朱棣看了一遍，不甚满意，喊道：

"马和，传李让来。"

只片刻，李让进来和众人见礼毕，朱棣把奏章递给他，李让看了一遍，说："禀父王殿下，既是檄文，得有旗号，请殿下裁夺。"

燕王犹豫了，怕说得太重被人说成是乱臣贼子，另外，万一事有不成，绝无转圜余地。正在沉吟不决时，道衍已经猜出他的心思："王爷，之前老衲说过，名不正，则言不顺，言不顺，则事不成。不但要有旗号，而且旗帜鲜明，立场不动，方能告服天下。马上出城作战，无名之师断不可行。"

"先生言之有理，请各位请好旗号。"朱棣接话。大家各抒己见，未达成一致。

金忠说："王爷，当今圣上听信谗言，屠戮骨肉，诸王遭难，天下不平，奉天命，遵祖制，起兵靖难。可用靖难二字。"众人皆称善。最后定旗号是"奉天靖难"。重新改了檄文和奏章。

朱棣看了一遍檄文，非常满意，众人也齐赞。燕王让袁珙查好日期，定下时间，晓谕全城军民，誓师靖难。改年号，取消建文元年，改为洪武三十二年。

上书朝廷①：太祖高皇帝艰难百战，定天下，成帝业，传之万世，封建诸子，巩固宗社，为磐石计。而奸臣齐泰，黄子澄包藏祸心。橚、榑、柏、桂、楩五弟，不数年间，并见削夺。柏尤可悯，阖室自戕。圣仁在上，胡宁忍此？盖非陛下之心，实奸臣所为也。心尚未足，又以加臣。臣守藩于燕，二十余载，夤畏小心，奉法循分。诚以君臣大分，骨肉至亲，恒思加慎，为诸王先。而奸臣跋扈，加祸无辜。此伐大树，先剪附枝，亲藩既灭，朝廷孤立，奸臣得逞，社稷危矣。臣伏读《祖训》，有云："朝无正臣，内有奸恶，则亲王训兵待命，天子密诏诸王统领镇兵讨之。"臣谨俯伏俟命。洪武三十二年七月初六日

燕王对这文章颇为满意。黄俨走了进来，走近燕王："王妃娘娘请王爷回宫一趟，有事商量。"

朱棣起身，说："你们都去用膳，抽时间休息一下，午初时分在这议事。"自己径直走了。

────────────────

①摘自《成祖实录》，有改动。

回到后宫，徐静、王氏都在等着，见礼毕，徐静道："大王不必详问，妾等无事，只是外面稍稍平和，请大王回宫用早膳，小憩片刻。"

燕王道："知道，爱妃受累，也跟着熬了一夜，后宫调度得法，遇乱不惊，全仗爱妃了。只端一碗粥来就可以了。"他吃了一碗银耳粥，王氏引着去内室休息。

徐静就传话黄俨："不许附近有人喧哗，你找那几个得力的，把前面的知了打下来，叫得让人心烦，影响殿下休息。"黄俨匆匆地走了。王氏就吩咐在内室四角放冰盆，然后，徐妃和王氏就在坐榻上假寐。

还没到一个时辰，黄俨匆匆地进来了，后面跟着朱高煦和朱高燧，有几分慌张，见礼毕，朱高煦说："母妃，府外聚集一些将官，讨要军饷和赏钱。父王在休息，如何处置，请母妃示下。"

"悄声，就是外面闹翻了天，也让你父王……"徐氏话未说完，"我听到了，"朱棣走进来，大家起来见礼毕，朱棣摆了摆手，大家坐下。

王爷说："朱高煦，我给你讲过，军国大事不要在母妃和你娘（王氏）前提及，她们会着急的。"

徐静道："皇考和妾父起于布衣，我们夫妻结于患难之时，惊涛骇浪，雨雪冰霜，我们什么不曾经过？还不是都挺过来了！现在又有妹妹，我们与殿下共患难，天塌下来，我们一起顶着。"说得屋里的人都红了眼圈。

朱棣问："以爱妃之见，这应当如何处理？"

"断不可欠饷，赏罚分明，言出必践。"徐静果断回道。

朱棣说："吾妻真豪杰也，黄俨，世子何在？"

还没等黄俨答话，朱高燧说："回父王，世子爷早回去睡觉了，听说几天前得了一个美人，为此还和嫂子闹了一阵，是吧，二哥？"

朱高煦说："有所耳闻，不知详情。"朱棣的脸就拉了下来，没再说话，转向徐静。

徐妃道："炽儿昨晚就在谋划饷银和赏钱，可能已经够了，黄俨，你去喊世子。"

一直没有说话的王氏说："世子忙了整整一夜，刚刚检查了府内的侍卫，嘱咐一下张升，卯时初刻喊着马和，带着护卫，戎装佩剑走了，必是做正事，殿下放心。一问道衍大师便知。"

朱棣没说话，站起来走了，两个儿子在后跟着来到谨身殿东大厅，已经隐隐地听到府外的喧闹声。进殿后，众文武已在候着，见过礼，燕王就问道："饷期未到，为何提前索饷？"

张玉回道："军士心里没底，不知下一步去哪里，有的想安顿家人，有的就是瞎起哄，官长们没办法，就来要了。唐老将军父子过来商量了。"

唐云父子站了起来，说道："今儿个早上世子爷就派人送了赏钱。指挥使钞两锭（一百贯），同知和佥事钞八十贯，千户钞六十贯，百户钞三十贯，兵士每人钞十贯，世子爷办事，真真叫人佩服。"

朱棣接道："既然都赏赐了，数量也不少，如何还在讨赏？"大家互看了一眼，都没作声。

道衍站起来，说："回王爷，看似不少，个中缘由，殿下未必能详。我太祖高皇帝推行钞法时，钞一贯抵钱一贯，也就是一千文，折纹银一两，四贯折金一两，现在贵钱贱钞，钞一贯只能折钱百六十文，钞十贯只能买一石米。"

朱棣愕然，说："国家钞法败坏到如此地步，可朝廷还在骨肉相残，国计民生之大事，如同儿戏。想我皇考高皇帝创业艰难，后世子孙不知恤悯，可悲，可叹！大师，世子呢？"

道衍答道："回王爷，世子爷和我们商量，北平城刚经战乱，恐怕奸恶不法之徒趁机哄抬物价，扰乱市井，或囤积盐米，蛊惑人心。更有散兵游将，趁火打劫，以致百姓怨恨，对我们今后不利。世子爷带马和和护卫去巡查，有护私者严惩。走之前对赏赐有谋划，确实想发钱，但我大明明令禁止，不能流通百文以上铸钱，没有王爷示下，未敢擅专。然已备足锦帛数万匹，可赏之。"

朱棣点头，说："有先生等，真乃国家之幸，百姓之福啊。唐老将军，一会儿找世子领帛，加赏，指挥十匹，同知佥事八匹，千户六匹，百户和总旗三匹，哨旗和兵士每人一匹。就在这一两日，提前放饷，领两月。"

这时有人进来朝朱高煦走去，递给他一个字条就离开了。众文武都散去，燕王留下道衍、张玉、朱能、丘福、金忠和两位小王爷，谋议下一步动作。

燕王说："今接管九门，始有北平一城，不用三日，消息定到京师，下一步该如何行动，众卿议一下。"这时世子和马和走了进来，世子戎装佩剑，虽多几分英武，较胖的身躯又显得臃肿。朱棣很少见世子如此打扮，觉得儿子并非无能之辈，这一夜谋划诸事，纹路清晰，思路缜密，他也注意到朱高煦在朝哥哥看，眼里充满了不满。众人见礼毕，坐下。

没等世子说话，朱高煦道："父王，刚才有人来报，世子大哥在市面纵兵抢粮，不知真否，请哥哥把详情告诉父王。"燕王凌厉的目光投向世子。

朱高炽慌忙离座，在燕王前跪下，奏道："父王，容儿子细禀，今天儿子带兵巡市，粮盐价格翻了两倍，昔日一贯钞能买米一斗，今日三贯也买不上一斗，盐根本就买不到。巡街军士知道详情，不敢报，有一家永丰米行，是北平城最大的米行，其他一些小行到这里发回再售，今早关门歇业，挂牌无米。"

朱棣截住话头，问道："什么样人物，不敢报，到底有没有米？"

世子道："回父王，儿子带兵去查，他家的库房有半个校场大，堆满米粮。柜头姓柳，和咱家有关，并且是父王的近侍也……父王……"把话停住，目视王爷，朱棣明白了老二刚才的眼神，也知道了世子的话外之音，问道："那你是如何处理的？"

朱高炽回道："回父王，因他家门前人太多，很拥堵，姓柳的有恃无恐，就是不肯发粜。巡街官员不敢问，我一怒之下，让兵士代卖，钞一贯一斗米，一并让兵士推车卖与小行，钱都放在永丰柜上。儿子措置不当，请父王责罚。"

朱棣说："吾儿处置得当，但不知如何处置姓柳的？"

高炽说："本想打他一顿，但被他跑了。"

朱棣说："哼，跑了和尚寺还在。余下的粮食还有多少，充军粮。"

"万万不可，大王！"道衍接过话头，"有此大行，米市井然，若无存粮，恐激起民变。当下之急务却是粮饷，殿下，还是议一议吧。"

永丰米行的东家是朱高煦，在座许多人都知道，只是朱棣和世子不知道，其中还有黄俨的股份，说的是把粮卖了，大多数钱都装进了军士的腰包，损失之巨，几乎使米行濒临倒闭，令黄俨痛彻骨髓，自此，黄俨在内心和朱高炽生隙。道衍接着说："首要之急是恢复各官衙；第二，周边之地尽快收复，北平城外强敌环伺，城池不固；第三，消息传到京师后，一切粮道、钱钞尽皆断绝，必须尽快攻占通州，夺取给养；第四，赶快推行新钞法，设有司。殿下以为如何？"

朱棣答道："先生老成谋国，孤得先生，如汉帝得张良也。"于是任命张玉、朱能为北平都指挥使；丘福、唐云为都指挥同知，唐丙忠为王府卫指挥同知，唐云父子留守北平，署理都指挥使司；把李让升为北平布政使，暂时随燕王军营做参军；黄直升为北平布政司参议，署理布政司衙门；张信为北平按察使，吕昕为按察司佥事；金忠为燕王府长史。原王府长史何臣和王府指挥使鲁真，朱棣深恨之，族灭。

七月初八日，朱棣在大校场大阅三军，大校场各色旗帜飘扬，上书"奉天靖难"。将军们戎装佩剑，飒爽英姿，分列两侧。未时初刻，三声闷雷似的号炮，惊天动地响过。鼓乐响起，是《亲王出云门》，校场门口两面方色旗，接着左面两面青色旗，右边两面白泽旗，执旗者与旗同色戎装，威风凛凛。然后是引幡、戟氅、戈氅。接下来红油绢销金大伞、班剑、吾杖、立瓜、卧瓜等一队队走进销金大伞下。朱棣坐于象辂车中，施红花毯，红锦褥席、红黑漆板。

燕王冠服装束，冕九旒，旒五采，青衣圆领白纱中衣，手中执圭，缓缓行至台前。关于此仪仗，事前争论得很厉害，最后道衍认为，威服四方，以亲王之尊，与士兵同甘共苦，也有震慑作用。燕王从容走上校阅台，环顾台下，鼓乐顿停。王府礼赞官喊"拜"。

众将士单膝跪下，一起喊道："见过殿下！"礼赞官喊"礼成"，起身肃立。然后由李让读"皇明遗训第十七节"。然后燕王起身到配房换装，重新登台，去掉仪仗，戎装佩剑，亲读檄文。

檄文：予，太祖高皇帝、孝慈高皇后嫡子，天家至亲，受封以来，惟知循分守法。今幼主嗣位，信任奸宄，横起大祸，屠戮我家。我父皇母后，创业艰难，封建诸子，藩屏天下，传续无穷。一日残灭，皇天后土，实所共鉴。《祖训》云："朝无正臣，内有奸恶，必训兵讨之，以清君侧之恶。"今祸迫予躬，实欲求生，不得已也。义与奸恶不共戴天，必奉行天讨，以安社稷。天地神明，昭鉴予心。洪武三十二年七月六日。

读罢，众将士莫不泗涕横流。最后，张玉指挥演阵，即日开赴战场。燕王带着护卫回府，安顿留守，朱高炽留守坐纛、督饷，道衍辅佐，镇守北平。燕王亲率大军前往通州。

燕王刚刚出城，徐祥飞马来报，通州卫指挥佥事房胜求见，朱棣大喜，皇考、皇妣在天佑护，赶忙说："快请。"房胜没穿戎装，四品武官服色。

一同来的有燕山卫千户孙岩，一身戎装，孙岩本是燕王府护卫，后来燕王府护卫被以练兵、护边等名调走，孙岩随调在北平，这次在夺取九门中立了大功。他与房胜交好，都是朱棣旧部，洪卫二十一年随燕王出兵漠北，征讨纳哈出。因有这层关系，世子、道衍出策，让燕王写亲笔信，派孙岩招降房胜。房胜紧走几步，跪下行礼。

燕王下马，用力地把房胜扶起，说："免礼，免礼，房胜四品官了，好样的。"

房胜说："殿下，没有你的提携，哪有我的今天，我这条命是王爷的，王爷尽管吩咐，刀山火海，万死不辞。"

燕王对他的回答非常满意，说："好，没有刀山火海，也不让你们去死。我们还要同享太平富贵呢。通州是北平东大门，南北漕运之首要，你就在通州好好当差，守住大门，留下孙岩助你，具体事项，世子会派人找你。房胜，你现在是指挥司同知，署理卫司，孙岩为指挥司佥事。"

二人一起施礼，说："殿下放心，我们就是殿下的看门狗。"燕王和护卫们哈哈大笑，刚要策鞭而去，突然想起一事，问道："昨天晚上齐化门打得那么热闹，你为何不出兵？"

房胜讲了经过。原来燕王起事，朝廷已经有人去了通州大营，下令支援，因为房胜是燕王部下，关系不错，故此隔岸观火，后来孙岩到来，一说即合，率师归降，军马钱粮尽归燕军所有。这里是御河的终站，囤积大量物资。朱棣清楚，这不但是军事胜仗，在经济、政治上都是一次大胜仗。给首鼠两端观望的将士们带出了榜样。燕王又勉励了几句，策马而去。

第十四回

▼

施巧计王爷抚北郡　筹粮饷世子尽孝心

　　消息传到王府时，朱高炽正与道衍为饷发愁，北平府库已成空壳，劳军、发饷已倾囊所有。道衍说："王爷洪福齐天，高皇在天佑护，事无不成。通州大营够支用两月粮草。府库新钞、绢帛甚多。着布政司派员清点，盐米除供军中，运回城里以防米价暴涨。"

　　朱高炽说："钞有新旧，更有尽时，京师定会断我钞路，此事非同小可，望先生教我。"

　　道衍说："总是依靠京师也不是长久之计。太祖高皇帝称吴王于应天，李相善长曾说'广积粮，缓称王'。今北平一旦战事胶着，必会陷入绝境。以老衲之见，在北平宝钞提举司和宝钞行用二库，制造大明宝钞，当设钞纸、印钞二局，以供民人换取。老僧和布政司的薛严谈过，银库的钱堆积如山，有的钱已经烂了。只是几年来，没人敢放出制钱，关键时刻也可使用，但要请王爷示下。"

　　朱高炽说："先生谋划周详，然造钞并非易事，一是模板，再是工匠，还有就是纸张。最大一项是钞本。先生以为如何裁处？"

　　和尚说："世子爷勿急，老僧手里有一张钞，请世子爷过目。"朱高炽接过来仔细摸了摸，虽然也经常见过钞，从没把这个东西当回事。纸非常粗糙，票面上端有"大明通行宝钞"六个字，左右各四个篆字"大明宝钞，通行天下"，中图上写"壹贯"。下面有几行字。

世子也没细看，问道："大师，这是什么纸，这么粗糙？"

道衍答道："这是桑皮纸，就是桑穰，桑树的第二层皮，重新熬制而成，桑树在南方随处可见，北方很少，现在京师还考虑不到这里，速派人到南方采购，以商人的名义走海路到直沽，再运到通州囤积起来，然后事有可为。至于模板、工匠，易事尔。"

朱高炽高兴地说："好，大师，学生马上安排，先备足钞本，而后施为。"

"至于粮食，贫僧每天和王爷有书信往来，北平等地巩固后，建议殿下攻取蓟州直沽，通海路，粮食就不会太窘。"说着又宣一声佛号，笑着说："世子爷，我们两个时辰都在谈钱粮，满口的铜臭气，换个话题吧。"朱高炽第一次看到大师这么高兴。通州不战而降的确解了燃眉之急，又给官兵将领立了一个榜样。

正商量着，报黄直求见，朱高炽道"快请"，黄直纱帽圆领，素花腰带，云雁补服，还跟着一位六品穿戴的官员。两人急趋几步，给世子和屋里的几人行礼。

屋里人都认识黄直，他原来是布政司经历，皇上有密旨给他，逮治燕王至南京，他和吕昕报告了燕王，现为布政司参议署理政事，另一位报过职衔后，知道了是布政司教授林佐，大家明白了，一定是为秋闱而来。

黄直道："下官已经见过王爷，殿下让和世子爷商议，各地的秀才已经到了，一切准备就绪，是否有变化，还请世子爷示下。"

朱高炽沉吟道："原来这事是不归王府管辖的，我们也无权参与，今年你们怕有变化，是不是，林大人？"

林佐道："世子爷一言中的，的确如此，今年不比往年，士子们都知道了北平城的变故，啊，不，变化。"感觉措辞有问题，马上纠正，看了一眼，其实朱高炽根本就没当一回事，在等他说话。他松了一口气，接着说："这时间紧迫，说话就到进场日期了，其中和原来官员有关系的，有顾虑，让下官到府里来讨个准信。"

朱高炽看了一眼道衍，道衍若有所思的样子，没有看他。道衍心里明白，这是燕王在考验世子，不是什么大事，他装作没听见。朱高炽道："已经出榜安民，一切如常，这秋闱也一如往年，你们该怎样就怎样，不必通禀。老夫子，能让我们见识一下题吗？"

本来是一句玩笑话，林佐却当真了，理了一下稀疏的有些花白的胡子说："世子爷说笑啦，国家抢才大典，岂同儿戏，恕下官不能从命。"

屋里人都笑了，唐云笑道："你这老货，世子爷在和你开玩笑，看你的破题有何益处？咱俩的棋还没下完呢，秋闱过后再和你过招，先说好了，你如果再悔棋，我把你这老货的胡子拔个干净。"

大家才知道他们十分熟稔。林佐紧绷的脸舒展了，本来就小的老鼠眼已经笑得成一条缝了，告辞出府了。黄俨来报，王妃娘娘晕了过去。朱高炽大惊，急匆匆地走了。

朱棣驻扎在通州，升帐议事。朱棣问道："通州即下，我意一鼓作气，直下江南。众将士以为如何？"

朱能答道："朝廷日前防备松懈，正好一鼓作气，夺下正定。"大多数将领同意。但张玉提出反对意见。

张玉，字世美，是有名的儒将，善谋著称。他说："北平虽然在我控制之下，然四周皆强敌环伺。蓟州外接大宁，朵颜三卫皆骑士，朝发夕至。我军占领蓟州可阻之，还可以畅通漕运，解决粮饷必经之路。况且卫指挥使马宣勇猛善谋，一旦我军南下他必会反扑。臣以为先平定蓟州。"金忠同意张玉之计，燕王一时拿不定主意。

朱棣也在考虑着朵颜三卫，朵颜三卫是洪武二十年在庆州道大安峰（大兴安岭）以东的蒙古诸部归附朝廷，朝廷在这一地区设置了朵颜、泰宁和福余三卫。朵颜卫在屈裂儿河上游和朵颜山一带；泰宁卫在塔儿河流域，即元代泰宁路；福余卫在嫩江和福余河流域。同时，朝廷授封三卫首领以各级官职，进行笼络和羁縻。朵颜卫称作兀良哈，泰宁卫为翁牛特，福余卫为乌齐叶特。这三卫多是骑兵，现归大宁直辖。说实话，朱棣与北元周旋多年，很是忌惮这朵颜三卫。正如张玉所说，朝发夕至，确实是心腹之患。

道衍差人送信，信中谈了粮秣之事。最后说："老衲得知殿下急切南下之意，故急送信与殿下，北平吾之根本，然此时如无根之水，无本之木，实则孤城。蓟州、遵化、密云、怀柔、大宁和开平，皆近于咫尺，骑士旦夕可至。王爷宜肃清近敌，而后谋动。且蓟州事关漕运，遵化冶铁司，利器之源，不可不取。老僧愚钝之言，敬于殿下，供殿下和诸位将军参详。"

看完信，朱棣如醍醐灌顶，和张玉不谋而合，朱棣战略已经清晰。让马和给诸将读了。大家称善，下一步先打蓟州。

消息传到京师已是七月中旬。建文帝朱允炆，这位年轻的帝王有几分错愕，一层层的防护，以各种名义把王府的三卫调离，结果功败垂成。遂召群臣议事，齐泰奏曰："陛下，燕王以一隅而抗朝廷，焉有不败之理，陛下勿忧。"

齐泰，兵部尚书，原名齐德，洪武十七年应天乡试解元，次年中进士，太祖临崩前顾命辅佐皇太孙，现官至兵部尚书，也是燕王点名要清的君侧之一。

建文帝听到这空泛的奏对，很不满意，把脸转向黄子澄，黄子澄奏道："陛下，北平，孤城尔，蓟州、大宁、密云皆重兵驻守，宋忠老将，久经战阵，更有居庸关凭险可守，燕王久攻不下，必坐老彼师，官兵四面合围，可一战擒之。"

黄子澄是燕王檄文的另一个"君侧"，他和齐泰一起谋划"削藩"。他二人有着惊人相似的经历，黄子澄洪武十八年乡试解元，次年会试"探花"，托孤重臣，官拜太常寺卿兼翰林学士。

奏对过后，建文帝心里释然，交给齐泰、黄子澄去处理军务，因为他一直在致力于改制，正在紧要关头，听二位臣工这样一讲，觉得确实没有什么，又去忙改制的事去了。

话说朱高炽急匆匆地回到宫里，屋里围满了人，王氏、世子妃张瑾都在，王府太医刘安请过脉后正在写方子，屋里这么多人鸦雀无声。朱高炽走过去，刘安马上站起来，刚要行礼，朱高炽忙扶住，问了一下情况。

刘安道："世子爷但请放心，娘娘只是劳累、忧虑、少眠，不思饮食，乃阴虚之症，下官在斟酌药方，吃几服就无关大碍了。"写毕，呈与世子，世子看了一下，麦冬、玉竹、女贞子、百合、旱莲、冰片、沙参，都是普通药，略觉放心，走近徐静。

"是炽儿吗？"王妃睁开眼，脸上有细细的汗珠，阴虚病人内心烦躁，不发烧，可是有汗。两个女婢轮流打扇。

世子回道："母妃，是儿臣，儿子不孝通天，让母亲日日操劳，夜夜忧心。还望母亲切勿过度忧劳，善保贵体，就是心疼儿子了。"说罢，眼泪扑簌簌地往下掉。怕母亲看到，忙站起来，假装到墙角查看冰盆，喊道："盆里该加冰了，化水的就换掉。"感觉屋里的温度还较适宜。

"炽儿，你坐下。"朱高炽坐下来。徐妃伸出手，拉住儿子的手："你父王怎样？"朱高炽就大略地讲了一下。徐静动了一下，示意坐起来，女婢们放下扇子，正一正躺枕，扶徐静半躺着。

朱高炽拉着母亲的手，也扶着，帮助正一下枕头，在母亲的示意下又坐了下来。"你父王半生戎马，惯于沙场，驰骋疆场，所向披靡，更兼朱能等能战，张玉善谋，更有金忠善算，且饱读诗书，战场之事，不甚忧虑，你父王常道，打仗最要紧的是钱粮。"徐静讲到这里，喘了一口气。

世子道："母妃不要劳神讲话，儿臣懂其中利害，有道衍大师谋划，儿子不遗余力相助。儿子虽不似二弟、三弟随君父驰骋疆场，效命阵前，但力争内无饥民，外无饿兵，饷道不绝。"

徐静说："我儿明理，现在千钧重担压在你肩上，凡事多和大师商量。"说着，王氏和张瑾走了进来。朱高炽给王氏行礼。王氏端庄怡静，知书识礼，世子仁弱，徐静在一些事上不甚明了，多亏王氏多方周全。世子妃张瑾也颇识大体，婆婆卧病在床，亲侍食药，时刻陪伴左右。

徐静说："炽儿，你去吧，那么多事等着你，放手做吧，你父王对你放心。"

世子跪下去，施礼毕，走到大厅又交代了一些需要注意的事项，走到门口，问了门官一句："黄公公去哪了？"

答道："刚才来了一个人，把他喊走了。"世子没接言，回到西大厅。

金忠回来了，正在和道衍密谈，看朱高炽进来，见礼毕，金忠问道："王妃娘娘安否？"朱高炽答道："母妃安。"

道衍宣一声佛号，说："世子爷，老衲以为你还得过一会儿才到。爷放心，刘安好脉息，定能药到病除。殿下派金忠回来有要事商量，世忠，你先谈一下战况吧！"

金忠简单地讲了一下。蓟州守将是镇抚吴城，还有在北平撤到蓟州的指挥使马宣，兵马一万六千多人。朱棣升帐，这是出城第一仗，他深知其中利害，如果战败，观望的军将就会倒向朝廷，今早来报，徐祥的一个千户带兵逃了，老将徐祥得报大怒，单骑追出十余里，杀掉领兵千户，带了回来，这给朱棣敲响了警钟。

郑亨献计："禀殿下，马宣也曾经是殿下军将，曾多次随殿下出兵放马，应当先礼后兵，派信使劝降，若能成功，定为各处守军成例，也可做到不战屈人，若不降，再厮杀不迟。"

朱棣说："郑将军有所不知，此人忠直高傲，等闲之人不在眼中，只认死理，只是试一下吧。"朱棣亲笔书信令人送去，送信人被割去耳朵，放了回来。马宣说两军交战不斩来使，留你性命，告知殿下什么是君臣大义。

劝降不成，众将愤怒。次日，朱棣列阵，射住阵脚，吴城手持大戟，开城门迎战。马宣官阶高于吴城，只是败军之将，客居蓟州，不能命令，只是苦劝，只宜深沟高垒，守而不战，吴城就是不听，率师杀出，列好队形，射住阵脚，独自出阵。

朱能拍马上前，也不答话，只三五回合，吴城就被朱能生擒，马宣带兵来抢，朱棣鞭梢一指，鼓声大作，燕军全线出击，马宣急忙命令鸣金，连发弩、火铳射住阵脚，盾牌手护阵，交替回撤，拽起吊桥，关闭城门。朱棣令鸣金收兵。

把吴城押上大帐，他骂声不绝，朱棣看断无投降可能，推出斩首，悬挂辕门外示众。燕军众将愤怒，只要厮杀。

金忠说："今日看马宣用兵，确是将才，败而不乱，进退有度，今晚恐来劫营，王爷早做打算。"

朱棣说："此人和我一起征战多年，深知我之战法，正如你说的，确是将才，岂能犯险？"

金忠道："正为如此，他才会来劫营，他认为王爷对他了解，定不会犯险，大王久经战阵，岂不知虚者实也实者虚也。"说完又卜了一卦，斩钉截铁说今晚一定会来。王爷遂升帐部署完毕。

马宣损兵折将，客居蓟州，折了守将，深知责任重大，思之再三，今晚率本部人马，人衔枚，马摘铃，马蹄缠布去劫寨，依他对燕王了解，会做防备，若劫营不成，率本部人马突围。遂命令二更造饭，将士饱餐，将近四更，率兵杀进燕军大营。目标明确，只是杀向中军大帐。

马宣远远望去，中军帐灯火未息，燕王在伏案读书，遂令众军士放箭，忽然听到惊天动地的三声号炮，燕军高呼："不要走了马宣！"潮水般地杀将出来。马宣情知中计，急令鸣金收兵，率军向西而去，燕军紧紧咬住，大杀一阵，马宣损失过半，冲出重围，燕军鸣金收兵。

马宣收拢军马，走不过五里之遥，一声号炮，大将朱能率兵拦住去路。马宣愤怒，拍马向前，双方混杀在一起，朱能、马宣战在一起，朱能越战越勇，马宣一来年纪已近五十，二来战了几场，心里又发慌，被朱能卖个破绽，生擒活捉了。当下立上免死牌，众军士投降。

这边张玉、郑亨扮作败兵，裹挟着官兵来叩关，守城军兵看是自家旗帜，不假思索，放下吊桥，打开城门，燕军一拥而入。张玉号令，不准滥杀无辜，朱棣带大兵进城，守城指挥司志率众归降，得降卒八千多人，战马五千多匹，器仗辎重不计其数。出榜安民，蓟州平定。

朱棣命令把马宣请上来，亲解其缚，众人都劝，他至死不降，朱棣看苦劝不行，遂杀之。众将不解，为什么会有伏兵，又不是伏在归路。

朱棣哈哈大笑，说："全仗世忠先生和世美将军。"原来是金忠怕人多嘴杂，往来细作又多，没敢声张，和燕王悄悄谋定。朱棣放心不下，把张玉找来商议，张玉和马宣熟识，颇为了解。张玉听过，连称妙计，只是觉得，马宣此人，久经战阵，思虑周密，他的用意绝不会仅仅是劫营，于是埋伏了两处人马。归路也有埋伏，若回城，必掩杀之；不回，只等送去降卒赚城。众人听罢，齐称妙计。

朱棣说："金大人是老天送给军中的智多星，也是皇考、皇妣在天佑护。"众将士气大振，让司志留守，留兵协守，把家属送归北平。

蓟州即下，下面隶属的几个县玉田、丰润、平谷都不战而降，只是遵化，虽隶属蓟州，军事上却有自己的卫指挥司，一是此地地处要冲，二是这里是朝廷最重要的冶铁司。朱棣命令分兵两路，一路由张玉、朱能率军奔袭遵化，一路燕王率领郑亨进攻永平。

永平地处海边，和大宁、广宁接连。没有永平，通州到直沽的漕河不可能畅通。朱棣知道这是一块难啃的骨头。永平驻军两卫，永平卫和山海卫，左近还有开平卫。这几卫装备精良，训练有素，用来备边。

张玉、朱能率军急行军，子时初刻到达遵化城下，让徐祥组成百人勇士，城中并未发觉，勇士攀上城墙打开城门，大队蜂拥而入，杀声震天，朱能亮出兵符，遵化指挥蒋盛率众投降。出榜安民，留下蒋盛守城，家属送往北平。

张玉派人给密云卫指挥王泰送去劝降信。王泰升帐，向大家传示书信，说："燕军此时气焰正炽，本将之意，暂且降之，看朝廷动向，再图后举。"众将然之，遂举城投降。张玉令他仍旧守城。

第十五回

▼

君臣测字燕王府　将帅惊叹居庸关

朱棣带领众将直奔永平。金忠想不通，说："王爷千金之躯，不应该亲自攻打，单兵直入，千里奔袭，倘敌军截住归路，如之奈何？大王应当和张玉换一下才是。"

朱棣说："世忠之言，我岂不知？只是因为这里有随我征战过的，永平守御所千户赵亮曾经是王府卫司的亲兵百户，随我北征纳哈出，因军功擢升千户。卫指挥同知陈怡也是旧部，这是其一；其二，北平这种形势，我若惜身，谁肯向前？"

金忠叹口气，没有出声，燕王知道他的意思，笑着说："世忠，不用叹气，我心中有数，再者，出谋划策有你，上阵厮杀有孟善、张昶、马和、谭渊等诸将，我何惧哉？"吩咐备好文房四宝，朱棣口述，金忠写信，写了两封，吩咐亲兵，一封送往千户所，另一封送往卫指挥司。

午后未正时分，赵亮随信使单骑来到大营，守御所是专门的千户所，驻扎在城外，不隶属卫司。见过燕王和众将，愿降殿下，朱棣大喜，遂封为永平卫指挥佥事，让他挑选得力之人接替千户。约定见燕军攻城，便来助阵，赵亮告退。

过了半个时辰，卫司的信使回来了，拿回一封信，是指挥使韩松写给燕王的。大意是，他已经扣住陈怡，谅此乱臣贼子人人得而诛之，明日上午巳时初刻交战。

朱棣看韩松没有难为信使，也觉钦敬，立刻升帐。命令郑亨带五千军马去离本寨东二十里下寨，以防山海卫增援，命谭渊带五千军马去西二十里下寨，以防开平卫。命令他们不准邀击，两处如果来援，只可深沟高垒，守住要冲，不放过一兵一卒，记为首功。二将领命而去。令张昶率队分作几哨，侦探军情。

分拨已定，朱棣令各军将饱餐战饭，准备厮杀。他悄悄叫来朱高煦、丘福、孟善、李彬、马和，准备火把，安排攻城。朱棣严令，不管有多大困难也要救出陈怡，此人文武全才，可堪大用。韩松信人，城破之时，不许杀之，否则偿命。众将分头准备。

二更刚过，大军集合，急行军一个更次，来到永平外围。本想绕过外围大帐，谁料到护城河时连续有人掉了下去，惊动了城内外的官军，霎时火把齐明，箭下如雨，丘福刚要下令点火把，燕王制止，丘福恍然大悟，现在谁点火把谁就是靶子，下令开炮，于是，火炮，火铳，连环弩，一起向火把处射去。

燕王下令扫清外围，李彬率领本部人马迅速向城外几个大帐攻去。这边已经过了护城河，架上云梯，将士蚁附而上，城中将士除守城的外，万没想到对方会深夜攻城，这是兵家大忌。守城士兵不多，等增援士兵来到，早已打开城门。大军蜂拥而至，大喊降者免死，朱高煦带兵冲入，正遇韩松，丘福连喊几声刀下留人，朱高煦只作听不见，把韩松斩于马下。丘福带兵杀进卫司救出陈怡。

朱棣进城，李彬随后也到了，是赵亮看见火起，遂带兵增援。朱棣整顿军马，清点人数，出榜安民，而后骂了朱高煦一顿，不听将令，杀了韩松，虽功不赏。擢升陈怡卫指挥使，镇守永平，赵亮助之，陈怡写信给山海、开平两卫，派人送给孟善、郑亨。两人带兵临城，射上书信，两城皆降。

孟善、郑亨进城抚定军民，令山海卫司原地守城，开平卫指挥佥事徐忠随大军出征。所有家眷送回北平。派兵到永平各州县，晓谕军民，永平府遂平定。

朱棣驻扎在永平，养军休整，让金忠回北平。金忠把情况给大师、世子等人讲了一遍，说道："现大局已粗定。大王让学生回府，一是报喜，二是探究下一步计划。"

道衍问道："为何停滞不前？兵贵神速，能如此迅而攻城略地者，奇也迅也，敌兵一旦有备，再这样可就难了。你这来去也要耽搁许多时日。"

金忠答："大师有所不知，北平周遭，也为我所据，是南下还是北上，军中各抒己见，王爷踌躇，依在下愚见，攻居庸，下怀来，打大宁，然后直奔辽东。"

几个人走到沙盘前。"殿下之意呢？"道衍问。

金忠道："张玉之意与学生甚合，王爷也多赞成，然惧居庸之险，恐致遭败，挫动锐气。"三个人的目光都集中在居庸关上。

天地之大，造物之神奇，尽在这居庸关，这是北平北部的一个狭长通道，长四五十里。两面山峰壁立，地势险要，走出南端口，便是一马平川，直通北平，再也见不到山峰，是北平屏障。金忠说："王爷熟知地理，深谙其中利害，因此踌躇不前。"

道衍点头，问朱高炽："世子爷你看如何？"

朱高炽说："我赞同金大人意思。拿下居庸关，攻下怀来，直奔大宁，则北平安矣。然后可挥师南下。两位先生在此，献丑了，学生是不知兵的。"

"世子爷过谦，世子爷自幼熟读兵书，演习战阵，又在殿下身边耳濡目染，只这几条，就颇合兵法。"道衍鼓励道。朱高炽接着说："怀来守军，原王府护卫，皇上为防我父王，把这护卫调在宋忠麾下，父王爱兵如子，深受将士爱戴，这些部下定不会真正与父王为敌。指挥宋忠也曾随父王出兵北元，是一个有勇无谋之人。"

"好，"金忠说，"请大师给殿下书信一封，鼓足士气。"道衍去几上写信。金忠对世子说："还有三件事烦世子爷去办，一是军中随时犒赏，只是钱钞捉襟见肘，望世子爷想办法；二是暑热异常，兵士常常因暑疾而失战力，请世子爷筹措；三是火器和箭弩，尤其是火器，火药是大事，现在大炮只能用作号炮，许多火铳都成摆设。虽然也缴获一些火器，可是又缺乏使用之人。"

世子一听，三件事皆棘手之事。府库钱钞已空，解暑莫如草药，也需钞来筹措，虽然难，还是一口答应："请金大人晚行两日，学生必筹措妥当。"

"不可，"道衍道，"世忠用过午饭即返回大营，留人待命，待筹措妥当再动身不迟。"

金忠道："好，马和与我一起回来的，就留下马和等待，我等过晌即归。"朱高炽匆匆走了。

屋里只有道衍和金忠，两人久处王府，参赞机密，风云际会，可为佳话。金忠家里弟兄三人，大兄金荣，元时征兵附北，杳无音信；二兄金华，在通州当兵。洪武十七年，金忠北上，一是看望二哥，二是寻找大哥，这年他已经三十三岁了，金华留下他在那里当兵。

几个月后金忠调燕王府做护卫兵，他为人忠直，年纪稍长，尤其是识字，替人代写家书，受众军士尊敬，对他深信不疑，常常为众军士卜卦，分文不取，而且军士家有困难，多有周济。

一天，晴空万里，众军士操后急匆匆地往来穿梭，道衍看见了，问其中一个军士，这人答道："今儿个过晌有大雨，且有冰雹。"果不其然，下午狂风暴雨，鸡卵大的冰雹倾注若雨，屋顶的琉璃瓦都打碎不少。

道衍甚异之，问军士，皆指金忠。遂把金忠叫来，道衍打量他一阵，看他双目炯炯，见礼不卑不亢，叙事井然有理，自通姓名职衔。道衍大师问道："此冰雹暴雨是你预测的？"

金忠回答道："回大师，卑弁闲暇无事，与众卒戏尔。"

"军中惑言，你不怕军规吗？"道衍问道。

"大师既不是曹阿瞒，卑弁当然不会成为冤死的杨修。"二人抚掌大笑，交谈甚欢，道衍把他引荐给燕王。这金忠满腹经纶，兵法战策，无一不通，尤其善卜，十卜九中，朱棣遂倚为腹心，随侍左右。

金忠和燕王、道衍相处多年，和道衍私下相交，早就明白北平的局势和燕王的意图。有一次朱棣让金忠卜卦，真是天意使然，卜到"乾为天"卦，不但金忠，连旁边的道衍、燕王都吃了一惊，这卦是很少能卜到。不用解释，三人都懂，"九五之尊"。

道衍和金忠马上跪下，称"万岁"，被燕王连忙制止。燕王曾说："你我三人君臣际会，岂非天意。"言下之意，是上天赐给他的二位忠臣。但是那时燕王举棋不定，有一次曾对金忠讲："听说你擅测字，请为我们测一字。"

金忠道："既然王爷有此雅兴，权当游戏，请大王不要当真。"燕王叫道衍先写，道衍就写了一个"闻"字。金忠道："大师清高，淡漠功禄，全在此字上，请看，耳在门里，一面全部放开，大师功成名就，却不慕富贵，但必将流传后世，名垂竹帛。"

燕王让马和测，马和就写了一个"阔"字，金忠道："三保此字，令在下刮目相看，你这一生与水有缘，不是江，而是海，而且有苏秦、张仪①之际遇，亦能名传万世。"只这两人的解字就已经暗示了将来。

轮到了朱棣，朱棣说："两位的字都是门字，我也写一个。"于是写了一个"问"字，是隶书体，递给金忠，金忠拿到手只略略地看了一下，手持那张纸，离座"扑通"一下跪下，口称"万岁"。屋里只有四人，这一动作，令其他三人愕然相视。

"金忠，你我既为测字，何故陷我于不忠？"朱棣怒道，"快站起来。"

金忠道："请大王让我跪在这里释字。"

道衍接话："殿下勿怒，先让他释字再做道理。"

金忠道："臣只是就字论字，都是以门字做首部测的字，他俩的已贵极，但大王的贵不可言，别人写'问'字不会是这样写的，请传阅一下，把字分开看。"

道衍先看，马上跪下，传给马和，马和亦跪，都口称万岁。传给燕王，燕王狐疑地看了半天，明白了，心中不免疑惑，也不说破，"测字，戏耳，请起来吧！"

金忠说："大王这个问②字写得稍偏一些，左看是君，右看是君。"

道衍说："大王放心，只是我们三人，既然天意若此，而朝廷迫之甚急，望殿下早做打算。"金忠献策，让马和招募死士充当护卫，道衍在王府后苑操

———————————

①战国时期说客，纵横家。都官居相国。
②问的繁体字"問"，若隶书写法确像两个"君"字。

练军士，金忠拿燕王手令，以勾选军士为名，招纳一些能人术士，在府内打造兵器，训练士卒。虽然王府幽深，但声音还是会传出去。金忠和道衍商量，在府墙内又加了一层墙，中间置好木屑，多置缸瓮。并且养了大群的鸭鹅，这样就掩盖了府里的操练声和打造兵器声。

两人回想这些，不免感慨一番，道衍问："若我们败北，你当如何？"金忠愕然，从大师口里说出这话，实属意外，答道："大丈夫立于天地之间，轰轰烈烈，此生足矣，败又如何，不知大师为何有此一问？"

道衍答："兵凶战危，胜败只一念耳，老衲只是随口一问。然王爷睿智过人，君臣同心，众将士用命，世子爷饷道不绝，靖难定会成功。"

金忠道："大师殚精竭虑，日夜谋划，胜券在握，大师定会显贵当世，名垂竹帛。"

道衍说："世忠差矣，老衲只一僧人，化外之人，无可牵挂，也不图封妻荫子，只助大王成不世之功。想世忠大人学富五车，得遇明主，必能世代显宦，青史留名。"

"大师，多谢吉言，世忠得大师知遇，而遇明主，使世忠有施展抱负之机会，敢不以微末之躯而报殿下！至于荣显后世，大师博古通今，晓畅世情，"金忠苦笑一下，接着说，"下官数载与人卜筮无数，每多灵验，殊不知已泄露天机，日后必遭天谴。荣于当世易，显后代难，大师知我。"

道衍说："老僧知道你没有子嗣，你贵为王府长史，多纳妻妾，生一男半女，也未可知。"

金忠答道："下官已有一妻，糟糠数年，至于子嗣，命也，不会纳妾。"

道衍赞叹道："世忠为人雅量高致，实令庙堂上那些大人汗颜。贫僧能与你为友，荣幸之至，传于后世，必为佳话。"金忠忙道："岂敢。"

朱高炽回来了，后面跟着布政司的一个六品官，是布政司经历薛严。见过礼，让薛严汇报，薛严道："各府库前几天已经报告，下官亲自查验，钞所存无几，钱还有很多，几个库统计一起，近四十万贯，但是太祖有谕，滥用钱者，按大明律坏钞法罪论处。"

几个人都没回话。朱高炽说："行了，薛大人，把各库的钱都提调在布政司的银库里，留下少许备急用。拿我的手令，去吧！"薛严施礼毕，退了出去。

朱高炽接着说："薛严所据属实，当年因钞法不行，钞贱钱贵，高皇颁布律令，擅用钱者，以坏钞法罪论处。我们奉天靖难，不能坏太祖成法。"说毕，都沉默了。

世子话说到这份儿上，两位谋臣也不能再说什么。这时，中人卜义走了进来，见礼毕，说："王妃娘娘写了信来。"说着递给朱高炽。朱高炽诧异，跪接过来展开，只一个字，"权"。朱高炽说："儿子知道了，母妃病中操劳国事，让儿子汗颜。"遣回了卜义，把信递给了和尚又传给金忠。

道衍说："王妃娘娘真千古难觅之女杰，虽巾帼，却不让须眉。孟子云，'嫂溺援之以手，权也'，你我谋划，不知权变，不敢担当，当真惭愧。以贫僧之见，先发二十万贯制钱于军中，以资军用，军饷已经发了两月，近期不用考虑。攻城略地，各府库之钞，也足可支应。至于祛暑，不知世子爷如何处理？"

话音刚落，太医刘安走了进来，见礼毕，刘安说："回世子爷和各位大人，每年府里暑热之时，都用几味药煎水服用，方子已拟好，请世子爷过目，都是北平容易买到的。"

呈上来看，"金银花、薄荷、野菊花、三七花、麦冬、玄参"，说明各自配置比例，和不能搭配在一起的几种，非常详细，刘安说完告退。道衍说："这几味药，好在都不太贵，一会儿让张辅带人，拿十万贯制钱去购置此药。让张辅来，世子爷，你得叮嘱几句。"

张辅走了进来，见礼毕，朱高炽道："人找齐了？"张辅回道："回世子爷，有十八辆大车，放在布政司衙门，臣带一个百户，要旗长带队，划片一起采买，迟了，恐有人哄抬物价，如果太多，中间往来，送到布政司衙里，免得车来车往，惊动市井。"

朱高炽说："文弼谋划周详，真怕你带车满北平城去买，确实骇人，我正要嘱咐你，你已料到。我再说几件，第一，公买公卖，不准欺行霸市；第二，不准中饱私囊，违者，军法论；第三，每个药行这几味药都留下一部分，以供市民，可让店家速去采购。大师，你看如何？"

"世子爷谋划周详，真殿下洪福，若王爷成此大事，世子爷功推第一。"道衍赞道。

朱高炽道："大师谬赞，父王、舍弟亲冒矢石，摧城拔寨，众将用命，两位大人运筹帷幄，学生何功之有？学生已经让张升派人去找霍统，人称震天雷，擅于火器，尤其熟知火药配制。多年来，朝廷对火药控制极严，只有靠我们自己了。"

金忠道："世子爷虑事周详，精于谋划，耐烦琐碎，令世忠叹服。"张辅告退，带着马和等人去办差。金忠也匆匆返回大营。

第十六回

▼

黄子澄奏对袁忠彻　张文博险夺居庸关

　　金忠在大帐上把道衍给燕王的信当众读了一遍："居庸关山路险峻，北平之咽喉，百人守之，万夫莫窥，据此可无北顾之忧。余瑱守之，屡次败北，虽据此关，无能为矣。今乘其初至，又兼剽掠，民心未顺，取之甚易。若彼增兵守之，后难取也。居庸即下，怀来不远，怀来之兵虽众，然其心不一，守将宋忠，轻躁寡谋，刚愎自用，应乘其立足不稳，攻其不备，一鼓而下之，而后兵临大宁。镇藩宁王，王爷至亲骨肉，大宁易取，而后挥师辽东，以大王决绝神武，恩威闻于海内，辽东必易取尔。转而率众南下，剑指京师，剿灭奸宄，恢复祖制，大事定矣。"

　　读毕，众人血脉贲张，犹如大功就在眼前，人人摩拳，个个争先。金忠佩服王爷，明白为什么要当众读出来。其实是金忠、世子与道衍一同谋划，但与燕王相知相印者，道衍也。

　　张昶已经侦探而归，向燕王汇报："臣将率兵沿着北平城向西侦刺，分十哨，现南面大兴、宛平、良乡、固安、永清和永安，直至西面的昌平还在南军之手，有的虽然已经被我军收复，但地方官已经逃跑，还有的州县又叛归南军。"

　　这事引起燕王极大重视，一旦南下进攻河北，北方不固，饷道不通，乡民无业，课税艰难，后果堪忧，他抬起头看着金忠。金忠沉吟半晌，看似也无计可施。

大家都在沉默，这时孟善说话了："王爷，以臣之见，我们去打居庸关，沿途走过，大军先行，留一队人马整顿地方，有南军占据的，夺回来，留人防守。所缺官吏，统计好报于布政司，选官出任。"众皆称善。

朱棣问孟善："依你之意，谁能担此重任？"

孟善说："非张昶将军不可。"

朱棣说："文博不行，他还有重任，侦刺敌情是第一要务，这差事别人是做不来的。但此事也事关重大，非你老将军莫属。将军文武双全，又是亚圣之后，最合适不过。"孟善领命，带本部人马先出发了。

朱棣叫过张昶说："文博，你还要不辞劳苦，去居庸关侦察。"张昶领命而去。朱棣申明纪律，不准妄杀乡民，不擅取民间财物，尽量不要踩踏庄稼，众将领命，整顿军马向西而去。

大家到达北平西部，离居庸关只有不到二十里，大家沉浸在道衍大师那封信的兴奋之中，张玉没有被这封信冲昏头脑，道："王爷，居庸关地势险要，易守难攻，需出奇兵方可取胜。"

朱棣说："世美言之有理，如何用计，说出来大家议一议。"

张玉说："正面用大炮轰它，只是我们的火器不足，不能尽力。只好派出善于攀岩之人绕其两侧，大军在正面攻打，再派出一队人马在关前喊话，瓦解敌军，不消两日定能攻克。眼下最要紧的是弄清楚守关人数。"大家称善。

忽然有军兵来报，张昶将军已经拿下居庸关，正在布防，恐敌人反扑，请求速去接应。众将愣了半晌，突然一阵欢呼。朱棣大喜，赶忙下令朱高煦、徐祥速带本部人马接应，二将领命，点齐兵马，急速向居庸关进发。

原来是张昶率兵去居庸关侦刺敌情，探马回报张昶，有几千军马，但是都驻扎在关外，关上守军只几百人。张昶不大相信，又令人去侦察一次，确实如此。他当机立断，令一些健卒跟随自己从东侧攀岩而上，告诉关下军兵，听到关上喊杀声，立即冲关。

守将余瑱，败退在这里，宋忠令他把守关口。他已经侦察几次，没有发现燕军，谁料张昹从天而降，余瑱不知虚实，不敢恋战，弃关而逃，去怀来依附宋忠。张昹不费吹灰之力，立下不世之功。

朱棣双手夹额感谢皇考、皇妣在天之灵，记张昹首功，留下指挥金事张武率兵三千把守此关，千叮咛万嘱咐，弃命也不能弃此关，分拨已定，然后带兵杀向怀来。宋忠看燕军气焰正炽，又深知燕王用兵老道，自知不是敌手，遂放弃怀来，趁夜突围到滹沱河以南休整，北平周遭平定，升陈珪为指挥同知镇守怀来，大军班师休整，以备南征。

京师接到战报，居庸关和怀来都被燕王攻下。尤其使建文帝生气的是，北平一带的燕王旧将，并不是真心抵御叛军，遇燕即溃或降燕。齐泰、黄子澄、方孝孺在传阅燕王的奏表，虽是老调重弹，但措辞愈加强烈：

"我皇考太祖高皇帝一统天下，绥靖四方，封建诸子，积累深固，悠久无疆，然奸臣用事，跳梁左右，欲秉操纵之权，潜有动摇之志，包藏祸心，其机实深，昔皇考广求嗣续，唯恐不盛，今奸宄欲绝灭宗室，唯恐不速，乃谓大义灭亲，不思骨肉，非惟杀我一身，实欲绝我宗祀。陛下固执不回，堕群邪之计，安危之机，实系于此。然臣所为，非求富贵，况本位极人臣，富贵已极，实乃救死，保妻孥也。皇天厚地，昭昭日月，可鉴吾心。"

读罢文章，众皆悚然，虽然嘴上不说，心里都在暗暗喝彩，虽是强词夺理，却言之凿凿，不啻是一篇檄文，把朝廷说得黑暗一片，而朱棣是受害者，且对朝廷有威胁和警告的意味。

"众卿认为此奏章为何人所做？"允炆问道。

方孝孺答道："以臣愚见，是姚广孝之作。"齐泰、黄子澄点头。

朱允炆问道："燕军里除姚广孝外，还有哪些文武官员？齐大人，你说。"

齐泰答道："臣遵旨，道衍和尚之外，文有金忠，袁珙，袁珙之子袁忠彻，参军驸马李让，皆饱学之士。"

建文帝问："金忠现在何职？"

齐泰说："长史何臣遇难之后，他被王府擢升为长史，袁珙始为白身，现为布政司经历，袁忠彻为其子，是何职不详。"

皇上说："袁珙者，朕幼时就有耳闻，善相，无缘相见，谁料从贼反叛。

他今年势必年龄不小了。"说完，眼光朝黄子澄看去。

黄子澄说："陛下说的是，臣略略讲一下他的事。"

袁珙，字廷玉，鄞县人。高祖袁镛，宋末中进士。元兵来到，他不肯屈服，全家十七人都被杀死。其父袁士元，任翰林检阅官。袁珙生而天赋异常，好学善作诗。曾到海外洛伽山游历，遇到一个奇特的和尚别古崖，把相面术传授给了他。先抬头看明亮的太阳，眼睛都昏花，将赤豆、黑豆撒在暗室中，去分辨颜色，从不出错，然后给人看相。

其方法也很特别，是在夜间点燃两支蜡烛看人的形状气色，又参考出生的年月，百次相面无一失误。现在他的儿子袁忠彻已经得其真传，并且又学到一个出奇的本领，有呼风唤雨之术。

黄子澄讲罢，建文帝笑道："言过其实也，呼风唤雨？岂不是妖人。齐大人，你接着讲。"

黄子澄接着说，"武将有张玉、朱能、丘福。人言，张玉善谋，朱能善战，两人皆雄韬博略，武艺超群。另有丘福、孟善、郑亨、徐祥，燕王次子朱高煦，老将军唐云，皆能征惯战之人。近侍有张昶、张辅和太监马和，皆万人敌，请陛下详察。"

建文看了他一眼，眼睛露出些许不屑，转瞬即逝："燕王自不量力，以一隅而抗全国，战争打的是钱粮，北平附近，地瘠民贫。刚刚听卿所言，并无经济之人，有何能为？"

方孝孺见皇上如此轻敌，遂提示道："陛下胸襟，实臣下所不及，陛下忘掉一人。"顿了顿，看见皇上若有所悟，接着道："皇上深知燕王世子，此人不可小觑，博才多学，善于治世经济，腹藏韬略，现在就是此人在筹粮措饷，使叛军饷道不绝。"

朱允炆也深知朱高炽能为，外表鲁钝，腹含锦绣，用于此人恰到好处，问道："众卿以为如何处置？"

黄子澄奏道："皇上，燕王未叛之前，种种防御部署可谓无懈可击，然奏效甚微，以此而论，臣等不能等闲视之，如果视其坐大，后果不堪设想。当下最要紧的是选帅北伐，先要确保河北无虞，然后挥师北平，一鼓荡平。"皇上称善。

次日召集文武群臣，选帅北伐。兵部右侍郎李越奏道："启奏皇上，皇上与燕王有长幼之序，燕王以叔父之尊，朝廷兴兵北伐，天下震动，一来不合礼制，二是有伤陛下仁孝之名，三是与燕王视同敌对，百姓难安，社稷有危。"皇上沉吟不语。

齐泰看到自己的属官奏此可笑之事，愤然出班奏道："启奏陛下，臣齐泰有话说，请陛下速斩李越。普天之下，莫非王土，率土之滨，莫非王臣。燕王虽有叔父之尊，但也是陛下臣民，且反叛朝廷，率众杀掠，若不伐之，任其坐大，社稷危矣。"众臣多附议。

最后皇帝决断，兴兵北伐，令众臣推举主帅，众臣都低头不语，大家看满朝文武，包括各省都指挥司官员，能征惯战之将几乎无存。建文帝明白大家不说话的原因，在心里也嘀咕："太祖高皇啊，你确实把棘杖上的刺弄光了，朕拿这棘杖顺手了，然天下不靖，需要有刺的将军啊！"

当时太祖屠戮功臣，朱允炆反对。太祖拿一根棘杖给他，上面的刺扎了手。皇祖父用刀削去棘刺，建文帝明白了皇祖父的良苦用心。可现在国无良帅，如何破敌？皇上把眼光投向兵部尚书齐泰。

齐泰只好出班，奏道："皇上，臣保举一人，可破燕兵。老将耿炳文，乃太祖高皇帝得用之人，曾驻守长兴达十年之久，阻张士诚于吴中，后多次与中山靖王徐达北征，屡建奇功，晓畅军事，部将众多，威足服众。"

皇上赞道："确需此人，只是长兴侯已年迈，六十几岁了。"

齐泰说："禀皇上，目前事急，也只能如此了，望皇上圣裁。"

皇上说："拟旨，敕耿炳文为征燕大将军，择日点兵，出师北伐。"

未几日，耿炳文校场点兵，誓师北伐，左右将军为驸马李兴和都指挥使盛庸。传檄调集各处兵马，随从各部，都指挥佥事、耿炳文次子耿廷志，指挥潘忠、顾晟、平安父子。传檄各布政司，接济粮饷。派刚从大牢里出来的程济为军师。

这程济本是四川岳州之教谕，芝麻粒大的前程，卜卦燕王谋反，被逮至京师，建文帝亲自询问，上了大殿，也不顾礼节，陈述燕王必反，建文帝没有面对面和一个八品官奏对过，但见他不卑不亢，奏对有节，虽不合礼制，但杀掉可惜。程济道："陛下杀臣如草芥，但请先把臣关进大牢，如一年后，燕王不反，皇上杀臣不迟，若反，应赦臣无罪。"

满朝文武吓得不轻，没有敢这样和皇上奏对的。出人意料，皇上答应了。最后是，燕王果然造反，方孝孺爱其人才，在皇上面前提起，释放出来，让他择出征日期。他择的日期与钦天监不谋而合，遂提为翰林编修，随侍皇上左右，草诏圣旨，皇上在讲，他在写，皇上话音刚落，他就在吹字墨了。

皇上拿起看到："邦家不造，骨肉周亲僭逆，今岁齐王榑谋逆，又与棣、柏同谋，柏伏罪自戕死，已废为庶人。朕以棣于亲最近，未忍穷治其事。今乃称兵构乱，图危宗社，获罪天地祖宗，义不容赦。是用简发天兵，往致厥罚，咨尔中外臣民军士，各怀忠守义，与国同心，扫兹逆氛，永安至治。"

几位大臣听见皇上口述，感觉不是檄文，似乎在为自己削藩而辩。

三十万大军在耿炳文的率领下到达真定时，消息也传到了北平。燕王召集众将，撤回了攻大宁军兵，祭旗出征迎敌，从安定门出城绕道卢沟桥，奔白沟河而来。一是为了麻痹南军细作，也是为了应上天之意，领兵作战要走安定门。大军来到琉璃河和白沟河北岸，扎下大寨，燕王升帐，众将士气正高，主张立即迎敌。

金忠道："王上，不急，耿炳文率部汹汹北上，士气高涨，长兴侯久经战阵，深谙谋略，况敌众我寡，不易轻出，隔白沟河而拒之，先坐老彼师，再寻机击之。"燕王赞成，派张昶带兵去探军情。

张昶回来报道："南兵号称三十万，其实十几万，军纪涣散，各不统领，和我们隔河相抗的是潘忠，乃有勇无谋之辈。"潘忠每日前来搦战，燕王严令，坚守不出。

第十七回

▼

长兴侯中秋败三阵　高阳王深夜杀降人

北平城王府里，世子、道衍、袁珙在看军报。在燕王的信里，道衍读出来燕王的一丝恐惧。

这时黄俨进来，见礼毕，问道："世子爷，中秋节说话就到了，奴才问一下，今年怎么安排过节？"

"两位先生看，当如何安排？"朱高炽问道。

两位正在沉吟时，朱高炽问黄俨："娘娘如何示下？"

黄俨答道："娘娘觉得今年不比往年，让世子爷裁处。"

朱高炽说："好，黄俨，今年的王府过节和往年一样，要比往年热闹，这几天就把该挂的灯笼挂出去。王府长史们随在军中，你们承奉司的，多带人车，大张旗鼓采购节日用品。去内库的刘典宝支钞十万贯，然后你派人去布政司，告诉他们和往年一样，尤其是六十岁以上的老人，每人一包月饼，且不可忽视官方挂的灯，和往年比，只多不能少，重复一遍。"黄俨把朱高炽的话重复一遍，走了。

道衍常与朱高炽共事，知其能为，袁珙虽常在王府走动，却第一次见到世子处事，面似愚钝，实乃精明过人。朱高炽深知全北平城都在看着王府，如果王府和每年不同，势必引起恐慌。袁珙阅人无数，真正懂得什么叫大智若愚。

道衍问："禀告王爷否？世子爷，小事有时也是大事。"世子内心着实感动，作为道衍和尚，话说到这里已经非常难得了。他怕有人在王爷前进谗言。道衍与袁琪相交甚厚，互不避讳。当然都明白是朱高煦了。

朱高炽辞了两位大师来到后宫。徐静状态很好，正在和王氏、世子妃张瑾拉家常。世子小趋几步，跪下行礼，然后把中秋的布置告诉了徐妃，徐静点头称是。朱高炽遂退出，带上卫队，去市井巡查。

八月十五早晨，燕王刚刚起床，高阳郡王朱高煦就走了进来，见礼毕，说了一些军粮之事，又说道："家里都安，母妃已大安了，王府张灯结彩，欢天喜地地过节呢。"说完退了出去。

燕王狐疑，今年不比往年，君父、兄弟在外亲冒矢石，披坚执锐，朱高炽在家里大张旗鼓搞这些。不一会儿金忠和丘福进来，见礼。两人看到朱棣脸上似有不悦之色，王爷好像不经意地给两位告诉了一下北平的事。

金忠明白了，有人进谗言，他非常佩服朱高炽，给朱棣施了一礼，说："王爷可喜可贺。"

朱棣不悦，问道："我何喜之有？"

金忠也不理会，接着说："以大王之聪睿，何须世忠细说，殿下有世子爷，大事定矣。世子爷措置妥当，巩固根本，实乃大王之福，吾军之幸也。"

朱棣何等之人，立刻明白朱高炽的用意。丘福说霍统押运火药、铁珠、箭镞来到大营，将军们都在观赏，朱棣大喜，解下腰间玉佩，喊马和，"派人到世子府，把此佩给吾孙瞻基。"

燕军刚用过早饭，河对岸又骂战，箭发如雨。燕军众将气得哇哇乱叫，因主帅有令，敢言战者立斩。

不一会儿，张玉、丘福带人上了箭楼，喊道："对面军士，请潘将军答话。"过了半炷香的工夫，栅门大开，出来两队人马，各一字分开，潘忠在队里闪出来，他认识丘福，大喊道："丘福，你家受皇恩多年，为何要反叛朝廷？"

丘福道："潘将军，你我同朝为臣，哪来他娘的反叛，谁是谁非，我们就先不说了。在下有一不情之请，能不能听本将一言？"

潘忠说："请讲。"

丘福说："你我有一场大战在所难免了，但今天是中秋佳节，将士们都想家，你我约定，今儿个不要挑战，大家就过节，等明日约期再战，可以吗？"

潘忠和身边的人嘀咕了几句，丘福喊道："潘忠，你是一个站着撒尿的，这么一点小事，你还这么啰嗦！"

潘忠答应了，策马回营。燕兵一车车的肉、酒拉进营里，挂上灯笼。已初时分，燕王穿着亲王常服，在临时搭的台子上拜天、拜地、拜祖宗。中午，大犒三军，酒肉管饱，从中午一直喝到晚上。

中午南军不放心，看北军如此做派，动了偷袭的念头，后来看燕军弓弩手、火铳手都不曾喝酒，在严阵以待，就放弃了。晚上皓月当空，雄县潘忠大犒三军将士。

刚过一更天，朱棣升帐，命令郑亨、朱高煦各率本部军马从大寨后门悄悄奔袭莫州，在莫州外十里处埋伏，嘱咐他们，这边火起，如果莫州无兵马出城，埋伏不动，若出城放他们过去，带兵迅速攻占莫州。让张昶率兵监视耿炳文，又令徐祥率兵监视莫州，若有任何动静火速回报。自己率领大军亲自攻打雄县，让张玉、李远、孟善等守住大营。让军士马摘铃，人衔枚，迅速渡河，大家领命而去。

白天，军士喝的是水，只是临行前，每人喝一碗酒，神不知鬼不觉地围住雄县。三声号炮响过，燕军一齐攻城，大喊降者免死。潘忠登城大骂丘福是不义之人，丘福回道："兵不厌诈，就你这宋襄公式的蠢猪①，怎么能统率军队。"

潘忠和朱能交手只是几合，被朱能生俘，遂攻占雄县。朱棣令大军不要歇息，徐祥使人报来消息，莫州兵马出城奔雄县而来。朱棣下令打出火把，擂鼓前进。

南军指挥同知李忠随耿炳文北征，驻扎莫州，和真定、雄县成鼎足之势，看到雄县火起，知道是遭受攻击，按事先约定，安排守城，带兵往援。看看快到了，感觉雄县已经被攻下，正在踌躇，看火把朝莫州而来。李忠依仗兵多将广，并不怯阵，下令将士们，鼓噪而进。

_____

①春秋五霸之一，在泓水河与楚军对垒，等到楚军过河后才列阵，遂一败涂地，成为话柄，这里在嘲笑对方。

两边列好阵势，射住阵脚。燕军朱能持枪出阵，李忠看他是一个毛头小子，问："哪个先斩此贼？"

千户华文喊道："让卑将先立此功。"手持大斧，杀出阵去，鼓声震天。两边火把，照得如同白昼。两人也不答话，只是厮杀，没过五合，华文被朱能一枪刺于马下，金忠看得清楚，说："殿下，不能纠缠，恐耿炳文来援。"

一句话提醒朱棣，于是鞭梢一指，擂起战鼓，军兵列队，鼓噪而进，新组建的火器营走在前列。南军毫不畏惧，两军边走边射，朱能、丘福早已按捺不住，率队冲杀过去，马和、王珉护着朱棣，纵马杀了上去。再看李忠，一杆大槊上下翻飞，顷刻杀毙数人，朱能愤怒，大喊一声："认识怀远朱士弘吗？"拍马迎了上去战在一起，怎奈南军人多，看看燕军不支，不知谁大喊一声："莫州火起。"

李忠回头看时，果然如此，这一回头，卖给朱能破绽，朱能一枪刺中李忠马身，马负痛跳起，把李忠摔在地下，朱能刚要再刺，被一将接住，李忠亲兵快速牵过马来，李忠跳上马背，大喊"鸣金"。

燕军紧追不舍，大喊"降者免死"。到了城下，李忠看已经竖起燕军大旗，情知城池已经被攻破，后面又有追兵，拨转马头沿河向西逃去。燕军也不追赶，进城升帐清点人数，各记功劳，出榜安民。进而攻克莫州，兵马辎重尽为燕军所得，士气大振。

李忠败退，尚有一万多兵马，与部将商议，这样回真定，连丢两城，必加军法，趁朱棣不在，守城能有多少人马？一定被朱棣带出来了。趁他人少，速袭取燕军大营，截断其归路。再约定耿炳文率师攻击，南北夹击，必然破贼，众将然之。

徐祥早已探知，派人报与张玉，张玉早有准备，让孟善守住大寨，自己带李远去大寨五里处埋伏，待南军火把一到，一声炮响，矢下如雨。南军猝不及防，又是黑夜，可怜李忠，征战数年，竟被乱箭射死，余众皆降。燕军摩拳擦掌，准备攻打真定。

消息传到北平，王府一片欢腾。但金忠有封信给道衍。莫州守军被俘，七千余人拒绝投降，打死了朱高煦一个亲兵。朱高煦大怒，以遣返发路费为由，把战俘引到一个大院里，全部射杀。

道衍一脸凝重，朱高炽面色炽红，心中异常愤怒，但不知父王是否知晓，遂提笔给父王写信："父王在上，不孝儿高炽百拜呈书，闻雄、莫大捷，阖城鼓舞，似如此，不出旬日，北方平定。然儿今有一事相告，若犯父王虎威，念儿一片至诚，恕儿之罪。惊闻军中杀俘数千，不胜痛悼。父王高举义旗，靖天伐罪，为安社稷，保全百姓，而非一己之私也。然南北军将，皆大明子民，想曹彬攻破江南，不妄杀一人，美名传于后世；李广坑杀降寇，至死不得封侯。况杀降日久，南军得知，必殊死抵抗，一夫拼命，万夫莫当。父王饱读史书，定不查属下所为。儿臣以为应查实论处，史笔如铁，望父王深思。不孝儿……"

这时道衍过来看见，大吃一惊，说："世子爷一向谨言慎行，此文寄与王爷，非同小可。请世子爷让老僧处理。"朱高炽写完后，也觉语气太重，似以下犯上。道衍说："老僧再誊写一遍，以老僧名义，发给王爷。"

信传到大营时，燕王已经查明杀俘是朱高煦所为，异常震怒，看道衍的信，大有不悦之意，而且金忠、张玉等一些将领都颇有微词。次日升帐，朱棣让马和把道衍的信读了一遍。

朱棣让王珉查实，是朱高煦手下一个百户带兵行刑，用连环弩射杀战俘。朱棣深知不杀此人难平众人之愤，遂命人把这个百户绑缚押上大帐，朱棣亲自审问："为何射杀南军战俘？"

百户大喊："回殿下，这些人拒不投降，我军白白浪费粮米。他们又杀死臣的兵，臣忍无可忍，下令杀了他们，就请王爷责罚吧。"

朱棣也不废话，令推出斩首，号令三军，他临死也没说出一个名字，全部罪责一人扛过。说句实话，在这方面，朱棣很佩服二儿子朱高煦，他把儿子单独叫过，训诫道："属下愿为你效死力，可见你驭人有术，但你生性过于残暴。杀俘不祥，这个道理你不懂吗？此人虽斩，但怎能堵住悠悠之口？以后遇事要三思而行，多与金忠、张玉等人商议。"

朱高煦看父王没有过多责备，大着胆子说："儿子谨遵父王教诲，然儿子心有疑虑，不知当不当问？"

朱棣接道："讲吧，哪方面的？"

高煦说："第一个疑惑，杀俘的消息大师如何得知；第二个疑惑，信中口气似乎不像是大师的。父王知道，大师性情中正平和，语言点到辄止，断不会大加挞伐。况儿臣也为自己辩解几句。"偷瞄了父王一眼，看表情没有变化，接着说："战场不比王府，兵凶战危，七千多人，骂声不断，拒不投降，一旦疏于管理，临阵哗变，如何处理？况父王仁名播于宇内，断不能背杀俘之名，于是儿臣斗胆，擅专杀之，父王。"说着，眼泪就下来了。

燕王没有接言，拍了拍儿子肩膀说："退下吧！"燕王也在考虑，是谁给道衍传的信，这封措辞严厉的信到底出自谁手，从儿子的话里他感受到了和世子有关，虽然信中言之有理，但朱高炽如此口气，有悖人子之道、人臣之礼。

燕军攻下莫州后，唐县、荣成、新城都望风而降，有的守牧官挂印而逃，燕王派员署理，稳定后方，而后直趋真定。现在真定是北伐据点，饷银粮秣都存在这里，耿炳文率众亲守。

朱棣在大帐里与众将商议。大多数将领认为，敌众我寡，不宜进攻真定，西取新乐，据城固守，形成对垒，再图攻之。燕王犹豫不定，这时张玉说："臣不同意诸将意见，西取新乐，如何据守？取一小城而待大军压城，势必被动挨打，现南军虽多，但人生地不熟，而我军士气正炽，趁其立足未稳，一鼓作气，定能克敌制胜。"金忠赞成。于是燕王下定决心，先攻真定。

第十八回

▼

东书房弈棋责世子　承运殿劳师宴百官

耿炳文差人下书，进帐后，是副千户刘能，曾是燕王部下，驻守蓟县，后调回真定。他早有降燕之心，他把耿炳文营垒的分置情况告诉了朱棣。当燕王从刘能口中得知耿炳文部都部署在西北，东南空虚，大喜。

朱棣让刘能回去，如实告诉耿炳文雄县、莫州战役，不日即可抵达真定，用以挫动南军锐气。但金忠深恐有诈，如果刘能是假投降，那会功亏一篑。于是燕王派张昶带本部人马前去侦察。张昶抓到一个俘虏，审问明白。朱高煦遂带领人马直奔城西。

次日，朱棣率军冲阵，耿炳文迎战。张玉、丘福、朱能、郑亨率军出击，朱高煦引奇兵杀出，前后冲突、杀声震天。耿炳文不敌，大败而逃。朱能见耿炳文败，遂率本部兵马追赶。

耿炳文且战且退，重新列队，朱能、张昶率队冲击，高喊杀贼，南军大乱，死者不计其数。丘福大喊"降者免死"，军中齐喊，立刻有几千人弃甲投降。耿炳文兵败如山倒，率军入城，军士你争我挤，几万人挤在城门口，踩踏伤亡者不计其数，耿炳文惊魂未定，令紧闭城门，坚守不出。

此役斩首三万余人，投降万余，战马两万余匹。俘获驸马李坚，卫指挥使顾晟和刘燧。燕王亲为顾晟松绑，他是燕王旧部，志诚忠心，取衣衣之，礼送北平，让他辅佐世子。耿炳文如惊弓之鸟，任凭如何骂战，坚守不出，燕军愤怒，竖云梯，冒矢石，但屡攻不克，将士烦躁。

这时燕王接到道衍的信："殿下，耿炳文久历战阵，善战多谋，今坚守不出者，意在坐老我师。三攻不克，众将愤恨，士气懈怠，南军必乘势而击，不若班师，以待来日，愚浊之见，望王裁度。"金忠、张玉皆赞同。

次日升帐，大小将佐百余人，燕王说："现在奸人齐泰、黄子澄包藏祸心，谋危社稷，妄自加兵北平，我军欲效周公，成正义之举，众兵将舍弃父母，随孤靖难，不顾身家，竭尽全力，剪除奸雄，本想肃清朝纲，再图休息。可是旷日持久，徒堕士气，终为下策。先行班师，以图后举。"于是真定围解，燕王班师回北平。

回北平时，燕王为取得政治上的攻势，从得胜门进城，奏《振皇纲之曲》、击打得胜鼓，衣甲鲜明，剑刀如林，市井站满百姓，道路两旁人头攒动，高呼万岁。这都是朱高炽安排的。

回到王府，王爷大宴文武。朱高炽事前已做周密安排，王府恢复往日的辉煌，端礼门、宫门、世子府门都插五色旗帜。秋高气爽，微风习习，各色旗帜随风舞动，增添了王府的胜利气氛。

燕王端坐在承运大殿上，两边各立一太监，手执拂尘，有四人立于两侧，手执香炉、香盆、唾壶唾盂。燕王身穿冠服，右手执圭，众文武分列两旁。大家一看王爷如此打扮，知道要去拜家庙。大殿里站得满满的，武官副千户以上，文官从六品以上，王府的左右长史、承奉司正、审理司正、内府典宝、教授、仪宾、医正、仪卫、舍人、各宫掌事太监等都按班侍立。

这时乐声大作，王爷下座，向外走去，众人跟随。大家都着冠服，只听走路窸窣之声，伴随细乐，穿过前殿、中殿，走过社稷山川坛，来到家庙，仪卫幡盖在前引路，燕王和朱高炽、朱高煦、朱高燧迭入。然后净鞭之声，众文武鱼贯而入，按事先安排好的，肃然站立。面对祭坛，众文武在仪卫的呼语中，随燕王山呼而拜。

拜毕，朱棣读道："列祖列宗在上，皇考、皇妣在上。不孝子孙朱棣率子孙阖众，观瞻祖祠，孝谕敬上。想我皇考，起于布衣，历经数载，始得江山。

然幼冲不惜，宠信奸宄，残害宗室，荼毒骨肉。想皇考封建诸子，为防边患，巩固社稷。然四位王弟，无罪而逮，至有自焚而亡。予为求自保，奋起藩邸，谨遵祖训，剪除奸党。幸赖祖宗保佑，北方已固，不日直指京师，清君侧，保社稷。皇天后土，可鉴吾心。"

读毕，哭倒于地。众人正心酸，又听燕王大喊一声："父皇、母后，儿臣想你们啊！"三个儿子哇的一声哭出声来。众人也都流泪。过一会儿，仪卫扶起燕王，大喊："礼成。"乐声又起，仪卫前导，从原路返回承运殿。大殿已摆满珍馐，大家按品级落座，心情虽沉重，但个个有杀奔京师、剪除奸党之心。

燕王居首，左右分别是道衍、金忠、世子。王爷特意让唐云和顾晟两位老将坐于身边，以示荣宠。朱棣宣布："今儿个是凯旋之日，这全赖文官谋划、武将用命、祖宗佑庇。现北方粗定，我与众位大人一醉方休。"

大殿的屏风徐徐撤下，伶人演奏乐曲。接下来世子和两位弟弟给王爷敬酒。世子代王爷给百官敬酒，觥筹交错，佳人美酒，众人恍如隔世。众文武和燕王已熟，武官们出兵放马在外，经常如此，因此也无所顾忌，喝得酣畅淋漓。

朱高炽敬完酒，坐下来，因身体较胖，身上感觉没有丝毫的力气。道衍太明白了，这次大宴百官，就是折腾世子。朱高炽记事以来，王府第一次办这么大型的宴会，而且兼祭家庙。以前立春、冬至、过年祭家庙是没有百官的。

燕王要班师那天，就派人送信给朱高炽和道衍，把想法告诉了他们。两人仔细谋划，从通知百官穿冠服、仪卫的设置导引、佳人舞蹈、餐酒，只在短短的三天时间，道衍真正看到了世子的办事效率和能力，心细如发，每一步都亲自效行，亲自点验。

燕王已经离席，意思是让文武百官无拘束地喝酒，他来到谨身殿东大厅，换上常服。道衍、金忠也跟了过去。朱高炽让马和和黄俨招待百官，与两位弟弟也到了中殿。早已备好了常服，弟兄几个换了下来，和屋里人见了礼，坐下来。

没什么军国大事，燕王兴致很高，正在和金忠、道衍谈论典籍野史之类的，袁珙也在，不知道什么时候来的。已经谈了一会儿，朱高炽听他们在谈论宋玉。金忠说："这记在《楚辞》里，楚国大夫登徒子在楚顷襄王面前说宋玉的坏话，他说：'宋玉其人长得娴静英俊，说话很有口才而言辞微妙，又很贪爱女色，希望大王不要让他出入后宫之门。'"

朱棣说："世忠先生无书不读，我也曾读过《登徒子好色赋》，文辞甚美，只是不能成诵，世忠请试之。"

金忠说"遵旨"，背着说：王以登徒子之言问宋玉。玉曰："体貌闲丽，所受于天也；口多微辞，所学于师也；至于好色，臣无有也。"王曰："子不好色，亦有说乎？有说则止，无说则退。"玉曰："天下之佳人莫若楚国，楚国之丽者莫若臣里，臣里之美者莫若臣东家之子。东家之子，增之一分则太长，减之一分则太短；著粉则太白，施朱则太赤；眉如翠羽，肌如白雪；腰如束素，齿如含贝；嫣然一笑，惑阳城，迷下蔡。然此女登墙窥臣三年，至今未许也。登徒子则不然：其妻蓬头挛耳，龃唇历齿，旁行踽偻，又疥且痔。登徒子悦之，使有五子。王孰察之，谁为好色者矣。"

金忠背得如行云流水一般，众人叫好。朱棣笑着说："多少年来，这登徒子好色就是因这篇而起。有人读书不求甚解，甚至只看到题目就自以为理解了文章。像这文章只要细读，登徒子不见异思迁，始终不嫌弃他那位容貌丑陋的老婆，这实在非常难得，绝非好色之徒。而世人张口闭口某某人登徒子之流，真乃贻笑大方。"说完看了三个儿子一眼，三兄弟赶忙说是。

大家看得出朱棣心情很好。朱棣吩咐袁珙："廷玉，把你儿子叫进来。"袁忠彻进来与众人施礼，坐下。

朱棣道："廷玉，你儿子善卜，我们都领教了。忠彻，我听说你擅射覆，未曾见识，可否展示一下？"

袁忠彻道："王爷有令，敢不遵从！但父亲在此，岂敢造次。"袁珙说："但射无妨。"朱棣示意黄俨，黄俨领会，出去一会儿，捧个食盒进来，朱棣让猜。袁忠彻走了几步，停下来道："橙子。"

朱棣问黄俨，黄俨诡笑着摇头。大家狐疑，朱棣明白，猜中了。黄俨和袁忠彻相熟，在开玩笑，遂道："打开吧！"

黄澄澄的橙子赫然在目，大家惊异，问道："如何猜到？"

袁忠彻看了父亲一眼，父亲点头，遂道："此时是申时正刻，中也，正应在中官身上，中官手持食盒，且黄姓，故猜之是柑橙也。"

"那为什么不是香蕉呢？"朱高燧问道。

"小王爷有所不知，香蕉状如何？而持盒者有否？"众人一愣，一刹那哄然大笑。朱棣正在吃茶，一口茶喷出来，黄俨僵在那里，忘记给王爷拿擦巾。

袁忠彻说："放肆了，黄公公，见谅。"黄俨笑着摇摇头，没有说话。

燕王把三个儿子叫到跟前，和善地讲道："今天百官庆功，你弟兄三人也功不可没，现在命你弟兄三人各作诗一首，以秋天为题，以景言情，不限韵。"

朱高燧忙道："父王知道，儿子最不擅于此，待两位兄长做毕，我再给父王讲个笑话。"

朱高燧虽然也和世子一起受封，在洪武二十八年封朱高煦为高阳郡王，他封为安阳郡王，但年岁尚小，一直到大婚后才搬至郡王府。自小溺爱，顽劣异常，和中官关系极好。燕王哼了一声，让朱高炽、朱高煦各作一首。朱高炽写毕，吹干墨迹，呈上来，是五言古体。

> 风摧梧桐树，叶落燕子楼。
>
> 旷野有遗骨，熟禾无人收。
>
> 饥馁遍华夏，尘埃罩九州。
>
> 圣人出幽燕，还民太平秋。

朱高煦的也呈了上来，是一首七律。

> 玉绿无情转浅黄，金风有意送清凉。
>
> 草枯叶坠无人问，雁阵南归展几行。
>
> 月下林间花显瘦，无言犀桂暗飘香。
>
> 何须悼古叹秋叶，平定三监辅成王。

众人齐声喝彩，都说世子爷和高阳郡王文武皆能，实乃殿下洪福。只有道衍沉吟不语，两人的诗对仗还算工整，只是无病呻吟，都在贬斥朝廷，拍父王的马屁。朱高煦的诗虽不乏一股英雄之气，但虎头蛇尾，非福禄寿俱全之人。朱高炽诗中暗含悲凉之气，也不是长寿之人。他只沉吟片刻光景，燕王还是看在眼里，但也装作不知。

黄俨在朱棣耳边说了什么。朱棣把朱高燧打发出去。朱高炽明白，一定是黄俨怕朱高燧难堪，故而以徐妃名义将他调走了。

时令已到晚秋，天黑得格外早，那边百官早已散去。中殿大书房，大家习惯称为东书房，留下的都是朱棣身边人，大家晚膳就在中殿，精致菜肴，各自少酌几杯，饭罢都散了。燕王告诉次日辰初时分在中殿议事，只留下朱高炽一人陪他下棋。黄俨摆上棋具，燕王示意他退下。

朱高炽跪下："父王，瞻基收到玉佩，喜欢得不行，谅此乳臭，怎敢劳父王惦念？儿子、儿媳感激涕零，深感父王谆谆爱子、爱孙之心，儿臣敢不肝脑涂地，以报父王！"

朱棣命他起来，边摆弄棋子边说："炽儿，你和你两个兄弟不同，虽生于钟鸣鼎食之家，却熟知稼穑之艰难。自靖难起兵以来，我儿调度得当，裁处有法，致使后方稳固，饷道不绝，我心甚慰。金忠说你是靖难第一功臣。"

朱高炽第一次听父王这么褒奖自己，感动得眼泪流出。忽然提到金忠，朱高炽明白父王与他要谈什么，不敢插话，拿出棋子右手拈着，看着父王。

朱棣道："开始了。"漫不经心地问道："金忠有私信传回府里。"世子刚要跪下，朱棣摆摆手。

朱高炽道："回父王的话，金忠的信是给大师的，大师转给儿子的。""讲了什么？"

"讲二弟杀俘之事，他当时劝了二弟，二弟没听进去，众将也都知道。金忠以为，此事父王是知道的，是父王有意放纵，心里着急，恐开杀俘先例，有违天和，遂给大师写信，让大师谏阻。儿子不孝通天，没把此事禀告父王，请父王责罚。"说着跪了下去。

"回信是何人所写？"燕王平静地问道。

"父王明察秋毫，儿子看到金忠的信，十分生气，提笔给父王写信。道衍大师以为不妥，重新措辞誊写，署上他的名字。然金忠此举，绝无二心。儿子敢保，他过后一定会给父王禀明此事。"

"吾儿要知道，此例不可开，这是一；其二，高煦告诉我时，言外之意是你在告状，这样会使兄弟不睦。当此紧要关头，兄弟齐心，其利断金，倘阋墙相斗，祸不远矣。我再问你一件事，永丰米行，有几人告你状，为何如此？"

"父王若不问，儿子不会禀告的。永丰米行真正的东家是二弟、三弟，黄俨也入了股。当时儿子确实不知，再者以儿子的个性，当时那紧要关头，即使知道，也会那样做的，只是方法会变通一下，和两位兄弟商量办法，也不至于到此地步。儿子虑事不周，请父王不要再责备高煦、高燧了。儿臣已经让人送去了一批银子，是儿臣自己的银子。"

"那天你三弟说的小女子是怎么回事？"

朱高炽一脸茫然。"儿臣愚钝，不知指哪件事，请父王示下。"

朱棣说："你是否新收一个女子？父王不是干涉你的家事，但在此多事之秋，你身为世子，当为楷模，做此糊涂之事，难免会被他人攻讦。"

"父王明鉴，儿子没有收女人，只是有一姐弟落难于涿州，被儿臣接进府里，不知是否？"

"到底怎么回事，弄得满城风雨？"

朱高炽回道："回父王，是马和救下的薛氏姐弟二人，在涿州被官府追杀，马和仗义，亮了底牌，救了他们。女孩子名叫晓云，十五岁，男孩十三岁，名苁，字子谦。奇的是，都识文断字，都还会些拳脚，识些弓马。现晓云做儿媳使女，子谦做儿子的书童，此事二弟、三弟俱知。只是他们家世，儿臣并未细究，望父王责罚。"

燕王明白了，只说："好了，不用查，也不是大事。"朱棣吃了一个棋子，接着说："炽儿，你办事一向持重，又宅心仁厚，做任何事要思虑周详，谋而后动，靖难之路，荆棘丛生。我和你两位兄弟驰骋疆场，后方就交给你了。"

朱高炽感动，父王今晚谈话，极其私密，无半点责备之意。道衍说得对，"你就默默做好本分，不用忧谗畏讥，王爷是千载难遇的英明之主。"朱高炽真是理解这话的含义了。

第十九回

▼

李九江征燕假节钺　张文起训兵斩宫人

在北平大张旗鼓庆功之时，耿炳文大败的消息已传到南京。朝廷震动，耿炳文沙场老将，多谋善战，竟一败至此。皇上召集群臣议事，焦虑、震怒溢于言表。黄子澄奏道："陛下勿忧，胜败乃兵家常事，燕王以区区一隅而抗全国，安有不败之理。陛下传檄各卫，调集五十万大军，围攻北平，燕王必会兵败被擒。"

皇上问道："谁能堪任北伐的统帅？"

齐泰奏道："陛下，还需耿炳文挂帅，一是没有比他更合适的将军，二者知耻而后勇，令其传檄各处兵马，赐与生杀大权，必能一战而定。"

黄子澄道："陛下，万万不可，耿炳文败军之将，不可言勇，况且已是不祥之身。臣保举曹国公李景隆。"

朱允炆想了一下，确实没有比此人更合适挂帅的。下旨召回李景隆，为他举行盛大的遣将出征仪式，赐给他"通天犀带"，天子剑，生杀予夺，先斩后奏。赐给大将军斧钺仪仗，并亲书八字赐给他："体尔祖禄，忠孝不忘。"朱允炆亲率文武百官到江边送行。

李景隆手握权杖，传檄各地，于九月末到达德州，调集五十万大军，压向北平。并传檄辽东总兵江阴侯吴高入山海关，进击永平。令宋忠越过桑乾河东进。

北平在庆功宴的第四天，就知道朝廷的新动作。但很多人不认识李景隆，燕王也只是略知一二。老将顾晟介绍道，李景隆，字九江，是李文忠的长子。李文忠也叫朱文忠，是太祖高皇帝的外甥，被高祖收为养子，赐姓朱，是燕王殿下的亲表弟。

李九江熟读兵书，颇通典籍，长得一表人才，绝品美男子。对奏从容，仪态优雅，深受太祖赏识，袭爵曹国公。但只会纸上谈兵，目空一切，妄自尊大。顾晟道："以九江之能，五万兵足矣，五十万，朝廷自坑五十万。而殿下多年衣不卸甲，马不离鞍，景隆当然不是对手。此乃天赐良机，若击败九江，朝廷主力尽失，再无能力北进。"

唐老将军也有所了解，说："殿下的这位表侄，其实是当今的赵括，智疏谋寡，色厉中荏，忌刻刚愎，未尝习兵，未见大战。"

通过这几人的交谈，加之平时对他的了解，朱棣心中有数。他深知将士有恐惧之心，必须先打消疑虑。遂把副千户以上的将士集于王府，刊印传单，发给将士。

兵法有五败，九江皆蹈之①：为将政令不修，军纪不整，上下异心，死生离志，一也；今北地早寒，南卒棉衣不足，披冒霜雪，手足皲裂，至有堕指，又无储粮，马无盈草，二也；不度险易，深入趋利，三也；贪而不治，智信不足，气盈而愎，仁勇俱无，威令不行，三军易桡，四也；部曲喧哗，金鼓无节，专任小人，五也。

大家看完后，确信李景隆必败无疑。

九月初，也就是李景隆誓师出征的这一天。永平守将遣人来报，江阴侯吴高率辽东兵攻打永平，永平临近山海关，地理位置异常重要。燕王明白，永平若失，东北方向将无险可守。李景隆从南而攻，宋忠自西东进，三面夹击，北平危矣。

在东大厅，燕王、道衍、金忠、张玉、朱能、丘福、朱氏三兄弟在商议此

---

① 摘录于《明史》有改动。

事。面对这严峻形势，如何设防，人们心中没底，都在沉默着。金忠看已过了一刻钟，没人说话，遂打破沉默："殿下，世子爷，两位郡王爷，各位大人，在此紧要关头，我们必须速谋良策。前几日议到李九江其人，发兵到北平将近月余，在下以为，先保永平，攻下山海关，平大宁，而后回师北平。"

真是语惊四座，大家几乎都惊呆了，太冒险了。朱高煦道："金大人，北平根本之地，一旦失守，后果不堪设想。"

这也是大家的疑虑，大家一致反对。朱棣也没有了主意，说："世忠，本王知道你谨慎，出此奇招险招，定是深思熟虑。给我等细说一下吧。"

金忠说："殿下，以我军目前情势，无论怎样据守，都处于劣势。现在的兵士虽不下十数万，但分兵把守各处城池、关隘，所能调动之兵实不足五万人。为今之计，留下一些人马守卫北平，大王率众往援永平。待击败吴高，回师北平，内外夹击，定能大获全胜。"

众人默然。这说得容易，就这点兵力还要分开，如何能保住北平？听金忠言外之意，都留在北平也未必能守住。燕王看没人接言，知道都不赞成，看着朱高炽，朱高炽心里也知道这是冒险，但感觉这确是好计，说："父王，儿子赞成金先生之言，父王带精锐往援永平，留下一员大将守城待援，北平城池坚固，易守难攻。父王守藩二十几载，爱护百姓，民心甚附，此时正可用之，儿子设法筹足可支持半年的粮草。若父王半年还不能班师，那北平城也就……"

下面没说出来，大家也都明白，如果半年还不能班师，那也就没有后话了。燕王看道衍在点头，遂道："此计虽有些冒险，但此时也顾不上许多。金先生，何人可守北平？"

金忠说："有世子爷在，臣保北平无虞。"

满座皆惊，道衍站了起来，高声诵了一声佛号，说："老衲赞同，由老衲参赞军务，只需一万人马足矣。若丢了北平，愿献上人头。"

朱棣心下感动，知道大师在给众将士吃定心丸，因为家属皆在北平。若心系北平，如何能在战场杀敌，遂道："有大师在，十个李九江我也不惧。现请大师分派。"

大师也不推辞，说："好，老僧就托大一回。一，先派人给永平送信，告诉陈怡坚守不出，大军不日即到。陈怡是个难得的将才，不会轻易被吴高攻破城池；二，世子爷留一万人马守城，唐云老将军、顾老将军和徐祥助之；三，放弃通州以南城池，兵马随大王东征，留下一部分在通州，让世忠去通州大营协防；四，给各处守将送信，不见调兵勘合，不准离城，各处守好城池；五，兵马未动，粮草先行，世子爷无论如何艰难，尽快筹集粮秣，请袁先生择定日期，殿下亲率四万将士往征永平。"众人无奈，只好领命。

北平今秋产粮颇丰，但钱钞仍是大事，印钞试了几次，均告失败，现仍在试制。过冬的棉衣、棉被、御寒等物，都不齐备，千钧重担压在朱高炽身上，他一天两个时辰都睡不上。

都指挥司来报，兵器库羽箭、火药、铅弹告急。兵器是根本，朱高炽不得不遣人出居庸关，到关外去买铁锭，幸而遵化有冶铁司，昼夜开工，运铁车队川流不息。王府仪仗库的中看不中用的武器也发了出去，重新锻造。下牌票给各处驻守将士，自己解决过冬御寒东西。特别强调要公买公卖。北平的棉花本来就不多，价钱提高一倍，仍然买不到。只有走海路，从南方调运，有几只船已经出事。海路就是这样，有时遇到海盗，有时遇见风高浪急，经常十损三四。朱高炽伤透了脑筋。

盐课司提举找到朱高炽，空有盐引，换不来盐，南北漕路已绝。京师是想在经济上困住北平。朱高炽经多方提调筹措，总算能筹到二十万石粮草。一切分拨完毕，朱棣率师东征。

这时李景隆大军离北平已经不足百里，大家在中殿西厅里议事。朱高炽道："粮饷足能支撑半年，冬装也已齐备，南军来此，必先截我饷道，围住九门，齐化门水陆重地，粮米皆由此入，李景隆一定先攻打此门，封住通州，父王已经派金先生去守通州。现在关键是把兵都布置在城内，那卢沟桥怎么办？"

徐祥道："世子爷，末将愿带三千人马扼住卢沟桥，绝不让他越过此桥。"

道衍道："徐老将军壮哉，李九江五十万人马，投鞭断流，一道桥岂能挡住，况节令已经快交九，河水冻实，人马辎重皆可过。还是我们事先的策略，坚守不出，等待王爷回师。至于城外各处，南军必不在意，攻下北平，是他们唯一的目的。"

顾晟道："滚木礌石都已齐备，堆在各城门附近，王妃娘娘组织了一个后援队，府里的太监、使女和其他各府的仆从，每天从城墙下往上运料。张升、张文起正在训练这些人，关键时刻也可以上阵，这是张升讲的，是不是可以，末将也不知道。现在弓箭已备足，这样守城，弓箭、火药是第一的。"

朱高炽说："学生真怕张升调动不了，走，我们过去看看。"

张升早早就候在大校场，王妃娘娘命令，把这些人训练出能打仗的，朱高炽听后摇头，也知道娘娘着急，没有办法的办法。薛晓云递过一沓单子，是今天要点视人员名单。张升一看好家伙，一千九百多人。

娘娘和世子妃张瑾等一些女眷坐在观台棚里往外看，张瑾有些着急，不知道哥哥怎么样，能不能号令这些乌合之众。突然咚咚一阵急促的鼓声，张升已站在校阅台上，两边站着十几个执勤旗牌，一个个戎装佩剑，威风凛凛，杀气腾腾。旗牌官挥了几下旗子，略静了一些。过了一刻，又是一通震天的鼓响。

旗牌官挥旗大喊道："二通鼓响，各位军将听点。"分了二十个哨，各哨一百左右人，哨长都是各府有头面的人物。

旗牌官又喊道："自今日起，名册上的人就是军中人了，有失卯的或误卯的，按军律治罪，众位军将，听明白没有？"

大家七嘴八舌地应道："听到了。"

这些人本来是不想来的，只是家主之命，不敢违抗，看旗牌官煞有介事的，觉得好笑。旗牌官喊道："各哨长，整队，持戟。"

早有人抬过武器，大家手持长戟，哨长开始整队，旗牌官在张升旁边说了几句，然后大声问道："各位哨长，三通鼓响不能整队，大帅要杀人的。"又是一通鼓响，略好些，还是懒散，张升早已看见世子等人在观看，走下校阅台，来到娘娘帐外，大声说道："禀娘娘，三通鼓已经响过，请娘娘示下。"

从帘子里传来娘娘声音："文起，你是主帅，杀伐决断，全凭你，只是记住一点，这是大校场。"

徐静贴身侍婢司青走出来，又大声复述一遍。张升大声回答道："末将明白。"

张瑾说："虽是这样说，哥哥也不必太着急，着急就会做出鲁莽之事。"

张升答道："臣明白。"说完大步走回校阅台，唰一下抽出佩剑，大声说："各位将士，某受命校阅，奉的是将令，大家听过孙子斩姬的典故否？"有的说听过，有的说没听过。

张升说："从现在开始重新点卯，一通鼓不齐者，选最差哨长斩之，二通鼓有不齐者，选最差军兵斩之，三通鼓有不齐者，双斩，明白否？"大家喊"明白"，比起刚才整齐了许多。

张升接着喊道："现在执勤官看好，选出最差的，擂鼓。"一通鼓响过，执勤官拽出一位女哨长。这是娘娘的侍婢，和司青一起主管娘娘的起居，王爷和娘娘用起来特别应手，娘娘不许她来，她偏要参加。整个校场死一般寂静，只听张升从牙缝里挤出一个字"斩"，声音不大，好似一声炸雷，世子和张瑾都呆了。

上来两个执勤军兵，拖起这个哨长走向行刑场。刚要举刀，薛晓云跑过来，喊道："请刀下留人，世子娘娘让饶她一命，打她军棍。"

张升说："姑娘请回，这是军令，谁敢违抗？斩。"这个哨长早已瘫了，世子想去喊停，被顾晟止住，刀斧手手起刀落，一颗人头落地，这个年轻的哨长香消玉殒了。

第二十回

▼

会攻北平排兵布阵　固守通州首战告捷

朱高炽等人回到大殿，朱高炽惊魂未定，说了一句："慈不掌兵，义不行贾，信夫。"

顾晟说："世子爷去统兵，不用数月就会习惯，可真难为这张升，刚才卜义说他从未带过兵，却有这等胆识，着实叫人钦敬。"

就把刚才的事情给道衍大师讲一遍。大师早知道张升，遂说道："老衲只知道他功夫好，原来竟有这胆识，此王爷和世子爷之福，北平之福也。正值北平危难之际，用人之时，世子爷量才使用才是。"

朱高炽说："学生也是刚刚知道，说句实话，挺佩服这位大舅的。顾将军，你安排吧。"顾晟让张升前来，告诉他，不用小脚女人，男女分队，各选有功夫有胆识的任哨长，他派徐祥协助操练。

李景隆目标非常明确，攻下北平，使燕王无立足之地，然后挥师东进，令辽东兵马夹击，一战而定。前哨来报，探明卢沟桥无兵把守。李景隆大喜。"不知何人守北平，卢沟桥不设防，可知守城之人不谙兵法，无能为也。"

都督金事瞿能道："禀大将军，守城是世子朱高炽，此人熟读兵书，颇识兵法，更有道衍、顾晟辅佐，且王府徐妃乃将门之女，自幼娴熟弓马，不惧战阵，望大帅莫要轻敌。"

李景隆道:"本帅已探明,城中并无太多军士,大多又是老弱病残。瞿将军,你和燕王相交甚厚,令郎瞿尚与世子也颇有来往,不是有意夸大世子吧?"

瞿能回道:"大将军说笑了,论亲,无论末将怎么论,也没有将军和燕王亲了。末将曾随燕王征讨漠北,熟知此人,少用险兵。至于犬子,在中都时曾做过世子护卫,但两军对垒,各为其主,将军勿疑。"不卑不亢掷地有声。

李景隆早闻瞿能父子之能,父子皆能征善战,对朝廷忠心不贰,不善阿谀,今天一见,果然如此,随即说道:"老将军言之有理,本帅戏言尔,请勿见怪。"

瞿能道:"卢沟桥设防又能怎样,想我几十万人马,可谓投鞭断流,不用此桥,卢沟河还能挡住我几十万大军吗?"

李景隆问道:"水冻实没有?"

军师程济道:"刚才来报,水流湍急的地方还未冻实,但是人在上面走没有问题,只是不能走辎重、马匹。"

程济本在耿炳文部,被皇上又派给了李景隆中军,充作参军,他进言道:"请大帅速发兵城下,分拨将领攻打城门。丽正门首当其冲,将军亲自攻打,其他请派正副将攻打,一鼓作气,拿下北平,而后挥师东进,灭贼在此一举。大帅建不世之功,必将名载史册。"众将称善。

第二天,大军兵临城下,李景隆升帐点兵:安陆侯吴杰攻打东直门,都指挥盛庸攻打文明门,都指挥同知陈晖攻打齐化门,平安攻打平则门,李卫攻打健德门。李卫是大名公主驸马都尉李坚之长子,李坚受伤被俘,未到北平身亡,李卫发誓报仇。都指挥同知李进攻打西直门,瞿能攻打顺城门,中军大帐设于丽正门外,李景隆亲自督军攻打,都指挥同知潘玺为带兵主将。

分拨已定,各路大军齐动,先攻破门者为头功。都督府左断事高巍道:"大将军谋划周详,但通州在齐化门处,比较薄弱,通州存兵三万,皆精锐之师,又有金忠辅佐,倘被其攻破防线,功亏一篑。请大将军详察。"

李景隆同意,命都指挥同知柳从周、大同卫指挥使张伦带兵五万攻打通州。又在郑村坝设下大营,既防通州,也阻断燕王归路。

通州大营,卫指挥同知房胜升帐,与众将商议。指挥金事孙岩道:"大帅,自古兵来将挡、水来土掩，待末将战他一阵，也让他们不敢正视咱北平。"大家附议。

房胜说："众将注意，敌兵来势汹汹，气焰正盛，王爷离开时，曾叮嘱我们，坚守不出。金大人，你以为如何？"

金忠道："大帅之言甚是有理，但学生以为，也不可墨守成规，南兵此来，虽有汹汹之势，其实乃疲兵也。我军正好战他一阵，挫动其锐气。通州背面临水，易守难攻，只在西门，如果南军前来挑战，组织猛士，战之便是。"房胜然其计。

次日，柳从周带兵攻打，列下阵势，射住阵脚。指挥佥事武能请战，柳从周道："本将素知你英勇，此阵可是头阵，只许胜不许败，万不可堕了锐气，否则军法无私。"

武能说："末将领命。"跑到阵上大声挑战，孙岩请命，房胜叮嘱多加小心，下令放下吊桥，开城门，孙岩带一队人马，扎住阵脚，孙岩舞刀杀出，大喊道："通下姓名，本将孙岩回去要上功劳簿的。"

武能大喊："东昌武能。"

遂斗在一起，斗了二十多个回合，分不出上下，武能开始焦躁起来，孙岩看得清楚，卖个破绽，拨马回走，武能随后跟来，柳从周大喊："莫追。"已经晚了，早被孙岩回首一刀斩于马下，下马枭了首级。这时燕军鸣金。南军冲阵，城墙上万弩齐发。孙岩拨马率兵回城，拉起吊桥，关闭城门。

柳从周愤怒，下令架炮，几十门火炮一起炸响，惊天动地。燕军躲在箭垛里，也不理他。南军冲阵时，房胜就下令火铳、连发弩一齐点射，柳从周无计可施，鸣金收兵。

房胜升帐，给孙岩记首功。金忠怕孙岩误会，解释道："孙将军英勇，足以使敌人胆寒，但出城对战，实为冒险，学生见你已胜，恐将军恋战，给南军以攻城之机，遂建议大帅鸣金。"

孙岩道："金大人不要见疑。末将明白。"金忠道："真壮士也。"

房胜说："今日这一战，已经挫动南军锐气，现在我们来一个深沟高垒，坚守不出，任其炮轰就是。"

众将退出，金忠说："大帅，今天有一事，不知是否注意？还有一队人马，只在观战，并未出战。"

房胜说："的确如此，我也看见了。马上派人去侦察一下。"他在金忠面前不敢托大，不敢称本帅或本将，遂派出侦刺。

探子回报，两队人马隔河扎营，张伦在河的左岸，昨日柳从周部搦战，未和张伦商量，张伦已经告到李景隆处，说柳从周贪功冒进，以致输了头阵，折了一员大将。李景隆正派人安抚。

金忠得报，大喜，对房胜说："大帅勿忧，下官有计破之。"

连续三天，任南军如何搦战，燕军只是闭门不战。柳从周愤怒，命令军兵骂阵，把房胜的祖宗都骂了，燕军将士愤怒，但房胜有令，请战者立斩。

这天晚上，过了三更，房胜升帐，说："金大人说了，夫战者，一鼓作气，再而衰，三而竭。众位将官，南军初到，虽然折了一阵，但锐气正炽，这已过了三天，彼师已老，以为我军没能为了。现在，众将听令，孙岩将军，带五千人马，到河边警戒，不准出战，只见火起带兵撤回。本帅亲自率领一万人马偷袭柳从周大营，众将注意，不准恋战，多备火种、火铳，听本帅号令，金大人留守大营。"

众将领命，到了四更天，人衔枚，马摘铃，马蹄缠布，不举火把，各行其是。

房胜带兵接近南军大营，整个大营寂静无声，几位军将带兵悄悄杀掉外围守军。房胜命令举火，各种火器一齐发作，南军大营顷刻间一片火海，房胜鞭梢一指，几员大将带一班人马杀了进去，喊声雷动，房胜带人在外面截杀。只有小半个时辰，房胜令鸣金收兵。大军迅速撤回，等柳从周反应过来，燕军早已进到城里，柳从周只好收拾残局，带人灭火，救死扶伤。

次日，柳从周也不升帐，坐在大帐里生气，这个张伦，着实可恨，两军相隔不到十里，看到火起，竟然不救，一而再，再而三。他正要写信给李景隆，亲兵来报，抓住一名探子，柳从周下令带上来，来人是个须发皆白的老者，五十几岁了。

他是金忠的大哥金华，紧走几步，跪下叩头说："禀告张大帅，卑弁不是探子，是给大帅送信的。"

叫他张大帅，柳从周有几分狐疑，参军示意他一下，他明白了，说："谁让你来送的，什么信？"

金华说："卑弁只是信使，不知道是什么信，但是我家主帅嘱咐卑弁，一定要讨得回信。"

柳从周打开信："子清吾弟，一别数载，不承想各为其主，刀兵相向。来信已经拜读，吾弟之意，兄已尽知。两军对垒，不便多写，敬待约期。又：夜来谢过吾弟。"也没有落款，写的也含糊其词。

柳从周说："来使辛苦，请先用过饭，过会儿还会有赏。"金华下去吃饭，柳从周气得哇哇乱叫。

参军说："大帅不要中计。"

柳从周说："你看，这是反间计吗？只是送信人弄错了大营，两家扎营近在咫尺，不要说这老人了，就是我等也极有可能错了。分明是张伦这厮首鼠两端，隔岸观火，马上呈报大帅。只他会告状吗？我军先休整两天再说。"

张伦看看柳从周停止攻城，与部将计较，大同卫指挥佥事赵简说："禀将军，我军在此已近旬日，柳从周屡次攻打，我军却按兵不动，大帅会按军法处理的。"张伦然之。

次日，知会柳从周，一同攻城。在通州城下摆开阵势。房胜让士兵射住阵脚，上城喊道："请张将军搭话。"张伦出营。

房胜说："张将军，本将早闻将军大名，在大同驻扎，秋毫无犯，爱民如子，善抚军兵，实在是我等武将楷模，今你我刀兵相向，也是各为其主。通州城里有民数万，本将不想留下千古骂名，现在有信一封，请将军过目。"张弓搭箭，嗖的一声射了出去。

张伦令军士取来，展开观看，和刚才讲的基本一样，末尾写道，约定两日后，房胜出城到南军营前摆阵一战。如果战败，引兵撤去，请张伦进城安民，请勿嗜杀。同意请先撤兵回营，否则，燕军仍然坚守不出，任南军炮轰。

赵简说："将军莫要中计，此乃缓兵之计。"

张伦笑道："此等伎俩，岂能瞒得过我？放心，正可用计擒之。"

赵简问道："计将安出？"

张伦道："今日柳从周并未如约而来，城中守军有三万多，一旦顺势杀出，我军也无便宜可赚，先应下，待过两日敌兵出城，你带本部军马，约齐柳从周部，趁势攻下城池。若其不出城，再一起攻城不迟。"赵简恍然大悟。遂令撤军。

话说北平城下，李景隆依仗人多势众，先是一阵大炮，轰得北平城里地动山摇，然后军士轮番攻城。城里兵少，片刻不得休息，朱高炽有些着急。

道衍说："世子爷勿慌，南兵新至，气焰正炽，我军坚守不出，定将坐老彼师，而后会士气低落，且天气转寒，南军经不起寒冻，而我军以逸待劳，军民一心，世子爷宅心仁厚，军民皆知，更兼调度有方，善抚士卒，军民愿效死力，守城何愁不固？"

张辅道："大师，世子爷三更睡，四更就起，只睡一个时辰，有时顾不上吃饭，我们都很着急，请大师设法劝劝爷。"当面告了世子一状。

朱高炽笑了："大师，君父和两位兄弟亲冒矢石，衣不卸甲，冒死沙场，我做人子，敢不尽心竭力？况北平根本之地，不敢有失。我母妃已有春秋，每天二更寝，四更起，率众守城，每事必当面嘱咐学生。"

"王妃娘娘确是女中豪杰，传者不虚也。"顾晟接道，"这城门日夜攻打，难免有破城之虞。"

道衍说："这几天老衲看了，顺承门的瞿能父子，健德门的李卫攻打得最为凶猛，素闻瞿能与李景隆不睦，而与燕王交厚，世子爷与瞿尚相善，不知此事真否？"

朱高炽接道："确实如此，只是瞿氏父子对朝廷忠心耿耿，断不会为我所用。"

"世子爷误会了，"顾晟道，"可离间瞿氏和九江。"

道衍说："此计甚善，我们仔细谋划。"几人悄悄计议一番。北平城门太多，守军太少，军士不能轮番休息吃饭，早晚守在城墙上。徐妃和张辅的妹妹张丽把二十哨编外兵分到各城门，送饭送水，救助伤者，掩埋尸体。间或晚上也持戟放哨。徐静自己带着一哨，以便策应。

第二十一回

▼

施反间解围北平府　逞豪气奇袭丽正门

果然李景隆军攻打了几日，明显松懈下来，晚上基本不攻打。顺承门城楼上，世子喊道："让瞿将军答话。"

瞿能父子在一队护卫的簇拥下闪出旗阵，瞿能喊道："世子爷有何见谕？想世子乃太祖高皇帝嫡孙，为何做此大逆不道之事？史笔如铁，世子不怕落个不忠不孝的骂名吗？"

朱高炽回道："瞿将军，黑小子，"黑小子是以前朱高煦对瞿尚的称呼，"想父王贵为亲王，镇藩一方，富贵已极，为何如此，想必你们清楚，何需本座多讲！你父子是我大明忠臣，屡建战功，然功高遭人忌，李广难封侯。据本座所知，李九江色厉胆薄，刻薄猜忌，将军父子在其麾下，焉有正果？朱高炽此语，望老将军斟酌。"

瞿尚喊道："世子爷不必多言，我父子效忠朝廷之心，坚如磐石，你父子和我们既不能同殿称臣，那只有刀弩相见，但枪刀无眼，倘有不虞，望世子爷见谅。"说完拨转马头返回阵里。随后大军攻城，一场厮杀在所难免。

晚上，李卫在健德门外大帐里休息，有人来报，抓到一个燕军。"带上来。"这个军士吓瘫了，搜出一封书信，"瞿能亲启。"

李卫道："这是怎么回事？"

燕军回道："我们出来两人，一人被你们射死了，小的被你们捉住，我们只是信使，求将军饶命。"

李卫道："本将不明白，既是送给瞿能的，为何不走顺承门，而要绕道？"

军卒道："小的实在不知道。"

李卫撕开信，很漂亮的蝇头小楷："瞿将军钧鉴，今日一晤，有幸聆听教诲，你我几代情谊，今在阵前相对，实乃造化弄人。想我父王亲冒矢石，披坚执锐，所为何来？本为亲王，钟鸣鼎食，富贵已极，夫复何求？只因奸党构陷，为保妻孥百姓，不得已尔。将军英明神武，料事在先，两军对垒，无人匹敌。九江小子，嫉贤妒能，在其麾下，岂能建功乎？况两军阵前皆我大明将士，太祖高皇帝忠贞子民，不可再令其自相残杀。某之用意，不必明言，如将军有意，似可约期，盼复。另：送信之人为避免引人注目，不走顺承门，他门绕路。"

李卫赶快派人送给李景隆。李景隆已得到镇抚叶陶的密报，白天瞿能父子和朱高炽通话，而且在箭射之地，他正满腹狐疑，又收到了这封信，看着信，他那俊美的脸逐渐变得扭曲起来。递给程济和高巍传阅。

"大将军，小心有诈，当心中了朱高炽的反间计。"程济提醒道。

李景隆说："本帅自幼熟读兵书，颇知兵法，反间计岂能瞒得过我？但此事定有蹊跷，诸多将领投降了燕王，小心提防为妙。"

次日，李景隆升帐，大帐里杀气腾腾，天还未亮，火把未熄，攻打西直门的李进五花大绑押了上来。李景隆道："本帅受天子节钺，传檄天下，令到即行，北伐至此，战必胜，攻必取。今围攻九门，各位将士用命，虽暂未攻克，也足使城内胆寒。然指挥李进违反军令，大军到此十日有余，不思攻城，寻欢作乐，坏我法度，推出去，斩首示众。"

在李进的骂声中，人头落地，众皆股栗。李景隆道："李进之职由副将丁仁替代，各回大营，天明总攻。进者赏，畏敌不前者斩，先攻入者奏明圣上，不失公侯之封。"众将应答，各自准备。

巳正时分，九门同时发动攻击，城内不论老幼妇孺，都上墙守城，李景隆在丽正门身先士卒，军士在督战队连斩数人后，发疯般地往上冲，积尸如山，护城河冰面上一片殷红，守将张升看看不支，喊人去搬救兵，城下搬运石木的妇女们在徐静、张瑾的带领下，掷瓦抛石，协同守城。张瑾侍女薛晓云，年仅十五岁，搭弓射箭，一箭正中主将潘玺面门，潘玺翻身落马，踩踏而亡，南军不得已鸣金收兵。丽正门总算保住。

顺承门险象环生，瞿能父子手下悍将极多，瞿尚亲冒矢石，城墙被炸开一个口子，有的军士已爬上城墙，大军眼看蚁附而上，朱高炽命张辅带兵增援。忽然南军鸣金收兵，以致功败垂成。丽正门、顺承门都没能攻下，全线收兵。

主要是李景隆，丽正门撤兵后，他手持窥远镜在观察顺承门，眼看要破城，因猜忌瞿家父子，恐其率众降燕，遂令鸣金。明知是反间计，还是不能释怀。

天逐渐黑了下来，这一天总算是有惊无险，看到城门楼下一队队排着的马车、骡车，就知道这一天的惨烈，车队有分工，有的拉尸体，有的拉伤员。喊杀声没有了，但突出了伤员的哀号声。世子带着护卫，挨车查看伤员，激励他们。徐静带儿媳张瑾和妇女队运送晚餐，往各城门运送赏钱。朱高炽赶紧跑过去行礼，张辅也行了礼，看到了妹妹也戎装佩剑跟在徐妃后面，上前说了几句话。

世子妃张瑾说："今天这一仗薛晓云功推第一。小小女孩子好大力气，能拉得动弓。世子爷，如何赏她？"

世子看了看晓云，一身男装，头戴兵弁帽，没穿铠甲，只穿一件护心背心，显得有几分臃肿，天足，看身高已经超过了张瑾，鹅蛋形脸，略弯的长眉，大眼睛，鼻子微微翘着，嘴有些大，虽然算不上美人，倒也有几分姿色。薛晓云发现世子在打量自己，脸羞红了，确有几分妩媚动人。张瑾看在眼里，只作不见。

朱高炽道："打退南兵后一定论功行赏。"又说道："张辅，看不出你妹妹也是个巾帼英雄。"

徐妃道："大家抓紧时间吃饭、休息，今天城墙上的军士不用轮值，妇女队戴上兵盔，持戟站哨。"

朱高炽道："母亲大人先回府休息，儿子随后就回。"带着张辅、薛苁巡视一遍，回到了府里。道衍把王爷的战报拿了出来。

李景隆心下着急，一是北平苦寒之地，将士不服，大多数军兵拿不住兵器。二来城池急切不能攻下，倘若朱棣回师北平，岂不功败垂成？他开始的自信逐渐消退，只是一万多人的守军，半月有余，没有进展，通州也胶着之中。

高巍道："大帅，通州、北平皆不能下，须得防范朱棣军马，此人确是胆大之人，大兵压境，竟能自顾攻城略地，于后方不顾，真是匪夷所思。下官恐怕他另有所图，望大帅明察。"

李景隆点头道："本帅这位表叔确是不同常人，真是小看了此人。目前情势，计将安出，望先生教我。"

程济想道："你那天下第一的气势哪去了？"献计道："大帅，高大人所虑极是，为今之计，先派人在东北处扎下大营，以备回师之敌。然后派出侦骑，打探燕军主力情况。"

这时亲兵进来，送来一封信。李景隆读完递给了程济。是柳从周的密报，把通州情况详细地汇报："末将打了十几天，损兵折将，而张伦坐山观虎斗。今日天幸他出兵攻城，却不战而退，据末将派去的人回报，他和守将房胜谈了半晌，城头又射下一箭书，内容不详，张伦带兵不战返回大营，请大帅早做打算，切莫堕入奸计。"

李景隆很恼火，问道："上次房胜的信就算是反间计，这又作何解释？"

程济道："大帅莫急，先使人问一下张伦再做计较。下官认为，张伦也该派人来了。"

李景隆说："两位大人，非本帅多疑，燕王一千多军马起于藩邸而能迅速控制北平，耿炳文沙场老将，也不免折戟沉沙，究其原因就是朝廷官员、军将多降燕军。战场之上，兵凶战危，呼吸之间，胜败已定。瞿家父子能征惯战，某岂不知！但也是燕王旧将，倘若顾念旧情，入城降敌，或临阵倒戈，吾辈不齑粉乎？"

一番话说得两位书生面面相觑，加上几天来的做派，才知此人并非无能之辈，只是自视过高，眼中无物，但愿通过此番战事，会有所改变吧。

高巍说："大帅，既如此，通州两帅已经不睦，恐为敌军利用。以下官之见，通州既然不下，只是僵持即可，不必空耗兵力，待拿下北平，通州自然可下。"

李景隆点头，说："传令，令张伦率本部人马驻屯郑村坝，以防燕军回师。令陈晖暂停攻打齐化门，留副将任爽守住城门，阻断通州和北平通道。陈晖带两万人马，分为两队，到永平一带侦察，发现敌踪，速派人来报，而后袭扰敌军，以延缓其回师速度。"

张伦接到将令，知道遭人暗算，叹了一口气，传令二更造饭，四更拔寨，神不知鬼不觉奔向郑村坝。消息传到通州大营时已是辰正时分。房胜大喜，说："金先生大才，末将领教了。"

金忠道："将军，此天赐良机，稍纵即逝，张伦确是将才，但几番看来，柳从周庸才耳，今夜杀出城去，学生已经派人看好白河，已经冻透，令孙岩率兵从白河绕过去，避开李景隆大军，两面夹击，定可全胜。只是击溃即可，不可恋战，夺得补给运回。另外还需要派人监视东面，恐张伦使诈。"

二更时分，房胜升帐，分拨已定，强调："众将不许恋战，听到鸣金立即收兵，倘有迟延者，定斩。"

三更正刻，各处一起出击，柳从周也有准备，在寨门外设置火铳手和连弩手，两军对射，燕军不十分惧寒，一边射箭一边鼓噪而进，南军退回大寨。柳从周大喊："杀敌者有重赏。"亲自带兵杀出大寨，两军混战，南军仗兵马多，全线反击，这时只见寨中火起，孙岩早已带兵杀到。

柳从周看到寨中火起，心下着慌，房胜追上斩于马下，大喝道："柳从周已被斩杀，降者免死。"有降的，有逃的，房胜也不追赶，令拿上粮饷补给，迅速撤离。李景隆看到火起，心中叫苦，知道中计，派兵救援，途中遇见败兵，知道大寨已失，回营交令，燕军通州解围，和齐化门的南军扎营对垒。

九月末，朱能率军到达永平城下，攻城将士辽东总兵吴高没有料到燕军如此迅速，仓促列阵应战，依仗兵多将广，也不惧怕，吴高沙场老将，久经战阵，命令击鼓，亲斩两名后退军兵，压住阵脚，遂鼓噪而进。燕军看看抵挡不住，这时永平指挥使陈怡正在城墙上，命令佥事赵亮从东面，自己从正门，率师杀出，吴高不敌燕军，丢下辎重，向东而逃，朱能率军追击，斩首四千余人，俘获五千多人。吴高逃向迁民镇（山海关）。

燕王下一步打算袭击大宁，而后回师。派人告诉世子，钱粮冬衣都已筹措完毕，勿念。送信人是马和，这北平被围得水泄不通，不是智勇绝伦之人，绝不会做到进出自如。朱高炽看完信，告诉马和速回大营，自己给父王写信，通报北平和通州情况。准备当天晚上送马和出城。

大家在商量下一步，顾晟道："南军现在进退两难，通州失利，兵士不堪北方寒冷，在北平城下又被拒数日，接连损兵折将，军无斗志。瞿能父子英勇无比，现在不得重用，李景隆生怕瞿能父子投我，又怕他们争到破城第一功。李景隆现在改变了打法。白天攻城，晚上休息，以逸待劳，困死北平城，在王爷归途中的郑村坝连设大营，意图已十分明显。"

朱高炽说："老将军深谙兵法，老成谋国，离间之计，救了北平，但从行事来看，李九江也确实有真才实学，不似老将军当日所说的，从这段时间来看，杀伐决断，颇有章法。"

顾晟道："当然不是臣讲的那样一无是处，那是因为他统兵五十万，臣恐将士胆寒，故而贬斥他，以壮军心，但此人确实狂妄自大，刻薄猜忌，否则，咱们的离间计并不高明，他也信了。"

道衍说："老将军过谦，殿下说，你是老天送给他的，贫僧信也。以贫僧看来，这静夜也需搅动一下了。"

朱高炽道："大师之言，正合吾意。正好把马和送出城。"大家选好了丽正门，主将新损，立足未稳，趁势扰他一阵。让张辅去军中招募百人，在城墙下列好队，朱高炽亲自壮行，每人赏钱十贯。

张辅说："世子爷，请为我等保存，杀敌立功后再取，若杀身，请给各位家属。"

朱高炽道："壮士们，攻城半月，丝毫未能撼动咱们北平城，这全赖将士用命，本座被他们攻得心烦，好歹出这口窝囊气。今日各位壮士出城，不论杀敌多少，扰他清梦，使敌胆寒。来，上酒。"火辣辣的一碗白酒倒进肚里，霎时热血贲张。张辅带头把碗一摔，众壮士效仿，悄悄地追出城去，拿火药引信，到寨栅门杀掉门兵，放起火来。

百名壮士左冲右突，真如砍瓜切菜，南兵尽在梦中。马和趁机奔赴大宁。百名壮士全身而退，只有两人受伤。朱高炽亲自设宴。告诉张辅，一个人名都不能漏掉，白身升副百户，有禄的升二级。又亲自看望伤者，其中一人叫郑住，断了一指，现在是白身，朱高炽特许其百户官诰。

第二十二回

▼

燕亲王智胜郑村坝　李景龙效鼙袭蔡州

　　再看南军，大火惊动了李景隆，连忙升帐，众将震惊，燕人好大胆，竟敢如此作为，各个大营折腾到天亮，城里却在休息。李景隆愤怒，约定辰正时分一起攻城，但不像前几次那样的攻势了。守城压力逐渐减小了。

　　下午下起了大雪，到掌灯时分，雪已没脚，还在下。在王府谨身殿里，道衍说："今晚恐李九江偷袭，听顾老将军介绍李九江，以他的性格今晚会来。"朱高炽也想到了，马上召集众将布置。

　　晚饭后，李景隆看雪越下越大，心里高兴。和程济、高巍商量，今晚趁雪攻城，人衔枚，马摘铃，偷偷爬上城墙。看他俩沉吟不语，说道："唐朝李朔在大雪之夜袭击蔡州，一战成名，我们兵强马壮，选壮士数百，不是问题。"让亲兵卫队长蒋和去选人。

　　程济不同意，说："大将军，世易时移，北平城墙甚高，大雪之下，墙滑手冻，又不能架云梯，如何攀爬，架云梯又恐被发觉，下官似觉不妥，请大帅裁度。"

　　高巍道："敢问大帅，是这一处攻城，还是各处齐攻？"

　　李景隆道："偷袭，当然是只有一处了，一处破门，各处自然可定。"蒋和已选好三百多名将士。李景隆向北看了一下，寂寥无声。三百多军兵，人衔枚，抬十个云梯，悄悄地靠近城墙，大队人马做好准备只待得手，一起杀入。

这三百军兵神不知鬼不觉地爬上了云梯，第一个马上要接近城墙顶端，突然城上火把齐举，张升大喊："放箭！"这三百多人被照得睁不开眼，城墙上万弩齐发，矢下如雨，可怜这三百多壮士都没看清城墙上是怎么回事，就死于非命了。

朱高炽对道衍说："大师神算过人，实在令学生佩服，这次挫动了南军锐气，南军士气会更低落。可笑这李景隆纸上谈兵，东施效颦，自取其辱。大师、老将军，还有一事，需要大师和老将军谋划，城墙下的尸体越积越高，最开始的被清理了，后来，我们出城去清理就被射杀，如若再高，城墙的优势就没有了。"

道衍说："世子爷所言极是，李景隆分明看到了这一步，这样下去，总有堆平之时。以贫僧之见，第一，城墙浇上水，这天儿滴水成冰，又有雪，明天天晴，南军在南，城墙在北，日照冰墙，反光于南军，必无能为矣。第二，我军每天在各城门轮流袭扰南军大寨，使其得不到休息，必然后退数里，我们就可以清理尸体，不至于平墙。"

世子告诉张辅，集中军士和百姓，把朝南和朝东的城墙全浇上水。

李景隆坐等到天亮，雪也停了，天晴了，军士没有回来，痛悼愤怒，自己贪功冒进，被哪个御史、科道参一本，就麻烦了。他匆匆用完早膳，攻打城门，列好阵势，城墙全是冰，晃得军士们睁不开眼，只好撤回大寨，一筹莫展。这样的城墙开春才能化开。

连续几天晚上，城里遣将出城，骚扰南兵，李景隆不堪其扰，士兵苦不堪言，遂下令，大军撤至卢沟桥以南、杨村以东扎营，等待时机，李景隆大帐设在郑村坝，连下九个大寨绵延数十里。北平城解围，但城门仍然紧闭，战事陷于胶着状态。

燕王率军解永平之围，收到北平回信，诸将忧虑，一是怕南军攻占北平，失去根本，二是怕郑村坝连九营，一旦袭取通州，燕军再无退路。朱棣把马和留下，和几员心腹战将、谋士在一起，听北平守城情况。

朱能道："殿下，北平危矣，应先回师北平，攻打郑村坝之敌，此其一也。

二者，大王之意先攻取大宁，但大宁有松亭关，地势险要，且守将刘真和徐亨都是能征惯战之将。一旦僵持不下，旷日持久，北平危险了，望王爷定夺。"

张玉道："刚才马和讲了北平守城情况，各位将军多虑了，道衍大师智虑周详，世子爷调度有方，顾晟和唐云老将军、徐祥久历战阵，更兼王妃娘娘相助，调动全城军民守城，北平无忧。百名壮士敢出城扰敌，足见世子爷胆略过人，北平城已经安全了。"

燕王打断道："本王也吃了一惊，以世子平时处事，守城有余，开拓不足，我曾经叮嘱万不可出城，然世子审时度势，确实甚慰吾心。世美老将军，你接着讲。"

张玉说："通州有金忠大人助守，有几次交战，李景隆未得半点便宜，据信中所讲，似乎已经解围。大王不必忧通州，若现在回师北平，大宁兵尾随我后，大宁朵颜三卫天下闻名，郑村坝挡我归路，两路夹击，哪里还有我等退路，各位大人明察。"说完以后，大家沉默了。

徐忠道："王爷，我们绕过松亭关，虽然多走半天路程，从刘家口直达大宁。拿下大宁，把刘真和徐亨调出来歼之。"

"此计正合我意。"燕王道，"各位大人，我意已决，由刘家口出关，直趋大宁。"立刻升大帐。燕王说："诸将英勇，战必胜攻必取，今日出刘家口，攻打大宁，兵贵神速，守军一定不会想到我等至此，正可一鼓而下。"

众将摩拳擦掌，整顿军马，偃旗息鼓，绕至关后，前后夹击。守兵毫无防备，仓促应战，瞬间被砍杀数人，其余皆降。然后大军直趋大宁。

大宁都指挥张宽是朱棣旧部，朱棣派人持信劝降。张宽升帐，商议退敌之策。

都指挥佥事郭泰说："大帅，燕亲王信中说，凭符调兵，不听调遣岂不是违抗军令！北平各城见到兵符，都已归到燕王麾下，大宁被燕军拦腰斩断，已为孤城，岂能久持！况我等都是燕王旧将，岂能忍心背之。望大帅三思。"众将然之。

张宽愤怒，大喝道："你我食君俸禄，决不能做悖逆之事。朝廷自有兵制，调兵虎符，是两块组成，无朝廷兵符，就是造反。况我们是都司，直隶后军都督府，并不归北平节制。"

郭泰说："大帅所言极是，你我既然知道，那北平各卫所焉有不知之理，只是王爷是君，我等是臣，王爷持信招抚，却之无理。"

张宽勃然大怒，说："先不说降是不降，只是你和主官说话态度，来呀，先把郭泰拉出去打二十军棍。"众将求情，张宽越发愤怒，说："再有说情者，一同行刑。"众人不敢言声，须臾打过，行刑队架了上来，打得皮开肉绽。

张宽说："众位将官，准备迎敌，按平时操演，各去防区，有怠慢者立斩。"众将领令而去。过来两位军将架起郭泰走了出去。

晚上张宽正坐在大帐里演练沙盘，几位军将求见，进来后，也不见礼，手持宝剑顶住张宽，亲兵正要抢上前来，早进来一队军兵，下了武器。郭泰戎装佩剑，气汹汹地走了进来，大声说："绑了。"众人绑了张宽。

郭泰召集众将，说："某自从军以来，惟知循法，战场杀敌，不曾畏死，今年近半百，却受此刑辱。张宽不知体恤，一味鞭挞兵将，今天本将欲降殿下，众位意下如何？"众皆称善。

张宽叹气说："众位，容我说一句，我不是反对投降燕王，只是还没有做最后的决定，既如此，随你们吧。"朱棣带大队人马围住大宁，郭泰派员送信，未动一兵一卒，拿下大宁。张玉进城安抚众将。张宽、张玉本是熟人，张宽羞愧难当。张玉亲解其缚。让郭泰当众赔礼，安排张宽随大军，持大宁都司兵符，下辖各卫，尽皆归降。

大宁都司降为大宁卫，归北平节制，郭泰升为都司同知，仍署理指挥使，镇守大宁。

早已散出消息，大宁即将攻破。刘真、徐亨带兵来援，遭遇燕军伏击，徐亨带兵投降，刘真从海路逃回京师。燕王派人驻守松亭关。分拨已定，朱棣和诸将商议，去见宁王朱权。

宁王也被削去护卫，但护卫还没来得及分配，燕王到了。在王府流连三日，日日饮酒，相约大事若成平分天下。辞别宁王，宁王到郊外送行，燕王伏兵一拥而上，挟持宁王、家人、细软返回北平。尤其是朵颜三卫的蒙古骑兵投降燕王，士气大振。

燕王部署好各城防务，北部无忧了，遂回师北平。沿路把北部属于南兵的城郭招降，一路疾驰，大军进抵会州，北平传来消息，固若金汤，围城南军已撤出卢沟河以南。

朱棣下令在会州休整，整编军队，设立五军。张玉率中军，朱能率左军，丘福率右军，张宽率后军，郑亨率前军。到此大军已达十数万，钱粮充盈。整编后，率军抵达白河以东，侦知李景隆在郑村坝连设九营，李景隆的大帐也设在这里。

燕王遂命全线攻击，朵颜三卫，首先冲阵。南军虽兵多势众，但被整夜骚扰，不得休息，北地严寒，兵士不惯，手不能执兵器，军无斗志。李九江下令斩了几人，南军悚然，奋勇向前，李景隆全身披挂，亲临战阵。燕王亲率燕军，齐头并进，几十万大军在这北国的冰天雪地展开鏖战，征战整整一下午，杀声震天。燕军士气正盛，左冲右突。

燕王大喊："杀敌众者，公侯封之。"让护卫高声喊道："南军败了！"一浪高过一浪，南军犹豫，无心恋战，渐渐不支，燕军乘势猛攻，南军败退。双方鸣金，各自收兵。燕军并未占据太大的优势。

此时马和对燕王说："王爷，奴才从北平回来，探到李景隆中军大帐，这是敌军的要害部位。"燕王大喜，他久经战阵，深知只要主帅移动位置，便可趁其立足未稳之机以奇兵左右夹击，定可获胜。立即升帐，分拨兵马。

此时已经天黑，李景隆果然按捺不住，亲自带领中军前来作战，朱棣立刻派出奇兵从其两翼发动猛烈攻击，李景隆抵挡不住，败下阵来。

当晚，李景隆回到大帐，和几位心腹密谋："贼军势大，士气正炽，我军不耐严寒，士气低落，奈何？"看大家一言不发，问道："程大人，你意下如何？"

程济道："回大将军，胜败乃兵家常事，今日各有胜负，明日再决雌雄，传令攻城各路人马，留一半佯攻，其他将士东进，约期邀击，此乃群狼擒虎之计也。"李景隆犹豫不定。

探马来报，李卫将军率众攻城被流矢所中，不治身亡。李九江沉吟半晌，突然说："今夜拔寨，驻扎德州，待来年春暖再攻城不迟。"众将愕然，面面相觑，不敢再谏。

高巍暗自叹气，无奈说："既如此，下官已受陛下旨意，去劝降燕王，暂时不随大帅南下。下官明日动身去燕军大营。"李景隆知道他皇命在身，也不多说，将近四更，李景隆下令，人衔枚，马摘铃，丢下辎重，拔寨南逃。

张昶到燕王军中报信，众将不太相信，李景隆并未大败，燕王恐怕李景隆有诈，下令按兵不动，派人告知朱高炽，直到高巍出现，大家才知道发生了什么。燕王默默念叨："皇考妣保佑。"告诉张昶，"好生款待高大人，随后我再与他说话"。喝令众将，向围困北平的南军发起攻击。

攻打九门的南军根本不知道主帅连夜拔寨，直到大批燕军出现，才知道郑村坝失守，主帅南逃，军心涣散，斗志全无，北平和通州城内乘势杀出，里应外合，南军纷纷投降，燕军大获全胜，派出各路军马，夺回各处城池、关隘，派兵驻守，出榜安民。分拨已定，燕王派人告诉城里，两天后从德胜门回北平。

虽然战事已息，但朱高炽一点不敢懈怠，朱高炽一月不曾回府，临时签押房一片忙碌。军中阵亡和立功的表册已传了进来，他找来黄直，让他去筹措抚恤、赏钱之事。派兵丁往城外拉死尸，火化掩埋。让张辅去按察司传话给按察使张信，加强城内巡视，以防贼人混入，火中取栗。

张辅不去，原因是几天前有人刺杀世子，如果不是小薛苁挡了一刀，与朱高炽已阴阳两隔了。张辅不敢大意，严令护卫，旦夕不可离人。于是朱高炽派人去请张信，当面吩咐。接下来就是迎殿下入城事宜。吩咐完毕，朱高炽打马泼风般地回到王府，找道衍商量。

第二十三回

▼

平永宁深冬归藩邸　查细作年关露端倪

在中殿西厅里，有道衍、唐云和顾晟，都是事先约好的，金忠已经从通州先回来，在处理市面，出榜安民。朱高炽说："父王后天班师，进城仪式、鼓乐如何处理，望大师、老将军教我。"

道衍说："北平百姓经此一役，已是上下同心，都想一睹王师风采。老僧愚见，进城兵不超过五千，务必衣甲鲜亮，士气高昂。想王爷已选定军士，今天务必把衣甲先送去。王爷用冠服，乘车辇，大典仪仗，两位小王爷骑马，戎装，打出郡王旗号，府里可有现成？"

朱高炽道："有，二弟高阳郡王的旗子春祭时用了一次，三弟安阳郡王旗未用，因为春祭时三弟在中都。今年我等在京师都没使用。"

三人把细节敲定，然后就说到论功行赏之事。道衍叹道："赏赐之事，王爷定有打算，有时不是赏金银，世子爷饱读诗书，久历人情，下面的话不用老僧讲了。"世子点头，再明白不过了，这些出兵放马的丘八，金银之物已不能动其心，而官爵之封，王爷只是一个亲王，有何爵位。大家心照不宣，揭过此事。

十一月初九日，天气晴朗，朱棣着冠服，乘车辇。各种旗幡，仪仗前导后拥，紧随其后两位郡王，接下来各位将军谋士，衣甲鲜亮，剑戟林立。在《得胜乐》的伴奏下，气昂昂地走向德胜门。二十八声沉闷的炮声，震得大地发抖。世子身着冠服，早已带领留守百官跪迎。来到王爷辇前，跪下行两跪六叩礼。

朱高炽大声奏道："父王亲冒矢石，百战疆场，儿子存留守之名，而为畏刀避箭之实，儿子不孝通天。幸赖祖宗保佑，父王英武，得以凯旋，儿子……"说不出话来，哇地哭出声来，音乐已停，哭声传遍整个德胜门。

朱棣虚扶一下，让他起来。百官鱼贯而拜。礼成，大军浩浩荡荡地进城了。市井两旁，人山人海，高呼"万岁"。朱棣非常满意，朱高炽大智若愚，这是道衍的评语，信夫。

回到王府，大宴百官，不在话下。次日，王爷近臣在中殿议事，让高巍进殿。高巍是辽州人，在建文推行削藩时，他主张学汉代"推恩令"①，未被采纳，随李景隆大军参赞军务，李景隆北伐失利，连夜拔寨，他却来见燕王。他虽年过半百，却也毫无惧色，高大瘦削的身材，眼光直视燕王，见过礼，报过职衔。

朱棣不认识他，但早有耳闻，他家贫专学，侍母至孝，曾得过高祖旌表，遂问道："高大人，李景隆弃将南逃，你为何留下，难道你不怕被将士误杀吗？"

高巍回道："回殿下，自京师陛辞北伐，下官便领有一旨，来燕见王爷，早已将生死置之度外。今日不计残躯，有几句忠言说与殿下。大王知巍，乃一介白发书生。太祖旌臣孝行，臣既为孝子，当为忠臣，为大王计，为天下计，愿王爷上表朝廷，谢罪修好。当今天子以仁孝治天下，鉴王爷无他，必蒙宽宥。倘执迷不悟，舍千乘之尊，恃一国之藩，指小胜，忘大义，以寡抗众，安能胜之？况王爷与圣上，义则君臣，亲则骨肉，虽大王有肃纪朝纲之心，但天下不无篡夺嫡统之议；现胜于此，正可上表息战，永享富贵太平，天下幸甚。愚钝之言，望大王纳之。"

没等朱棣说话，朱高煦高声喊道："哪里来的狂徒？既为孝子，有这样和

---

① 汉武帝颁布的政令，要求诸侯王把自己的封地再分给其子弟，趁机削弱诸侯势力。

王爷说话的吗？你既然已经有尽忠的准备，那小王就成全你吧。"

话音未落，被燕王喝住："高老先生满腔热忱，一心为国，忠勇可嘉。本王深知你良苦用心，更知你是皇考旌表之孝子，我不难为你，请回京师吧。"于是派兵护送至德州。

燕王与众人商议下一步计划。金忠道："王爷，今北平周边已无战事，但河北易早取，否则待大军南下之时，恐为所累，今军马钱粮已足，守住各处城池关隘，应先平定河北。"

当他讲话时，燕王特意虚站了一下，慌得金忠赶忙施礼。李景隆数万大军想攻下通州，几次进攻，均遭失败，全仗金忠，当北平危急时，他不但守住通州，还儿次派兵游击南军，缓解北平压力。燕王已谕，金忠的二哥金华为副千户，同守通州。这几句话又和他不谋而合。但朱棣没有表态，环视了一眼。

道衍说："启殿下，蒙古已不足为虑，尽管放心南下，怀来、居庸已派重兵把守，张武、陈珪派人来报，蒙古内乱，额勒伯克汗杀掉太尉巴拉特浩海，引起部将乌格齐什哈的不满，杀掉了额勒伯克汗，立坤帖木儿为汗，其实是傀儡，大权被太尉鬼力赤所掌握，他们钩心斗角，已无力南侵。"

朱棣："好。"他最担心的是北元趁朝廷内争而获渔人之利，扰边不宁，国人会把这罪加于他。然后把眼光扫向朱高炽，朱高炽正在啜茶，马上放下杯，站起来。朱棣道："高炽，你怎么不说话？"

世子道："回父王，各位大人与父王谋事，皆通天大事，儿臣岂敢插嘴，蒙父王提问，现有几件事回禀。第一件事，新钞已经出样，请父王和几位大人验看。"让黄俨拿托盘，每人几上放二套，一套新版，一套旧版。

朱棣最着急的是这件事。拿过来细心验看，新旧版真的看不出差异，很高兴，下意识地捋了一下长髯，赞许地看了儿子一眼。朱高炽早已捕捉到父王的眼神，顿时有了精神，清了清嗓子，接着说："这套钞样，全赖大师和众位大人，做模板，找工匠，寻桑纸，花数月之功，各位大人殚精竭虑，总算告成。然下一步还需一位经理济才之人，计算印钞数量，如何兑换金银和制钱等。"

话未说完，朱高煦道："大哥多虑了，朝廷印钞，也是多多益善，何必多此一举。"大家听得出来，朱高煦口气非常不屑。其实朱棣和其他人也都这么想。

朱高炽道："二弟说得固然有理，但父王、各位大人，宋朝最早使用纸钞，称为'交子'，但有发行限额，并且存于库中一百万两白银和四十万贯制钱作钞本，以防钞贱钱贵。元朝开始也是以银为本，银为母，钞为子，母子相权，流通得很好。洪武六年行钞之始，一贯钞，一贯钱，然只因不会计算钞本，又未限制数量，而今一贯钞只值一百六十文制钱，以至于中道多次钞法不行。这需一理财之人经理方可。现朝廷里有一高人夏原吉是最佳人选，可惜不能为我所用。"

燕王也是第一次听到这些钞法，不明就里，但他知道朱高炽不是乱说话的人，看道衍在朝他点头，遂道："好，就按世子说的办，众位多留心，看有这样的人就引荐一下。说下一个事吧。"

朱高炽听出来父王并不认真，也只有在心里叹息，接着道："禀父王，是盐引和茶引，朝廷已两个多月没有下传，儿子无能，想了好多办法，还是无法推行。现在私盐泛滥，价钱翻了近十倍，此皆儿臣之罪。但儿臣有一想法禀告父王和各位大人，由布政司出具临时盐引，如有原引，可用新引换回，盐课司专责此事。这样还需要茶盐的进路。"

停下来看着父王，燕王正在边听边沉思，看他停下来，明白在等示下，遂道："也只能如此了。"

张玉插言道："王爷，世子爷，臣插一句话，出具布政司的官防临时引，似有不妥，以后还会攻下许多府县，大家争相效仿，岂不坏了法度，依臣之见，还是以王府官防为好。"

朱高炽接道："张大人所言极是，我和大师也考虑了，但用王府官防，恐朝廷奸党攻讦，故与众大人商议，父王定夺。"

朱棣道："不妨，朝廷奸臣当道，断我漕运，钞引不行，是我军民自保，朝廷理亏。那盐还可以，我们先攻下沧州，有芦盐足够支撑，这茶从哪里可到河北？"

世子道："涉及军事，儿子不谙军事，江南盐茶，很难得了河北各地，但川陕之地，茶盐盛产。大同门户，有此府，除了芦盐外，井盐也可以到河北，从此盐茶无忧矣。"大家称善。

朱能道："王爷，下一步先拿下沧州、大同及周边地区，盐之事虽不比粮重，但市井万不可乱。"

朱棣道："好的，下一步我们议一下大同，现在听世子讲第三件事。"

朱高炽道："回父王，卯科秋闱已完成，父王已阅过名单，共一百四十人。"朱棣的眉头皱了起来，这等事怎么在这议。世子看到了这点，接着说："本来这事很简单，但是现在南北不通，不到两月就是春闱，去京师赶考的举子有的已经着急动身了。教谕林大人几番来问，如何措置，儿子未敢担当。"

原来如此。众人明白，这又是一件天大的事。道衍说："为此事，没少和世子爷谋划，贫僧愚钝，想不出办法，王爷天资过人，常出惊人之策。望王爷决断。"

朱棣心里明白，选举子进京，就有和皇上离心的嫌疑，承认这个建文朝廷。这次春闱取消，一百四十名举子不能考试，骇人听闻，会给朝廷口实，都在等自己决断呀。屋里静静的，只听得几个炭笼滋滋的声音。"这样吧，"朱棣打破沉寂，"责成布政司上书奏明朝廷，所有举子一起行动，朝廷派兵来接或北平送都可以。我们的意思是必须参加，抢才大典，为朝廷选才，是为我人明选才。朝廷不许，那就会遭到全国读书士子的反对。炽儿，你速交办此事，不能再迟了。上奏章要加急。今日所议三件事，皆为根本大事，大师，你辛苦。"

道衍站起来，"贫僧不敢居功，皆世子爷之劳，世子爷为北平市井井然，军中不绝饷道，可谓殚精竭虑，有此子，实为大王之福，万民之幸。"还是老调，这就是道衍，不居功，又不埋没他人。

朱棣突然想起一件事，说："把张升喊进来。"

过了一刻钟，张升进来见礼。朱棣说："张升，起来，不必多礼，你和我是实实在在的亲戚，娘娘把你的事情和本王讲了，了不起的年轻人，来呀，笔墨。"黄俨研好墨，朱棣写了两行字，吹干后，递给张升。是一副对联：胆气敢愈田司马^①；兵学堪超孙长卿^②。大家齐称妙联，张升站起来拜谢。朱棣说："自即日起，擢升你为王府卫指挥千户。"

过了几日，燕王带兵去袭取大同，把朱高煦和朱高燧都留在府里。朱高煦再三请战未准。快过年了，燕王还是放心不下，留下金忠在都司协防。燕王叮嘱，这次还像中秋一样，大张旗鼓过年。

北平过年不同南京，小年二十三。从这天开始，每天就忙碌起来，家家户户磨米磨面，杀年猪，磨豆腐，一锅锅的年糕，备足正月的，剁饺子馅。朱高炽在二十四这天，头戴四方平定巾，宽袖长衫，腰系丝带，一身秀才打扮，张辅等人也秀才打扮，但几人暗藏利刃，以备不测。北平城秩序井然，杀猪声、剁馅声随处可闻。

今年过年早，刚交四九，天气格外冷。一行几人走进一家饭馆，所谓饭馆，其实就几张桌子，每张桌子前打横放置几个长条凳，主营烧饼、豆腐脑，也能炒几个菜。虽已经到了午饭时间，并没有吃饭的人。

张辅告诉世子："过年了，人们都不出来吃饭了，大多数饭馆过小年就歇业，到正月十五后才开业。"世子生于深宅大院，钟鸣鼎食，哪里晓得这些。开饭馆的是五十多岁的老两口，上来烧饼和豆腐脑，几个护卫不敢坐，在世子再三示意下，斜坐在凳子上。

张辅说："爷既然让我们坐下来吃，就像吃的样子，不要这样，会被别人看出问题的。"每人面前放一碗热气腾腾的豆腐脑，老板问："几位相公爷是否吃韭花酱？"

张辅说："这位不要，我们都要。"他不想让世子吃这里的东西。

世子说："张辅，你随我走过许多地方，岂止易服一次？哪次不是同食同饮，出过问题吗？"随口道："一样的，都要。"

白白的豆腐脑上浇了一层翠绿的韭花酱，一碗下去，立刻感到寒气顿消。张辅给另几个护卫又要了一碗，吃了几个烧饼。老板给小炉子里填了一些炭，

---

① 田穰苴，也称司马穰苴，春秋齐国人，军事家，治军以严而著名，因监军迟卯，当众斩之。
② 孙武，字长卿，春秋齐国人，在吴国任职，军事家。传说吴王阖闾考察他的军事才能，把后宫妃嫔给他，让他训练成军队，他斩了两名吴王爱姬，上文张升说孙武斩姬就出自这里。

说道："别看咱家店小，告诉几位相公爷，平常从早到晚不断客人，来晚了就得等着。我们做的烧饼、豆腐脑，不是小老儿吹嘘，全北平城找不出第二家，尤其干净。"他看出来这几位秀才衣服很新，而且纹丝不乱，知道是讲究人，说话时把干净放在了首位。

这时进来三个人，一个六十左右的老人，还有两个年轻人，一男一女，男的三十多岁，女的不到二十。进屋后，老人环视一眼，店主人早迎了上去。"店家，来十个烧饼，三碗豆腐脑。"口音是北方人，南方人不叫豆腐脑，叫豆花。不一会儿就上来，老人朝世子这桌看了几眼，开始吃饭。

张辅结完账，刚要站起来，听到老人问："店家，问一下，高阳郡王府怎么走？"朱高炽听毕，就坐了下来。

店主人热情地介绍道："看几位客官就不是平常人，我们平常百姓虽然都知道王爷们住在哪里，但从没去过，几位一定是王爷的亲戚了。"

老人道："是啊，过年了，去府里拜访。"

店主人说："高阳郡王是燕王的二儿子，住在东直门附近，非常好找，你到那里一问没有不知道的。"

朱高炽示意张辅再坐一会儿。张辅要了一壶茶，慢慢地吃着。示意一个护卫，护卫悄悄走了出去。这三个人吃完饭，结了账走了。张辅悄悄地告诉朱高炽，他让人去吩咐在外面的人跟上。几个人悄悄地回府了。

回府后，朱高炽有些心神不宁，他感觉到老人的眼里充满杀气，而且带着女眷，如果不是大事，怎么会让一个年轻女子抛头露面。想到这里，起身去谨身殿西厅，没有人在，他派人到寺里去请道衍。把今天遇见的事告诉大师，大师也莫衷一是。他明白世子的心情，王爷不在，万一在过年的这个当口出了事，那可是天大的事。

朱高炽的压力很大，他已经和按察司、都指挥司和北平府都打过招呼，严格巡视市井，以防过年时有贼人捣乱。可今天偏让自己碰到了这么一件怪事。

到了掌灯时候，两个人在殿里胡乱地吃点东西，张辅进来报告："咱们的人跟着这几个人，他们到了高阳王府前转了一会儿，没进去，就走了，到了客栈，住下了。"

朱高炽问道："哪家客栈，记下名字没有？"

张辅道："是北平有名的柳家客栈，一些小客栈已经歇业了，只有这些大的，过年不歇业。还有，臣看这几人都是有功夫的。"

道衍说："这就是了，不然一个女子怎么会随意走动，文弼，派几个得力的人住进客栈，轮流进住，不要北平本地人，严密注视他们的动向。"张辅答应着退了出去。

第二十四回

▼

审茶馆清晨得实信　战王府除夕灭群贼

两人都感到此事事关重大，都在思量对策，半天没有出声。还是朱高炽沉不住气，说："大师，此等人绝非善类，恐对二弟下手，应速告知二弟。"

道衍说："世子爷勿急，情况不明，不能贸然行事。是高阳王爷之敌还是友，且做观察，确实是敌，告诉高阳王爷，若是友……"沉吟不语。

世子道："友？既然是友，岂能如此诡秘，望大师指点。"

道衍又沉吟片刻道："也罢，老衲与王爷风云际会，得遇明主，又遇世子爷，也是老僧前世造化，今儿个坦诚相告。世子爷宅心仁厚，从不虑不虞之事。老僧早有耳闻，二王爷招贤纳士，当然是为父王出力，但王爷并不知情，世子爷想必也不知道，若此时告知，定会兄弟猜忌，反为不美。"

道衍说得再含蓄，朱高炽再愚笨，也明白了大师的意思，朱高煦所谓的招贤纳士，其实在蓄养亡命，招纳死士。父王和他当然不知道，但这次不像是友，于是说道："大师智虑过人，实在令人敬佩，此番看来，不似友人，倘若是敌，二弟不知，岂不大祸临头。"

道衍说："世子爷所虑极是，当下之计，先不告诉郡王爷，更不能为此小事请示王爷，一是扰到王爷思路，二是书信往来，尚需时日，远水难救近火。先不要声张，让张辅安排人在高阳郡王府四周暗中巡视。找机会拿住客栈中的一个拷问，再做道理。"

腊月二十六早晨，朱高炽和道衍刚到中殿，张辅就来报告："柳家客栈先后来了十一人，都是一伙的。有一个人是北平人，每天回家去住，已经侦知住处，请世子爷示下。"

道衍说："张辅，你亲自去他家，好言抚慰，问清原委。看得出他们原来互相并不认识，如果知道有北平人，也犯不上和店主打听郡王住址。"

朱高炽道："大师，似有不妥，还是学生去吧，也好便宜行事。"道衍点点头，于是朱高炽和护卫们秀才打扮，到了这家附近，这时还早，许多店铺还未开板。幸好张辅在那找到一个茶馆，定了一间雅室。朱高炽走了进去。不一刻，张辅带着一个人走了进来，一身短打扮，瓦楞帽，遮着两耳，手里拿着一个大包，看样子去置办年货回来。朱高炽站起来让座。

来人看世子虽是秀才打扮，但微胖高大的身材，举手投足有着高贵的气度，说话和气，看着面善，想不起何时见过，满腹狐疑，也不敢怠慢，行了礼，道："我与解元（对秀才敬称）不熟，不知尊下何人。"

世子让座后，道出身份。来人离座，扑通跪下："原来是世子爷，怪道这么眼熟，草民姓徐，人叫我徐大。永丰米行一事，全城都感谢世子爷，今日看到世子爷，确实是慈眉善目，燕王殿下三个儿子，心肠都不一样啊！"

张辅早在监视他的一举一动，听他信口雌黄，大喝一声："住口！世子爷好心对你，你却对世子爷家人褒贬。"

朱高炽制止了张辅，和他拉一下家常。徐大家有老母亲，已近七十，有一弟弟徐二，前些日子战死了。世子道："原来是国恤之家，请问如何战死？"

徐大坐到椅子上，眼泪如断线的珍珠似的，哽咽道："小人二弟是北平燕山左卫的，燕王自治北平，他被官军拉走，到了雄县。燕王殿下爱民如子，北平人都念他的好，燕王打到雄县，小人二弟投降了，可恨朱高煦，"停了一下，看一眼世子和张辅，没有搭话，大着胆接着说："可恨高阳郡王朱高煦，对降兵说每人发钞五贯，遣散回家，集中一起，全部用箭射死了。将近一万人呀。有逃出来的告诉了家人，都知道了。过年了，家母思念儿子，哎，不说了，世子爷应该明白小人讲的这些。世子爷一亮明身份，小人就知道事情败了。何去何从，听世子爷发落，绝无二话。"

世子听后，既惊诧、痛心，又欣赏这个徐大，市井之人而知大义，难得，示意一下张辅。

张辅道："徐老大，你们一共十一人，还有多少人要来，领头的是那位老人吗？"

徐大一听，明白了，人家什么都侦刺得明白，于是道："回将军话，就这些人，彼此也不熟悉，那个老人名叫纪灵，带着儿子和女儿，来北平复仇，爷仨都是好功夫，老爷子曾做过卫镇抚，这些人都是同一次被杀的降兵亲属。有一人在串联，我们都不认识，小人见过他一次，书生打扮，南方口音。约好今儿个午初时分在客栈聚齐，然后就候在那里，不准私自离开。今晚起四更时潜入王府，杀掉朱高煦！"

朱高炽大脑急速运转，如何处理？上有父王，下有二弟，处理不好就会引火烧身，惹父王震怒，但今晚有变，不能迟疑。给徐大上茶和点心，他把张辅叫了过来："你赶快派人捉拿这几人，趁午时初刻聚齐之时，一律擒拿，断不可使一人逃脱，尽量不要声张，以免扰乱市井，留两人就在这看住此人，然后和其他人一起押回王府，我马上回府。"随从的人已备好马匹，带着几个护卫，打马回府。

时间已近午正，朱高炽简单地吃过饭，就和大师商议此事。大师道："此事最要紧的是守密，然世上无不透风的墙，一旦郡王爷知晓，心里固然领情，但以郡王爷性格，定生猜忌之心，那对世子爷不利，还请世子爷三思。"

朱高炽道："大师之言，虽如金石，然人生在世，道义为本，倘二弟多心，学生也无奈，断无坐视之理。"

这时，张辅把这十一人押了进来，有的惶恐，有的颓丧，只有纪灵、纪仲和纪兰三个朝世子咬牙切齿，怒目相对。

世子立刻离座，喝令护卫："我令你们请各位英雄，为何缚绑？"说道："各位豪杰，学生燕亲王世子朱高炽，各位事情，学生已尽知，赶快松绑。"卫士们迅速上前解缚。

朱高炽来到纪灵跟前，亲解其缚，张辅大惊，因在门口，喊道："世子爷不可，卜义，扶世子爷。"

卜义就在身边，明白张辅之意，抢一步挡在世子和纪灵中间，说道："主子，奴才来吧！"

世子断喝道："放肆，退下。"亲自解开，其他人也都解开了，茫然无措地站着。虽然道衍喊了几声看座，还是无人落座。张辅的心提到了嗓子眼，全神戒备，已经把手铳的机头张开，其他护卫也手握剑柄。

朱高炽把纪灵推到座上，向其他人略一拱手，道："各位英雄，容学生辩解一句，当今圣上幼冲，宠信奸人，屠戮天家骨肉，残害黎民百姓。我父王为保妻孥、子民，靖难抗争，虽南北各军，皆我高皇帝子民，然战端既起，杀戮难免，雄县之事，确也骇人听闻，父王已诫训三军，自古杀俘不仁。虽舍弟下令，但终受蛊惑而成罪，父王按军规，毙杀涉事千户两名，现正命有司，能查出身份的，发给亲属钱米。尸体已妥善掩埋，父王亲往致祭。舍弟所为，实为痛心，父王奔劳于外，学生作为兄长，料理在内，有此事情，学生当代父王、二弟与各位英雄赔罪。况人死不能复生，冤冤相报，何时了局？学生已命人准备钞帛，每位钞百贯，帛两匹，逝者已矣，以供家属之用，学生在此向各位行礼。"说毕，跪了下去。

满屋人大惊失色，连道衍也惊得一下子站了起来，说道："世子爷之言，可谓金玉，铁石心肠，也为之动容，各位听老僧一言，这一章揭过去吧，若以后有难，王府定当竭力。"也打了一个问讯，高宣佛号。

张辅看了那几个人一眼，一刹那间，都跪了下去。纪灵老泪纵横，让儿女跪下，就去搀扶世子，然后跪下。世子站起来说："都起来，坐下说话。"然后坐了下去。

纪灵道："燕王靖难，讨伐无道，本是顺天应人。但朱高煦做此不道之事，人神共愤。听世子爷之言，是也。世子爷仁名远播四海，待人接事，更不骄矜造作，在下佩服之至。我儿在军中，为副百户，投降后被屠戮，痛彻骨髓，冒昧之举，望世子爷见谅。至于钱帛，家里虽不富贵，也还有余，就谢绝世子了。我小老儿一言九鼎，再不会与王府为敌。告辞了。"话说毕，领着子女向门口走去。

张辅早已看出，这三人都不是平庸之辈，而是练内气的武术之家。站在门口，当纪兰过来时，他挡了一下。纪兰拿手一拦，两人都已试探了对方的底细，如此英雄三人，放了可惜，于是朝世子看去。没等世子说话，道衍已明白张辅之意，"老英雄三位留步。"

这时另几位已随卜义去领钱帛。三人转身，纪灵问道："大师有何指教？"

道衍大步走向门口，手拉住纪灵，也未开口说话，拉到座位上，说："老英雄，老僧有一言相告，我已看出，你父子三人，皆身怀绝技，常言道，学成文武艺，卖与帝王家。当今燕王，英姿华表，雄才大略，礼贤下士，求贤若渴。如老英雄有意，摒弃前嫌，立不世之功，封妻荫子，名垂后世。贫僧肺腑之言，望老英雄明鉴。"

纪灵通过这一天的接触，和几天来听北平人的评价，自己又久历世事，已然发现，王府众官员绝非窃取重器之鼠辈，而是光明磊落、与民同休之人。但失子之痛，痛彻心腑，遂道："在下老矣，家有老母需人照料，小女纪兰已许配人家，回去完婚，若我儿有意，可留下供世子爷驱驰，倘日后有用得着小老儿之处，愿效犬马。"

说完把目光转向纪仲，"世子爷仁德雅量，思贤如渴，各位英雄行事磊落，你留在府里，将来战场上一刀一枪挣个功名，也不枉一身武艺。"纪仲跪下答允，送别父亲。

但纪兰一直向父亲示意，纪灵装作没看见，她就把目光投向了张辅。张辅看纪兰长得有几分像亡妻，只是美貌中多了几分英气，心中有几分留恋，他也看出纪兰之意，以为都能留下，但纪灵一番话，让他没了意思，尤其听说她回去完婚，两人目光一对，迅速分开，张辅明白她的意思，想让他说情。他怎么张得开口，眼见着父女二人走了。

纪仲是纪灵的二儿子，战死的是三子。纪仲高高的个子，微黑的脸，两道浓眉下双眼炯炯有神，三绺短髭，刚毅中透着持重。世子喜欢，道："纪仲，你在卫队中先熟悉军务，辅佐张辅，有机会让你上阵历练。"

纪仲答："是，世子爷，还有一事，不知道讲出来是否有用，我们十一人都是一个南方口音的读书人联合在一起的，家父也不知道他的姓名，已经有几天没见到他了。"

世子道："不妨事，让按察司慢慢查访。"

道衍却灵光一闪："南方口音，难道是朝廷的人，是刺探军情，还是另有所图。"各处探子不在少数，虽有疑虑，也没太放在心上。

朱高炽对枭司衙门和北镇抚司很不满，这么大的事，他们一点都不知道，如果不是自己遇见，岂不要出大事！想把张信和卫镇抚张勇宣进王府训诫，被道衍拦住。道衍的意思是现正用人之际，不可树敌，只是把案卷移送过去，也算敲打一下。

转眼到了除夕。北平的风俗，除夕这天，白天都贴好春联，夜里家家吃年夜饭，包饺子，在交子时分煮饺子，燃放烟花鞭炮，祭祖、祭神、祭天，守岁，一夜不睡，第二天元旦，互相拜年，说过年话。

王府里张灯结彩，前处几个大殿连平时的仪卫也派了上去。后宫内更是热闹非凡。弟兄三人到母妃那里看了一下。徐静说："一会儿祭完天地，拜过祖宗，你们弟兄三人去前面招呼一下，然后回来吃饭。"

朱高炽说："儿子谢过母妃，让两位兄弟回来吧，儿子把大师和金先生约在府上，过会儿一起说话。"徐静点点头。于是大家随徐静先去祭拜天地，然后又去祭拜祖宗。

事毕，弟兄三人躬身送徐妃和女眷回去，带着卜义等几个小太监出了宫门，想和道衍等人一起守岁。薛晓云也带着几个太监、宫女，手里托着食盒，张辅带着几个侍卫在宫门口会合，一前一后朝前殿走去。

这时执宫灯的小太监和宫女同时惨叫一声，宫灯熄灭，但府里到处张灯，也还算明亮，张辅大喊，"有刺客"，冲到世子前拨打羽箭。朱高煦、朱高燧都久经战阵，但苦于没有兵器，转身向影壁墙跑去。几个护卫挡在前面，保护朱高炽和太监宫女往后退。这时早惊动了府里护卫，迅速冲了过来，宫里的太监也杀了出来。

朱高炽也是弓马娴熟之人，只是有些生疏，手中又没有兵器，不能厮杀，大声道："快去宫里保护娘娘，快去。"有一些蒙面人跳下高墙，拼命地向前冲，朱高炽只觉左脚一麻，倒在地上。

　　这时朱高煦、朱高燧已从护卫手里拿到兵器，冲上前去与人厮杀，也不知来了多少人，有人冲到世子跟前，举刀便砍，这时纪仲正好赶到，抨刀接住，几个人就朝他砍去，卜义拖住世子后退，纪仲早已砍翻了几个，但是左手被砍掉两指，皮还相连，纪仲大吼一声，"杀贼"，用刀拨掉两个手指，又挺身向前。

　　这些蒙面人目标非常明确，全力进攻朱高炽。薛晓云早已经摔掉食盒，一手拿一个盖子，挥舞着拨打羽箭和铅弹，而后拿这些对敌，很快抢了一把剑在手，冲到世子身边。正有人避开了卜义，向世子砍去，被晓云一剑刺死。

　　张辅看明白了，这些人就是朝世子去的，大喊道："不要恋战，纪仲、晓云，围住世子。"

　　又过来几人手持盾牌团团围定世子。朱高煦、朱高燧带人呼喊着杀贼。护卫越来越多，张升带人也杀了出来，刺客已经不支，就是死战不退。看看已败北，就放弃了世子，退到一角。这时，徐妃带领宫里的女将出现了，火把通明，张丽喊道："娘娘有令，留活口。"话刚出口，已只剩三人。

　　朱高煦叫道："放下兵器，保证不杀你们。"其中一人，举起剑走了一步，大家全神戒备，出人意料的是，他一抖手铳，射向自己，死了。在另外两个蒙面人片刻的迟疑下，大家一拥而上，活捉了这两人。

第二十五回

▼

得圣意九江升三孤　中毒箭高炽落足疾

道衍、金世忠等人都来了，火把通明，清点一下，死了两个宫女，三个太监，还有十几名护卫。来人一共二十四人，除二人被俘，其余均战死。朱高煦把死者的面罩打开，拿火把照了一会儿，也没看出究竟，看母妃走了过来，就跪下了："儿子不孝，惊动了宫里。"

徐静道："赶快掩埋尸体，不许声张，你们弟兄几个，齐心杀贼，甚慰我心，我已经让人去拿金创药，喊刘医正，到中殿去吧，还有几个受伤的护卫，一并救治，不能去宫里，那么多女眷，恐有诸多不便。"

朱高煦道："母亲虑得极是。"

大家七手八脚地把朱高炽和几个护卫抬到了中殿，世子妃张瑾在宫门边急得跺脚直哭。张丽道："世子娘娘不必过于着急，晓云已经跟过去了，娘娘要我们先回宫里，增加巡夜的，张升将军正在带人巡视，现关门落锁，以防贼人。"

金忠过来见过徐静，早已相熟，况此等紧急时刻，也顾不得回避："王妃娘娘但请放心，下官已调集一卫军兵，在府外团团守住王府。请娘娘回宫，世子爷也无大碍，一会儿找人报于娘娘。"徐静也回宫了。

刘太医正在查看世子伤势，一支箭射中左脚，还在上面颤巍巍地抖动着，刘太医拔了几下，没有下来，痛得世子大叫起来。大家面面相觑，世子道："刘太医，我虽疼痛难忍，但不拔出此箭，怎能痊愈。不论是谁，先把箭拔出来吧！"

朱高煦喊一声："我来。"因他力大无比，只狠狠一下，世子"啊"的一声，昏死过去，血汩汩地往外流，刘太医上了止血散、金创药，包扎完毕，去救其他人了。

薛晓云哭得和泪人似的，朱高煦很纳闷，这和刚才真是判若两人，看她梨花带雨，确有几分姿色，心想："高炽虽长相一般，却颇有女人缘，也算命好，有此奇女子陪伴。"她的弟弟薛苁来回跑着拿东西。

大概过了半个时辰，朱高炽醒来，看到薛晓云在哭，两位弟弟也在，回想一下刚才发生的事情，就问刘太医："我会不会落残疾？"

刘太医看见血的颜色已变，知道是毒箭，支支吾吾地看着道衍，说："并无大碍。"

唐云、顾晟、张信也进府了，到前探望，都面露愧色。朱高炽明白了刘太医的意思，他感觉到痛彻骨髓，一定是伤了骨头，走路会受影响，但他是一个洒脱之人，一会儿也就释然了，说道："大师，多亏了晓云和纪仲啊，现在纪仲如何？"

道衍说："还在昏迷，十指连心啊！"朱高煦和朱高燧想不到王府护卫里有如此高手，且忠心耿耿，听他两人对话，还很熟悉，也没多想。

朱高炽又问："抓到的两个人审了没有？"

金忠道："还没审，等世子爷一起审吧。不知世子爷能否坚持得住，世子爷伤得这么重，还得一同审讯，确不合情理，望爷勿怪。"

两个人被押了进来，虽横眉立目，但看得出神情沮丧。顾晟问了几声，一字不答，惹恼了朱高燧。在护卫腰间拔出刀来，走了过去，没等人反应过来，照着左边腿肚上就是一刀，这人"啊"的一声，说道："给我来个痛快的吧！"是南方口音，怪道不出声。

朱高燧性起，脸涨得通红，在原伤口上又下去一刀，又要举刀，旁边的那个人说话了："请将军住手。"朱高燧穿的是郡王服饰，他并不认得，朱高炽就知道，他们品级不高。"我二人自知必死无疑，横竖是死，敢问将军，我二人说出实情，能否保住性命？"

朱高燧气更大了："敢讲条件！"

顾晟道："小王爷慢动手。"转向这个人，说："你如果照实说来，本将保证二位没事，我是都指挥佥事顾晟，看得出二位是军中之人，想必也听过本将的名字吧？"

这人回道："大人之名，如雷贯耳，我相信老将军。"如实地说出真相：今晚的刺客果真是李景隆派出的。

李景隆兵败郑村坝，一路南逃，到了德州，与众将商议："本帅熟读兵书，颇知兵法，几十万大军落得如此下场，一是贼军凶悍，二是众将惜命，以致功败垂成。"

众将心里不服，心里想，是谁先弃寨而溃？都指挥同知盛庸道："大将军，贼人固然凶悍，然南人不习北方苦寒。将士虽能用命，但士气不高。以末将来看，贼人之所以能以一隅而抗全国，是其供给有保障，饷道不绝尔。"

李景隆道："将军所言，如拨云见日，以一隅之地，而抗全国之力，如没有足够财力，怎么能屡败官军。列位将军都知道，打仗打的就是钱粮，他为何饷道不绝，又是何人督饷？"

程济道："回大王，是燕世子朱高炽，这次守北平的主将。"

"吾必用计除此竖子。"李景隆嘀咕道。众将离开大帐，独留程济、盛庸，李景隆道："程大人，老将军，大帐人多口众，未敢声张，朱高炽真是萧何式的人物，朱高煦随父征战，他在家督饷，除此二人，剪除羽翼，又能乱其心，我军乘胜北去，必当大获全胜。"三人遂定下连环计，让程济手下谋士去北平附近联络被杀俘虏的家属，告知真相，渲染仇恨，这边增派死士，剪除兄弟二人。谋划比较完善，谁料功败垂成。

这天，李景隆在和众将一起过元旦，朝廷使节来到。李景隆率众文武接旨，心里忐忑，一败再败，早已传入京师，皇上该下旨降罪了。"奉天承运皇帝，诏曰：左都督佥事、太子太保、曹国公、征燕大将军李景隆，燕人猖獗，国运乖蹇，挥师北征，几月有余，几经战阵，胜负各半，然北地苦寒，现厉兵秣马，等候时机。卿乃至亲之将，朝廷柱石，待春暖之时，不辞劳苦，再度挥师，剿灭叛燕。今派中使携带玺书，赐印、黄钺，代朕行令，杀伐决断，凭卿裁决。自即日，加封太子少师衔。钦此。"

不但李景隆大感意外，众文武也觉不可思议，败而不罚，胜而不赏，大家灰心。李景隆知道朝廷有黄子澄为自己说话，心里很是感激，但必须要有一场胜仗，否则不用说朝廷，看众文武的脸色就知道了。

过了几天，又传来败报，燕师抵达广昌，卫镇抚邵宗不战而降。正月初四，蔚城失守，李诚、王忠自知不敌，已投降燕军。随后直奔大同。大同守将卫指挥张伦已经回到大同，严阵以待，城池坚固，粮秣丰盈，将士用命，攻而不克。李景隆猜度燕王是奔大同而去的。李景隆亲自带兵直奔紫荆关，想和燕军决一死战，但燕王见南军来势，料难以取胜，撤回北平。把广昌和蔚州又留给了李景隆。

朱高炽的伤已近愈合，但留下残疾，走路偏向一边，一点一拐的，好在性命无忧，发生的事没告诉王爷，怕扰其神。但卜义密报道衍，朱高燧曾问过纪仲之事，好像了解了一些事情，卜义只推不知。

道衍、金忠等人忙得不可开交，朱高炽伤中，只拣一些小事告诉他，大事不敢报。按理说除了朱高炽，还有两位郡王，但两位小王爷对治世经济之道一窍不通，也毫无兴趣。

看世子已能走动，遂相约去中殿，几个中人扶着世子到了殿上，大家见礼毕。纪仲走上前过来行礼，朱高炽慌忙站起，险些跌倒，卜义扶着才站稳。他抓住纪仲少两指的手，流下泪来，"纪仲，你父亲把你留在王府，找机会建功立业，谁承想为我失去两指，惭愧呀，等父王凯旋，报你此功，授你副千户之职。"

纪仲眼泪也流了下来，"世子爷切莫如此说，大丈夫失去两指，有何惜哉，把这官诰记下，待臣立了战功，再任不迟。"众皆感叹。

金忠把将近一月的事情简要地给朱高炽说了一下，战报也没有多大进展。不日将班师，京师正在准备会试，也不想大动干戈，漕运从腊月略有松动。钞已经印出几十万锭，不用考虑，盐引、茶引目前是没有着落，用道衍的话说，这是癣疾之患，有许多私客，夹带贩卖，眼下先睁只眼，闭只眼，也就对付过去了。军中送来了几批降将家属。布政司已安排妥当。

燕王送来信，二月初就能班师回来。到了二月初一这天，估计燕王不能到家，二月二要农祭的，还要发放春播种子，北平有将近一半的地种麦子，此时已经过了冬天，开始露出嫩绿，其他作物要春天才种。各藩王爷要代皇上祭郊。第二天，布政司和各衙门正在郊外做好各种准备，朱高炽穿好农装代替燕王农祭，有中人服侍，拿犁开垦了一下，地还冻着，世子想，时间必须要改，这里不同于京师。简单地做了仪式，他就回府里了。

朱棣班师回北平，不同于前几次，大军分散驻扎在城外，他带着护卫悄悄地进了城，连几个儿子都不知道，回到后宫。宫里人都吃了一惊，徐静看看没有什么异样，放下心来。燕王问府里情况，徐妃没有讲，她想让朱棣休息一下。

朱棣下午到家，不到晚上朱高炽就知道了，告诉了道衍，看道衍一点也不吃惊，心里一惊，也有人告诉了大师。就想马上回宫去看父王。道衍说："不可，世子爷，不是老僧多嘴，这会儿两位郡王都知道了，肯定要去见王爷，世子爷是老实人，还是明天再见吧。"

世子答应着，暗想，这道衍深不可测，对府里之事、对父子情况了如指掌，但世子明显感到，兄弟三人，他处处袒护自己，感激地看了大师一眼。

次日卯正刚过，黄俨就来传世子，世子进宫里，看徐妃、侧妃王氏也在，见礼毕。扶持世子的两位中人退下。燕王歪在榻上，看到儿子一点一点地由中人扶着走进来，心里酸楚，但脸上不露任何表情，昨天他已经知道了事情的全过程，问道："炽儿，走路还痛吗？起来吧，别跪着，坐在旁边。"

朱高炽的眼泪扑簌簌地往下掉，说："回父王，已经大好了。儿臣虑事不周，险些酿成大祸，让父王、母妃担惊受怕，儿子不孝通天，请父王重重责罚。"

"你夜来不知道我回来吗？"朱棣问。

朱高炽老老实实答道："知道，但很晚了，怕扰父王休息，没来请安。"

"北平政务等事先不问你了，我只问你一件事情。"燕王说着，挥了一下手，王氏道："你们全下去吧。"宫人都出去了，正要关门，朱棣说黄俨："你也出去。"

黄俨应是，然后检查一下几个炭笼，时令已过春分，炭笼已减了一半，加了炭，退出去，关上了门。

朱高炽的心里打鼓，随着黄俨的每一个动作，他的肌肉都哆嗦一下。一定是跟自己有关，大脑极力地搜索着，哪些事办得不力，没有，真的没有，放心了。

"炽儿，"朱棣张嘴了，看了一眼徐静和王氏，朱高炽意识到父王已经和他们商量过了，"纪仲是何许人？"只这一句，然后三人都看着朱高炽。他万没想到是这件事，可见天下没有私密。他哪里知道，昨天晚上朱高煦来过，义愤填膺地哭诉了这件事。徐静也很生气。但王氏认为此事定有原委，以她对世子了解，不会做不义之事。

朱高炽扑通跪了下去，说："父王在上，此事关系父王，对二弟也不好，不敢给父王、母妃、娘禀报。"说着就叩头。

朱棣说："儿子，父王没有责怪你的意思，你把事情的来去讲一下就可以了。"

世子把事情的经过讲了一遍，和晚上听到的基本一致，但两人的思维却不一样，朱高煦认为不告诉他是有意瞒他，关键时刻走出一着棋。王氏和徐妃都松了一口气。

徐静问道："为什么不告诉你二弟？"

朱高炽说："回母亲话，本来想告诉二弟的，儿子思虑再三，还是瞒他为好。儿子浅见识，一是怕告诉二弟太骇人听闻，二弟不信；二来，依二弟性格，怕他多心。没敢报给父王，怕扰父王思虑之心。儿子处事不当，愿受责罚。"

朱棣接着问道："听说你许给纪仲副千户之职，此事当真？有白身直接升为副千户的吗？中间差了多少级！"

世子道："回父王，当真，那天晚上，纪仲舍命相护，若无此人，儿与父王相隔阴阳，他断了两指，儿臣看到后，心怀感愧，随口而出。"

"已经听你母妃说起，你还有识人之明，难得此人忠义，到通州大营去做千户吧，有事可急调他，理解父王之意吗？"朱棣说道。

世子接道："回父王，理解。"既然朱高煦已知纪仲身份，待在府里当然不合适了，若随朱棣出征，难免会与朱高煦相见，这样安排最为合适。朱高炽接着说："千户之职似有不妥，擅长厮杀，不一定能带千军万马，儿臣让他做到副千户，已算倖进，随主官历练一阵，倘有军功，再进不迟。"

"我儿言之甚善。"朱棣道，"高炽，父王只是随便问一下，你母妃、你娘了解你，你做得十分周全。"

王氏道："手心手背都是肉，虽不是臣婢亲生，他们三个对臣婢极孝，尤其世子，宅心仁厚，断不会做不孝之事。"

朱棣把儿子扶到椅子上，看儿子一脸惶恐，想儿子殚精竭虑，不绝饷道，以致敌人如此之恨，眼泪流了下来，虎毒不食子，父子之情，连心扯肺。想完成大业，世子已经立了大功，但此功谁能看到？亲冒矢石，斩将搴旗，有目共睹，然汉无萧何，何以立国？徐静赶快传膳，四人一起用毕，父子二人来到谨身殿。

众文武都已候在那里。落座，见礼毕，朱高炽就坐在了朱高煦的上首，朱高煦悄悄问道："兄长可大好了？前几天我托人弄的箭伤平复膏药，已经让下人送给嫂子了，回去贴上几贴，也不知效果如何？"

世子回道："二弟费心了，哥哥谢谢你了。"这边金忠把一封信递给了燕王。是李景隆的信，朱棣让马和读一遍。太祖制训，中人不得识字，而马和和黄俨自幼识字，成了燕王的得力助手。

马和读道："燕王殿下钧鉴，臣太子少师曹国公不孝侄儿景隆拜上。殿下起兵，举国震动，当今与殿下亲亲骨肉，怎敢兵祸相加，皆为殿下所指齐黄也，然齐黄被罢，屏窜逖荒。为民生计，殿下应罢战息兵，重镇藩屏。太祖高皇帝圣训谆谆，今犹在耳，殿下为全骨肉，舍弃小怒，以全大义，必彪炳千秋。臣之所言，不知当否，敬待回复。"

读罢，朱棣让大家谈看法，大家各自谈了自己的意见，有的认为不理他，有的认为上表谢罪。道衍、金忠都没有说话，在等世子三兄弟说话，他们明白，在有类似这无关大局的事情时，燕王都要考较一下三个儿子。

朱高煦早已忍不住，站了起来："回父王，儿臣认为，这明明是朝廷的缓兵之计，依儿子浅见识，杀掉来使，择日发兵，平定河北，然后挥师南京，大事定矣。"朱高燧附议。

朱棣把目光投向了朱高炽。

第二十六回

▼

巧言令色父子奏对　调笔弄舌南北休兵

朱高炽刚要站起来，燕王示意坐着，朱高炽道："各位大人讲得极好，二弟意见与我甚合，朝廷苦于冬季寒冷，将士不服，遂出此缓兵之计，以待春暖。然两军交战，不斩来使，况皆我大明子民。我方亦应回信，痛斥朝廷无道。然后可与李景隆交战，愚陋之见，供父王和各位大人参详。"

金忠道："几位小主人说得极有道理。皇上让李九江写信与我，虽是缓兵，但也暴露朝廷心虚，实际承认我方对齐泰、黄子澄的指责，在舆论和政治上，我方取得主动权。"

道衍说："朝廷无能为矣，原因有三：一是此信，李景隆私下断不敢通此信，从私人角度讲，王爷是李景隆亲亲的表叔，他已告知我方，齐黄被罢；二是除夕之夜谋刺世子爷，世子爷谋划周详，调度有方，身在后方，饷道不绝，使朝廷断漕运以困死北平的计划落空，深知战争以钱粮为主，刺杀世子便可大功告成；三是过年后到春闱这段时日，对北禁运略有松动。由此三项，再加九江陈兵德州，未敢北犯，可见朝廷也想做困兽之斗，实无能为矣。"

局势分析得清晰透彻，虽有鼓舞士气之意，但分明成竹在胸。燕王听后，点头称善，心里明朗，遂道："李让，拟回信，逐条驳斥。"李让拿上信去隔壁书房拟字。

朱高燧说道："禀父王，近日北平有人传播，北方彗星出现，不利北兵，巨大将星陨落于燕，不利……"

还未讲完，朱棣一声断喝："住口，这分明是南军细作故意为之，以乱我军心，涣散士气。马和，把高燧拉出去，打二十鞭子。"

马和不敢违命，眼睛就盯着道衍，道衍说："王爷息怒，小王爷年少率真，口无遮拦，其实在座的很多人都听到了传言，只是不便讲出口。"

朱棣把眼光投向朱高炽，朱高炽站一下，道："父王息怒，南军细作在北平嚣张至此，儿子总揽北平，未能靖平，是儿臣之过。但三弟所言，儿子也有所闻，父王若责罚三弟，儿臣不敢谏阻，就让儿子代三弟受罚，望父王恩准。"

这时张玉站了起来，施礼毕，说："王爷在上，听世美一言，小王爷后半句话我讲出来，望大王勿恼。说今年若再南征，必损我一员大将，袁忠彻也观测到了天象。众位大人，大丈夫生于天地之间，得遇明主，倚为腹心，纵横驰骋，战死疆场，马革裹尸，幸甚也。为几句流言，妄信天命，畏刀避箭，非丈夫也。世美此番出征，让吾儿随侍殿下左右，还请世子爷恩准。小王爷率性挚诚，敢讲真话，请王爷宽恕。"朱高炽忙称是。

一席话，说得大家血脉贲张，点头称是。燕王道："世美之言，大慰人心。高燧，还不谢谢各位大人，率性挚诚，还不是读书少的缘故，退下。把张辅喊进来。"张辅进来，朱棣问道："文弼，你是否愿意随我南征？"回答愿意。拨到燕王亲兵队，归马和麾下。

李让走进来，已拟好复信。朱棣展看，大意是李景隆之信辞意苟且率略，不见真诚之情，非汝之心也，乃奸臣假汝之手以治我。如真为大义，应以我太祖公法论之，必当诛之，夷其九族，今屏去遐荒，想不出旬日，必招而回，谋我更甚。今圣上，但知人罪，不省己愆，果欺天乎？奸臣诡谋诈计，必杀尽我皇考之子孙，欲图天下社稷，为人子生于天地之间，此仇可不报乎？因汝来书，不得不答。但恐兵衅不解，寇贼窃发，社稷安危未可保也。

好一篇复书，不啻一封檄文，李让文笔，大家早见识过，看他温文尔雅，仪态俊美，却能写出如此犀利文章。

不觉到了清明，北平正值春好，柳绿桃红、荞麦青青，王府众官随燕王到丽正门外，在郊外朝南遥祭先祖，又回到府里拜祖祠。然后分享胙肉，在一起吃了饭。

朱棣把三个儿子召到书房，勉励一番，留下二儿子朱高煦。朱高煦常随父王出征，有时随侍左右，是最常见的，不像世子那样拘束。朱棣问道："高煦，知道父王为何单独把你留下？"朱高煦刚要站起，燕王道："只咱两人说说话，不用拘礼，坐着吧。"

朱高煦道："谢父王，回父王话，儿子愚鲁，不明白。"

朱棣道："你自幼娴习弓马，多次随父征战，历练有成，为父甚是欢喜。然遍览史书，福寿之人，记之不绝，皆大度雍容，气量恢弘，且待人真诚，不藏私瑕。吾儿，懂为父的话吗？"

朱高煦道："回父王，儿子虽愚钝，但也明白父王的一片苦心，儿子常研习弓马，书读得少，量浅忌刻，还望父王多多诲教。"

朱棣道："你能意识到，我很欣慰，大智者，手不释卷，这方面要学你兄长。另外，父王问你两件事，第一件郑村坝去给南军建墓，你们做得如何？"

朱高煦跪了下来："父王明鉴，郑村坝造墓一事，反响颇巨，都说父王英明大度，但有些兵士不理解，确有辱尸之事，儿臣未参与，也是后来知道的。"

"儿子啊，错了就是错了，你三弟年幼无知，此番给尸体割头，你不但不阻止，还给计数，是也不是？"朱棣的语气越来越严厉。

朱高煦道："儿子糊涂，不敢把真话告诉父王，其实尸体冻僵，并未砍下几颗头，而且只是军官的。"

"还在辩解，此等真相，雪里埋尸，能瞒多久？传扬出去，置我军于何地？为敌收尸，本是善事，却做出如此残暴之事。这事先放下。第二件事，新城之事，作何解释？"朱棣问道。

朱高煦面如死灰，在新城郊外，朱高煦纵兵大掠，杀毙百姓上千人，烧毁房屋数百间。新城举城投降后，朱高煦的亲兵队长王范带兵闯入县尉李虎家中，把男丁全部杀掉，留下女人过夜，早晨全部杀掉，抢光细软，一把火烧了传了几代的大宅子。为此巡衙士兵和王范差点刀兵相见，是马和恰好遇见，解劝开来。马和并未报告给燕王，是千户薛禄后来密报燕王。王范把李虎的女儿送给朱高煦，第二天不知所终。

朱棣气恨恨地说："朱高煦，你的书都读到哪里去了？你如此残暴不仁，还是不是我的儿子？杀俘近万人，群情汹汹，我杀了你一员部将掩盖过去。两军对垒，各有死伤，那是战争，不得已也。杀降兵，杀百姓，有损阴鸷，且史笔如铁，也会给你父王记上一笔。我们不日出征，先杀王范祭旗，从今天起，你到祖宗前思过，没我命令，不准出来，再有类似事情，为父说不得，必杀你以塞悠悠之口，去吧。"朱高煦刚要走，朱棣又问："那个女子哪去了，说实话。"

"还在府里。"高煦嗫嚅道。

燕王厉声道："不行，尽快处理，一点声息不能留下。"

张昶已侦知，李景隆已从德州率军北进，传檄安陆侯吴杰、武定侯老将郭英以及参将平安、盛庸，合兵一处，总六十万，号称百万，移师白沙河。四月五日，朱棣把北平诸事托付给道衍、唐云、顾晟、袁珙和朱高燧辅佐世子，对世子的安全保卫又做了部署，在南郊誓师，杀王范祭旗，传檄各镇人马，总计十七万，号称三十万，出师南下，渡过玉马河，攻下苏定桥。到白沙河东岸，扎下营寨。

李景隆侦探清楚，派平安率本部人马一万余人，趁燕兵新到，立足未稳冲阵，遣瞿能父子随后接应。平安骁勇善战，畅晓军机，临阵一马当先，挥矛杀入燕军阵地，燕将素知其名，十分忌惮，但人多势众，鼓噪而进，看着平安不支，瞿能父子将兵一万从侧翼杀入，大喊："贼军，知瞿能否？"

有过几次交手，燕军颇知其名，不免胆寒。瞿能父子抓住战机，冲进战阵，往来冲荡，所向披靡，燕军惊慌失措，自乱阵脚，连连退却。

这时，督战队长内侍王珉率众杀出，王珉摔掉头盔，大喊："建功立业，正在此时，随我杀敌者重赏，后退者立斩。"和千户薛禄等将挺身力战，燕军稳住阵脚。

马和、朱高煦引兵袭击平安侧翼；张玉带领中军、朱能率左军、陈亨率右军为先锋；丘福率后军继续向前冲杀。这时，李景隆、吴杰、郭英率大军冲杀上来。朱棣命朵颜三卫骑兵去冲阵。

朵颜三卫使南军胆寒。南军老将郭英已近七十，一生戎马，和蒙元交战数百次，不止一次遇到蒙古骑兵。他们研究出了一种火器，称作"踹马舟"，后来朵颜三卫归顺朝廷，官军只用它来对付北元骑兵，这次知道朵颜三卫随燕王征战，把"踹马舟"带在军中。

"踹马舟"形似龙船，龙嘴吐火，有时带射铅弹，看蒙古骑兵冲过来，官军列好阵势，一齐开火。蒙古骑兵队猝不及防，死伤不计其数，忙令鸣金。但是南军大队仍然高喊："杀敌，擒朱棣。"吴杰、胡观率军直奔朱棣，犹如砍瓜切菜一般，顷刻到朱棣身边。

护卫们保卫着朱棣边打边撤，张辅力敌二将，全然不惧。吴杰高喊，"小将通名。"

"张辅。"

"可是张玉之子？"

"正是，让你们知道我们父子的厉害。"张辅说着，一柄长刀上下飞舞，顷刻杀毙几人，夺路追上燕王。只有燕王和两个护卫，其中一个护卫已中枪，天已黑了下来。已是四月下旬，只靠点点星光朝前走去，好在没有追兵，但喊杀声犹在。走了几里路，人饥马乏，看见了一个大庄院。

张辅让护卫去敲门，一个庄丁开门一看，吓得"啊"一声，刚要关门，护卫靠紧门，说："小哥，不要怕，我们是迷路的军士，讨一口水喝。"

早惊动了主人，火把照得如同白昼，出来一个中年人，中等身材，略黑，三绺短髭，张辅看上去好面善，但想不起在哪里见过。

这人道："原来是迷路的，快请进来歇马。"

几个人鱼贯而入，燕王头盔已失，但气度不减。庄丁接过兵器，牵过马，几人进厅，分宾主落座。丫头奉上茶来，刚要端杯，有人进来在庄主耳边嘀咕了几声，庄主示意他出去。

"在下姓纪，山野草民，不识待客之礼，还请几位将军见谅。"举止得体，言语也不俗，"不知将军缘何至此？能否请教高姓大名？"

还没等朱棣答语，进来一个庄丁，大喊："大爷休要和他啰嗦，他是燕军将领，我已经把人布置在门口，只等大爷一声令下，全部拿下。"

张辅大吃一惊，把大刀已经交在庄上，但手中还有佩剑和手铳，握住手铳站了起来，向燕王走去，燕王摆摆手，示意他坐下，然后道："蒙员外动问，敢不实言相告！我乃高皇帝嫡四子，燕亲王朱棣。"

话音未落，庄主大喊一声，"绑了。"张辅拔出剑，就冲了过去。

朱棣喊道："不要伤人。"门口站有十多个庄丁，拉满弓，箭上弦，只等令下。

"你们在干什么？"有一个女子声音问道。

张辅早就猜到这是纪仲家，如果不是这一声，他就喊纪大哥了。于是高喊："纪兰，你哥要杀我们。"

纪兰听出来是张辅的声音，以为在做梦，走到门口喝住庄丁："放下，放下，自己人。"跑了进来。她上穿淡青色滚边袄，下穿红底碎花绸裙，和上次所见又不一样，别有一番娇媚。她跑进屋里，环佩叮当。屋里人全惊着了。

纪兰也不管别人，径直跑到张辅身边，双颊绯红："张将军，真的是你，莫不是梦中吗？"

张辅心中高兴，不敢露轻薄之语，马上走到燕王身边："禀殿下，这是纪仲妹妹纪兰。"朱棣看到纪兰进来，与张辅相熟，并且言语中几多暧昧，已猜到是纪仲家人。

纪兰问道："大哥，你想干什么？我二哥在北平军中，就在世子府，在张将军麾下。你这是待客之道吗？"

这是纪府老大，名叫纪良，仍对燕王怒目相视，对纪兰说："他二儿子杀了你三哥，这你知道，此仇已看世子面子揭了过去。还有一事，没敢告诉你和父亲，你二哥自从留在燕王府杳无音讯，有人传话已被世子杀害，听此噩耗，怎敢告诉父亲和祖母！怕伤心过度，也没敢让你知道，怕你一时说漏，反害了老人家。今天仇人在此，岂可错过？"

纪兰用狐疑的眼光看着张辅。张辅几次想打断纪良的话，燕王示意不许。张辅感到实在是又好气又好笑，使劲憋了一下，还是笑出来了："纪兰，你看世子爷是那样的人吗？"

纪兰说："我看世子爷面貌淳厚，语气真诚，乃仁厚之人，但大哥此言，绝非空穴来风。"

张辅道："出征前，我还见过二哥，噢，纪员外请勿见怪，我以二哥称呼纪仲很久了。"看一眼纪兰，早已脸飞红霞，接着说："他在守通州大营，是副千户，从五品官阶，他对我讲，怕给家里来信，被朝廷卫所侦知，那你们就成了叛属。他说打下保定，他就会回来。"

纪良说："五品官，我越发不信了。我三弟当兵六年，立下无数次大功，也只是副百户。"挥了一下手，家丁都退了下去。

朱棣哈哈大笑："这真是大水冲了龙王庙，一家人不识一家人，张辅早就猜到是纪仲家，对吧！"

张辅说："是，我和纪仲情同手足，也知道他家在保定府，具体地址不详，一说姓纪，又看纪员外长相，就有几分信。"

"还是我来说吧。"燕王道，"你二弟立了大功，在除夕夜救了世子，险些丢了性命，断了两指，本想封他正千户，只因他没带过兵，先做副千户，等熟悉带兵，再升正千户。"

纪良很不好意思，跪下行礼，口称千岁："山野之人，见识愚陋，险些铸成大错，还望千岁宽宥。"说毕，安排人去请老员外，杀羊宰鸡，安排酒食。

不几时，纪灵走了进来，他虽年过六旬，步履稳健，说话中气十足，未见太多白须，走到燕王跟前便要跪下，燕王扶起，分宾主落座。张辅今天看到纪家排场，才明白当时世子给钱帛时老员外的几句话，家境确是殷实。

"王爷千岁，老朽曾到过王府，被世子爷绑去的，哈哈，今天可谓天赐奇缘，今君臣这样相见，流传后世，老朽必然借王爷光，传为佳话。只是愚男鲁钝，冒犯天威，有幸殿下气量恢宏，毫无责备之意，真令老朽敬佩。"

朱棣道："老员外客气，今日与他们侦探敌情，遇敌死战，迷失方向，偶然到此，得识老英雄尊颜，实乃三生之幸也。本应多多请教，只是军务在身，不敢耽搁，得速回大营。"

纪灵说："千岁放心，只是略备酒食，吃过，老臣亲自送殿下回大营。"

第二十七回

▼

廉将府托孤动世子　白沙河失利遇故人

这时跑进来一个庄丁，对纪良说，门口来了一队官兵。纪良明白，看了一眼老员外，老员外手一挥，纪良走了出去，他先让家丁把马牵到后面马厩里，藏起燕王等人的兵器，让人进屋通知殿下躲藏。他自己走出庄门，看见一个总旗带着一队人马在门口等得不耐烦了。

如果是别人家，官兵早冲进去了，因为这家是附近有名的大户，又是武术之家，还有一个更重要的，大门额匾上方有一个大大的"恤"字匾，是朝廷所发，这家有战死之人，这些丘八自然敬畏。

纪良施礼道："各位军爷，小人纪良。官差到此，有何吩咐？"

总旗还一礼道："有没有陌生人来？有人看到有几个骑马的到了府上，知道贵府是朝廷优恤之家，没敢造次。如果有人进府，请交给官家，彼此不伤面皮。"

纪良道："官爷明鉴，有人看见骑马的，定是庄里的丁客，今儿个去府里交粮，因有军兵交战，路途中断，回来晚了。明天还要去府里，和知府程大人已约好。"

总旗说："那好，就不打扰了。"又狐疑地看了纪良一眼，刚转身要走，看大门里影影绰绰的有血迹，于是走了进去，纪良一时不防，已走进了十多人。

燕王护卫有一人受伤，在请老员外之时，他已经派人把来路到门口所有血迹处理了，还是留下了血迹，百密一疏啊，遂向管家使个眼色，管家悄悄走了。

纪良说："回官爷，正在杀猪，要杀四口，明天和粮食一起运往府里，程大人说劳军。"正说着，又传来一声猪的嚎叫声，过一会儿，看几个庄丁打着灯笼在追一头猪，猪脖子上在流血。

纪良问道："怎么回事，又跑了，告诉你们先缚后杀，自恃刀准，猪跑了又总是抓不住，弄得满院猪血，赶快抓回去。不好意思，让官爷见笑了。"

总旗对跟进来的几个兵道："帮他们一下，捉住它。"几个人一拥上前，把猪按倒在地。

纪良说："拿绳子来，官爷，这口猪先犒劳各位军爷了，先别杀死，到了军营，杀死后立即吃肉才细嫩好吃。"

总旗道："这恐怕不好，有违军纪啊。"

纪良道："将军不是抢，也不是我给的，确是机缘凑巧，将军笑纳。"绑缚结实抬到院外，又命家丁抬来两坛子酒，道："有肉无酒，很是无趣，这两坛酒带上。"抬到院外，军士们摘下马鞍，绑上猪和酒走了。

纪良返回大厅，派人去喊燕王，他们都躲在内室纪兰的闺房。燕王看没事，走到前厅，摆上酒席，只是简单地用了一些，没敢太多饮酒，一怕误事，二来怕官兵再来巡查。

纪良让庄丁把后门打开。朱棣道："老员外，看得出你家境颇为殷实，但令郎纪良，一身武艺，看刚才之事足智多谋，心思缜密，埋没乡间可惜了。若本王全赖老天护佑，皇考在天之灵庇佑，侥幸靖难成功，可望纪良出来造福黎民，以令郎之才，定可守牧一方。"

纪灵大喜，谢过："王爷之命，敢不遵从！只是犬子德才难配，恐有辱大王清目。"

朱棣说："老员外客气了。本王还有一不情之请，张辅与令爱可谓机缘巧合，千里姻缘一线牵。张辅父亲也在军中，我来做媒，互换庚帖，结亲如何？"张辅和纪兰相视一笑，纪兰满脸羞红，跑开了。

纪灵说："小民先谢过王爷，小女本来定了一门亲事，后来退了，不说什么原因了。"

朱棣说："保定打下来，本王即差张辅来府上提亲，老员外请留步。"纪灵坚持亲自护送，燕王只是不许。纪良怕前门官军留下眼线，遂从后门带几个家丁，沿河悄悄地护送回营，直到遇见前来寻找的朱高煦、马和，纪良才回庄。王爷回到大帐已是三更天了。

见燕王安全回营，众将放心。安歇不提。

次日，大帐点兵后，燕王亲率十几万大军渡过白沙河，李景隆列阵数十里迎敌，张宽率众杀入敌军左营，正遇瞿能父子，燕军胆寒，父子二人往来冲突，如入无人之境。张宽上前，被射中右臂，丢掉长枪，策马而退，南军趁势掩杀。

张玉率中军，从军以来没见过如此恶仗，北平星象之说，浮于脑海，已是惧敌，要调转马头后退。朱棣看到，大喊："世美勿慌，我军已有伏兵，破敌就在此时，号令三军，后退者斩。王珉，率督战队，有后退者刀砍箭射，全凭裁决。"

张宽退兵时冲动中军阵脚。张玉听朱棣激励，率兵压住阵脚，王珉用手铳射杀几个退兵，随张玉攻击敌阵。右军陈亨正遇大将平安，上阵几个回合，被平安刺落马下，指挥佥事徐忠奋力抵住平安，和陈亨之子陈懋率兵抢回陈亨，徐忠不敌平安，被刺伤手臂，拨转马头后撤。

朱棣挥动大刀要冲，马和死死拦住。朱棣道："我若不出，谁肯向前？众将士，随我杀贼。"冲入敌阵，战马三次被伤，和护卫换了三次马。

南军看是朱棣冲入阵中，平安大喊："捉到燕王者封公爷。"

刹那间，朝廷大将都策马朝朱棣杀来。朱棣率兵拼死抵抗，马和臂中两剑，张辅腿部中枪，拼命保护燕王且战且退。退到河堤，敌兵团团围住，只是碍于亲王，不敢射箭。朱棣跃马登堤，佯装举起鞭子招呼伏兵，南军疑有伏兵，迟疑不敢近前。

这时正好朱高煦、丘福带兵杀到，救出燕王，合兵一处，激战到中午，双方杀红了眼，没有一方鸣金，李景隆自恃人多，能征惯战之将全部上阵。瞿能父子率一万精兵，在阵中纵横驰骋，士兵齐呼，"杀贼灭燕！"猛攻燕军中军，各路大军紧随其后。

李景隆手持宝剑，旗牌官抚金弓皇钺，驱车急行，杀入敌阵。众将士见大将军伞盖杀入阵中，士气大振，喊杀声惊天动地。看看燕军不支，忽然一阵自北向南的旋风吹入军中，人马几乎不能站立，更不用说前行杀敌了。风吹了大约有一刻钟，人们发现好多旗都断了，李景隆的中军大旗也被吹断。

张玉首先看到，高喊："袁忠彻作法借风，李景隆跑了，南军败了。"几万军士紧跟齐呼，南军不知真假，看燕军顺风纵火，大营已起火。南军大溃，数十万人兵败如山倒，奔声如雷，燕军趁势掩杀，瞿能父子、平安等陷在燕军阵中，万余人奔走冲突，燕军团团围定，南军誓死不降，霎时万箭齐发，可怜数万将士和瞿能父子皆为箭下之鬼。

平安与朱能相遇，无心恋战，只战了几合，虚晃一枪，拨马后退。见南军已兵败如山倒，且战且走。燕军竖上免死牌，追到月漾桥上，扎下阵脚。燕王看见降兵有十数万，绵延数十里。李景隆率亲兵数人如惊弓之鸟逃回德州。

魏国公徐辉祖奉命助战，尚未参战，听到战败消息，引军到东昌附近待命。

消息传到北平，人心大振。王府里，留守人员都在，燕王信中详细地介绍了这次战斗经过。顾晟先开口了："白沙河一战，南军已无兵可派，这是一次决战，河北之地尽归我军，芦盐场已经被我们占领，解决了后顾之忧，末将以为，我军应乘胜南下，直捣京师。"

金忠道："不然，此次决战，虽重创南军，然铁铉、盛庸、平安、郭英等能征惯战之将仍在，各统率数万军马。天气渐热，十几万大军，又有新降十数万，粮饷是件大事。应迅速拿下德州，补充粮草，再图后举。"

大家赞同，金忠马上写信，把送信人唤来，一共三人，赏每人一锭银子，和几贯钞，嘱咐他们在两天之内务必把信送到大营。燕王信中写道，又有一些降将家属陆续到达北平，安排住处，给足柴米。黄直一听这件事头就大了。房子实在没有了。

朱高炽道："各卫所大营有空置，先安置在这里，府库拨款，给足米薪，趁建房良季，多造官宰。"

一些受伤将士，急需抚恤，朱高炽也是欲哭无泪，每天都为此疲于奔命，在众大人面前一个难字不能提，否则可能就会传到父王耳朵里。有时回到世子府和世子妃张瑾谈谈。她有时也能想出办法，帮他渡过难关。这次有一个重要将领，都指挥同知陈亨，信中说重伤，需朱高炽带上刘太医到府中看望。

端午节过后，有人来报，陈亨将军回府了。世子和众人商议，大家认为金忠、黄直应当随世子去。

一行几人到了陈亨府门，下车步行，门口没有守卫，也无须通报，走进院里，院子不大，正房，左右厢房，加前面的门房，标准的北平四合院，只有一进院落，再普通不过。世子一看，陈亨父子皆在军中，屡建战功，陈亨为三品大员，生活如此俭素，令人感佩。

有一老仆进去报信，陈亨三个儿子急忙迎了出来，长子陈恭，次子陈忠，幼子陈懋。陈懋体魄魁梧，面色微黑，浓眉大眼，是他在军中随父一起南征，父亲重伤，徐忠和他抢下父亲，率众坚持杀敌。这次奉燕王命护送父亲回府，带了四个亲兵，让他们回家省亲。

大家行礼毕，朱高炽走进客厅。陈懋母亲韩氏，布裙荆钗，上前施礼，走到大街上也没有人会相信她是三品诰命。朱高炽带着众人来到卧房，陈亨看到众人，手略动一下，已不能言。刘医正赶忙拿出脉枕，给陈亨看脉。看完后，退到厅里。

世子坐下来，握着陈亨的手，眼泪流了下来，说："老将军英雄盖世，为大明的江山社稷征战数年，家里一清到底，哪个出兵放马的将军不是豪屋广厦，实令学生感佩。老将军有何吩咐，但说无妨，学生一定办到。"

陈亨妻子韩氏接道："贱妾夫君，经常告诫家人，清贫自守，廉洁奉法，才是持家根本。家里虽俭，并不拮据，请世子爷勿念。贱妾两子皆已成家，日子也过得去，不敢违陈家祖训。"

陈懋道："世子爷但请放心，臣父子四人皆有俸禄，足可支撑家用，只恨未能直捣京师，今后随王爷、世子爷水火不惧，永承家风。"声若洪钟，且浑厚有力。

世子说："老将军、老夫人操劳半世，还需晚年有靠，你弟兄三人各自当差，家里该有几个仆人。把那几个亲兵叫到府外巡岗，先不要回到大营。黄俨，把东西拿进来。"黄俨和几个军士搬进来一些金银、钱钞和彩币表里，有些是药，一起堆放在小院里。

世子走向陈亨，说道："老将军好生调养，过几日学生再来看你，还有什么吩咐吗？"

陈亨指一指三子陈懋，又指一指世子，往地上指了一下，陈懋跪在地上给世子叩头。陈亨微微点头，示意陈懋靠近，陈懋膝行几步，到床前。陈亨抓住他的手，又拉住世子的手。

世子明白，道："将军放心，学生待陈懋犹如兄弟，必不负老将军。"

说完走出卧室，刘安已拟好药方，在和金忠等人商议。看世子出来，站起来道："世子爷，请脉后感觉脉象不好，伤及五脏，请老夫人早做准备，尽好人事吧。"家里人明白，送世子一行离府。

燕王接到道衍的信，传阅给众将，大家以为然。朱棣心里明白，筹措粮饷本身就困难，再千里迢迢运往山东，难上加难，朝廷在各处游击，尤其是粮草辎重，朱高炽纵有天大本事，也不能保证每次粮饷准时到达。况北平新增降将家属数千人，单房舍一项就会焦头烂额。燕王带兵多年，深谙一个道理，打仗就是打钱粮，能征惯战之将再多，如果粮饷不继，或败军之将，或为投敌之将。

第二天发兵至德州。李景隆没敢接战，逃回济南。德州是朝廷粮草辎重重地，一旦获取，数月无忧。燕王传令各处到德州分配粮饷辎重，大军直奔济南。燕军经过休息补充，士气旺盛，军容整肃。沿途城守，或溃或降，没有大的抵抗，五月中旬抵济南城外。

李景隆所率中军尚有十万之众，也刚刚到达济南，惊魂未定，匆忙中列队迎战，军无斗志，将有怯意，被燕军再次打败，向南逃窜。整个济南城被燕军团团围定。城内，右都督佥事盛庸所率本部军马万余人，山东参政铁铉率济南守军万余人，共三万多人，使燕南归的参军高巍也在济南，三人誓约死守，共同杀贼。

燕王命人向城内射书劝降，遭拒，将士愤怒，连日攻打，断绝城内外联系，一点进展没有。张玉献计，把下游河套堵塞，堵高水位，引水灌城。燕王同意，大张旗鼓地做出水淹城池的架势。

守城军士看到，告诉盛庸，铁铉和几人商议，将计就计，诱杀燕王。于是派军中主簿高宁去燕军中投书。高宁，洪武帝以明经入仕，虽是书生，颇有胆气，持书见朱棣。朱棣也闻其名，告诉丘福如此如此。

第二十八回

▼

燕王府设席待元使　济南城中计累乡民

　　高宁被军士带到帐前，士兵分站两列，刀剑林立，盔甲鲜明。他走到队前，兵士一队队亮起刀剑，直指高宁头部，他昂然不惧，到门口，看一口大锅，里面滚着油，锅下燃着熊熊大火，他冷笑一声，阔步走进大帐，也不看两边文武，径直到燕王前面，大声道："大明随军主簿高宁拜见燕王殿下。"只一揖，抬起头，看着燕王。

　　朱高煦生气，"随军主簿是个什么东西，米粒大的前程，到这里如此傲慢，见到亲王居然不行礼，这是为臣之道吗？"

　　燕王道："不用听他说什么，欲效张仪、苏秦游说本王乎？拉出去烹之。"

　　左右上来刚欲拉高宁，他手一甩："我自己会走，可惜盛庸、铁铉徒有虚名，也不识人。"边说边走。

　　燕王道："且慢，盛庸、铁铉皆皇考高皇帝重臣，我大明擎天之柱，你一介卑污小吏，如此诋毁二位将军，是何道理？"

　　高宁说："要烹请尽早，怕死我也不会来此，可惜燕王英名盖世，盛名之下，其实难副。"

　　"回来，你所说是指什么事？"燕王问道。

　　高宁说："以殿下之名，做此等之事，甚为不符，臣闻大王仁人爱士，礼贤敬人，今日一见，全然不对。殿下也饱读诗书，纵观历史，列兵器，架油锅者，何许人，都是色厉胆薄、外强中干之人，大王做此事，臣甚觉不齿。且不问下官来此何意，扬言烹之，下官愿配合殿下，博清直之名，而殿下留残暴之名，请殿下成全。"

朱棣站起来喊道："赐座。我素闻先生胆气，今故试之，有过虞之处，望先生海涵。今日先生到此，不知有何事赐教？"

高宁这才跪下，重新见礼，礼毕落座，说："回禀王爷，李景隆弃城南逃，盛庸、铁铉看殿下欲水灌全城。盛庸与殿下旧识，有意归顺。"拿出书信，王珉接过来呈给朱棣。

信中写道：燕亲王殿下钧鉴，臣盛庸拜上，想臣与殿下相识数年，曾与王爷远征漠北，冰天雪地，度过生死之劫，今天道无常，造化弄人，你我君臣，刀兵相向，然大王英明神武，气概如虹，官军弃甲，景隆披靡。王爷与皇上，皆太祖骨肉，谁主神器，我等皆臣。故不愿与大王为敌，息兵止戈，降于大王，恐大王见疑，特使高宁递书。然臣有一请，降于大王即可，绝不与朝廷兵戈相向，蒙王爷允诺，济南箪食壶浆以迎王爷。王爷勿带兵甲入城，以惊百姓，使众将疑惑，若如是，幸甚。盛庸再拜。

众将不同意，朱能大怒，掣出佩剑，要杀来使："明明是诈降，敢言之凿凿，不然为何让大王独去？"

高宁道："你没听到吗？盛将军就是怕王爷带兵进城，擒拿众官。"

"好了，马上给你回信，你先去用饭，我有军务，恕不奉陪了。"燕王说。

高宁去用饭。大帐里吵作一团，都不同意去，朱棣就是不听。张玉无奈，道："那殿下带上马和、张辅、高煦等亲随。"王爷答应。

张玉喊袁忠彻，卜一卦吉凶。袁忠彻鼓捣一会儿，沉吟一会儿。诸将心急。袁忠彻道："恐有波折，但也无妨。"但燕王已定，众将苦谏不成，只好让高宁回去复信。

次日，济南城上站满将士，射下一箭，让燕军后撤十里，否则不敢开城门，守城军士齐喊"千岁，千岁"。朱棣不疑，命大军后撤十里，他带领朱高煦、马和、张辅等十多个护卫，南军放下吊桥，守城军士高呼千岁，城门大开，朱棣带人进城。

城门上放置一块大铁板，在燕王要进城时放下，拦住侍卫，众军士再一拥而上，捉住朱棣。只是皇上有过谕旨，活捉朱棣，不要杀他，不到万不得已时，不能放箭，盛庸等也只能如此。谁知守门士兵一慌，铁板提前放下，砸中朱棣马头，朱棣从马上摔下。

张辅大吼一声："有诈！"下马挟起燕王，放在自己坐骑上，又喊道："马和，吊桥。"

马三保一抽马鞭，纵马跃上吊桥，砍断一面绳索，朱高煦挺身上前拨打羽箭和铅珠。张辅一马鞭抽在马身，燕王坐骑跑过吊桥，有三个护卫已被射落马下，张辅夺过一匹马，骑上去，边走边拨打羽箭，退到射程之外。城内也不追赶，几人狼狈逃回。

燕王羞愧难当，恼羞成怒，下令全力攻城，攻下济南，不论老幼，尽皆杀之。只是久攻不下，将士愤怒，把附近市镇劫掠一空。

此时朱高炽和众人都在中殿书房里，有一刻钟的时间了，没有一个人说话。朱高炽一会儿站起一会儿坐下，道衍闭目，手捻佛珠，看得出心里也非常不平静，捻珠的手在微微发抖，念珠也乱了。燕王还有一封密信给他，是关于张辅的，把在白沙河战役前夜的奇遇略略地告诉了他。

白沙河战役大获全胜后，燕王就和张玉商量此事。张玉很高兴，张辅十八岁结婚，两年后夫人就过世了，留有一女。张辅心高气傲，势必有貌美如妻者再娶，蹉跎了几年，难得有中意之人。朱棣当张玉面亲笔书信，让王珉持信并带着张辅八字去提亲，其中有一识路的护卫，信中讲明属丧妻，其实张辅已告诉纪兰。叮嘱王珉拿到回帖追赶部队，张玉十分感动。燕王万几宸函，戎马倥偬，却如此细心办理此事。

德州战役即毕，王珉回来汇报，纪家已是一片灰烬。王珉办事妥帖，在附近打听清楚，是一队官兵深夜所为，全家被杀，细软被一抢而空，最后一把火烧为灰烬。王珉问好日期，又问是否有人走脱，都说不知。

燕王心里狐疑，当时讲自己迷路过程，只有张玉、朱高煦、马和和随从二人，随从二人在路上就严令守密。另外几家被屠日期已是在相遇之后接近十天了。燕王让道衍分析，并叮嘱只一个人知道，不传于三耳。道衍给燕王回了密信，只说此事不关战局，燕王不必在此事大费周章，以后自然明了。燕王特意提到纪仲，又提到世子安全，可见燕王心里已有数了。

金忠道："攻打济南已近一月，毫无进展，王爷有此一辱，众将必泄心头之恨，甚为可忧。以下官之见，莫若退兵，以待秋凉再举。"

朱高炽看向大师，大师道："先请世忠兄卜一卦如何？"

金忠："好的，请世子爷说一字。"朱高炽略加思索说了一个"赐"字。金忠说："此字左七右八，下坤上艮，得一剥卦，变在六四，变卦为损卦。此卦解为前进有阻，空耗时日，宜顺时而止，安分自守。请大师在信中加上此卦。"

朱高炽道："我所忧者，是父王如金大人所讲，士兵不守军纪，屠戮百姓，侵夺财帛，必为南军作为口实，攻讦父王。"

道衍已在拟信，写好后大家传阅一下，送去军营。顾晟道："辽东兵屡犯山海关，驻守大同的南军也有北进迹象，探马来报，武定侯郭英也请命北征，如两面夹击，以目前北平兵力，恐难应付。"

世子点头，喊黄俨，卜仁答道："黄公公被娘娘传去了，说小王爷找他有事。"

朱高炽不易察觉地笑了一下，这个三弟自小就缠着黄俨，依赖性太强，如今已另建府邸，有事没事就找黄公公，说："好吧，你去驿馆，礼请蒙古北元特使。"

蒙古使者走进大殿，世子端坐，文武分坐两列，使者朝世子行礼毕，道："大元帝国。"

朱高炽喊："停，停，大元帝国已不复存在。"

使者略改口，"北元帝国使者勃勒敕利拜见尊贵的燕世子殿下。草原的雄鹰坤帖木儿大汗递国书给燕王殿下，请世子过目。"

卜义接过信，递给朱高炽，朱高炽一脸狐疑，问道："贵部大汗不是额勒伯克吗？"

使者道："请世子爷读信便知。"

书中明确道：去年瓦剌首领乌格齐哈什哈叛乱，杀死父汗，自立为汗。太尉鬼力赤率兵袭杀乌格齐哈什哈，立其子坤帖木儿为汗。信中极力赞扬鬼力赤如何忠勇，足智多谋。最终想法与燕王结为世好，休养生息，同抗西蒙古阿鲁台。

朱高炽边读信边思量，最后有了主意，起身道："特使远道而来，因父王不在，怠慢使节，还请多多谅解。请先去休息一下。"好言抚慰，让卜义传去偏厅休息。大家看世子前倨后恭，都用狐疑的眼光看着他，世子把信传给大家。

袁珙道："世子爷之谋，非常人能及，莫非世子爷真有意结盟乎？"

朱高炽道："与众位大人商议再做道理，我们都知道鬼力赤，是一只喂不熟的草原狼，和父王数次交手，反复易变，从无道义信用可言。但此人有一优点，他虽然憎恨我大明，却对父王本人崇敬有加。从信中可以看到，坤帖木儿只是傀儡，真正把握朝政的是鬼力赤。与其结盟，可无北顾之忧，再者，许其金帛、牛羊，让其袭扰辽东，则东北亦无忧，众位大人以为如何？需先请示父王再定夺。"

道衍说："按说此等大事，要请示大王，然大王有话，有紧急事情由世子爷便宜行事。蒙古使者在京已有十余日，路上至少二十天，一月已过，鬼力赤会疑使者被杀或被禁。一旦动起刀兵，再起边患，南进大业功败垂成。以老僧看来，先许诺使者，让他先送书回北，附带世子爷亲笔书信，然后请示王爷，派人持节使北，岂不两便！"

众人皆同意，世子大排宴席，把副使和从人都请来，让唐云和镇抚木桑哈陪同随从亲兵，兼做翻译，众位大人陪同正副使。酒足饭饱，重赏使者，亲兵皆有重赏，由金忠、顾晟、木桑哈在驿馆和勃勒敕利同副使谈判，十分顺利。北元袭扰辽东，燕王坐视不理，掠得牛羊土地尽归北元，但勿杀戮人民。

道衍和朱高炽商量，加强密云防守，把纪仲调去密云任千户，官防上只写字不写名，叫纪子祥。说得朱高炽一头雾水，看道衍不说明，也不多问，照办就是。

朱棣几天来愤恨不已，日夜攻打城池，到德州又调来十门火炮，日夜攻城。北平来信，朱棣细心读罢，马和读给众将。

大致意思是："济南久攻不克，吾师已老。且将士久历战阵，夜不解甲，日不得息。而南兵以逸待劳，正值七月，北兵不惯暑热，军无斗志，士气渐消，徒靡粮饷。况持久不下，将帅焦躁，恐有过激之举。大王兴正义之师，奉天靖难，吊民伐罪，应与民无犯，方能军民同德，举国拥戴大王。大王聪慧过人，应暂避其锋，回师北平，以待秋凉，再图后举。"

读完后，燕王瞅了一眼众人，心道，必是姚广孝所拟，此人洞察世情，有如长了一双眼睛在军营，势必杀此秃驴。也没给众将传看，一切如常。

燕王晚间看了道衍的私信，已经明白两人想到了一起，但心照不宣，谁也没有说破。朱棣百思不得其解，朱高煦相貌俊朗，清爽秀气，怎能如此残暴狠毒？张辅丧妻六年未续弦，好容易有这份良缘，朱棣不忍告诉他。但道衍之意，越早告诉越好。

朱棣想了一下，把张辅叫进大帐，简单讲了一下。张辅听后，一声不吭，问急了，只是一句："除非见尸。"然后告退。朱棣分明看到了他眼里的泪水，轻轻地叹了一口气。

日间几拨探子来报，辽东屡寇山海关，大同、真定之敌也有北进之意，进退不得。次日升帐，传令将士继续攻打。朱能来报，城墙上立了几块高祖神位的大牌子，他已命将士停止炮轰，请示王爷下一步怎么办。

朱棣道："盛庸小儿，如此辱我皇考，无耻之尤。我等起兵，奉天靖难，正为复我皇考太祖高皇帝祖训。下令全线停止攻击，众将且随我出营观看。"

众将士已撤出一箭之地，张弓搭箭，前面放着一排登城云梯，火炮已退到军士后面两箭地。朱棣看到城墙上太祖神位，高呼皇考，跪了下去，号啕大哭，目眦尽裂，手指城墙，"城中贼兵，辱我皇考，待攻下城池，鸡犬不留，盛庸、铁铉必灭尔九族。"众将架起燕王回帐。

探马来报，平安率十几万驻于单家桥，袭击运河，以此切断燕军粮道，隔河与德州相望，并大有一举攻下德州架势，并且派都指挥金事梁言率兵北进。一旦北进，北平危矣。这时北平来信，把和蒙古谈判一事详细告诉了燕王，燕王心情大悦，尤其是姚广孝提到都是世子计谋，也是世子所办。

燕王道："有此子，吾无忧矣。"信中特意提到把纪子祥调到密云做千户。

燕王满意，最后又提到班师之事。燕王回信，赞许世子和大师等人的谋划，未提班师之事。

过几天城墙上撤去了太祖神位。一是编修高巍坚决反对，再有朝廷颇有微词，传到盛庸耳中，也怕秋后算账，撤掉了。但燕军军心涣散，已无斗志，城中夜间经常组织死士出城骚扰。围城三月，毫无进展，遂听姚广孝之言，下令班师。南军趁机收复德州等地。班师之前，都指挥谭渊断后，杀死三千多不降战俘，并纵兵大掠，所过之处，十室九空。

第二十九回

▼

战东昌张玉归地府 鼓士气道衍说燕王

战报传到京师，朱允炆和文武群臣弹冠相庆，下令恢复齐泰、黄子澄职爵，诏令擢升铁铉为兵部尚书，封三世，赏金帛，封盛庸为历城侯，征燕大将军，假节钺。高巍封兵部侍郎，仍随军参赞。朝廷也想封铁铉伯爵，因为铁铉是文官，朝廷有制，文官最高爵位是伯爵。但礼部侍郎董化认为不可，就是铁铉出主意用太祖神位，亵渎高皇，应查办。

这次朱允炆比较明白，"征战之事，呼吸间关乎万人性命，战无常理，兵无常形，计谋尔，何为不敬？"未查办，也未封爵。敕令盛庸率军北上，乘胜追击，给燕军以致命一击。秋高气爽，朝廷严令率军北伐，指挥使吴杰进兵定州；指挥使徐凯已经夺回盐场，屯兵沧州；传檄辽东副总兵耿瓛挥师南进。各路夹击，一战而下北平。

燕王回到北平，亲自接见了蒙古使者，嘘寒问暖，又多次提鬼力赤，按事先说好的各项誊写下来，用了印，派唐云之子唐丙忠率众持节与蒙古结盟。蒙古早已按特使送回的信行事。

鬼力赤就怕燕王，既然辽东各部不归燕王管辖，大宁三卫随燕南征，鬼力赤攻打辽东，掠走人口牛羊无数，耿瓛上表朝廷，率师北进，与蒙古周旋。

南军步步为营，已攻下正定。燕王聚众商议，众文武七嘴八舌，莫衷一是，只有道衍、金忠一声不吭，燕王会意，也未多问。转向袁忠彻道："忠彻真神人，畅晓天机，有神鬼难测之术。白沙河之战，听马和讲，是你作法行风，今有忠彻，大家可无忧矣。"

袁忠彻道："大王谬赞，大王靖难，感天动地，神灵祖宗护佑，若无天道，十不验一。"

朱高煦道："忠彻过谦了，十次灵验一次就好，就白沙河一战，一次灵验就定胜负了。"

大家都笑。袁珙道："犬子自幼与臣学相，穷尽绝学，后遍访名山大刹，偶遇奇人，学得此术，也是王爷洪福至天，才有此验。"众人散去，燕王独留姚广孝、金世忠与朱高炽，几人到朱棣书房。中人上茶，退了出去。

朱棣道："刚刚我见二位大师都没说话，必有妙计教我。"

金忠道："探马来报，敌将吴杰、平安守定州，定州城墙已修筑完毕，城高池深，守备极严，急切难得攻下。盛庸、铁铉守德州，城坚墙固，粮饷充盈。徐凯守沧州，三城互为掎角之势，一城有警，另外两城一齐救之。当下之计，必须先破一城，以破其掎角之势，便可令其溃退。徐凯虽为能征惯战之将，但沧州土城，溃塌已久，如今时令已过小雪，地冻天寒，筑墙实为不易，我军乘其不备，出其不意，间道奇袭，敌军三角之势必然瓦解。"

长篇大论，有理有据，如果不做充分调查，断不会如此详细。朱棣听到如此脉络清晰的计划，心情大悦，道："两位大师事先已参详明白，此计甚好。"

道衍说："还有世子爷，老僧三人一起研究，关键一字是奇，因此大殿里未敢明讲，军旅之中，往来细作耳目极多，如今辽东兵有叩关之意，大王择日起兵，只说北征辽东，大张旗鼓，而后中途改道南下，迅雷不及掩耳，攻下沧州。"

朱棣大喜，说："妙计，两位大师太过小心。张玉、朱能、丘福等还不可信吗？他们都是我的心腹爱将。"

没好意思说朱高煦。朱高炽听出来有几分不满，这话也明明是在问自己，不敢不回，答道："父王，张将军、丘将军、朱将军、我二弟等皆忠信之人。然父王常教育儿子，君不密失其国，臣不密失其身，几事不密则成害。今日大殿中人，皆父王死士，然人多口杂，难免有疏忽之时，此其一；其二，若告诉此而不告诉彼，必有亲疏之嫌，于是儿臣与大师商量，范围越小越好，儿臣浅见识，斗胆进于父王，有不当之处，请父王斧正、责罚。"

朱棣心中一点点不快瞬间烟消云散："我儿言之有理，不枉为父教育，和两位大师习学，长进不少。"

金忠道："臣曾说过，世子爷大智若愚，临事不苟，措置有度，想臣在这个年龄，能懂得什么？只会找几个无赖骗骗吃喝罢了。"大家都笑了。

朱棣说："世忠不要谬赞他，要和你们学的东西多了。世子，不要轻浮，多向先生学习，多读书。总之，府里有你们三位，我放心。"

道衍想让金忠随军南下，军中也好有谋划之人，不能像上次南征，险象环生，只为缺少谋划之人。朱棣道："北平重地，不能有失，另外兵员辎重，全赖北平，世忠留下，我心更安。朱高燧在家，保护府室，尤其要保护三位，我已经叮嘱过他。"

燕王如此谋划，道衍心中佩服。只是朱高燧每天玩心太重，哪有心保护别人，再者，道衍也听到了一些风声，只是不能拿到桌面上来。

十月中旬，朱棣誓师南郊，下令北伐辽东。部将非常奇怪，为什么要去北征辽东，辽东癣疾之患，南军是心腹之患，辽东又正值寒冷时节，既无天时，又不占地利；而且诸将担心北平会被南军攻克，殃及家人，心下狐疑，不敢多问。

大军行至通州扎下大营，张玉、朱能、丘福进帐，张玉问："现在官军分进合击北平，且夕可至，大敌当前，我军却劳师远征。辽东已经地冻天寒，兵士不惯，且恐粮饷不继，无处筹粮，北平一旦陷落，大势去矣，请殿下三思。"

朱棣屏去左右，把此行目的告诉三位，三位恍然大悟，顿首称善。朱棣说："世美率本部军马继续留在此地，后日回师追赶大军。我们今夜二更造饭，四更起营，让通州大营军士在寨门上站岗，兵帐不撤，灶火不熄，我们经过自己的城池唐山、直沽，绕过南军把守的青县，直指沧州。因我军士气低落，需要一场胜仗，人多口杂，没敢告诉列位，望海涵。"众将皆曰不敢。

次日拔寨都起，留下空营，两天两夜急行军，到达沧州城下，把沧州城围得水泄不通，杀声四起，众军兵蚁附而上，这时徐凯还蒙在鼓里，燕军已经攻进城池。双方展开激战，斩首万余人，俘获两万余人，战马一万余匹，俘获大量给养辎重，徐凯被俘。燕王解衣衣之，徐凯动容，遂降燕军。

沧州获胜，燕军士气复振。张玉自南征两年多，总是对朱棣说一件事，"燕军擅野战，不长于攻坚。"在一次次的教训中，燕王确实认识到了这一点。盛庸率军驻守德州，燕王不敢攻城，就想把盛庸调出来，于是纵兵大掠，冠县、东阿、汶上、济宁惨遭劫掠，屡次焚烧官军粮草。朝廷严令盛庸迎敌。盛庸到达东昌，与燕军相遇。

已近年关，两军列阵而战，南军高呼灭燕，声震九霄。燕军南征屡屡获胜，士气高涨，列队鼓噪而进。朱棣率中军，指挥丘福冲击南军左翼，冲击四次，都被火铳、箭弩射回，燕军愤怒，不顾生死，拼命冲阵，聪明的盛庸故意佯败让开大阵，朱棣、朱能、张玉率众杀入阵中，后队迅速被南军隔在阵外。

前队陷入阵中，南军火箭、毒弩齐射，燕军损失殆尽。张玉意识到中计了，以其威名，无人敢挡，亲兵拨打羽箭，冲出重围。看到督战的内侍王珉，问王爷何在，王珉哭道："大王陷于阵中。"

张玉又率众杀入阵中，左冲右突，不见燕王。敌兵将其团团围住，只剩下几名亲兵。盛庸下令活捉，并且亲自上前，劝其投降："张将军，你我故交，深知将军忠勇，然随燕王反叛朝廷，实是明珠暗投。现燕军已败，将军若重归朝廷，本督奏明圣上，封你为左军都督同知，赐侯爵，马上安排人救出你家人。"

张玉大喊："盛庸小儿，我张世美跟随王爷，南征北战，誓同生死，随王靖难，心若磐石，岂是爵禄富贵所能动摇？休要多言，放马过来。"盛庸大喊，捉住张玉者封侯。

南军早闻其名，开始不敢上前，毕竟爵禄动人心，听到封侯，一些朝廷大将疯了一般围上来。张玉带领几个亲兵，手持长刀，上下翻飞，顷刻间又杀毙数员大将，南军少退，张玉回看，只剩下自己，盛庸怕跑了朱棣，不敢耽搁时间，遂下令开火，弩、铳齐射，张玉身中数箭而亡。盛庸让亲兵给张玉收尸。

就在这时，朱棣在朱能、张辅、马和的保护下，杀出重围，且战且走，平安率十万之众赶来增援，燕军被分割数段，首尾不能相顾，被斩杀数万，降者无数。马匹辎重，尽皆为南军所有。朱棣被平安围住，这时朱高煦带数万人马杀入阵中，救出朱棣和军中文职人员，且战且走，退至馆陶，集结残兵，主力已消耗殆尽，收拢三万多人马。走滦州，遇见吴杰、平安，厮杀一阵，无心恋战，但追兵步步紧逼。燕军被几十万人马团团围住滦州。

突然，吴杰北营传来喊杀之声，吴杰阵营稍动，朱棣看准时机，鞭梢一指大军，迅速压过去，有燕军杀过来接应，原来是三子朱高燧和唐云带三万人马前来接应。燕王边走边收拢人马，不敢恋战，竭力杀出一条血路，回到北平。

回到府里当晚，朱棣病倒了。徐静严令，不准向外界透露半个字，有讲出去的，乱棍打死，只府里人知道，赶快请来医正刘安。刘太医走过去给王爷行礼，燕王轻轻地摆摆手。

刘太医道："王爷少歇，下官请脉了。"拿出号枕，两手轮流号过，感到脉滑无力，看燕王双颊赤红，眼边泛黄，也不发烧，舌苔厚而白腻，请过脉退了出来，对徐静说："娘娘放心，王爷双颊带赤，眼边泛黄，不发烧，王爷肝火过旺，脉滑无力，舌苔白腻，由于脾虚湿滞，劳累、思虑、熬夜所致。"

徐静道："刘医正所言极是，那为何一病至此？"

太医道："此病绝非一日，只是强撑或未觉察。一旦松下心来，支撑不得，呈现出来。我这就请方、煎药。"写过递给世子。世子接过，看了一下：香附二钱，胆南星一钱，炒炽实二钱，桃仁二钱，黄芪钱半，白术一钱，党参一钱，冰片半钱。药引，大红干枣五个。

朱高炽满心狐疑，问道："看这药方，父王有疾否？"

太医道："世子爷明白，现在王爷喉中有痰，因而无法说话清楚。吃过一次药，一个时辰后，下官再为大王拔一个火罐，以解体内湿寒之气。三服药，每服煎两例，早晚一次。如王爷想吃东西，进山药乌鸡汤即可，不可放参和银耳之类。"说完指挥典医司的人煎药去了。

过了一天，中殿众文武都不见王爷，连世子也不见，开始胡乱猜疑，大家心慌。不一会儿，黄俨带着两个小太监过来了，进殿扯着公鸭嗓子高声喊道："诸位大人，王爷千岁昨晚饮酒过量，醉睡一天了，各位大人先忙去吧，各自办差，明日再进府。"众官散去。

黄俨留下对道衍说："大师，娘娘有请。"王府后宫，除至亲骨肉，只有道衍一人可进，而且不用回避，当然还有医正们。

道衍来到正厅，众人见礼。经常走动，王氏、世子妃张瑾无须回避，世子一摆手，道衍走进内室，朱棣已经没大问题，只是愧对百官，道衍进来，也只作不知。道衍在病榻前的小凳上坐下，拿出殿下手，请脉，虽有些沉滑，但已无大碍了。

大师心里明白，劝道："两天未见殿下，贫僧猜到病倒了。王爷宜保重千金之躯，大小事在等大王决断，这时候可不能病呀。"

燕王睁开眼睛，说："劳大师惦念，今儿叫你来，是问百官怎样？"

道衍知道所问何事，答道："百官心很平常，没有什么变化。况班师北平，并非败北，再有，胜败乃兵家常事，众位将军多次随殿下出兵放马，岂能不知这个道理？南征北伐近两年，各有胜负，都有杀伤，鹿死谁手，尚未可知。昔汉高祖与霸王争夺天下，刘邦屡败屡战从不言弃，垓下一役，乾坤终定。刘邦匹夫，哪可与大王相比。"

"大师啊，自从京师相识，数载过去，大师殚精竭虑，从无怨语。"朱棣挥手屏退众人，大师把枕头垫起，朱棣半歪着，"本王心力交瘁，自觉内心无主，望大师赐教。"

道衍说："老衲曾讲，我与殿下，名为君臣，然殿下待我如手足，君臣际会于此，老僧必借王爷之威，留名青史。然为今之计，有三件大事需办。第一，虽未大胜，但论功行赏，原职官员各升一级，把守北平各将升为都指挥佥事。目前也只能赏于此，待攻下京师，不失封侯之位；第二，招募死士，充到各军，把北平及周遭各卫，除留少量守军，都带南下；第三，殿下身体康复，大祭南郊，祭奠阵亡将士，让家属到场，给足钞米。"

朱棣眼前一亮，说："大师思虑周详，我素知战场无常，胜败无定，只是多半军士尸骨无存，还有张玉张世美，我痛失良辅，尤其在此艰难创业之时，岂不令人痛悼！"

"王爷且请宽心，张世美得遇大王，能随主北战南征，穷其所能，尽其才也，在天之灵也在盼攻克京师，择地厚葬，封谥几代，并厚待其后人，荫其子孙，封妇诰命。人臣至此，夫复何求。然前提是，必下京师，入主神器。"

此大悖之言，起兵之前就在燕王之前讲过多次，现在这种形势，自不必遮掩。达不到权力的顶端，一切许诺都为空谈。道衍说得透彻，朱棣听得明白。

朱棣道："大师至理之言，我不胜感佩，南将有几位悍将，着实厉害，有的曾随我北征蒙古，如平安等，深谙我用兵之法，取道南京，谈何容易？"

道衍说："殿下莫怀惧敌之心，三军鼓噪，仗主帅耳，主帅如此颓唐，我军无能为矣。劝王爷眼下避其锋芒，率师南下，只要攻入京师，问鼎神器，天下莫不传檄而定，有不尊者，倾国之力讨之，大王以为如何？"看燕王有几分疲惫，问道："王爷几天没进膳了？"

朱棣苦笑道："哪里下得去，现在倒觉得饿了。"道衍赶紧喊传膳。王氏领着几个人在榻前放了一个小几，摆上几碟小菜，端上一碗杏仁粥，王氏亲自服侍。道衍来到大厅坐下吃茶，兄弟三人也进到大厅等候消息。王氏又出来要乌鸡汤，面露喜色。一炷香的工夫，燕王常服打扮走了出来，几人见礼坐下。大家欢喜无限，徐妃问王氏怎样。

王氏道："大王吃了一碗粥，喝了半碗汤，赞不绝口。"

徐妃道："都是世子妃亲自下厨收拾的，不用别人帮手。"

朱棣道："真真的朱家媳妇，在这钟鸣鼎食之家，不忘根本，贤妇也。世子，定要善待媳妇，瞻基最近怎样？"

朱高炽站起来，一一作答。

"父王有所不知，我大哥教妻有方，还会教出几个好嫂子。"朱高燧开了一句玩笑。道衍听出弦外之意，看燕王表情没什么变化。

徐妃道："老三又胡说，吃过饭快去歇着，又要惹你父王生气吗？"屋里人都笑了。

当天，朱棣就去了谨身殿的东大厅，来和参军李让一起撰写祭文。然后通知阵亡将士家属一起去丽正门南郊祭奠，告诉布政司参政黄直备好抚恤之物，当场发放，有入伍从征的，给钱五贯，钞十贯，绢一匹。

第三十回

▼

说天命大师解谶语　收人心燕王祭南郊

二月初的一个上午，天似阴似晴，太阳时而露出一丝丝光，随后又躲在云彩背后，麦田里已经有了层层绿意，北方的杨树已开始出枸。朱棣站在高大的祭台上，左边是数以万计的阵亡家属，右边是看热闹的百姓。维持秩序的军士们都在甲衣外披一块麻布，头盔红缨上绑上一块白布条，众位将军身上多一片白布。

燕王穿亲王祭服，左臂上缠着一块白布。张辅、陈懋披麻戴孝跪在台下，偌大的旗杆上迎风飘着招魂幡。

燕王大声读道："大明洪武三十四年二月初六日，大明太祖高皇帝嫡四子燕亲王朱棣，谨陈祭仪，设幡招魂。我皇考太祖高皇帝起于布衣，征讨四方，始有天下，封建诸子，屏镇边疆。然奸臣当道，屠我家帮。奉天靖难，以肃朝纲，随征将士尽为豪杰儿郎；官僚将校，皆四海英雄，习武从戎，投明事主，生则有勇，死则成名。汝等英灵尚在，祈祷必闻。汝等家人，我必使各家尽沾恩露，年给衣粮，月赐廪禄，儿女尚小，抚育成人，家属尽于此处，皇天在上，皇考在上，若违此言，天地不容，呜呼哀哉，伏惟尚飨。"燕王已哭成泪人，台前点燃纸钱，烈焰腾空。

朱棣大喊："世美兄，陈将军，众位将士，痛煞吾心也。"于是解下大氅，亲自焚烧，"我给汝送衣了。"众将士、家属、旁观百姓全部跪下。

朱高煦登上台，高呼："杀入京师，报仇。"大家站起来一起呼喊，呼声如雷。家属和旁观者无不流泪感佩。

陈亨长子陈恭跳上台，"人生百年，终有一死，而使人主哭奠如此，夫复何憾？当兵报仇。"群情激昂，纷纷请求从征。马和等人把燕王护送回府。

燕王痛哭一场，发自肺腑，原来只觉心里难受，哭过之后，病已痊愈。他告诉朱能，加紧训练新兵，传檄卫所，择日南征。依道衍之计，第二步升赏将士，让朱棣的女婿、参军李让，计累战功，论功行赏。擢升王府左护卫指挥使王真、燕山中护卫指挥使孟善、指挥同知刘江、燕山右护卫指挥使孙善为北平都指挥佥事。郑亨、顾晟、王忠、徐祥、王聪、薛禄、徐忠、张信、郭亮、张宽、唐云、钟祥、孙岩等将领各升一级，赏金币、绢布、彩币表里。待取下京师，再论功行赏。

和上次一样，各营、卫镇抚千户、副千户均升一级，没有位置的暂时署理。各给银二十两、钞一百贯、彩币两表里、赏米十石。盐引、茶引等物。军士各赏钱一贯，钞五贯，先发两月饷，每人赏米一石。

这可忙坏了黄直，开始每天都到王府一趟。有时，朱高炽也去布政司。得先备足大军用粮，燕王也知道如此赏赐会掏空北平，一旦北平事起，无粮守城，十分可怕。最后，燕王决定，大军只带足十天粮食，需要时再由通州走运河跟进，如中间可打粮，就免受劳运之苦。

这让黄直松了一口气，原计划一月粮食可减三股之二，想一想够用了，死难家属发放的钱钞已够多了。钞局印得又慢，现银又无法周转，这几天王府担保，正在和大户借钱，许以重利。三军将士，谁知其苦？

最大的问题，无可封赏金忠、丘福、朱能，还有郑亨，虽升一级，也是虚职。燕王起兵时，郑亨是卫指挥佥事，因为他是袭父职，朱棣并不看好他，只有其父随燕王几次征漠北，有几分交情。

郑亨投降后，张玉把他带在军中南征，大家才见识了他的真本事，有胆有识，武艺超群。攻大宁时，就是他率领百人绕到后路，悄悄登山。正面一开始，他突现在守关人面前，全部俘获，被封为北平都指挥佥事。此后，率部大战郑村坝，破紫荆关，掠广昌，取蓟州，逼大同，封为都指挥同知。屡建战功，又随朱棣白沙河激战，攻济南。而丘福、朱能都是左右都指挥。于是燕王把这几位心腹战将召在中殿的书房里密谈。

朱棣道："我自靖难以来，大小数百战，皆几位披坚执锐，亲冒矢石，九死一生，得有今日。我们虽有败绩，却始终有江山半壁。我与几位虽为君臣，实为出生入死的兄弟。现在大赏三军，我对几位无任何赏赐，非我薄于几位，只是我以为家事耳。我等兄弟一心，择日誓师，一鼓作气，直取京师，众将不失公侯之封，我与众位同享太平。"

大家听着这么耳熟。

丘福道："大王的意思，臣明白，臣几人包括张玉，都是以死追随王爷的，不论以前还是今后，不论有多艰难，我们不避水火，不畏生死，追随大王，成就大事。王爷尽管放心。"

道衍说："各位大人，老衲本山野闲散之人，庆寿寺一僧耳。然风云际会，得遇明主，披肝沥胆，殚精竭虑，以报知遇之恩。各位清楚，殿下目前只是亲王，封赏有限，然以大王之才，或效周公，或主神器，岂敢忘今日之众将乎？"

说到这里，扫了一眼大家，看有的点头，有的沉思，接着讲："眼下虽有小挫折，老僧已与大王商议，此次南征，绕开南军主力，趋师南下，直奔京师，而后传檄，天下可定。"顿了一下，吃口茶，接道："老衲已算定，只需一年，大王就会在南京。老僧已让金世忠大人卜了一卦，卜得十字，大家请看。"

说着拿出一张大纸，展给大家，"羽满高飞日，争梅上帝畿。"又道："再给列位说句，莫逐燕，逐燕日高飞，高飞上帝畿。大家好像听过吧，可以到京师去听一下。细作已经报回，南京大街小巷，孩子们都在唱此童谣。岂不是天意乎！"

这十个字，虽然有几分晦涩，但还是看得明白，羽满争梅，当然说的是燕子了，后面的童谣更不可思议，因为几位将军也听过了。

郑亨书读得不多，站起来问道："大师，末将书读得少，后面的童谣听过，现在明白其含义了，但前面的十个字理解不了，请大师指点。"

金忠看到姚广孝在看着自己，站了起来，清了清嗓子："郑将军，学生来给你解释。学生以为，还是说的燕子，羽满高飞时候，在北平得四五月份。后面还有话，争梅，学生认为是京师，京师燕子羽满要早北平一月。因此大师说还需时间，至于其他，天道茫茫，不敢多解。"

燕王也未多辩解清君侧之类的话，默许了效周公或主社稷。心想，"姚广孝这贼秃，老谋深算，一个和尚，野心勃勃，看日后作为吧。"

道衍接着说："此次南征，金大人随营，各位将军有事多与世忠商量，另外，袁忠彻仍随侍燕王左右。此人得其父真传，有呼风唤雨之能，鬼神不测之机。关键时刻定能相助。各位将军回营激励将士，各条谶语不是秘密，可传于将士。"

朱棣说："明日在丽正门外设大帐，副千户以上将军都在大帐听令，后日出师。"

二月二十五日，众将集于城外大帐，三声沉闷的号炮响过，燕王升帐，旗牌持簿点卯，无一缺席。

朱棣道："众将随我多年征战，远征漠北，元将胆寒。近两年，奉天靖难，尔等皆怀忠义之心，奋勇杀敌，几每战必胜，全赖众将用命。然胜败止于一念之间。此者，东昌之役，接战即退，遂弃前功，我半生沙场，深知一理，夫惧死者必死，捐生者必生。白沙河一战，南军先退，故能败之。而前次战役，我先走，得以大败。此番南下，临敌惧而退者，斩无赦。诸将回去准备，明日卯正出征。"众将领命，答声如雷。

次日，燕王率军再次南征。都指挥盛庸率众近二十万驻守德州，吴杰和平安率十万众驻守真定。

丘福、朱能等主张先取定州。金忠不同意，他说："在北平，学生与大师、世子爷经常商量，正如王爷所虑，我军擅于野战，短于攻坚，定州虽然城池不固，然守兵数万，一旦久攻不下，必会挫动我军锐气，平安稍后击我，后果堪忧。为今之计，真定或定州引出一部，沿滹沱河一线列阵击溃之，丧其胆魄，壮我士气。"

朱棣称善，于是调兵遣将。闰三月，大军列队，派都指挥同知孟善去德州附近大掠，引出德州之兵。盛庸带大军追赶到夹河一带。朱棣派徐祥带兵一万去佯攻定州，吸引平安、吴杰，以便能集中兵力击溃盛庸。

燕王明白，大家对盛庸有几分忌惮。盛庸足谋善断，在军中斩将搴旗，几无对手，绝非李景隆等无能之辈可比。

朱棣在大帐里说道："东昌战役遭败，全因此人，今集中兵力，以报此恨，为世美报仇，但众将切记，如此劲敌，只可击溃，不可追击，两军交战，杀声震天，鸣金之声听不到，看中军旗帜。穷寇莫追，以免作困兽之斗。"

朱棣分拨诸将，朱能率中军，丘福率左军先冲敌阵，郑亨率右军，看中军红旗挥动，即从侧翼杀入，都指挥佥事谭渊率后军，作预备队，未见黄旗招动，不准擅动，以防南兵从后袭寨。令王珉带督战队临阵，其中有几十个宦官，有擅自后退者立斩。分拨已定。朱棣还是不放心，让张昶分五千军士往援孟善，以免平安侧击。

燕王鞭梢一指，刹那间各军营战鼓同时响起，又连续几声号炮，惊天动地，丘福率军冲向南军阵地。守将是盛庸手下大将都指挥同知庄繁，是一员能征惯战的勇将。燕军冲了几次，南军岿然不动。丘福兵马被羽箭和火铳射中无数，仍不后退，手持盾牌，鼓噪而进，但寸步难行。

朱棣让中军的蒙古骑兵突然杀出。南军猝不及防，马队瞬间跃到身边，蒙古武士牛角长刀，砍瓜切菜一般，南军阵营躁动，阵脚已乱，但仍死命抵住。这时燕军中军红旗招动，郑亨等得焦躁，见红旗挥动，徐忠率队杀出，杀声震天，南军开始后退，但阵形还在。

谭渊看到敌军松动，没等令旗挥动，即命副将郑信守营，自己率五千人杀向敌阵，截住南军退路，侧击营垒，开始，南军慌乱，大将庄繁率众迎战谭渊，且战且走，谭渊紧追不舍，被庄繁亲兵偷射一铳，铅珠正中面门，庄繁回马补上一刀。下马割下首级，悬在长刀上，高喊："贼将谭渊已被我斩，降者免死。"

燕军看他往来冲突，杀了主帅，尽皆胆寒，弃甲要逃。朱棣看在眼里，令朱能出战。朱能知谭渊被杀，早已目眦尽裂，率军杀入阵中。王珉带队杀两名后退军士，后退之兵又随朱能杀入阵中。朱能看庄繁往来冲突，挺枪直奔而去，只几合，被朱能挑于马下，也枭了首级，也悬在枪上，大喊："南军主将庄繁首级在此。"

又一顿混战，天色渐晚，各自鸣金收兵。

大将谭渊阵亡，令燕王伤悼不已，也觉得昨天没有交代明白。因为不能明令不准逆击，那将士就不会乘胜追击了，只能是让将军们自己体悟，在战斗中灵活运用。

次日，两军列阵，燕军于北，南军列于西南。后队把徐忠调去统帅，严令，擅自出击者斩，无令后退者斩。这里是一片平原，柳绿桃红，麦子已拔节，都已被践踏如泥。附近村庄已十室九空。千里平原，几十万人马，展开殊死决战。

辰正时分，双方开战，往来冲突，各有杀伤。在战争史有一奇迹，到了午时正刻，双方中军互挥白旗各退一箭之地，吃饭喝水，补充体力，几排牌甲军跪立环伺，后有几队弓箭手射住阵脚，双方如此，非常默契。半个时辰，各自擂鼓，重新厮杀，又战一个多时辰，双方都已疲惫。

南军人多，逐渐占了上风，燕军看看不敌，这时忽然一阵狂风大作，卷着沙砾从北方吹来，朱棣喊道："袁天官呼风破贼。"中军一起喊："袁天官呼风破贼。"欢呼声响彻云霄。

南军疑惑，早听说燕王府袁忠彻呼风唤雨，果有此事。南军胆寒，又处于下风口，被风沙吹得睁不开眼，转身南逃，兵败如山倒。燕军乘势追杀，斩杀无数，所获军马辎重无数，粮饷问题总算解决了。

尤其是有许多金银彩帛，锦袍绢帛，都是盛庸准备击败燕军时赏赐给将士的，尽被燕军所得，朱棣命令全部赏给将士，欢声雷动，士气大增。燕王派马和带人回北平报信。府上正筹措粮饷甚急，在信里都告诉他们，已足够使用一月。

原来对袁忠彻将信将疑的人，现在都信了，战役结束后，天已黑，又和风煦煦。众将有所恃，南军胆寒。其实从开始袁忠彻就在作法，而且每次大的战役都作。是不是真能呼风唤雨，燕王也颇有疑虑。

第三十一回

▼

传消息金华惊世子　患天花王孙揪众心

马和带人回来了。燕王满腹狐疑，问马和怎么回事。马和说，去北平的路已被堵死。在单家桥连营十余里，有一两万人，阻住去路。燕王当机立断，击溃单家桥之敌，直奔真定，还是老办法，绝不攻城。当夜命郑亨率兵攻击单家桥。

守军知道盛庸已退回德州，无心恋战，逃回真定。马和率队回北平。大军占领单家桥，然后移师楼子营。

孟善已回营，记为头功。令李远带兵五千，像孟善一样袭扰真定附近村庄，叮嘱李远，切勿杀百姓，勿抢掠民财。李远允诺而去。朱棣说的话自己都不信，怎么可能。他深知平安、吴杰都坚守不出，等坐老燕师，堕其士气，断其粮饷，最后攻杀。

朱棣让李远和孟善袭扰，是因为这两人有仁义之心，定会爱惜百姓。李远谋略不在张玉之下，派兵到处抢粮，扬言燕军首要任务是粮食，军士大多出营打粮，营内空虚。平安命人侦察数次，多方分析，信以为真。于是和吴杰各率五万人马，沿滹沱河东进。燕王命部队迅速渡河，沿河向西疾驰。命郑亨率本部兵马一万，绕过藁城，距离真定三十里处下寨，截住归路。

次日双方列阵，互相厮杀，又如和盛庸之战。当平安在木楼上指挥时，忽然一阵大风，摧枯拉朽，摧垮木楼，平安摔于地上，南军胆寒，燕军乘胜追杀，生擒都指挥陈鹏，马匹辎重尽为燕军所有。

平安在回真定的路上，又被郑亨邀击，无心恋战，返回真定，清点人马，折损大半，坚守不出。郑亨乘胜攻下顺德、广平，其他城池望风而降，河北之地，已无战事。只要拿下真定，河北平定。

但指挥佥事薛禄生死不明，部将说他的马被射死，让南军俘获了。薛禄才三十几岁，跟随燕王出兵漠北，开始只是卫队军士，姓薛，没有大名，只是称呼他六子，还是燕王谐音赐名。他屡建战功，先封为副千户，起兵靖难时率燕山左卫部属投奔燕王，身先士卒，骁勇善战，身上多处受伤，刚刚封为卫指挥佥事就没于王事，朱棣伤心不已。

军报传到北平，朱高炽命传令官马和率队从顺承门重新进城，宣示九门和市井。马和领会，率众沿街大呼，大捷。有问的，就停下来耐心告诉。道衍看世子如此安排，非常佩服，尤其是阵前大营解决了粮秣，这颗悬着的心总算放下来了，筹集的粮饷正好可解决各处驻军的急需。于是给各处传檄，到北平领取粮饷。

通州大营也来了一队将士，由一个副千户带队，在布政司衙门前来回走动。朱高炽认识，打一声招呼，是金忠的哥哥金华。他看是朱高炽，赶紧跑过来，单膝跪地，施了军礼。闲聊了几句。

金华道："世子爷，老臣还有一事相告。"然后看世子旁边的人。世子挥下手，都退下了，金华也屏退亲兵，走到荫凉处。金华道："世子爷，大约在一月前，正是老臣当值，来了一男一女找纪仲大人，没说是什么关系，但那男的三十多岁，和纪仲将军长得很像，也很小心。因臣确实不知道纪大人在哪，就让他留下一个住址。"

朱高炽把这件事忘干净了，金华讲完后，他也想起来了事情的来龙去脉，问道："为什么才告诉？"

金华道："世子爷深宅大府，老臣何等身份，若不是今日巧遇，还会耽搁。纪仲大人走得无声音，这两人又来得尴尬，此事没敢和别人讲。"

朱高炽对此人刮目相看了，遂道："金大人办事妥帖，把地址给我吧。"

金华说："末将回大营后立刻返回，送给王爷。"说完告退。朱高炽愣了半晌，卜义道："世子爷，荫凉都过去了，还站着，看热着。"

朱高炽苦笑道："没事，看他们在办差，就看住了。"

世子回到府里，薛晓云在门口截住了他，不由分说，披在肩上一块红布，世子问："为什么？"

薛晓云道："小主子见喜了。"朱高炽的心一下子揪了起来。是朱瞻基出痘了，也就是出花。此病极其凶险，是一个人生命的转折，一般在半月左右，出过一次挺过去，再也不会有第二次出花，挺不过去的生命就到此终结了，人们忌言出花出痘，以见喜代之，可见世人畏之如虎。

世子看一眼薛晓云，也是一身红衣，他大步向里走去，虽然一瘸一点的，但走得极快，几个小太监在后面小跑。世子府到处都是红色，各处的灯笼也贴上红纸，太监们腰上系着红布，侍女们肩上系着红带。

他走进寝宫，贴身的侍女都穿上了红衣服，朱高炽看她们都一样的红衣服，颇觉奇怪，也顾不上多想，冲进了儿子的房间，朱瞻基躺在榻上，徐静、王氏、张瑾都坐在炕上。世子见礼毕，看朱瞻基脸上、手上有几个小痘，是刚出。

孩子睡着了，他四岁了，圆脸，长眉毛，鼻梁高挺，朱高炽还没有这么认真地看过儿子，鼻子一酸，眼泪强忍着没有下来。徐妃看在眼里，心想："都说无情最是帝王家，但还是父子连心。"想到这，眼泪也下来了。张瑾看到丈夫难过，婆婆都在，不好露出轻薄之意，施礼后就在那站着，等候世子问话。

朱高炽问："刘太医来过了？"

张瑾答道："回世子爷，刘太医前脚出去，世子爷后脚就进来了，已请脉，去配药了。"

徐静道："儿子不要慌，孩子都要过这关的，瞻基习弓马有半年了，体质是没问题的，大家也早有准备，红衣、红布准备一年了，多留心，刘医正又长于此病，定能化险为夷。"

徐静喊黄俨，贴身侍女司青说："黄公公去了承运殿。"

"瞧我这记性，竟也有些差了。"徐妃道，"我让他去大殿门前设棚，供疗毒使者，请其下界，驱邪去毒。"

世子感到母亲也不似平时做派，也有了几分慌乱。王氏接着话头说："除世子府以外，后宫也供上麻痘娘娘，我已嘱咐黄公公，派专人守着，过会儿请世子随我等拜谢使者和娘娘。"

这时刘医正进来了，给朱高炽和众人见礼。徐妃道："刘太医来回要走许多趟，不必拘礼了。"

刘医正道："臣已请了方子，在配药，一会儿请世子爷过目。现目前有一事需要配合，请世子爷不要责怪，下官就要说了。"

徐静道："刘太医但说无妨，我也是过来人，只是记不清了。再者，医者仁心，悬壶济世，岂有害人之心！"

刘太医道："娘娘真圣明之人，请府上这段时间要注意，如辛热煎炒，葱蒜糟酒，发气发毒之物都要忌之，此其一；其二是，亲人分睡，忌房事；其三是月妇，"看一眼大家，怕不明白接着说，"即来月例者回避，不要进此室。"

徐静说："难得刘大人说得清楚，都听见没有？"听见大家应是，王氏直摆手，怕吵醒孩子，指向大厅，大家退出来，刘医正把方子递给世子。

世子看过，无外是黄连、犀角、石膏、生地等解毒疏表之药，问道："四岁孩童，如此虎狼之药，能扛得住？"

"世子爷明鉴，爷请看，剂量极小，待去掉毒气，再用发血之药，可得无虞。"

世子问道："民间常用桑虫、猪尾，不知是否灵验？"

刘安回道："回世子爷，确实可用，桑虫即蚕，乃阴寒湿毒之虫，因其有毒，乃以毒攻毒，因而能发痘，已经给小主子服下，但不能每剂都有，因为它也有弊端，其能发痘而不从血气，只可偶尔服用，不能煎于药中。但猪尾之说，民间所传用，臣不敢苟同。"

卜义进来道："禀世子爷，前门有一副千总求见。"

世子道："知道了，请进中殿西厅，让他稍候。"

又一小太监进来："禀世子爷，布政司黄大人到了，在大殿候着呢。"

过一会儿卜义又来了，"大师请世子爷过去。"

朱高炽一甩手，道："这些冤家，想弄死本座吗？"

徐静虽然心疼儿子，但脸上未露丝毫，严肃地说："炽儿，这可不像你。瞻基这里有我等，你去忙政事，到前殿时给使者敬香行礼，女眷就不去了。你心里有儿子，都能理解，但如此六神无主，怎能办大事。况死生有命，再讲一句不中听的话，是儿不死，是财不散，此乃古训，去办差吧。"

朱高炽忙站起来，不敢回口，想进去看一下儿子，又碍于脸面，看了世子妃张瑾一眼，给母妃和王氏行礼，刚要出门，黄俨进来了，拖着公鸭嗓嚷道："世子，不好了，安阳郡王爷不好了。"

屋里人一惊，朱高炽实在把持不住了，几乎跌倒。还是徐妃镇静，"黄公公，你是宫里老人，怎就这么不知规矩，大呼小叫，好好说，到底怎么了？"

黄俨跑到徐妃跟前跪下，说："娘娘，奴才该死，郡王爷摔坏了，现在已回到府中，刚才他的亲兵小三子来报的。"

徐静说："让他进来。"

小三子走到世子府，不敢张望，走过几个门，到了后院，门口太监搜身毕，黄俨领到廊下，跪在那里，说三王爷上树掏鸟，摔了下来。徐静让朱高炽先去办差，了了公事再说。

世子到前殿，金华已候在那里多时，亲手把地址给了世子。世子接过看了他一眼，看眼前这个人，须发已经花白，五十多岁了，老成持重，赐座，问了一些当差情况，主要是辅佐千户，主管粮草器械等物，基本不用上阵厮杀，后被调入通州卫司，辅佐房胜。

朱高炽还记得去年房胜曾委婉地提到此事，言外之意金忠大人对降将有几分不放心，把亲哥哥调进指挥司里。当时北平危如累卵，朱高炽十分理解金忠的做法。问了金华的家里情况，有三子一女，朱高炽想让其中一子出来当差，没有讲出来。金华告辞，朱高炽又叮嘱，守密。

朱高炽看了一下地址，揣在衣袖里，到了中殿，大师和黄直在唠着什么，旁边坐着一个六品的武官，世子不认识。他一进来，里面的人站了起来行礼。世子听到职衔是北镇抚所张镇抚，其实就是锦衣卫北平卫所，名义上取消了，换个名称而已。

朱高炽绷着脸说："黄大人，今天又要和我打什么擂台？"

黄直看到朱高炽脸上不悦，道："世子爷说笑了，友直才疏学浅，署理布政使又兼北平府尹，尸位素餐，只有多请教世子爷和大师，心里才有底。是这样，世子爷，有两家械斗，死三人，伤四人。张大人，你来讲一下。"

黄直升为北平布政司左参政，因布政使李让随军，暂由他署理，并署理府尹，有使不完的力气。

张镇抚名勇，站起来施了一礼，朱高炽知道名字，没见过他，示意他坐下说，张勇说："最近北平市面上钱多起来，有人拿银和钞换钱，囤积出售，有一伙人专门冶炼，看这样也不是短时了。两家由于价钱问题，大打出手，都是市井豪霸，各有一些人，打了群架，这事就叨登出来了。"

道衍看世子一脸狐疑，接道："世子爷疑虑，这不是按察司的事吗？"

朱高炽说："对呀，本座正在想，这等小事臬司办理就行了，怎么轮到你们管这事了。再说你们讲的什么制钱，本座也听着糊涂。"

道衍看世子有几分生气，知道他目前情况，心情不好，各种事情案积如山。看两位官员有几分惶恐，却在看着他。他接着讲："世子爷勿嗔，听老衲说一下原委，市面上原来很少见到钱，流通钞，有时也有金银，北平及周遭这两年放出了许多钱，钱的成分世子爷清楚吗？"世子摇头。

道衍接着讲，"是合金而制，铜九锡一，虽有时爱生锈，但光亮润泽。问题就出在这里，不法之徒买去，重新冶化分离，铸成铜锭，卖于市井，一贯钱值白银一两，如铸铜而卖，要卖上三两多银子，去掉人工，利息翻倍。"

世子听完，感觉匪夷所思，问道："这即使是有些利息，但冶炼之时，需很多铜钱，哪里弄许多钱？"

道衍说："有一条供、产、销的链条，有专门收购，有专门制和销的，今天所说的就是这两家。用银买钱，市面铜钱几乎都被收光，钞越发跌得厉害，按察司已把人抓了，现在是如何解决钞的问题，是黄大人来的目的。"

世子明白，绕来绕去总是绕不出钱去。这真不是小事。点点头看了一眼张勇。

张勇明白，世子在问，这事怎么牵扯到锦衣卫所？他忙站起来："禀世子爷，按察司搜查时，查到了这些，送到镇抚所，臣不敢定夺，来请示世子爷。"从文袋里拿出一卷纸递给世子。

世子打开一张，是刻印的，写的是告北平乡民书："燕王朱棣，逆天行事，悖于祖法，大行无道。其失道寡助，现已被官军围在定州，斩杀大半。其世子朱高炽与朱高煦不睦，朱棣有换世子之心，朱高炽与圣上甚善，互约阻燕王于北平外。事成世子封亲王，世代镇北平。有心杀贼者，不失公侯之封，妻子之荫。"

第三十二回

▼

无独有偶南军施计　祸不单行安阳重伤

　　道衍看世子拿信的手微微颤抖，春天时节，世子脸上都冒出细汗，情知有异。世子已经把信递了过来，道衍看了一遍，脸色逐渐凝重起来。

　　张勇又递过一封信，是给京师的信。信里详细地介绍了北平情况，尤其是经济方面，市井流通制钱，私自印钞都写在里面。世子脸色变得灰白，递给道衍。

　　道衍读完，问道："张将军，这包传单是否打开过？"

　　张勇道："听黄大人讲，是臬司的一个经历看到，没敢声张，封上拿给黄大人看，黄大人把末将叫去，不知如何裁处，来到府里示下。"

　　这确实是镇抚所的职责，世子大脑高速旋转，如何处理这棘手的事。道衍说话了："张将军，你不要回镇抚所，直接去臬司，日夜提审此人，也可以把他带回卫所，其他人先暂时在按察司衙门关押。"

　　张勇第一次见到大师，但早有耳闻，无官无禄，说话不愠不火，语气中带着刚毅，不容反驳。张勇道："遵命，但世子爷、大师写个手令，好歹也算疼卑职了。"

　　朱高炽道："你们锦衣卫提个人还怕按察司不给吗？好吧，本座写个手令，你拿给张信张大人。"拿了手令，两人走了。

走之前，黄直又说了一句："钱钞之事，望速做决定，时间一长，不知又出何事。"说毕，两人告退。

世子让人上了茶，只两人在屋里，世子道："大师，是否把这消息和刻单送给父王？"

姚广孝一直在沉吟，听他一说，接过话头："世子爷勿躁，此事非同小可，按理说，交战双方，互有细作，你中有我，我中有敌，不值惊怪。但此事怪在一处，对王府里的事颇为熟悉，这是老衲所担心之事。世子爷宅心仁厚，但要知防人之心不可无。至于是否送往军营，依老衲之见，先等一等卫所审问的情况再定夺。"

然后，朱高炽把纪兰的事情说了一遍，"父王已保媒给张辅，大师是知道的，我们极力成全才是。"于是把住址拿了出来，在宛平王平口。

道衍说："这兄妹是聪明人，已经意识到危险，不敢贸然去找，他现在一是认为官兵做的，还有一种可能。"停下来看世子。世子也想过，他们要认为是父王做的，那得有理由吧，没有接着说，只说："为今之计如何办理，望大师教我。"

"纪良正大光明地找份差事，没关系的，只是纪兰之事，要慎重，先找到再做道理。张世美为国捐躯，张辅北战南征，又跟随世子爷多年，他妹妹又服侍娘娘，于公于私都要帮助玉成。不过世子爷，容老僧多言，此事只限你我知道。"

朱高炽道："大师说的是，瞻基见喜，要回避，料理完这些事，学生以围猎散心为名，去一趟王平口。"

道衍说："好计，护卫要多带，但中人就不要带了，带上晓云姐弟，可保无虞。"世子称善。

道衍回了庆寿寺。世子到端礼门前给疗毒使者上香，拜了几拜，坐上一个四人抬回到世子府。张瑾在厅里，眼睛哭得通红，世子嫔李氏正在劝她，世子看她隆起的肚子，说："瞻基进膳没有，你不要过度操累，小心身子。"

世子妃说："妾身感觉如坐针毡，上下不宁，孩子有个好歹，妾身如何活得，瞻基一直在睡，也未进膳。"薛晓云进来了，问世子晚膳吃什么，世子说先去郡王府看看三弟，回头再说。

张瑾让他多带护卫，世子找黄俨，卜义说已经先去看小王爷了。薛晓云嘴里唠叨一句："他的眼里只有小王爷，没有禀告一声，径直去了，回来责罚他。"朱高炽摆摆手，前面已备好了马。

张瑾让薛晓云换装，带上弓箭、佩剑和他一起去。薛晓云高兴地去准备了。朱高炽趁机说过几天去围猎，大师让带上薛晓云去，张瑾点头。

安阳郡王朱高燧府邸在顺承门，元朝平章政事纳克布刺的府邸，经过重新修缮，前面两边六处又加后面三进，左右各一套房，每套房八间至十四间不等，后面三进是女眷。

朱高炽到了前边书房，派人通报，不一会儿黄俨急匆匆地来了，"主子，娘娘也在，让主子这就进去。"他看世子面有难色，说："王妃娘娘说了，都是一家人，至亲骨肉，不妨事，进去吧！"

朱高炽垂首侍立，听黄俨说完道："前面带路。"薛晓云在后面跟着。

朱高炽走进去时，郡王妃和侧妃早已回避，躲在屏风后，以备说话。徐静和王氏都在，两位长者一脸憔悴，孙儿还没见咋样，儿子又伤着了。朱高燧看哥哥进来，虚坐一下，朱高炽紧走几步，示意他别动，坐在炕边上。看朱高燧胳膊上包着绷带，腿上也打着直板（医护用品，相当于石膏）。

朱高燧道："大哥万几宸翰，这点小伤，惊动大哥，小弟于心何安。"接着龇了一下牙，看样子很疼，笑嘻嘻地说："别怪小弟玩心太重，看我的卧房就知道了。"

朱高炽环顾一下，金龟子、蝈蝈、促织笼子，各种各样的蹴鞠、钓鱼竿、鸟铳挂满了一屋。

朱高炽问道："今天谁跟着小王爷去的？"太监和宫女们不出声。朱高炽明白，喊道："黄俨。"

黄俨带着小三子匆匆跑进来，小三子边磕头边说："回禀世子爷，开了春儿了，各种各样的鸟都在筑窝。奴才和小主子想去散散心，到了城门外那几棵大柳树，上面有好几个大鸟窝，有喜鹊的、有布谷的，有钻天猴的……"

世子说："拣要紧的说。"

小三子说："是，世子爷，奴才去上香，看看没什么大事，就去找小主子。小主子想去掏鸟窝，我们都拦他，就让护卫上去，小主子不干，非自己上，就出这事了。"

朱高炽没等他说完，上去一脚把他踢翻了，指着黄俨说："黄俨，你是王府里老人，一向办事稳妥，凡事不能由着小王爷性子来，这次就都不追究了，下次再有此事，可都仔细了。"黄俨心里委屈，不敢回言，只好违心地答应着。

朱高炽问："今儿个小主子回到家都吃了什么？"

"回世子爷话，回来就开始包扎，太痛了，什么也不想吃。都多大人了，眼看是要当了爹的人，还这样，这万一有个三长两短的，我们怎么活呀，求大哥严格管教。"是郡王妃在屏风那边说话。

朱高炽答应着，略坐了一会儿，问了一下伤势，看看天色渐晚，怕路上不安全，在徐妃的催促下，回府了。

平安大败的消息传到京师，一片哗然。朱允炆慌了手脚，召集众臣商议对策。齐泰上奏，请皇上下旨削夺他和黄子澄的官爵，逐出京师，派兵籍没其家。朱允炆颇觉为难，道："两位爱卿功勋卓著，早晚在朕身边谋划，旦夕不可少，只削去官爵即可。"

齐泰道："陛下体恤臣等，臣等感激涕零，然惶恐惭愧之至，臣尸位多年，寸功未建，反让圣上为难。现在贼焰正炽，且往来细作极多，若不做真，必使其疑惑，反为不美。《国语》曰'君忧则臣辱，君辱则臣死'，陛下聪睿远略，为社稷计，何惜臣等残躯。"说罢，泪下如雨。

礼部尚书陈迪反驳道："启奏陛下，此计万万不可，齐大人迂腐之言甚矣。若如此，与汉时斩晁错以谢七国何异？汉时已错，今皇上圣明烛照，断不能重蹈覆辙。不要说籍没其家，即使把齐大人、黄大人首级送给燕王，又能如何？不但与虎谋皮，还显朝廷错误，示其之强，显己之弱也，反正了贼兵之道，而天下疑惑，将士寒心，如此怎能破贼？臣恭请陛下三思。"

确实，陈迪不愧是老成谋国，分析透彻。朱允炆也觉得有道理，没了主意。

方孝孺说："启奏陛下，陈大人言之有理，但陈大人只知其策而不知权变。

齐大人所言是计策，可谓权宜之计，以缓贼兵，现已传檄各处，进京勤王，齐、黄两位大人正好趁机在外募兵，至于他们家人，当好生奉侍，断不使受半点委屈，只需缓贼兵半月，天下勤王，可重振旗鼓，挥师北进，破敌易尔。"

皇上称善，陈迪明白，与虎谋皮，腐儒之论，然自己也没有什么高见，只能在心里叹气，听之任之。

几天后，朝廷就收到燕王的上书，大意是："夫兵者，不祥之器，古来圣贤不得已而用之。臣起兵靖难，保妻孥，讨奸恶，然生灵何辜，遭此荼毒？南北军民，皆我大明之子民，臣虽战胜，哀悯之心，宁有已乎？侧闻诸奸恶已见窜逐，虽未诛戮，亦可少谢天下之怒。今天下之兵，数战已尽，闻招民间子弟为兵，驱此徒而冒死地，安可忍哉？伏望陛下回心易虑，起眷育之仁，隆亲亲之义，复诸王之爵，休兵息马，销锋镝为农器，以安天下之心，使各遂其生。今献书阙下，恭望下哀痛之诏，布浩荡之恩，使得臣老死藩屏，报效朝廷。"

皇上不知如何是好，百官也拿不出主意，齐泰、黄子澄早已离京。皇上令大家跪安，只留下方孝孺和侍中黄观，商量对策。这两人虽然忠心耿耿，也都满腹经纶，但缺乏机变，不善权谋。但此时，也只有他俩是皇上倚重的。

方孝孺献计道："燕王此信，恰恰说明皇上的缓兵之计已奏效，现在下诏给燕王，赦免其父子和诸将士之罪，燕王归藩，仍复王爵，不参与兵政，世代为藩王，保享太平富贵，在北平所封官职，朝廷承认，此其一；其二，速调辽东兵攻永平，真定兵渡卢沟河直捣北平，燕王必定回救，令大军随后掩杀，必定大获全胜。"

皇上听后，也觉得没有更好的办法，提出疑问："燕王上书请求罢兵，朕既已允诺，岂可出尔反尔，如何面对天下臣民？况燕王乃孝康先皇同母兄弟，朕之叔父，一旦以卿之计，必杀叔王，他日如何见宗庙神灵也？况史笔如铁，朕必落个暴君之名。"

一席话说得方孝孺目瞪口呆，又气又恼，他心里清楚，破山中贼易，去心中贼难，皇上心中有结，就这话已经说过两次，方孝孺"扑通"跪下，奏道："皇上，当此危难之秋，不可行妇人之仁，燕王之意，司马昭之心耳。陛下圣明烛照，万不可贻误战机，望陛下圣裁。"

皇上只好准奏，说："好吧，那就先依卿之计，下诏后再看如何。"于是命大理寺少卿薛正持诏去燕王军营，同时命令辽东守将杨文继续攻打山海关，命令吴杰、平安直奔卢沟河，命令盛庸率部北上，切断北军粮道。

世子府里紧张、阴沉的气氛将近十天，终于一扫阴霾，朱瞻基的病痊愈了，一片祥和的气氛。世子朱高炽悬着的心总算放下了，接到战报，知道燕王已取得战场的主动权，粮草也基本就绪。

卜义来报，北镇抚所镇抚张勇求见。朱高炽让他去谨身殿小书房候着，世子和道衍走了进去。见礼毕，张勇递上来厚厚的卷宗。世子道："我们就不看了，你就略略地说一下吧。"

张勇说："案子已经审完，有两个人涉及南军，其他人都已转给按察司。这两个人是京师都卫的，其中有一个和叫林嘉的关系甚密，据说林嘉此人曾在府中当差，现在是方孝孺的门客。"说到这里停下来看了世子一眼，世子想了一下，没有印象，示意他接着讲。

张勇接着说："世子爷，大师，那上面就已经很详细了。"

朱高炽有些生气，平时就看不上这些人，刚要发作，道衍宣一声佛号，说："世子爷宽厚大度，且这屋里只有我们三人，有话尽管讲来，不会怪你，也绝不会泄露。"

张勇的嘴唇开始泛白，鬓角上冒着细密的汗，张了张嘴，又停住了。朱高炽看他如此紧张，让卜义给他倒茶，然后挥手让所有人离开。

张勇抿了一口茶，跪下去道："世子爷，大师，卑将在镇抚所，可谓天地不拘，鬼神莫怕，平时也着实让人厌烦，但我等素怀忠心。这两个人原是不招的，后来动了大刑，世子爷、大师明鉴，到我们那里，谅你是天神下凡，也得招供。"偷看了一眼两位大人，道衍在微笑，示意他坐起来，世子有些茫然，脸上有些不耐烦。

张勇坐到椅子上，接着说："大师对镇抚所的勾当一定知晓。其中一人讲到，这个林嘉和府里一位管事中官关系甚密。听说世子爷和两位王爷不太……不太和睦，王爷殿下不喜欢世子爷。当然，这都是他们胡说的，世子爷勿怪。他们就在刺探情报时散发这些东西，据我等侦知，他们在殿下军中也曾散发。"

虽有些啰嗦，但讲得很明白了，骇人听闻，朱高炽的脸变得灰白。道衍说："张将军，早听说你是一个能干的人，老衲看了你的履历，今年三十六岁了，有过两次军功，还负过一次伤，为官清廉，不喝兵血，难得。"

张勇没想到大师对自己如此了解，很是感动，说："世子爷和大师待人一片至诚，末将敢不尽心竭力？"

朱高炽明白道衍的意思，亲自走过去，给他续茶。张勇受宠若惊，赶忙站起来。世子虚按一下肩膀，说："张将军，还没听出来大师的意思吗？在责怪本座等没重用你。大师有所不知，武官擢升是需要军功的。言归正题吧，张勇，还有谁知道此事？请将军和他们言明利害，不可传播，那两名细作，好生看管，不要出意外。这件事处理得好，就是大功一件，处理不好，不但官职不保，恐有性命之虞，仔细了。"让他把卷宗留下，回去了。

道衍看到朱高炽有点六神无主，说："世子爷莫急，此事虽非同小可，但以王爷之智，断不会中此奸计。然世子爷必须注意一个细节，一个是'两个人物'，'兄弟不睦'，这不是府里一般人所能知晓，即使贫僧也是略知一二。两个人物，一是林嘉，二是中官，何许人也，最可怕的是这个。为今之计，先查一下林嘉在府里做过何职，与哪些人过从甚密，以后行事，防着些就是了。请世子爷秘密查访，不要惊动任何人，身边人也不可。"

第三十三回

▼

荐南谍黄俨设陷阱　寻孤女世子走远郊

朱高炽道："大师，那父王若知道此事，如之奈何？被小人知道，又要搬弄是非，万一父王疑我，恐说不清了。学生想亲自写信告诉父王，留下卷宗，留下那两个奸细，待父王班师再定夺。"

姚广孝赞赏地看了他一眼，说道："世子爷办事越发周详，还是老衲给大王写信，简单地提几句，只说班师后详细汇报，军中人多眼杂，恐出事端，反为不美，这个张勇看有什么好缺，禀告大王，擢升一级。"

道衍说了这么多已是难得，以他的性格，只效忠燕王，不想过多地卷入家庭纠纷，但他感觉到有一双无形的手正在暗中击打世子，现在朱高炽是靖难之役的关键，万不能有事。

他也看得出来，朱高炽面上糊涂，心内清明，只是不知如何裁度，想到这里，看了一眼世子，说："世子爷还记得老僧推荐的那本书，《三国志通俗演义》？闲暇时好好读一读，是一本好书，刚刚刊印，市井还买不到。"

世子已经读过一遍，但没听说过罗贯中这人，问："学生已经粗读一遍，难得的好书，请问大师，罗贯中是谁？"

道衍告诉他："此人已死，祖上原来是商人，只是此人不爱经商，就弃商从文。也曾做过张士诚的幕宾，深得重用。张士诚败给太祖高皇帝以后，他就不能在大明科举，于是著书立说，这本书还没有发行，只是罗贯中自己刊印几本，现在老衲手里仅此一本而已。"道衍接着说，"世子爷多留意老僧画注的地方。"

世子感觉此书一定非同小可，否则大师不会这么郑重其事地推荐此书，而且再三叮嘱，点点头。这时卜义来报，"薛晓云姐弟在外候着呢。"

各种事务已安排妥当，道衍和世子商量好，去王平口找纪兰兄妹，也可以郊游散心。朱高炽带着薛家姐弟和十个护卫，扮成富家子弟，不穿官衣，多带两匹马，出顺承门，只说去狩猎，打马奔宛平而去。

到了王平口，大家看到地势险要，村庄不算小，约有一百户人家，按地址走到这里。大院落，高大门楼，红色油漆大门，在这村庄里格外抢眼。护卫去敲门，门虚掩着，吱扭一响，旁边的门房里出来一个中年人，问找谁，护卫说，路过，讨口水喝。

这人走进去通报，过了一会儿，出来一个六十岁左右的老人，精神矍铄，带着两个仆从。把朱高炽、薛晓云姐弟让进屋里。大院落，一排几间正房，两面各有厢房，西厢房有几间马厩，有一拱门，通向后院，朱高炽知道是二门了，后面还有房子，是女眷住的。

分宾主坐下，因来得唐突，这位老人仔细观察了一会儿。他们看似民人打扮，这位老人眼光独到，发现马身上打着字号，是官马，知道是官家人物，也不说破。

朱高炽先说话了："老人家，多有打扰。"于是开门见山，"晚生有一亲属，家遭兵祸，流落到此，有人送给晚生地址，正是贵府，不知老丈贵姓，家里是否留有客人？"

老人答道："老夫吴玉，世代居此，曾为宛平守御千户所副千户，现致仕在家，颐养残年，少与外界来往，公子诸人便是老朽客人。"

朱高炽道："原来是老将军，失敬。这样啊，没有客人便罢，如有就劳烦老将军知会一声，北平张辅想见客人，叨扰了，晚生这就告辞。"

吴玉道："请稍候，既然到了舍下，还让老夫略尽地主之谊才是，粗蔬淡饭，不成敬意，请吃过再回去。不知公子可否给老夫这个薄面。"说完朝仆人使一个眼色。

世子道："既如此，恭敬不如从命。"

过了一会儿，进来两人，皆庄户打扮，给吴玉施礼毕，年纪小的，就朝世子跪下，说："世子爷在上，受民女一礼。"原来是个女子，朱高炽细看果真是纪兰。大哥纪良也过来见礼。吴玉挥手屏去仆人。

朱高炽道："贵府之事，父王已经知道，确是骇人听闻。幸而天可怜见儿，让你们脱险，也是不幸中万幸。老人家呢？"

纪兰道："父亲为了让我哥哥、侄儿能够逃出来，带领庄丁死战，叮嘱我们一定不要回去，到宛平投奔师叔，隐姓埋名，否则就是不孝。"说着哭出声来。

纪良接着说："我们三人辗转到此，我师叔收留我们，扮作家丁，犬子随师弟在任上。"

朱高炽道："老将军高义，令某敬佩。"

吴玉道："老朽与纪灵同门学业，情同骨肉，他家里遭此大难，岂有袖手之理！老夫有两个儿子，俱在宫中当差，老大吴伟义在北平按察司衙门，就令他带着纪良之子历练一下。老二在平谷做县丞。只是老朽多嘴问一句，世子爷如何打听得这么详细？"

朱高炽把事情讲了一遍，家人已摆上酒席。吃过饭，吴玉单独把世子请进书房，商量办法。朱高炽就把派人去纪府提亲之事告诉了吴玉，请求改名吴兰，以吴家身份嫁给张辅，吴玉认纪兰为女儿。

朱高炽道："回去后，我们立刻派人来换帖，待张辅班师，即可完婚，至于纪良，还烦老将军让他多待些时日，等父王班师，禀过父王，再做道理。"

吴玉说："世子爷仁德之名，老朽早有耳闻，为此小事亲跑一趟，老朽夫复何言？纪良是我侄儿，只要他喜欢住这，想住什么时候都可以。"老将军已经听出了问题，也不多问。朱高炽就把兄妹叫了进来，吴玉退出。

朱高炽道："家中有此惨变，本不应该提此事。"把刚才和吴玉商量的事告诉了兄妹俩，说道："难得张辅对你情深义重，双方虽在孝中，但此时也难讲那么多礼节，至于纪良，你先在此暂住，待禀过父王，在你家乡寻个差使。"

再三叮嘱保密。

兄妹拜谢，朱高炽带众人赶回北平。薛晓云一路走来，真使她惊诧，世子事多如麻，却有时间管这小事。她听世子妃的意思，让世子把自己收房。想到这里，心里"呸"了自己几回，脸不觉羞红了。朱高炽策马前行，哪里想到这么一会儿工夫，她想了许多。

回到府里，唐云和顾晟在陪道衍大师说话。唐云最近很少来府，现在署理都指挥司，大小事每天都有几十件，抽不出空来府上。朱高炽和护卫们拿了很多猎物。

顾晟道："世子爷此去，斩获颇丰。"

世子说："还行，薛晓云箭法娴熟，拔了头筹。"宛平一行，和道衍约定，决不传六耳。

燕王来了战报，押运到大名府的粮草被吴杰和平安烧毁，杀了运粮士兵四百多人，还需重新组织粮饷；第二件事，朱棣派指挥使武胜给朝廷上书，被捉拿下狱；第三件事，是永平郡主仪宾李让，他的家人在京师被抄，父兄被杀，女眷皆发配到云贵，给披甲人为奴。

李让随信使回府了。这个李让本是王府纪善，一同任职的还有袁容，都被选为郡主仪宾，都是才貌双全之人。李让文笔犀利，他本来已被擢升为北平布政使，因燕王需要他参谋军机，随在军中，让黄直署理布政司。

李让的文笔早惊动朝廷，把他家人下狱，给燕王的信中专门提到，李让若去京师，朝廷就放了家人，否则，作逆属论。

朱高炽道："以学生看来，朝廷在做困兽之斗，实在已无能为矣。当务之急，筹措粮饷，这几天，怀来、密云皆有粮来，再督促一下友直，把李让的事情给他讲一下。前几天由海路过来的几船米已到通州，加在一起能有几万石，能应付一阵，夏粮眼看到了。银和钞已办妥，饷道一通，立刻起运。"

唐云道："辽东兵叩关西进，真定的吴杰和平安分兵，吴杰率五万之众奔北平而来。目标非常明确，攻下北平，断王爷后路。"

朱高炽道："鬼力赤在辽东纵横，辽东还有兵叩关？是不是消息有误？"

唐云道："已探得清楚，鬼力赤袭扰辽东，由辽东都指挥同知耿瓛率兵征剿，鬼力赤只贪图牛羊人口，没有过图里亚河，都督杨文率师南下，已过山海关，永平守将陈怡已告急两次。"

朱高炽道："大师，冯胜在通州，令其带一万人马往援永平，可以吗？"

道衍点头答应，说："老僧写信给王爷，速派兵击杨文。"

众人散去，朱高炽把宛平一行告诉了大师。大师感叹不已。两个人拿出棋枰，边下棋边说事情。

道衍说："世子爷，中午黄直说，今北平周边地区夏粮不错，但有一可忧之事，治蝗官说最近有蝗虫从山东飞来，已零零落落地到了一些，他担心有大规模的蝗灾。我们应早做准备，未雨绸缪。"

朱高炽深知其中利害，一旦闹起蝗灾，北平、河北将颗粒无收，民众无粮，目前状况又无粮赈济，恐激成民变，另外粮饷从何而来，靖难大业会功败垂成。再者，朝廷会在政治上打压北平，会说燕王德不服众，起兵逆天等。他陪道衍草草地下了一局，匆匆地回到世子府。

世子府早已恢复如常。黄俨和卜义都跟了回来。世子刚刚坐下，黄俨就问："世子爷围猎，可有收获？"世子简单地说了战果。

黄俨道："世子爷千金之躯，不可轻易出城，倘有疏忽，不是玩的。另外，奴才还有一事报告世子爷，府里来了一位客人，要见世子爷。"

朱高炽说："既如此，请进来。"

卜义带人进来，见礼毕，这人自报京师南镇抚所千户张安。朱高炽吓了一跳，狐疑地看着黄俨。

黄俨道："禀世子爷，几年前在北平卫所当过差，因而奴才们认识他，可不知道现在职衔。"卜义也称如此。

世子道："现在正与南军作战，你来此有何目的，就不怕本座杀了你吗？"

张安中等身材，白净面皮，双眼很小，就像是总在半眯着，很高的颧骨，眼窝深陷。一看此人就绝非善类。他头戴瓦楞帽，穿着半旧的长衫，站在那里不卑不亢，开口道："世子爷明鉴，下官是信使，两军虽在交战，但以世子爷之仁德，断不会难为下官，既然作为信使，容下官呈上信件，讲几句话，杀剐存留，全凭世子爷。"说着，看了一眼其他人。

朱高炽道："本座光明磊落，不做暧昧之事，有话快讲。"

张安说："下官受方孝孺大人指派，给世子爷送信，来时曾陛辞，世子爷知道，下官小小的千户，五品的前程，皇上见我，可见对此事重视。皇上嘱咐下官，燕王一时走错路，大家应该帮他，尤其世子爷，当今皇上十分了解，断不会坐视燕王误入歧途而不顾。况君臣有分，忠孝难两全时，当以忠为主，忠即孝。如按信中行事，世子爷就是燕亲王，世袭罔替，永镇藩守。"

话未讲完，朱高炽已忍无可忍："住口，你一个小小的五品官，芥菜籽大的前程，竟敢在本座这里数黄论黑，妄谈忠孝。卜义，把他绑起来，押到前殿，由大师发落。"然后气愤地朝黄俨大喊一声："退下，狗奴才。"

张瑾过来，温声细语劝了一会儿，朱高炽平和下来，不放心，坐着四人抬又去见道衍。两人商量，信不拆封，连人一起押往燕王大营。然后朱高炽去了小书房，让卜义找出旧唐书，查一下姚崇，又专门找了一本姚崇传，卜义和薛苁在旁边研墨，朱高炽边看边写，听到沉闷的两声炮响，监漏官已报二更了。这两个跟班饿得前心贴后心，也不敢喊。倒是世子先说了："二更了，在这里用膳吧。"

次日，世子带着薛苁、卜义和一干侍卫到了布政司，黄直率一干官吏行礼毕。世子升座，让大家落座，世子说起蝗灾一事。黄直喊一声："徐俊。"站起来一位官员，乌纱帽，圆领青袍，杂花纹络，素银束带，鹭鸶补绣，是个六品官，边行礼边报职衔，布政司理问兼治蝗官。

世子问道："徐大人，有心了，你如何得知要闹蝗灾！"

徐俊回答道："回世子，现夏粮将熟，也正好雨少，可便宜夏收，然蝗灾常与旱灾相伴。山东各地已两月无雨，蝗虫喜欢干燥，可谓旱极而蝗，据报已闹蝗灾。下官这段时间带人四处察看，蝗灾就在这几天。下官已经推断旬日不会下雨。请世子爷裁处，早做打算。"

世子对此人真得刮目相看，他三十多岁，白净无须，大眼睛，一对眸子又黑又亮，对答得体。世子道："本座这次来衙门，主要是为此事而来，大家都知唐朝名臣姚崇，他治蝗确有一套，几百年过去，仍然适用。请布政司的各位大人，除留守值勤的，全部去各州县，檄令各里正，每隔五里在没稼禾的地方挖沟。切记，没庄稼，但又不能离庄稼太远，也不能太近。在沟里放好干柴，蝗灾即发，当天不用，第二天晚上，陆续点火，连续三晚，然后埋掉。"

徐俊兴奋得满脸通红，说："说句不知轻重的话，世子爷虽然年轻，但家学渊源，博览群书，下官佩服，下官研究几年，深知蝗虫习性，晚上扑光而去，正好施为，必能一次成功。"大家七嘴八舌，口称圣明。

朱高炽道："各位大人休要谬赞，本座还年轻，实在不敢当，用心办差吧。倘出错误，国法无情，徐俊，你要再三宣谕，切勿烧着稼禾，倘有一处着火，拿你是问。"

"放心吧世子爷，下官必不辱使命，但蝗灾一起，一天的损失就不可小视。"徐俊说。

朱高炽道："只是两天而已，难道就拿不出办法了。"

徐俊说："两天，只有人海之术了，动员所有人到自己田里去灭蝗吧，往年曾发过灭蝗网，也可抵挡一阵，只是一点儿不损失是做不到的。"大家分头行动，世子回府。

第三十四回

▼

见张勇世子遭暗算　恼金忠王爷起疑心

正在朱高炽和众人谋划妥当之时，一个更大的危机向他逼近。

在军营里，燕王派人剿杀了断粮道的南军，和南军互有杀伤，都已没有大规模作战的兵力。他在反思道衍的话，直达南京，传檄而定。

燕王为接饷道，带兵攻打彰德，使他高兴的是，薛禄逃了回来，南军想把他械送京师，他得空挣断绳索，连杀几人逃脱，燕王大喜。遂派薛禄去城里送信，劝降知府张清。

张清守城顽抗，也回书一封，大意说："臣今死守此城，尽人臣之道，不敢开门以降殿下，致留千古骂名，然大王至京师之日，但以二指宽招贴召臣，臣会欣然前往，望大王深思。"

张清的话和道衍的话暗合，忠臣不是忠于哪个人，而是忠于朝廷，于是有了班师的念头，回北平和道衍好好谋划，以图再举。

朱高煦进来，见礼毕，让父王屏退左右，拿出一封信给燕王，是朱高燧的信，把张安见世子的事并所说的话都写在了信上。朱棣满腹狐疑，以他对朱高炽的了解，断不会如此，就问了朱高煦一句："你以为如何？"

朱高煦没说话，从衣袖里又拿出一张刊印的传单递给了朱棣。朱棣看完后，问道："你是不是听到了什么事情？不要支支吾吾，这不是你的做派。"

朱高煦跪下去，说道："父王，儿子有话不敢讲，讲了，有伤悌敬，不讲更是不孝，今天若不见此信，就先不讲，但见此信，事情紧急，不敢隐瞒。儿子家信往来，也就多留意府里，这张传单，确有其事，人就押在卫所。据报，世子已见过办案的镇抚，此其一；其二，说世子不修德，瞻基见喜时，和一女子厮混；其三，粮饷紧急，辽东之敌叩关，世子和护卫游山玩水，狩猎为乐，其中世子带一女子。"

朱棣脸气得通红，手背青筋一根根暴起，朱高炽和道衍来信都提到传单之事，只是语气模糊，言辞暧昧，今天明白了，原来如此。他让儿子先出去，在思谋策略。他想把金忠派出去，联合朱高燧，便宜行事。实在不行就给房胜去信，让他带兵接管九门。如果这些事都是真的，那唐云是靠不住了。

燕王把金忠找来，大致说了一下。金忠老成持重之人，听到此事，脸色惨白，扑通跪下，奏道："王爷殿下，此事骇人听闻，需谨慎行事，天家骨肉，倘兴大狱，足以惊世。况大王忘记世子爷遇刺乎？大王聪睿过人，岂不知是有人在离间吗？一旦世子爷被废，定有人弹冠相庆。大王，昔楚成王杀得臣而文公喜，我们是在帮敌人啊，靖难大业将功败垂成啊，王爷。"

燕王何等聪明，早已感到个中蹊跷，说："世忠请起，你是我最信任之人，先放一放，回去再说。"

金忠道："王爷圣明，然当心有人借此做文章。"话说得太露骨了。燕王很反感，但不得不承认他说得有道理，于是点点头，金忠退下。

北平，世子早晨接到一个惊人的消息，赶快去见道衍。道衍把卫镇抚张勇叫来，见礼毕，张勇说："世子爷，大师，卑职该死，昨天我还看过他俩，好好的，一切都优待。早晨起来，属下来报，死了。"

朱高炽又急又气，这两人死了，他就是长一百张嘴也难以说清。父王以为自己杀人灭口。

他带着卜义和几个护卫随张勇到了镇抚所，想去诏狱中看看，张勇誓死谏阻，怎奈事关重大，朱高炽不能不去，只和张勇两人，身着普通官员服饰。监狱在地下，臭不可闻。张勇介绍，墙厚三尺多，即使隔壁雷响也听不到。

朱高炽感到走入火炉，问道："早听说你们镇抚司诏狱人间地狱，今天确实见识了，冬天有炭炉吗？"

张勇笑道："没有，而且吃冷饭，喝冷水，只给一件单被，犯罪之人，不用怜悯。"

朱高炽道："犯属知道后，不会去都察院、大理寺告吗？"

张勇道："为了避免家属看见，每当犯属前来探视，必须跪在监号一丈以外，高声问答，不准使用方言。"朱高炽苦笑了一下，走到了号房。

这里有四个卫所军士把守，两个仵作正在验尸。张勇不让世子进去，但既然来了，必须弄个水落石出，以便如何回答父王。朱高炽看去，两个人面色如常，就如同睡着了一般。高炽疑惑的眼光看了张勇一眼，都没出声。出来后，朱高炽只感觉五脏六腑翻江倒海，强忍着没有呕出来。来到了张勇的签押房，净了手，喝了一口茶，示意张勇说话。

张勇说："世子爷疑惑没有受刑，世子爷有所不知，在这里受刑，不注意观察根本看不出伤。举个例子，做一个木笼，四面攒针，针尖向里，让犯人立于笼中，稍一转身，百针刺入肌肤，痛入骨髓，再硬的汉子，半天就招了，一点伤也看不到。还有……"

世子打断了："我不想听了，那他的死为何看不出来？"

张勇说："世子爷先吃茶，一会仵作来，再做计较。当值的几个人已被下官拘在衙里，等仵作结果出来后再定夺。"世子点头称是。

仵作验过，进来报告张勇，身上没有伤。

张勇的脸由于愤怒扭曲了，而且有几分狰狞，说："世子爷，是自己人干的。压豆腐或吃千层饼，都验不出来。"看世子没听懂，解释道："压豆腐就是拿袋子装满泥沙慢慢压死，吃千层饼就是把桑皮纸蘸上水贴在脸上，一张张往上加，直到死亡。"

世子道："张将军，你速去拿人，问何人所使，不，本座和你一起去。"两人快步走去，因世子足疾，张勇几乎是拖着世子走。到了衙房，二人惊住了，四个人全都吊死在屋梁上。

张勇呆了半晌，扑通跪下："世子爷，下官闯出大祸，罪恶通天，望世子爷救臣。"

朱高炽已经冷静了，想到，"谁在害我？干得漂亮，纹丝不漏，死无对证，最有可能灭口的是我呀。"说道："张大人，不用害怕，你只要向桌司和监察御史如实禀报就是。"说完匆匆回府，把情况和道衍讲了一遍。

道衍这持重之人，也着实吓了一跳，如此一来，百口莫辩。朱高炽道："大师救我。"

道衍说："王爷班师之日，你可如实汇报，可保无虞。"他也实在没有办法，他也是王爷怀疑的人，但他不露声色，免得世子恐惧。两人润色好书信，让人赶快送到军营。

走出书房，朱高炽觉得身上有千钧重担，不是卜义和薛苏相扶，几乎跌倒。想和母妃讲，一怕母妃着急，二来，这府里有问题，多数出在宫里，朱高炽是一聪明之人，再者，这一连串的问题，笨人也想明白了。该去看一下妹夫了，正好可以请教。他坐着轿子，带着护卫去了永平郡主府第。

李让夫妻迎了出来，见礼，延到正厅，重新见礼。和永安仪宾袁容不同，朱高炽和李让关系甚密，多次在一起参赞军机。李让不但仪表俊美，而且学富五车，颇具谋略。朱高炽安慰了李让一番，顿住了。李让屏退众人，包括公主，屋里只有两人。世子把这段时间的事略略地讲了一遍。

李让明白其中的奥妙，他在府上做纪善时，就听到过一些传闻，这显而易见是朝廷想除掉朱高炽，两位弟弟趁机烧火添柴，但环环相扣，无懈可击。

李让现职是北平布政使，但军中需要参军，留在军中，旦夕在燕王左右，也明白世子此行的目的，遂说："世子兄长但请放心，清平世界，黑白分明，不容颠倒，待下官返回大营，定向父王剖析明白，父王聪慧绝伦，定不会被奸计所误，兄长勿忧。"

次日，密云县令带人送粮入库，押粮人纪子祥。他到府上拜谢大师和世子，延至书房，纳头便拜。道衍把他家里的情况说了一下，他哭了一顿，几欲昏厥。

世子告诉他兄妹情况，纪兰已经结亲，未婚夫是张辅。但是纪兰已改为吴氏，叫吴兰，婚嫁时纪仲不能到场。纪仲有几次想问个究竟，还是咽了下去，知道其中隐情一定不小，未来的妹夫是张辅，他放心了。朱高炽嘱咐他好好当差，他就告辞回密云了。

道衍和朱高炽来到中殿，人们都到了，袁琪也在。大家见礼，重新上茶，世子祝贺袁琪，教子有方，立此大功。袁琪拜谢。黄直也在，世子最怕见他，他一到府上，必定事关钱粮，民生大事，现在北平最缺的就是钱粮。有时朱高炽真感觉力不从心。

大家正说着话，忽然感到一片昏暗，紧接着漆黑一团，如同午夜，而后听到一阵轰鸣声，响彻云霄。

黄直颤声喊道："真的闹蝗了。"中官早已点上蜡烛，看屋里人人都面色苍白。过一会儿，天色逐渐变明，而后时明时暗。

世子说："黄大人，你今天应该下到府县，现在本座和你去。唐老将军，速回都指挥衙门，调一千户，率其本部人马策应。"

唐云很为难，踌躇了一下道："回世子爷，王爷谕令，无王爷令，不准调兵，一兵一卒，末将都不敢擅专。"

朱高炽一愣，看一下大师，他也愣住了。以前朱高炽手令能调万人，现在千人都不能动了。朱高炽没再多说，向外走去，众人谏阻，怕不安全。

朱高炽道："父王、兄弟皆在阵前，矢石交加，有何安全？蝗灾来了，大家齐心协力，况这么多人，谁能害得了本座？"非去不可。

道衍说："既如此，带上晓云，只要她在，老僧就放心。"

唐云道："世子爷，末将不能调兵，但末将可以同去，带着亲兵卫队，一起去。"众人感叹。

朱高炽带着大家骑着马，泼风般地冲出城外。放眼望去，蝗虫遮天蔽日，一片一片地旋着飞过。田野里站满了人，有的手持长扫帚，有的拿着灭蝗网，在奋力扑打蝗虫。世子走近观看，效果不错，地上已铺满了死蝗虫。徐俊看到了世子伞盖，满头大汗地跑过来，见过礼，让世子回去。

世子开玩笑："徐俊，看好了，黄直在这里，当心主官给你小鞋穿。"大伙一阵哄笑。

徐俊也笑了，说："各位大人，哪个不比卑职多梁①，下官请示大人们，看这样，今天晚上就可以举火，请示下。"

黄直道："徐大人勤勉可嘉，令人感佩，但今晚是否有接不到通报的，一旦有漏，再做就难了。还是按议定的办吧。请世子爷和我们去拜庙吧。"

大家认为黄直说得有道理。徐俊引路，大家相跟着，来到八蜡庙②，宛平县令已准备停当，朱高炽带头跪下拜了三拜。

次日，朱高炽又去了城外，他说："眼下最重要的差使是灭蝗。"李让也来了，忧心忡忡，朱高炽知道他忧军粮。中午宛平县令和县丞也来了，带来了食盒，十多个人挑着，大家就在路边的亭子里胡乱地吃了一些。朱高炽看拿出来的面饼，突然想到"吃千层饼"，感到恶心，只喝了一口汤。晚上也是在野外吃的，世子还是难以下咽，一点食欲也没有。

第二天世子带着众人又走了几个地方，都差不多准备好了。

到了二更天，蝗虫打脸，在哪里都站不住。徐俊喊点火，刹那间火一处处点燃，蝗虫在火光照耀下，犹如一团黑布滚向火里，噼里啪啦的响声，接着传过令人窒息的腥臭气。

众人大喜，一片欢呼。成功了，朱高炽也非常激动，稼禾得救了。朱高炽就觉得气阻，眼一黑，摔倒了。众人大惊，七手八脚地弄到马背上，回到城里。

朱高炽被紧急送回府里，袁珙老成，已请过脉，无大碍。放置中殿大厅靠榻上。道衍也请了一次脉，脉息正常，无病相。把薛晓云叫进来，虽是男装，但容易辨认出是女孩子，眼睛哭得像熟透的桃子。

道衍嘱咐，此事先别报到官里，有走漏世子消息的，乱棍打死。屋里众人从没看过大师如此做派，噤若寒蝉，薛晓云应着出去布置了。道衍告诉卜义去悄悄地找刘太医。

天马上就亮了，刘医正走了进来，见礼毕，赶快给世子请脉，众人发急地看着他。诊过脉后，说无甚大碍。

---

① 明朝以帽子的绣梁分别品级，一品七梁，以此类推，这里的意思是官大。
② 供奉蝗神的庙宇。

袁琪说："那也有原因吧，在城外，老朽请过一次脉，脉象平和，大师又请了一次，也如此说，你又说无甚大碍，到底为何昏厥？"

刘医正有几分尴尬，他行医三十余年，连高皇帝都夸奖他好脉息，简拔到燕王府做医正。王府里典簿正、典宝正、奉祀正、讲筵都是八品前程，而他特赏为太医院院判的头衔到燕王府的，因此王府合众看到他六品的服饰都特别尊敬，王爷夫妇也不曾训斥过，每每语气十分客气。今天袁琪如此当众质问，尚属第一次，况且袁琪也只是王府经历，六品的前程。

但刘医正此人生性敦厚、平和，虽有几分不悦，也未放在心上，一拱手，道："世子爷确无大碍，说来众位大人不信，世子爷是饿的。"

话音一落，大家面面相觑，怎么可能，天下第一王的世子饿昏了，这太匪夷所思。刘医正接着讲："世子爷身体弱，思虑过重，弦绷得太紧，不觉得饿，一旦松弛，就晕了。马上弄半碗参汤，然后下官再请个方子，世子爷慢慢调理。"早都准备好了参汤，薛晓云要进来喂，卜义不让，里面有太多男人。

卜义端进来，刘医正用竹签微撬牙齿，捏着鼻子，卜义喂了几勺。刘医正掐了几下人中，推拿了几下，世子慢慢地睁开眼睛。看得出他有几分茫然，疑惑地看着太医，刘医正就把事情经过讲给他。

他有几分疑惑，"饿的？"笑着坐了起来。

薛苪平时很少说话，这是抱怨道："世子爷整整两天没吃饭了，昨天早晨刚要吃，就被请了出来，中午、晚上在田间几乎一口没吃。今天一天还是这样，不饿坏了才怪！"真是童言无忌。

朱高炽接过来说："众位大人都知道太祖遗训，少食摄福，我自以为凭这身材，"指指自己的肚子，"旬日不吃饭，又当如何？但王府世子饿昏了，这也算天下奇闻。"大家都笑了。

道衍听罢，很心酸，怎么也笑不出来，一件件事像几座大山压在世子身上，他是看灭蝗成功，松一口气，晕了过去。

太阳光已洒满整个庭院，一早晨就火辣辣的。朱高炽让传饭，就在中殿里大家一起吃早餐，唐云派人问安，看没事，回去了。看到阳光，灭蝗成功。朱高炽说，一会儿去布政司。道衍劝住，让黄直和徐俊进府，研究扫尾工作。

　　黄直来了，徐俊连夜工作，现在正指挥填埋，怕虫卵复活。朱高炽松了一口气。

第三十五回

▼

收秋粮布政司课税　开大戏郡王府庆生

转眼到了抢收夏粮时节，收成不错，保定以北基本没有战争，大军过境各处，严明军纪，不准踩踏秧苗。打晒麦子，每日无雨，适合晒麦。布政司左参政黄直到各府县视察，督促抢收、打晒。过一个月后回到北平，匆匆地来到王府汇报。把各处的估产情况汇总在一个册子里，呈给朱高炽和大师看。夏粮征收简单，只有麦子，至于布帛、棉等都不在范围内，在冬季收。

黄直道："去年战事频繁，北平周遭地区损失极大，今年幸好天可怜见儿，无旱无虫，平均每亩地能产麦三石五斗。依大明赋律，民田每亩起课三升三合五勺，官田、没官田每亩一斗二升。夏粮征过，秋粮减半。"

朱高炽打断道："我太祖高皇帝仁德通天，每亩三石半，只征三升半，余下粮食足够食用，可见百姓在大明朝胜过前朝多矣。"

黄直和道衍互看一眼，黄直没敢接话。道衍停下念珠，啜了一口茶，道："世子爷仁德，爱民若子，天下皆知。但世子爷有所不知，黄大人所述，都是表面，三升多麦，去水分三成到五成不等，还要交出仓储费用、运输费等。也可折钱、折钞、折银课税，但要折色，交银后要重新铸锻，一两要多交几分，甚至一钱，称'火耗'。总之，花样繁多，不一而足，各层官吏层层盘剥，种粮户有时也苦不堪言。世子爷天潢贵胄，钟鸣鼎食，哪里晓得这些勾当！"

朱高炽目瞪口呆，大明刚建朝几十载，高祖严律，有盘剥小民，重刑加身，更有甚者，剥皮实草，但也不是一片清明啊。朱高炽无奈摇摇头。

黄直道："下官有几件事拿不定主意，请示世子爷和大师。其一，今夏粮可不可折钱、钞和银；其二，夏粮丰收，田多人家必定粜粮，恐奸商趁机压价，如何裁度；其三，夏粮不比秋粮，水分极大，需要晾晒，还需倒库，各库使人手不够，每天都去布政司粮道处要人。恭请两位从哪里调拨些人来，布政司加双饷。"

朱高炽看了一眼大师，大师点了点头，遂道："黄直，你尽心办差，难为你了，今年只收粮，一概不折，如果不折色可以吗？免得污吏们巧取。"

黄直站起来，朱高炽摆手让他坐下。他两个眼圈像斗鸡眼，乌黑发紫，脸色黝黑，宽大的官袍晃晃荡荡。他已经熬了几个月了，官员不够，编制不全，虽是参政，署理布政使，又署理着北平府尹，千头万绪，也亏他顶得住。他说："世子爷不可，如果不折色，有些刁民打下麦子不晒，直接课税。更有甚者，故意泡湿。"

朱高炽叹了一口气，说："那好吧，说第二件，收完粮赋后，把周边几个大库清理出来，定一个历年夏粮均价，敞开收购，黄大人以为如何？"

黄直明白，当然问的是钱钞够不够，忙回答："钱还有二十多万贯，钞有一百多万贯，前些日子王爷派人护送缴获的辎重，其中有金银值十几万两。收购后不会影响正常开销和饷银。世子爷此举，万民拥戴。谷贱伤农，收到库里，一可解军粮，二可灾年放赈，三可平抑粮价。世子爷虽年轻，却老成谋国。"

朱高炽听着心里着实舒服，接着说："宛平等几个县的粮仓每年要换成新粮，以大麦为主，没有本座手谕不准调粮。第三件，本座没弄明白，收的是晒干粮食，为何还要晒？"

黄直道："收在库里必须是干透的方可，那在库里遇着湿天也要翻晾。再者收粮时也不是一刀切，有些刁民、粮长和污吏勾结，湿粮也不少。混在里面不晒就都霉了。"

第三件事让朱高炽为难，上次唐云的话已暗示给他朱高炽，他已得到旨意，不准世子调动一兵一卒。唐云老实人，也不敢为难世子。道衍说话了："黄大人，你自己去找唐老将军借人，会更好说话些，不行他可以指派卫所的帮助晾晒。"

黄直答应。朱高炽又道："黄大人，父王擢升你为署理布政司，确实用人得当，你不辞辛劳，殚精竭虑，遇事不慌，调处得当，日夜操费，我们都看在眼里。"

黄直眼泪流下来了，跪下道："人臣者，得遇明主，施展平生所学，造福社稷，幸甚。还有，世子爷，臣把请雨的条陈呈上了，一个多月无雨，许多地方的秋禾都要枯死。"说完告辞回衙。

看看有空闲，卜义过来提示道："各位大人，今晚小王爷请看戏，定下来没有？奴才这就去回话给黄公公。"

姚广孝不知就里，朝朱高炽看去。朱高炽道："是这么回事，三弟身体康复，又赶上他的儿子百岁，在府里搭台唱戏，戏折子都送来了。大师你看呢，实在是分身乏术。"道衍沉吟了半晌，似乎也拿不定主意。

卜义插话："主子，小王爷说久旱无雨，唱戏祈雨，还有庆祝王爷和二王爷大捷，并为娘娘祝寿。"

朱高炽一听，唱戏而已，这么多名堂，知道父王、母妃比较惯纵三弟，说："报与小主子，我们去，什么时辰？"

卜义道："巳时正刻开始，特意嘱咐奴才，府里已备好宴席，边吃酒边听戏。"

说到请雨，道衍把黄直送来的几个册子拿给世子。初十午时初刻，求雨仪式正式开始，上面详细地写着仪式的秩序，其中有一条，世子代燕王拜祭天地、龙王，并把讲稿附在后面。

世子想到，袁琪在这，把儿子从大营里请回来，呼风唤雨就结了，何苦弄这么大动静？想是想，他是笃信话到嘴边留三分的。其实他才不相信袁忠彻能呼风唤雨，说道："这是大事，夏粮已收完，秋禾正是需要雨的时候，这长时间不下雨，枯死了很多秋禾、秋菜。大师，黄直是难得的藩台，他选定了哪位官员操办此事？"

道衍说："世子爷还记得布政司的薛严吗？是经历，现在署理粮道，金鱼眼，一说话就像抬杠。他和黄直、徐俊都有相同之处，办事缜密，耐烦不怕琐碎。他们已经在齐化门外搭了台子，面朝东海龙王住处。其他事情怎样老僧并未过问。袁大人去过几次。袁大人，你给世子爷讲一下吧。"

朱高炽道："那就是大后天了，卜义，记着提醒我。"卜义答应着。朱高炽在中都看过一次请雨，看了仪册弄不明白，向袁琪看去。

袁琪欠了欠身子说："世子爷有所不知，今日初七，还有三天，参加求雨的官员今天就得斋戒，戒七荤，戒女房。"

世子抢过话头："如此，袁大人，那我们要斋戒，今天可以不去三弟家了。"

袁琪笑了："回世子爷，两码事，今天也算是一次请雨仪式，何况世子爷可不必斋戒的，你又不是祈雨官员。"

世子说："不可，心诚则灵。既然是斋戒，从今天午饭就断荤吧，这也是黄直送册子的缘由吧！大师你接着讲。"

袁琪道："之所以选在初十，是乙巳日，这需选在甲、乙日。刚刚大师讲，台已筑就，台者，坛也，高一丈，宽一丈五尺，长三丈，坛外二十四步，系白绳为界。各县、各里都照此例，但高、长、宽，依例从藩司到里，各减一尺。黄大人通禀，各处都已准备就绪，只待乙巳日行令。"

世子道："袁大人博闻强记，学贯古今，真令人佩服。"袁琪告辞。屋内只有两人，朱高炽屏退左右。

道衍说："世子爷，殿下来信，请看一下。"世子跪下行礼，接过来站着躬身读完。

大意是战事顺利，一如大师所言，朝廷百官以京师为第一向背，现准备班师，回北平与大师共同谋划。也提到了张安，提到信，大师、朱高炽留守北平，生杀予夺自行裁度，类此事情不必再报。京师奸臣，已无能为，才想此拙劣之计，一是断我臂膊，二是乱我之心。此等离间之计，三岁孩童为之。告诉世子莫忧，好生办差，奉天靖难，你们功推第一。

世子读完，眼泪流了下来，又跪下说："父王圣明。"站了起来，心里的包袱放下了。道衍尽看在眼里，心想，世子敦厚之人，当然看不出其中破绽。既讲不疑世子，为何未问二细作死亡之事，此事已在信中禀报殿下，此其一；其二，张安之事，天大的干系，轻描淡写，一笔带过；其三，世子不能调动北平之兵，倘有战端，如何是好。有此之事，殿下疑世子过重，尚不能释疑。

道衍断定，有人在军中进谗言。他饱读诗书，洞察世事，但他丝毫也不露出来。他深知，参与到家事里，不会有善终。看世子高兴至此，心里暗暗地叹口气。

已初时分，世子一抬小轿，轻装简从来到安阳郡王府。远远就听到喧闹之声，间或有几声试乐器的声音。匾额上挂着大红彩绸，大红灯笼。太阳还老高，灯笼已经点着了。

世子青衣小帽走进，朱高燧一愣，跪下磕头，问道："大哥，如何这身打扮？"

世子扶他起来，让卜义拿过一个镶玉的银锁，一个透明的拳头大的滚球，说："三弟，这给孩子的长命锁、千秋球。"

朱高燧道："大哥，这锁也还罢了，这个球真的是稀罕物，小弟也算是见过东西的，还第一次看过这样小玩意。大哥，有了侄儿，忘了弟弟，明儿给我弄一个。"

朱高炽笑道："前几句话，还像个当父亲的人，我刚想说我们家老三出息了，马上又露出你本来面目了。"

朱高燧嘻嘻笑着，让小太监拿着托盘把东西放进去，端进内室。朱高燧扶着大哥，朝里走去。马上要开锣了，他们紧走几步。到那一看，着实让朱高炽吃了一惊，上首赫然坐着宁王朱权，对面坐的是宁王世子朱磐烒。朱高炽趋行几步，跪下行礼。朱磐烒也过来给朱高炽拜了两拜。

右侧是几间阁子，珠帘里是燕王妃徐静、燕王嫔王氏和宁王妃张氏。朱高炽走过去在珠帘外跪下行礼。王叔、王婶虽在一城，很少走动，也请不动他们，他真是佩服朱高燧。宁王让他坐下，他知道有自己专座，还是在宁王身边侧着身，打横坐下了。

黄俨拿着戏单过来，看起来先来的已经点过了。划过红的《叩当》《破窑记》等。世子看到《琵琶记》和《折征衣》，问道："这两折戏是什么内容？从没听说过。"

黄俨谄笑说："主子说笑了，主子都不曾见过，奴才更不知道了。"

世子就看王叔，宁王道："我也不曾听过，老三，老三。"

朱高燧跑了过来："王叔，你的大嗓门都压过戏台上的文武了。"

徐静刚要呵斥他，宁王却笑了："小兔崽子，过来。"骂完后觉得不对，看了一下徐静："王嫂，莫见怪，唐突了。"徐静尴尬地笑了笑，没说话。

宁王问朱高燧这两出戏，朱高燧得意地笑着："王叔有所不知，侄儿新买了几个戏子，已经训了半年，要不是这次摔着，早就把你们请来了，他们学了两个新戏。不是侄儿夸口，任王叔你到哪也不曾见过。一个是赵王娘孝敬公婆的事，这是《琵琶记》；《折征衣》写的是韩雪莲从军当征夫的故事。王叔，太一般的，侄儿敢在你面前显摆吗？您老的脾气侄儿还不知道，发起脾气像……"

"三弟住口。"朱高炽知道这叔侄油惯了，还是怕说出不雅之词，赶忙制止。

朱高燧做了个鬼脸说："王叔，王婶，马上开锣，我们开宴，看侄儿给你准备的酒宴。"拍一下巴掌，一排宫女上菜。天太热，宁王摘下大帽子，拿着大蒲扇在扇风。太阳要落了，还是这么热。已经吃了两片冰镇西瓜，丝毫也感觉不到凉意。世子坐在边上，如坐针毡，上席了，重新排座。

女眷们排到了纱帘遮起的两个阁子里，在四角处放上了冰盆。男客人就在外面的露天。顾晟、袁琪、唐云、张信、黄直、吕昕也都进来，和世子坐在前面，每人前面一个几桌。使宁王惊喜的是，都是他喜欢的淮安菜。世子知道，父王也喜欢吃。

杨梅圆子，正合时令，祛暑祛湿。清炖马蹄鳖，爆山笋，虎皮青笋参花豆腐，鸡丝黄油白鳝，清蒸八宝水鸭，凤菱清拌脆藕丝，清煮太湖活虾，冷片羊尾，爆炒羊肚，徽州丝瓜煨黄鳝，带油腰花，金陵烧笋鹅丝，柳州蒸煎鳜鱼，红烧铁脚雀，卤煮鹌鹑，八宝攒汤。

另有几碟精致点心，鹿肉鲜笋脆皮烧麦，临安府枣泥卷，糊油蒸饼，乳饼，奶皮，糟腌猪尾耳舌。再加上宴前摆上的江南的六月柑，凤尾橘，橄榄，泸州小金橘，山、陕的伏果，软子石榴等。

别说世子朱高炽，即使宁王、女眷们见多识广，也都觉诧异。现在南北通路断绝，这些材料北方不可能搞到。宁王问道："高燧，难得你有孝心，王叔问你，这些食材从何而来？不是北平先凑的，骗你王叔吧？这王八是卢沟河的？"笑着看着朱高燧。

朱高燧说："哎呀，王叔，都说您老是见多识广，卢沟河的王八前短后长，这是纯粹的家乡鳖——濠河马蹄鳖，前长后短，龟壳又小得多。侄子告诉厨子先把血放掉，活着炖，王叔尝一下，没有一点腥味。各位大人，说句不知轻重的话，虽是南北阻隔，你们想要什么，没有小王做不到的。下面开锣，我们边吃边看戏。"

先演的徐静点的《叩当》第三折，然后是宁王妃的《破窑记》最后一折，接着是朱高燧推荐的新戏《琵琶记》和《折征衣》。高炽没看过这两出戏，真的是震撼，戏子们功底深厚，唱腔圆润。只是朱高炽，有些心不在焉，本来是斋戒的，谁承想碰到王叔，敢说斋戒吗？直到打过二更梆子，有了露水，渐渐有了凉意，众人散去。

第三十六回

▼

效今古祈雨北平城　惊君臣理政东书房

乙巳日午时初刻之前，朱高炽和众文武就到了齐化门外。天上一片云也见不到，地上一丝风也没有。猫狗都躲在树荫下，狗吐着长长的红舌头，艰难地喘着。祭坛旁边的树上，知了叫成一团，几乎超过了嘈杂的人声。十几个请雨队都到了，只穿着衬裤汗衫，手拿着对襟的一角拼命地扇着，都站在白绳线以外。

祭坛上面遮着松枝，两面挂着龙像，是素像。有一条大大的黑鱼，向左边瞪着眼睛，上下有日月星辰，中间是一白龙，张牙舞爪，口吐黑云。黑云下面，水波喷出。两边设两柱，柱上有对联。上联：一人求雨，万民得济；下联，神灵慈悲，赐雨湿地。松枝下有一个横联，"万民景仰"。

世子感觉所谓的对联并不对仗、通顺，好在明白。一个道士在一小厮的引领下登台，左手执拂尘，右手捻诀，背插宝剑。登台后，先是丢掉拂尘，掣出宝剑，耍了几下，突然吐出一股火，烧向宝剑，赢得阵阵欢呼，宝剑就像柴火一样燃烧起来。这道士看人们欢呼，抖擞精神，大喝一声："疾。"一股水从口中喷出，浇灭剑上的火。大家又是一阵惊呼。

道士开口说话了："我乃全真丘处机大弟子清虚是也，今奉尊命，北上燕地，救民危难。"

司仪大声喊道："请神仙稍歇，请燕亲王世子代燕王祭拜天地、龙王。"

世子身穿冠服，率众文武登坛，向东祭拜，二跪六叩，众文武退下。世子拿过念稿，高声读道："大明高皇帝之子燕亲王讳棣之世子朱高炽代父拜天地神灵、各海龙王。当今无道，上天警示，殃及百姓，某代父祈天。千种不肖，万般悖逆，罪不在士民，某愿一人担当。今河北诸郡，赤旱千里，人畜田禾，尽皆枯靡。皇天后土，各路神灵，祈赐甘露，福祉万民。诚惶诚恐，以此拜揖。"

仪卫引下世子，另一仪卫又把清虚引上祭坛。清虚在坛上解散头发，手拿宝剑，脚踏罡步，左手捻诀，一剑冲天，左膝半跪，高声喊道："五帝五龙，祥光行风。广布润泽，辅佐雷公。五湖四海，水最朝宗。神符命汝，常令听从。敢有违者，雷斧不容。急急如律令，敕。"

剑尖上挑一符纸，口中吹火烧化。下面已跪倒一片，世子和众文武也在前面跪着。司仪大喊："各龙队表于天庭喽。"然后十九声沉闷的炮声，把先准备好的鞭炮放了起来。响毕，司仪又喊："击鼓。"两鼓一锣，打出腔调，舞龙队把扎好的长龙舞起来。一人领队，大伙齐喊："下雨喽。"声震九霄。各队向各府走去，此处仪式结束。

朱高燧喊道："这扯淡呢，袁忠彻呢，快来唤雨呀。"朱高炽看三弟又乱说话，摆摆手制止了他。袁珙就在旁边，尴尬地笑了笑，各自回府。

十四的下午，朱高炽和众人正在中殿商量事情，忽然听到一声炸雷。卜义连滚带爬地跑进来，气喘吁吁，"主子，主子，下雨了，下雨了。"世子急促地跑到门口，果然是下雨了。

朱高炽跪下，众人也都跪下，感谢上苍。虽然过了三天，但求雨还是灵了。可是只下了一点点，连地皮都不曾湿，又风停雨住，阳光灿烂。大家很失望。当晚近二更，雷电交加，暴雨如注，一场透雨总算下来了。

世子府里，世子妃张瑾、世子嫔李氏一跪到天亮，感谢上苍。但袁珙说不是好雨，有洪灾的，有冰雹的，等着报灾吧。世子感到好笑，在心里叹道，看起来老天爷是最难当的，三年大旱、普降甘露也会有骂娘的。以此类推，治国理政，想做到人人满意，做不到啊！

过了中秋，燕王班师。和上次一样，军队驻扎丽正门外，朱棣和文武近臣带护卫回府了。当日没见北平留守官员，通知次日会议。次日在王府谨身殿大书房里，殿下和道衍、世子等人见面了。世子汇报了这一段的差事。燕王早都知道了。

世子想，"父王先和大师、自己汇总这一段北平办差情况，准备大规模的会议。"但道衍看着不对，人太少，肯定有秘事。

道衍先说话了："大王班师北平，为何不召集群臣会议南征，只与世子爷、老僧交谈，必有秘事、要事，盼请大王赐教。"

燕王先问的是踏青狩猎之事。道衍替朱高炽回答，把纪兰的事汇报给燕王。燕王满意，这样可笼络张辅，使其更愿效死力。

第二件事，细作自杀事件。朱高炽就跪下了，膝行到父王跟前，道："父王责备的是，儿臣万没想镇抚诏狱如此勾当。是儿子考虑不周，望父王重重责罚。"

朱棣说："此事我不怪你，起来吧，到后面告诉你母妃，弄几个精致素菜，你亲自端过来，我和大师下几局棋。"世子答应走了出去。

两人也没让别人进来，自己动手摆上棋枰。道衍先说话了："王爷，你我君臣比较了解，王爷必有话问老僧，贫僧知无不言。"

朱棣说："我知道是瞒不过你的。我最大的疑虑是镇抚所死的这两个人。大师你想过没有，这两人死对何人有利，难道事情还用再说吗？"

"王爷意思，老衲明白，也敢保证，绝不是世子爷所为。他们死了，表面来看是对世子爷有利，但细细想来，恰恰相反，对有利的人有利。"

"对有利的人有利。"这句话深深地刺痛了朱棣，他与和尚无话不谈，说得虽然这么隐晦，但意思不言自明。朱棣何等之人？当然明白其中内涵。内心有几分恼怒，说话就不客气了。"姚广孝，你在离间我之骨肉。"眼睛狠狠地盯着道衍。

道衍也不回避他的目光，沉声道："王爷君心烛照，对事洞若观火。想大王率众将士，攻必克，进必取，只为饷道不绝，后顾无忧，此世子爷之功也。有人恨他，有人忌他。恨其者，朝廷也，忌其者，臣已言明，望殿下三思。"

朱棣听罢，叹了一口气，说道："世子也够小心，张安连信都送到军营，真有人想验证一下此信是否真的没拆过。金忠看后，肯定没拆过，我也就释然了。"

道衍说："大王如此思虑，确实是大王之福。王爷话已挑明，贫僧也就无所避讳，大王熟读史书，洞悉人情。自古亲人阅墙相斗，造成多少宫廷惨变，兄弟反目，父子成仇。大王，三人成虎，流言止于睿者。"

看燕王边听边沉思，明白已听了进去，接着说："大王试想，当此紧要关头，不用世子爷，朝廷拙劣的离间计若起作用，岂不是让天下耻笑乎？另有一事，恕老僧愚直，殿下已经相信了流言。因此世子爷调兵灭蝗，一兵一卒都难以调动。大王试想，倘有敌警，世子爷手中无兵，后果如何？换言之，倘唐老将军萌发异志，场面谁能控制？大王根基何在？自己骨肉尚且疑虑，众位将军又如何？一旦传将开来，众官作何感想？谁愿为王爷再效死力？老衲愚直之言，望大王细思之。"

燕王站起来，拱拱手说："大师所言极是，朱棣险误大事，我自诩熟读兵书，颇懂兵法，而自己就很容易中计。一旦朝廷奸计得逞，我之罪也。"

道衍一听，只说朝廷，不说朱高煦，心里明白，也不说破。提下一个问题，张辅婚事。道衍告诉王爷，已派人去下茶，换了庚帖，只等班师完婚。其他政事，道衍不讲，留给世子汇报，每次如此，朱棣也不再问。当日无话。

次日，在宫里，朱高炽三人请父母安，朱棣把他们留下，叫进了小书房。让朱高煦把战事略略地说了一遍，问朱高燧最近都读了什么书。朱高燧回道："《山海经》《天帝玉刹》，还有《西游记》的手抄本。父王，两位兄长，这可不是戏里的《西游记》，那真是……"

朱棣一摆手，朱高燧停了下来，朱棣道："老三，你是做父亲的人了，这么多年顽劣之性不改。掏鸟窝，亲自爬树，是我等人家做的事吗？顾晟去信，说你骑马摔伤，你自幼不爱读书，但娴习弓马，骑马能摔伤吗？顾晟欺骗父王，是你的意思吧？"

朱高燧赶紧跪下，偷偷地看了世子一眼，朱高炽没注意，朱高煦看在眼里。朱高燧道："回父王，儿子怕惹您生气，让顾晟这样写的，父王战事正炽，儿子本应效命疆场，在家里却弄出如此之事。父王知道不但生气，还会扰乱心神，影响战事。再者，父王不是把儿子这顶'荒唐王爷'的帽子坐实了吗？"一句话说得人们都笑了。也只有朱高燧敢这样和他父亲说话。

朱棣也笑了："你年龄渐长，趁这次养伤，应多读一些经史子集、强兵治世之书。你确实是一个'荒唐王爷'，这次在家里大摆宴席，还不荒唐吗？下次随父出征，留在北平也保护不了世子。"

世子心里想，"这事若是我做的，父王会是如此态度？老三尽管荒唐，但自会应付父王。"

朱棣说道："高炽，你说说最近情况。"

朱高炽站起来，看了一眼朱高煦和朱高燧，昨天，朱高煦去世子府看望大哥，拿了一支足有三两的老山参，一柄如意给侄儿的，又给张瑾拿了暹罗国进贡的翡翠饰件。兄弟俩谈了半个时辰才回去。

高炽道："回父王，府里最近一切如常，没用儿子操劳。三弟之事，做兄长的照顾不周，训诫不全，望父王责罚。"

朱高炽表面愚直，内心冰雪聪明，父王此次班师，明显冷落自己，就连最疼爱的长孙朱瞻基也未问一句。这时黄俨在书房门口走来走去。朱棣早看到了，说道："黄俨进来，你这奴才越发不懂规矩。"

黄俨连滚带爬地进到书房，说："回主子，前面有四拨人来请世子爷，一拨比一拨着急，有的干脆就骂了奴才。"

朱棣说："时候不早了，咱们一起过去。"也不坐轿子，朝中殿走去。殿里已坐了很多人，本来王府是不理地方政事，但靖难以来，这里成了议事中心，大事小事都从这里议定发出。大家见过礼，王爷升座，各自落座。只是没有人先开口。

朱棣道："刚才黄俨说都在找世子，都找到家里去了，现在为何又不出声了？"

黄直站起来，走到燕王座前，道："王爷，我等了大半个时辰，派人去请世子爷。现在王爷回府，正可禀报王爷。第一件事，东安府薛庄薛家王氏守寡三十余年，养大二男一女，二男读书有成。王氏自己并不富足，接济族里，府里上表请求旌表。"黄俨拿上去递给朱棣。

朱棣翻了一下："这事以后你们直接处理就行，不必回禀世子，说下一件吧。"

黄直沉声道："王爷有所不知，旌表需赐匾额，若王爷亲笔书写最好不过，还要用印，臣自己处理不了。"朱棣看黄直脸色凝重，掷地有声，没做声，示意继续。黄直说："第二件事，秋粮已收割完毕，收成大约在七成，按往年征赋，还是减赋？臣有条陈，请王爷过目。"

说着递了上去。"第三件，这两年水旱相继，宛平桑乾河、大兴大通河，良乡琉璃河都多处溃坝，恐明年有大的水患。现秋收已近尾声，还有近两月入冻，臣请在这两月征徭修渠。但北平之地，壮丁多已从军，若徭役不够，请调用当地守军；第四件事，今早来报，是霸州万家口巡检司的条陈，一份报给都指挥司，一份报给了臣，万家口马场走水①，战马死伤近半，马场成为一片灰烬，附近民房遭池鱼之殃，有三十多户，臣请求赈恤。都在条陈上。"递给了王爷，侍立不动。

朱棣倒吸一口冷气，道衍每次来信必夸世子精心，反应敏捷，处事果断。四件事，有三件事自己都感到难办，何况世子。他看了一眼，放下，问道："黄大人，世子信中多次提到你办差用心，是难得的干吏、廉吏。还有薛严、徐俊，你带的兵不错。黄大人，你是北平当家人，我问你，北平人口、四方②是多少？"

黄直道："回王爷，北平辖六府，十九州，一百一十六县，现北平实际控制四府，十一州，七十六县，还有九个守御千户所，共三十九万五百三十二户，人口有八十四万九千三百二十一口，水田二十三万四千七百七十二顷零五亩，旱田四十一万八千五百二十一顷零四亩五分。"

满座皆惊。朱棣很满意，道："世子已提议，我已准，擢升你为北平右布政使，署理司事。李让还要随军参赞。让徐俊去广平府署理知府，历练几年，可堪大用。薛严升五品，还在衙门当差，暂时署理粮道。至于他其他的差使，

---

① 失火，因忌讳这两字，称走水。
② 田亩，田地。

你可随机安排就是。我明白，你们一人都代几个职位，单说你黄大人，这一年下来，瘦了许多。我看在眼里，只是没有办法。你们尽管放心，天要亮了，有你们大展身手的时候，我到时候还要给你们压担子。"

第三十七回

▼

张文弼娶亲遂夙愿　姚广孝献计定江山

黄直跪下，禁不住流下眼泪，道："臣代徐俊和薛严谢王爷，谢世子爷。王爷明鉴，此等功劳，应归功于世子爷。每当有事，世子爷调度得当，与臣等同甘苦。灭蝗时，晕倒在现场。令臣等不胜感佩。然臣有不情之请，徐俊人才难得，能否留在藩司衙门。"

朱棣笑了起来："好你个黄直，是人才就要给人家施展的空间，再说广平府也归你管辖。现在我们只有北平各府县，会有大的天地给各位大人施展。黄大人请回，我与世子商定，尽快答复。"黄直退了出去。

朱棣喊唐云，唐云站起来道："回王爷，末将有两件事报与殿下。第一件事就是刚才黄大人所报，万家口马场有马一千多匹，信报中怀疑有人纵火，臣已命犬子带人去调查此事。幸马场场守当场决定，放开马匹，逃出多半。第二件事，上次给王爷去信，未见回音，臣斗胆再提，守城之兵，出城演练。末将仍记得殿下所言，养兵如养狗，不能长时间圈着。这是条陈，请殿下定夺。"说完退了回去。

按察司佥事吕昕站了起来，刚要说话，朱棣平时不耐烦这些琐事，他自己明白，有些真不知道如何处理，遂道："吕大人，各位大人，这些事一会儿你们和世子商议，到前殿去。我与大师有军情商议。"

世子应着，就要往外走，朱棣喊道："拿着这些条陈。"

世子道："回父王，儿子先和大人们议着，等父王议完大事，儿子再回来请教父王，先把条陈放在此处吧。"

朱棣对世子的回答很满意，心里也在考虑马场之事，众将都在，不便发作。殿里的一些武将没见过这些政事。他们往往瞧不上文臣，觉得他们只会雕章琢句，更佩服驰骋沙场、斩将搴旗的将领。他们眼里，朱高煦更似朱棣。今天听到这些政事，有的武将思想有所转变。就连朱高煦都在想，这些事自己是否能处理，是否能扛得住。这只是冰山一角，他们还没有看到筹措粮饷。

众文武告退，只留下道衍、金忠、朱能、丘福和朱高煦、朱高燧。燕王把指挥张清的信拿给大家传看，大殿里都是心腹之人。朱棣说："大师讲得在理，我等需重新谋划。靖难以来，已逾两载，虽攻城略地，然我军班师，城池即为南军所占，如此几番，我等只能坐守北平、保定、永平几城。大家议一下吧。"

大家传看完毕。道衍说："殿下之言，老衲不敢苟同。眼下虽只占保定以北，但在军事上给敌以重创，他们再集结大规模军马已难。而在舆论上，普天下之人，都晓得殿下为何起兵靖难，两年多已不同于靖难之初了。以老僧看来，有大部分朝廷官员已认可王爷，张清之言，应是官员之心声。眼下时机已经成熟，不必计较一城一池，趋师南下，直指京师。南京是人心之向背，攻下南京，天下传檄可定。"

说完，大家你言我语，各有计策。朱棣只是倾听，不发一言，金忠道："各位大人，这样不是办法，一个一个说，供大家参详。我同意大师的意见，避实就虚。"

丘福对大的战略拿捏不准，往往和朱高煦想法一致。朱能觉得大师讲得过于容易。北平至京师几千里，如何避实就虚，长驱直入，视南军为无物吗？他一向尊敬姚广孝，委婉地表达了自己的想法。朱棣把头转向高阳郡王朱高煦。

朱高煦赶紧站起来，躬身回道："大师之言，甚合兵法，然兵凶战危，正如刚才朱将军所言，南军一定会重兵拦截。父王有总的战局，途中遇敌，因事制宜，便宜而动，能走就走，走不开就打。明确目标，一鼓作气，直下江南，尽量避免与主力和悍将接触。待打下京师，传檄各处，不遵即为叛逆，那时儿子愿率兵擒之。儿子愚钝，只能想到这里，不同之处，还望见谅。"

丘福赶紧应道："二王爷所言，句句金石，末将以为可以按此计而行。"他是最看好朱高煦的，一是他的体魄、个性极似燕王，二是一起效命沙场，朱高煦打仗勇猛，颇谙谋略，而且身先士卒，和将军们交情不浅。谁让朱高煦生在朱高炽后，高炽嫡长，应当立为世子，命运如此，谁又能如何？

道衍走到沙盘前，拿起图杖，指着说："过山东，走徐州，直下江南，路途最近，然皆重兵把守。德州、济南，有平安、铁铉等老将把守，想通过此地，耗费时日。走山东和河南、直隶交界处，虽然绕些里程，都是部署薄弱之地，且南军必不虑我等从此南下。不过也一定有尾随之兵，以王爷之智，众将之威，必不惧之。如二王爷所云，能战则战，不战即走，追到南京又有何用，阙下称臣耳。"

大家称善，金忠游走四方，熟识地形，提出疑问："各省交界之处，道路实在难走，小股部队尚可，大队委实难行，如之奈何？"

燕王思路已经清晰，笑着对金忠说："世忠，这可不像你这谋士说的话，如诸位所说，因事制宜，因地制宜。"明明是朱高煦所说，他故意混淆，他也深知二子朱高煦十分像他。不只是一介武夫，经史子集也颇有心得，诗也做得不错，可谓文韬武略。但性体太浮躁，修身不够，因此燕王不敢宠他，在军中也经常提点他。燕王接着说："饭后我等筹划一个详尽计划，让袁忠彻择定吉日，誓师出征。"众人散去。

朱棣派人把张辅找来，向他谈了有关"下茶"之事，亲笔书信一封让张辅之妹张丽拿回家去给母亲看。张丽一直跟着徐静，已经二十岁的人了，还舞枪弄棒。北平保卫战，率领女兵英勇杀敌，像徐妃一样，巾帼不让须眉，立志找一个英雄丈夫。徐静知道她的心在燕王身上，也给燕王提过此事。燕王也有此意，一是真心喜欢张丽，二来可笼络张玉。谁知还未提到日程，张玉战死，这事就搁下了。眼见年龄一年大过一年，徐妃和张母都很着急。

张老夫人最着急的还是长子张辅，看到朱棣的亲笔信，知是官宦之家，甚是合意。写信给燕王，千恩万谢。但张辅说过，此生非纪兰不娶，生要见人，死要见尸。王爷没敢讲是纪兰，其中利害，他当然知道，一旦出事，弄巧成拙。

燕王严令，这几天择日完婚，已经派人去了王平口，把纪兰接到金忠府上，正日子接过去。是薛晓云带人去接的。道衍把薛晓云的事告诉了朱棣，所谓的世子与女人鬼混，就是此人。有人中伤，定是有意离间父子。朱棣若有所悟。

晚上，朱棣在小书房里，马和进来了，朱棣屏去左右，马和把在镇抚所自杀的两名细作的情况如实地向朱棣汇报。他有一个要好的老乡在镇抚所做副百户，打听明白，不关世子之事。朱棣悬着很久的心落地了。

这天卜义进来报，薛晓云已回来，已经把吴小姐接到金大人府上。已下过三书①，也下过六礼，请过吉期，在冬至月十六日。卜义又道："张辅将军在外面转了好久，想进又不敢进的样子。"朱棣传快请进来。

张辅走了进来，见了礼，脸憋得通红。不等他张口讲话，朱棣就说："我知道你要讲什么。自古婚姻大事，关乎人伦，不孝有三，无后为大。老将军为国捐躯，若还在世，此等事情也不用我操持。文弼你尽管放心，我绝不误你，保证给你找一位称心如意的夫人。再者这是军令，必须服从。"

张辅没敢回口，去找世子，世子和他到了家中。家中已备好礼品，燕王派世子亲自下聘，给足了面子，全北平城都知道，哪个不羡慕？聘礼都绑上红绸，贴上喜字，吹吹打打送到金忠家。世子和张辅见过吴大人夫妇，张辅不情愿地行了礼。

呈上礼单，聘金：银六百六十六两，制钱六百六十六贯，钞六百六十六贯，彩币十二表里，绢六匹，聘饼一担②，海味八式，发菜六包，鲍鱼，蚝豉，元贝，冬菇，虾米，鱿鱼，海参，鱼翅，鱼肚各四斤，三牲、活鸡一对（本应两对，双方父母都不全，舍一对），猪肉带两根肋骨，表骨肉相连。大尾鱼两条，酒四坛。四盒京果：龙眼干，荔枝干，核桃干和连壳花生，祝福子孙旺盛，圆满多福，生生不息。四色糖各一盒，冰糖枯饼，冬瓜糖和金柿，表示甜蜜美满。油麻茶礼各一盒。帖盒：莲子百合，青缕，扁柏各两对，芝麻，红

---

①聘书、礼书、迎亲书。
②一百斤。

豆，绿豆，红枣，红头绳，龙凤烛和对联一副。另有香一捆，大鞭炮和大火炮各四捆，龙凤喜镯一对，四品凤冠霞帔一套，各种妆奁一盒。十二斤糯米，三斤二两砂糖，做汤圆之用。

金忠拿过礼单，让人拿去清点，告诉世子，次日即可回礼，清点后即可书写回单，回礼时各种物品减半。

朱棣独自在沙盘前沉思，黄俨走进来报，礼部驻北平主客司郎中王中允求见。朱棣让他进来，这王中允五十多岁，五品穿戴，瘦高个儿，几缕稀疏的胡子，朱棣不认识，见礼后报过职衔。

王中允，这个名字倒是听说过，他这个职衔也有几分滑稽。由于交趾国使者进京面圣，关乎礼节一事和部总陈迪发生分歧，当众官面顶撞了主官，而且咆哮公堂，被陈迪劾上一本，朝廷把他派到这里。主客司不会派到各藩司的，他是唯一一位。

朱棣一看，他眼光上挑，就有几分不喜，打着王爷腔问道："王大人，不知到此有何见教，有事可请教布政司和京师礼部卓大人。"

王中允躬身道："回王爷，按理说下官一个五品的前程，不应到府里造访，可有一大事，都司、藩司、臬司谁也不当回事，都说不是自己的事，只好唐突造访了。"

朱棣道："各国使臣有到北平者，请大人把他们护送京师，由朝廷裁度即可。"

王中允答道："回王爷，确实是使节一事。朝鲜李芳远杀了同父异母弟弟做了国王，又杀死国师和太师，派使走辽东，取道到达北平。此人对大明目前情况并不了解，一是请求册封，二是朴太师的一子一女由辽东逃到北平，使者想让大明交还给朝鲜。但南北已不通驿，倘有不虞，岂不失了各藩国拳拳之心。下官素知大王雄才大略，智虑周详，南北虽有征战，但终有结果。大王为长久计应妥当裁处，下官此意，王爷明白，请王爷定夺。"

朱棣停下手里把玩的水杯，细看此人，这可不是无能之辈，说得不卑不亢，掷地有声，点到为止。但已说得非常明确，大明早晚得燕王掌权，为长远计，需处理好藩国关系。

朱棣欠身让座，命黄俨上茶，歉然道："王大人，多有怠慢，请见谅。王大人见识不凡，老成谋国，是我皇考股肱之臣。今番宏论，令我汗颜，请王大人赐教。"

王中允道："下官久闻王爷礼贤下士，今日一见，名不虚传。以臣之见，先派人至京师沟通，待渠道畅通，由我部派人护送使者至南军，由南军送给朝廷，方为万全之策。至于朴太师儿女，都已成人，大王想交与李朝使者，交就是了。若不想交与，只说派枭司衙门缉拿，待使者启程南下，讨得朝廷封号，拿得金册，直接从海路回国，这事也就淡了。"

朱棣点头说："我太祖高皇帝善养足智多谋之士，而朝廷不能用，被排挤至此。就依王大人，先把使者请来一见，还是我去驿馆见他？"王中允说明天他带着使者觐见大王。

朱棣又问："王大人，听你之言，是知道这兄妹的下落了？"

王中允点点头，笑道："王爷英睿过人，一猜便是。下官已安排人，把兄妹保护起来。因不敢声张，没告诉有司，只等王爷裁夺。"

朱棣很高兴："既如此，我告诉世子，明日去找世子洽接，让他先保护起来，以待来日。王大人以为如何？"王中允答应，然后告辞。

转眼到了十五日，女方派人送妆奁到张府。张府张灯结彩，由朱高炽和朱高煦兄弟俩给安床。朱高煦这几天，几乎每天来一趟，张辅娶亲，他非常高兴，因为前次良缘纪兰就是他派人干的，虽然不是针对张辅的，但觉得愧对他。明日成亲，他忙前忙后，贵为郡王，着实让人感动。

所谓安床，只是把屋里早已摆好的喜床动一动。这也不是所有人都能动的，这兄弟俩上面父母俱全，又都有儿子，称为"全命人"。然后张家亲属进来铺上大红被褥，大红床单，上面又铺上龙凤被，上面撒上花生、红枣、桂圆、莲子，意喻新人"早生贵子"。

陈懋在前面张罗着，把女家报过的嫁妆照单清点，大多数是衣物饰品。另有蝴蝶双飞剪刀，子孙桶，花开富贵瓶和屏，白头偕老花鞋，良田万顷尺子，应有尽有，不一而足。张辅的几位婶娘、伯母正在看着梳头婆给张辅梳头。他是结过婚的，当然明白。梳头婆边梳边大喊一声，一梳梳到尾，二梳梳到白发齐眉，三梳梳到儿孙满地，四梳梳到银筸标齐。

陈懋在外看着，边听边笑。梳头婆道："将军不用笑别人，看将军年纪不小了，也快娶亲之人啦，到时老身去给将军梳头。"说得陈懋不好意思，走了出去。

次日早晨，张辅到祠堂祭告祖宗，到中堂拜母，又拜父灵位。执事已请出发接亲。张辅骑着大马，马头上佩着彩绸红花，四品武官常服，斜绑大红彩绸花。前面两个人举着大烛，接着两个人举着对牌，左边写"奉王命完婚"，右边写"天地人同贺"。

接下两个士兵同举一条横幅，"大明卫指挥四品佥事张讳辅奉王命迎娶诰命夫人。"接下来是张辅，后面跟着八人抬的大轿，大轿上打着大红油罗伞盖，后面是鼓乐队，后跟亲兵护卫。一路吹吹打打来到金府。

张辅原来到过金府，已经换过宅子，原来的金府不大，和普通的民房差不多，新宅子高房大屋，三进的房子。司宾走过来安排接亲队伍吃饭，发给喜钱，然后喊放炮。三声炮响，金忠家的正厅门打开，司宾给张辅作揖，然后走到东阶，面西而站。张辅站西阶，面东而站，共同一揖，然后张辅走到后堂，走到纪兰的闺房前，大声说道："大明四品佥事张辅奉王命和母命，以兹嘉礼，恭听成命。"

几个丫鬟婆子从侧门出来，侧身而揖，张辅府上跟来的主婚人每人给钞五贯。然后司宾喊："鞠躬，拜，平身。"张辅照做，随后走下台阶等候。吴老爷子和夫人在金忠的陪同下身着官服面南而坐，纪兰的侍女小桃带着伴娘站在阶下。

纪兰蒙着盖头，四品诰命服饰。走进大厅，司宾喊道："新人拜父母，一拜，兴，再拜，兴，三拜，兴，四拜兴，礼成。"

吴老爷道："你今番去婆家，切记恭肃有礼，孝敬公婆。"

母亲说："晨省昏定，不能违命。"纪兰哭着答应。事先已嘱咐，必须要哭的。司宾喊道："娇客拜。"张辅在司宾的号召下拜了四拜，平身礼成。

小桃扶着纪兰，踩着红毯上轿。到了张辅家里，大红地毯铺到中门外，鞭炮齐鸣。仪宾喊："新人离轿。"小桃在前引着迈过火盆、马鞍、苹果篮，走向大厅。院子里彩棚占了大半个院子。

大厅和彩棚里都在四角处放着炭炉，温暖如春。拜天地，拜高堂，夫妻对拜，送入洞房。张辅父亲不在，都是唐云、丘福等几位长辈在张罗。他到各桌敬酒，在正厅左侧燕王和几位属官坐在那里，张辅进去拜了几拜。喜宴一吃到起更时分方散。

张辅被司宾引到新房，司宾辞去，出来几个本家婆子把他领到新房。侍女们奉上合卺酒，二人交杯而饮。奉上子孙汤圆，一人吃了一口。众人说几句祝福的吉利话散去。

张辅折腾了几天，乏得不行，一想今日娶亲，辜负了纪兰，纪兰生死未卜，悲从心来，靠到几上休息。纪兰等他来揭盖头，左右等不来，于是开口说话："相公几日定是乏了，早些歇着吧。"

张辅正自难过，听这声似纪兰，摇摇头苦笑了一下。纪兰是一名侠女，碍于典制，折腾了几天，有些不耐烦了，道："将军不揭盖头，是让我蒙到天明吗？"

这分明是纪兰的声音，张辅"腾"地站起来，三步并作两步，跑向新娘。刚要揭盖头，纪兰用手挡住，"戥子[①]。"张辅又到几上拿早已准备好的戥子，挑下盖头。在大红烛的照耀下，真真的，清清楚楚的是纪兰。张辅一把拉住她的手，泪流满面，连喊几声："真的是你。"

纪兰道："夫君是三十岁的人了，驰骋疆场，斩将搴旗，怎这般英雄气短！今夜是不许掉泪的。"遂告诉他都是世子安排的，燕王也都知道，千叮咛万嘱咐，自己叫吴兰，不能告诉任何人。两人欢喜无限，几经磨难，终成眷属。

---

① 小秤，用它揭开盖头，图吉利"等子"之意。

第三十八回

▼

虑河工藩台谈积弊　悲三子王驾引愁思

次日两人又拜了祠堂、母亲，张辅骑马朝王府奔去。王府内院他常来常往，告诉黄俨通报，走了进去，给燕王妃行了大礼。燕王给他使了个眼色，两人一前一后走进了小书房。朱棣也没讲原因，还是嘱咐他守口如瓶。

张辅跪下去，流着眼泪："王爷待臣恩重如山，张文弼此生此世追随大王，如有三心二意，定不得好死。"告辞出来。张辅是一个绝顶聪明之人，燕王连王妃娘娘都瞒着，这就怪了，这里面的事有蹊跷。他不敢多想，更不敢深想。去世子府拜谢。在前院的客厅里等着，卜义进去通报。世子的咳嗽声由远及近，还没等踏进门口，张辅一下跪倒，叩头不起。世子挥手屏退左右，把张辅扶起来："张将军，你行此大礼会引起别人疑虑。本座这个大媒如何？"笑着，让张辅坐下，自己在主座上坐下来。

张辅说："不瞒世子爷，末将感觉做梦一般。刚才去拜过王爷、娘娘，王爷嘱咐我保密。下官不敢问为什么，只是世子爷有所不知，文弼过去一直对您不够尊重，从今以后，只要是世子爷的事，刀里火里，张辅绝不皱眉。"朱高炽对这话很满意，又嘱咐保密，张辅告退。

过了几日，世子代父去驿馆看望朝鲜使者，赏了金币、银和绢帛。给随从人员发了过冬衣物，各有赏赐，解释道："原本父王亲自来驿，只因身体不适，又怕误了来使行期，故派某前来动问，有何需要，尽管讲来。来使所陈两个叛逆之事，已严令有司尽快捉拿，派人送去贵治就是。"来使千恩万谢，朱高炽派兵护送他们至德州。

次日，朱高炽请过安，和黄直约好先去看一下卢沟河大堤。修了月余，已过冬至，土已冻过几指，挖沙取土比较困难。两人带着属官到了大堤，有的几处已完工，有的还差收尾，只有少数人在做入冬的善后工作。

黄直道："世子爷，这本来不是大工程，已费时月余，大多未完工，只待来年开春再作计较。只因眼下可役之丁太少，上次下官已写条陈，不知世子爷是否看过？"

朱高炽道："已拜读。但有一事不明，北平各府县人口近百万，每年民人服徭役是有定数的，再者，你在条陈上写，许多充当军役，军役是军籍之家，是不出役的，难道……"没有讲完，眼睛盯着黄直。

黄直接道："世子爷所言极是，大明律明令，只是军籍之家入伍，若战事吃紧，非籍人家也要从军。但服徭役是由所持田亩决定，都登记在鱼鳞图册里，户部、司、府、县都有备存。"

朱高炽道："对，这样充役之人，州县里都有记载，谁能逃役啊！"

黄直道："世子爷明鉴，但我朝士绅不当差，包括生员，家里也要免两丁差役。有田人家，把田靠在士绅之家，可纳粮纳赋，但不用当差。一旦有大的工程，役人捉襟见肘，只能求助卫所。"

朱高炽点点头，叹口气道："这也是历朝历代的积弊，谁又能改变，现在各处河工都是这样吗？"

"回世子爷，这里算是好的。有的州县只修到一半，不过世子爷放心，开春化冻开工，到汛期之前保证全部交工。"

"黄大人，你办差一向勤勉，但还要嘱咐一句，若有一处不合要求，本座是不依的。再说，这又不是太大的河，修一次要顶上几年，不用年年修。去年修那几处如何？"

"回世子爷，去年那几处竣工时下官都亲自验收，大多数能挺几年。"

朱高炽道："大多数，你报的河段就有去年修过的，这作何解释？"

黄直很吃了一惊，这世子记忆力真让人佩服，赶紧说："世子爷有所不知，同一条河，甚至同一段，也是垮了的修。只要能将就的，就挺到第二年。"

朱高炽又叹了一口气："听明白了，还不是银子闹的，今年秋季的河工银子是否拨足？"

"回世子爷，只拨去一半，来春再拨另一半。一是库里实在紧张，另外，早拨下去，怕被州县挪用，到用时却难以筹措。这秋粮收成不好，粮饷还是第一要务，州县也难以为继，见到银子，当然就敢动了。但只要不是贪了，也拿他们没办法。"

"这本座明白，那你的藩司呢？"

黄直看到朱高炽笑着问自己，有几分尴尬，脸红了，说："下官不敢隐瞒，藩司也如此，见银就敢花，大多数是拆东墙补西墙。不瞒世子爷，下官几乎每天都盼着能发笔横财，一切都解决了。"

朱高炽知道他是老实人，笑着说："黄大人不要紧张，都能理解，你随本座回府，一会儿就商量秋课的事。"

两人到布政司衙门胡乱吃了东西，回到了王府。黄俨在端礼门旁等他，告诉去中殿，王爷和众文武都在。进了大殿，众人见礼毕，朱棣让他们两人坐在他下首，朱高炽不敢坐，谦让了半天，歪着坐下了。

朱棣道："以为你们晌响就能回来。大家已经议定，择日出兵南下。现在最大的问题是粮饷，你们先说说吧。"当然指的是朱高炽了。

朱高炽赶忙站起，道："回父王，这两天儿子和黄大人在筹措此事。收了夏粮，库里存了六十多万石，足可支付。夏粮收赋不允许折银和钞，现在库里都是满的。但父王，几乎清一色的夏麦，大军食用，太过单一，儿子愚笨，还未想出办法。"

道衍接过话头："是啊，王爷，各位大人，前几日派员去南方买米，共六船，分六次运走，隔两天一船，只回来两船，五千石左右。因为海上风浪太大，不敢让船吃水太深，但还是翻了两船，粮食没了，还走了十一个船工。"

把脸转向黄直，"方伯①大人，家属是否都抚恤过了？"

黄直马上站起来："回大师，已抚恤过了，这些船工都是米行的，对他们的抚恤，藩司也拿了银子。"

朱高煦突然问了一句："大师，还有两船呢？"

道衍发现王爷也在看自己，接着说："还有两船出海不久，就被倭人劫持，只跑回来四人，其他生死不明。"

朱能接过话头："王爷，这两年一直听到倭人两字，贼寇而已。我大明扬威宇内，就奈何他不得？"

朱棣说："我也有所耳闻，不甚明了，世忠你说一下吧！"

金忠欠欠身子，一拱手道："回王爷，下官也不甚明了，只知是日本国的海盗，都是一些武士。运粮逃回来的四人，我见过他们，了解了一些。这些倭寇头发剃成半月形，上身穿单衣，下身赤裸，只穿兜裆布，光脚，手持长枪、弓矢或日本长刀，船很大，在我大明沿海烧杀抢掠。大王，臣正想就此事禀报。这几人讲述这样一件事。"

当年九月，倭寇率六船登崇明岛，杀死镇抚，大掠全岛。次日于象山登陆劫掠，攻打象山县。象山知县惧敌逃跑。千户所千户易绍宗暂署知县，在县衙墙壁上写上三十二个大字：设将御敌，设军卫民。纵敌不忠，弃民不仁。不忠不仁，何以为臣！为臣不职，何以为人！与妻子诀别，令军士焚毁倭贼船只，然后追杀贼寇，大败倭贼。次日在海岸上展开激战，陷在泥沼中被倭贼乱箭射杀。

众人听后，吸了一口凉气，朱棣问："这个易绍宗何许人也？"金忠答不晓得。

顾晟接过话头："大王，臣略知一二，此人乃一介武人，湖广人士，本是李文忠护卫，立有军功，放出去做了象山县钱仓所千户，可惜了。"

朱棣问道："既然倭寇如此嚣张，为何要到浙江一带购粮，如此远的海路，不遇倭寇也不易运到北平呀？"眼睛看着世子。

朱高炽又赶忙站起来道："回禀父王，已经在江东一带购过几次米。朝廷

---

① 对布政使的敬称，有时称藩台。

有所防备，今春扣了人和米，后来儿子就叫人分散购买，从江东、浙东、闽东一带，陆续运回。朝廷并未察觉。"

朱棣赞许地点点头，说："刚才世子说没有办法，这也确实不是长久之计。"

朱高炽得到父王赞许，遂道："父王，儿子刚才听到倭贼一事，有一想法，像易绍宗这样的忠贞之事，朝廷一定旌表。其乃我太祖高皇帝忠贞死士，北平也要立碑纪念，通檄全国。"

朱高炽一席话，众人全部点头，朱棣内心高兴，说："易绍宗实乃大明忠臣，先考高皇帝善养壮士，就依世子。黄直，你去办，要隆重，世子代我亲往祭奠。"

朱高炽看父王高兴，大着胆子又说："父王，儿臣还有一事禀报，秋粮早已收完，迟迟没有收赋。只是因为秋粮歉收，河北各府州县的秋作物，大多数是谷粟，夏天一月多无雨，谷粟正是拔节之时，有的七成收成，有的一半都没有。儿臣斗胆请示，各州县减赋一万石，收成较差的州县，免了今年的赋税。"

话音刚落，朱高煦站了起来："父王，不可，大哥说得固然在理，但减赋免赋，饷银何来，如何维护各府州县的财力，望父王三思。"丘福等一些武将都同意朱高煦的意见。

朱棣没想到他儿子突然问这个问题，有几分恼怒。这事可以私下问一下，这么多部属，若说不字，岂不坏了爱民的名声？其实他忘了，条陈早递上去了，世子也问过他了，班师都已将近一月，迟迟不见回音，世子才问了这事。朱棣道："说说你的理由。"

世子道："谢父王。儿子有三个理由，第一，就是刚才讲的天灾；第二，北平各府、县两年来经过战乱，百姓财力俱困；第三，靖难以来，有多少良家子弟从军、阵亡，虽有悯恤，但所恤之银能用几时？并且很多丁男尚在军中。"

朱棣明白了，收拢人心，全北平同仇敌忾，他看了一眼道衍。道衍欠欠身，念了一声佛，道："殿下，减免赋税，心里最不情愿的当数世子爷。各位大人明白，为不绝饷道，世子爷宵衣旰食，一旦黜免，他又要多方筹措。然老衲认为，太祖高皇帝曾云，百姓财力俱困，譬犹初飞之小鸟，不可拔其羽；新植之木，不可摇其根。世子爷所言，实乃治国之根本，望王爷三思。"

朱棣说："好，今天议得不错。黄直，你和世子商量着办。就这么定了，但要提防有的州县弄虚作假，污吏贪墨。"

黄直跪下去，大声道："王爷一片爱民之心，臣敢不尽心办差？如果办砸，黄直还是人吗？"说得大家都笑了。

众人散去。朱棣到了小书房，笼里正烧着炭火，有几分炭气，朱棣示意把熏香炉灭了，坐下来吃茶。这时马和走了进来，朱棣挥手，其余人都下去了。马和见过礼，说："王爷唤奴才，不知何事？"

朱棣说："马和，我让你查的事，不是清楚了吗？我听别人讲，你又在查。"

马和道："大王，这件事不难查出，这几个吊死的官员都有家属。既然都死了，一是来头不小，另一个一定有银物之赐。这些都容易查到。"

朱棣脸露怒色，喝道："马和，你跟我这么多年了，是我最信任的，为何敢不遵命令！不准再查了。"

马和跟燕王多年出生入死，朱棣很少对他发火，他虽然奇怪，哪敢再问，慌忙跪下说："奴才遵命，奴才还有一事相报。"从衣襟里拿出一张纸，朱棣看是一个药方：北河参、麦冬、百合、三七、贝母、玉竹、白芨、仙鹤草、丹皮、太子参、白术。

朱棣狐疑地问马和："这是谁的方子？为什么没有写数量？"

马和说："这是黄公公抄给属下的，是世子爷的方子。他这样做已经违例了，不敢明目张胆写。何况这不是一服量的，吃这个方子，已经十几天了。"

燕王听完，又看看方子，倒吸一口凉气。难怪朱高炽说话中气不足，没承想病情如此严重，再发展下去，岂不是肺痨？他告诉马和："这事到此为止，谁也不能讲。严令黄俨，这次抄写方子，我不追究。若讲给他人，立刻乱棍打死。"

燕王有些焦躁，想想这三个儿子，老大高炽敦厚有余，机变不足，更缺乏阳刚之气，真是这种病，岂能长久？老二高煦，刚烈有余，仁心不足。驰骋疆场，无可挑剔，可内心狠毒。两名朝廷奸细的事已浮出水面，难道真是为世子之位？纵观历史，为了皇位或王位，多少宫廷惨变，多少祸起萧墙。难道这些事要出在燕王府？老三高燧，有名的荒唐王爷，能依靠他什么？

朱棣想到这里，感觉从未有过的灰心，喊道："马和，请大师来下棋。"

第三十九回

▼

下沛县颜伯玮死难　万家口唐丙忠立功

唐丙忠回来了，一大早就候在大殿门外，看到父亲和道衍一干人到了，才随他们走进大殿。刚落座，有人喊道："王爷到。"大家起身见礼。王爷升座，已经看到了唐丙忠，让他先讲。

唐丙忠离座，躬身道："禀王爷，臣前几日去了万家口马场，这个马场有军马一千一百匹，只是场守带九个场卒在守。场守是个从八品，也很忠于职守。然区区九人怎能守住偌大的马场？"众人震惊。

朱棣问："此马场隶属何处？"

丙忠答道："回王爷，问题就在这，原属兵部太仆寺，归营州右屯卫管辖。后大宁都司撤销，名义上归开平左卫。然开平左卫从未实质管辖。似都管辖，其实无人管辖，一切开销用度在平谷县衙支取，这就出了漏洞。朝廷奸细潜入放火，场卒死四人，伤二人，场守轻伤，欲跳火自尽被下属拉住。幸好他当机立断，带领余下士卒打开马厩，放马逃生，待臣带兵到达，一起收拢余马，保马五百九十一匹。"

朱棣早已经为这事生气，听到这里，不免发火，道："把开平左卫卫指挥拿问。"

唐云赶紧离座，跪下道："王爷，臣措置不当，请王爷一并责罚。"

朱高炽也跪下，道："父王息怒，此事不关唐老将军之事，是原都司留下隐患，也是儿子考虑不周，请父王治罪。"

朱棣明白，儿子在提醒自己，正用人之际，不能过分追责，于是道："唐老将军，快快请起，此事与你无关。原两卫各属两个都司，互相扯皮。丙忠，为何耽搁许多时日？那个场守叫什么名字？"

唐丙忠答道："回王爷，场守姓柳名冲，起于军功，在此马场已有九年，四十岁左右。当时，柳冲抓住一个细作，审知有三项差使：一是在马场纵火，二是毁掉遵化铸炉，三是要刺杀世子。"

朱棣轻蔑地笑道："可见南军已无能为，接着讲。"

唐丙忠道："末将赶紧派人给父亲报信，早作预防，保护世子。而后臣留下十五人处理善后，保护马场，带兵到遵化，把此事通报给遵化卫指挥蒋盛，于是耽搁了。请王爷责罚。"

朱棣点头道："丙忠请起，你虽年轻，措置得当，已经历练有成。本王早就有意你去大宁卫做指挥使，把郭泰替回来。令他去怀来接替陈珪。"

唐云站起道："王爷，此事万万使不得。犬子年幼，还未知世事之艰，不能担此重任，请王爷收回成命。"

王爷笑道："唐老将军过谦，靖难之初，丙忠就是指挥同知，坐镇一方，如何年幼无知。有你父子，北平必保无虞，待靖难结束，拿下京师，再论功行赏。丙忠，营州几卫都归大宁卫管辖，隶属北平都司。在万家口马场设一百户所，让这个柳冲做百户。"大家互看了一眼，这个决定有点匪夷所思。

朱高煦站起来道："父王明鉴，这个从八品和百户差了好几级。似如此，有过不罚，反给升赏，何以服众！且赏赐太过，也会给人以幸进之心，望父王三思。"大多数都同意这个意见。

金忠站起来："禀大王，下官以为不然，罪与过都不在柳冲。他调度得法，临危不慌，受伤之际保全一半马匹，岂不是功哉？何况，目前看来，必须驻兵，再派一个百户去，他们如何相处。大王智虑周详，臣赞同。"

朱棣连连点头道："高煦，听一下金大人所讲，遇事多动脑子，话脱口而出，于事何补？就是读书少的缘故。"

朱高煦赶紧站起来道："父王教训得极是，儿子记住了。"

朱棣喊道："高炽，你怎么不说话？这件事你是如何善后的？"

朱高炽赶忙站起，躬身道："回父王，各位大人在议，儿子不敢插嘴，承父王问。儿子已和布政司黄大人议过，此地属北平府，已责成经历薛严抚恤被烧的房屋。军卒阵亡有定制，军中自有抚恤。马放开后，冲撞的民房，撞死撞伤人，包括踩踏的过冬麦苗都一并赔偿。"朱棣满意地点点头。

朱能站起来道："王爷，臣将唐突，想问另一件事。现已择日出兵，兵员不足，已无兵可募，请殿下定夺。"几位武将都点头。

这才是今天议事主题。朱棣道："士弘将军所虑极当。几日来，我与大师、世忠在谋划此事。飞檄郭泰和唐丙忠交接官防，速去怀来。再檄令陈珪去营州左右、前后四屯卫中各抽调一半，在腊月十日前到北平南宛集结。唐老将军，开平四屯卫各调出一半军马，腊月十日前，到齐化门外集结，而后补充到各营。众将以为如何？"

丘福道："王爷高见，兵力多两万，当然是好事。但不知这几卫战力如何。臣最想要的是密云和通州两卫的兵马，不知大王能不能考虑？"

朱棣哈哈大笑："丘将军，得陇望蜀，贪心不足呀！"大家都笑了。

道衍接过话头："各位大人有所不知，营州各卫已调走一半，也是万般无奈。大宁空虚，一旦有警，密云之兵既可往援，又可策应各卫。通州大营，守军能征惯战，大王当然知晓。房胜老将军更是有名战将，几次南征，都考虑过，最后都被否决。通州是北平城东面门户，水陆重地。若辽东兵犯，永平有陈怡，直沽有宋贵，房胜在通州，有几位可保无虞。万万不能调此几处兵马。"

朱棣又问了有关饷银之事。朱高炽亲报，已筹措妥帖，只等开拔。朱棣告诉朱高炽，粮草必须先走，到正定候着。派朱高煦、张辅、张宽押运，昼伏夜行，免得细作侦知。

建文三年腊月已近岁尾，朱棣祭告天地，祭拜祖宗，誓师南征，此次按事先议定，避强击弱，避实击虚。指挥李远为前哨，朱能率前军，紧随其后。到正定后，有的州县由南军把守，大多望风而降。有的紧闭城门坚守不出，任由燕军借道。

李远率军到藁城，朱能派人嘱谕，勿使恋战，如守将不出城迎敌，绕城而过。李远听令，绕开大路。滹沱河已冻实，人马辎重尽皆通过。

探马报与藁城卫指挥葛进，他以为燕军怯战。此夜正好除夕，他命众军士吃过年夜饭，向南追击。李远已去城十余里，扎下营寨，分发过年食物，衣不解甲，枕戈待旦。南军在五十里之外，就已被侦知。李远吩咐副将郭定率三千兵马，过滋河，潜至敌军背后，听见号炮率师杀出。分拨已定，列阵等候。

南军看燕军大营里并未举火，如常巡逻，大喜，大喊杀贼。众军举起火把，快到栅门，燕军三声炮响，军士也举起火把，万弩齐发。南军被火把照得看不清东西，前几队被射杀，急令后退。李远持矛大喊杀敌，遂全线出击。郭定听见号炮，率军杀出，前后夹击，斩首七千余人。一战到上午辰时初刻，葛进逃回藁城坚守不出，任燕军往来。李远犒赏军士，派人到中军报喜。

大年初一，得此喜讯，燕军将士为之振奋。李远建功岁首，一年定会天遂人愿，李远记为首功。朱棣遂率军南下，俱有斩获，顺利进入山东地界。他们不敢攻打济南和东昌，从两城中间的临邑、禹城、东阿、汶上各州县迅速穿过。大多数州县闭门不战，大军直趋直隶，到达徐州地界的沛县。

这一带是京师的北大门，朝廷早有防备，去岁征发民夫，从沛县至徐州连筑十一个堡寨。每寨少则五千人、多则两万人驻守，以防燕军突破济南防线南下至此。但后来济南、东昌战事吃紧，紧急调配这里守军去增援，沛县仅留几千兵留守。燕军不露痕迹，从天而降。知县颜伯玮派人去州里紧急报告给守备王定，火速发兵救援，一面和卫所千户刘祥商议退敌之策。

两人心知肚明，无险可守，无兵可派。燕军已渡过泗水，刘祥已把家小送去京师。颜伯玮让儿子回家代他给父亲行孝，自己在官衙墙壁上题诗一首：

> 太守诸公鉴此情，只因困难未能平。
>
> 丹心不改人臣节，青史谁书县令名。
>
> 一木岂能支大厦，三军空拟筑长城。
>
> 吾徒虽死终无憾，望采民艰达圣明。

是夜燕军攻破城门。颜伯玮让刘祥去见攻城将领，请求勿妄杀百姓。刘祥应承，带兵出衙。颜知县知道为朝廷尽忠的时刻到了，穿戴整齐，上吊而亡。儿子还未出城，担心父亲，不忍心离开，又回到公堂。看父亲已为国尽忠，既悲痛又感佩，在父亲的题诗下加了两句：

> 遵命出城去，
> 岂能妄独活。
> 追父于地府，
> 忠孝垂竹帛。

写毕拔出佩剑自刎而死。刘祥看燕军已破城，可笑知县迂腐，去止妄杀，与虎谋皮，遂换装直奔徐州而去，发誓报此仇。

有人报告了朱棣，燕将无不感叹，嘱咐厚葬知县父子，立碑，以便教育后人。大军继续前行，到达徐州。金忠和燕王都很疑惑，济南兵没有出来邀击，保定的守军也没跟进。大军在盘马山下驻扎，把蒙古朵颜卫指挥脱鲁忽察尔叫来，问是否发现敌踪。

脱鲁忽察尔素有忠勇之心，本是北元降将，欲杀掉燕王为主报仇。燕王却让他宿卫中军，令其感佩，死心塌地，效命燕王。后收复朵颜各卫，把他调去做指挥。脱鲁受命带领亲兵去侦察敌情，走到萧县的马井镇遇到大队南军，押运粮草有三四千人，脱鲁只带十二人，亲兵中有些慌乱，敌兵已发现他们。

脱鲁告诉亲兵们勿慌，大声喊道："燕王大军在此，降者免死。"声若沉雷。十二个亲兵又一起大喊。南军猝不及防，顿时慌作一团。南军领队千户大喊："莫慌，压住阵脚。"脱鲁手下百户霍当不等将令，催马冲到千户跟前，手起刀落，斩于马下，下马枭了首级。南军看霍当如此凶猛，发一声喊，向南逃去。

亲兵们押着几个将军和粮草返回大营。回营交令后，众将感到匪夷所思。燕王高兴，道："脱鲁忽察尔、霍当真壮士，正是大军缺粮之际，命李让为其十三人记功。"

审讯俘虏后知道南军都驻守在济宁，人数大概有一万五千人，粮草充沛。他们已接到军令，到徐州取道淮北，宿县堵击燕军。

金忠献计道，"大王，济宁之敌，必须歼之，真如降兵所说，乃一大隐患，况我军急需囤积粮秣之地，济宁正可用之。徐州之敌，只为保全，可缓图之。为今之计，只要让徐州兵固守城门即可，除掉济宁之敌，我等无后顾之忧矣。"众将赞同。

朱棣遂派孟善率兵五千，围住徐州。徐州守将指挥王定，已得到军报，沛县已失。刘祥来投，告诉王定沛县情况，王定伤悼不已，飞报朝廷。严令闭门不出，违令者立斩。孟善率军门前辱骂，守城军士就是不理。孟善每天派五百多士兵到城前挑战，有时骂累了，就解甲坐地上歇一会儿。更令守城军士生气的，虽然天气刚刚回暖，但有的燕军脱下内衣捉虱子，一边捉一边喊王定和刘祥的名字。

王定不在墙上，刘祥奉命守城，气得哇哇乱叫，令军士放箭，只是浪费箭而已。过了几天，燕军增加了一千多人。孟善每天搬一坛酒，边喝边看军士骂阵。刘祥让亲兵在南门偷偷出城去城外侦察。回报说，燕军只有一千多人，其他在附近征粮，这是孟善最拿手的好戏，以此迷惑敌人。

刘祥再三请战，王定只是不准，眼见已近旬日，燕军在卸甲休息，刘祥悄悄命开城门，放下吊桥，发一声喊，杀了出来。燕军慌忙逃跑，不及穿上衣甲。孟善喝令不住，也上马逃了。逃出有十里之地。刘祥看两边地势凶险，感觉有诈，下令回撤。但为时已晚，只听到惊天动地的炮声，一队燕军出现在身后，堵住刘祥归路。

孟善哈哈大笑。"刘祥小儿，徒逞匹夫之勇，中我计也。现在给你们一条活路，降者免死。"刘祥拨转马头，带兵回撤。燕军掩杀过去，斩杀无数，落入护城河的也悉数被乱箭射死。刘祥只带着几骑逃回城里。

王定看他不听将令，且损兵折将，怒不可遏，下令斩首。刘祥道："末将已派兵侦知，贼兵确实不过万人，不承想中计。如果贼兵再攻，当闭门不出。不过末将看来，孟善老匹夫在装腔作势，只是不想让我军出战，也许他们今晚就会拔寨。如今晚拔寨，某当率兵击之，既报今日之恨，也算将功折罪。"众将说情，看晚上再做计较。

天晚，王定命细作出城打探，二更来报，真的已拔寨了。王定命刘祥亲自带兵开城门去查看营寨。三更左右回报，只有两千人的火灶。气得王定咬牙切齿，大骂孟善匹夫。命令刘祥率五千兵追之。

刘祥大喜，抖擞精神，命军士打着火把，一路追去。十多里便追上，燕军疲惫不堪，果真不足两千。刘祥下令冲杀，燕军列好阵势，连环弩、火铳一齐招呼，箭发如雨。刘祥愤怒，亲斩两名后退军卒，率军冲杀过去。一声号炮，两面伏兵杀出，孟善一马当先，"刘祥匹夫，孟善在此。"刘祥心知中计，无心恋战，拍马就走，扔下军士，也无颜回城，带上亲兵，不知所终。

孟善放了降卒，又回到城下，仍是百般辱骂，王定就是紧闭城门。正好燕王来令，济宁已经攻下，命令孟善率师速向宿州一带集结。孟善遂从容撤军，王定也不敢追击。

原来燕王北返济宁，济宁指挥赵简情知不敌。他曾经在通州和燕军交战，知道没有胜算，率众投降。燕军出榜安民，命赵简率五千兵随军南下。命张昶、陈懋代其职，率本部人马守此城。燕王叮嘱如敌兵来攻，只可据守，不可出战。

接到孟善战报，大家高兴，燕王不免又夸赞一番，记上一功。命人去信集结宿州。

第四十回

▼

中军帐怒责众将士　齐眉山大败平保儿

　　燕王从济宁南下，不出几日，平安率部也赶到。平安已经完全看出燕王的用意，飞报朝廷，传檄各处，严防死守。他本是燕王部下，交情一直不错。他还是高皇帝朱元璋的义子，曾几次随燕王出兵放马，对其战术也比较熟悉，对燕王的这着棋暗暗喝彩，不免又替朝廷着急。他听报燕军攻下了沛县，取道徐州。

　　平安率四万之众急趋济宁，而后在徐州前后夹击，谁想赵简献城，遂下令攻打济宁。济宁守将坚守不出，攻了三日，奈何它不得，又不能恋战。已经得报，燕军有渡淝河之意，宿州危矣。平安不敢耽搁，率军急行，追赶燕军。燕王知道平安在后缀着，但不详距离多远，众将心里没谱。

　　郑亨提议道："殿下，如此下去果真不是办法。平安一直跟着，一旦前面遇敌，胶着不下，势必前后合围，我军危矣；二者，粮草不济，北平粮草不能送达军营。"大家点头称是。

　　朱棣问道："以你之见，我们应该怎么办？"

　　"回王爷，以末将之见，平安一路尾随我军，虽然知道我行军路线，但难知我军位置。我军找一原野扎下大营，以逸待劳。南军追至，人困马乏，正可一鼓歼之。王爷以为如何？"

朱棣眼睛一亮："郑将军之言，正合我意。"

燕军在溟河两岸扎下大营，除青阳桥，又架设两座浮桥。等了几日，探马报告，敌军离此处只有四十里，明天定会赶到。众将大喜，摩拳擦掌。燕王命王真率众诱敌，不要恋战。王真令众将士拿出赏赐的绢帛，多拿旗帜，丢在路上。他告诉军兵，大胆丢就是，在官长处登记数目，将来丢一赔三。

王真与南军相遇，南军大队人马鼓噪而进。王真率众仓皇撤退，丢下旗帜、衣甲、绢帛满地都是。南军争相拾抢，恰好平安赶到，大喊不许拾抢。只是喝令不动，遂命督战队杀几名拾抢的军卒，严令再拾抢者立斩。挥师前进，到了燕军的埋伏圈。三声炮响，伏兵杀出。

平安大喊："纵有埋伏何惧！杀敌有赏。"稳住阵脚，向前冲去。王真退兵不及，朱能、郑亨行动迟缓，王真被团团围住，左冲右突，杀敌无数，南兵胆寒，遂乱箭齐发，王真身负重伤，自刎而死。朱能、郑亨、丘福各率众杀出，南军稍退。

平安带中军在坝上，看清燕将中军空虚，令蒙古将领达拉率骑兵冲进中军。燕王只带亲随指挥各路，看到达拉朝他冲来，仅有二十步左右，被张辅一箭射中马眼，达拉跌下马来，燕军一拥而上，绑了。部下林木儿跃马来救，战马被马和射死，生擒活捉林木儿。孟善率师杀到，南军心慌。燕王挥动鞭梢，鼓声如雷，南军大败。

燕王令张辅去追平安。张辅盯准平安大旗，纵马追上，轻舒猿臂活捉过来，一看竟然是一军士。这个军兵告诉张辅，平安和他换过衣甲逃了。平安逃到宿州，收拢人马。

燕王升帐，清点军马，众将报功。张辅拿平安衣甲献上，告诉众将经过，大家觉得又可惜又好笑。孟善又当面汇报徐州之战。众将感佩。

燕王对孟善说："孟将军，还要不辞辛劳，现在平安在宿州，妄图打持久战，坐老我师。认为我军饷道不济，必然撤军。我以其人之道还治其人之身。用金大人之计，在徐州和宿州之间游走，专劫粮饷，或抢或烧，临机决断。你带兵一万，张宽助你完成此差。如果成功，二位将军大功一件。"二人领命而去。

平安知道燕军已经截断其粮道，十分烦恼。朝廷派都督同知何福充总兵官，带兵三万屯于宿州，持节调兵，平安受其节制。何福也是久经沙场的老将，看饷道已绝，也只有背水一战。于是，在濉河南岸沿河布阵，绵至十数里。

燕王命指挥同知陈文率兵守住双桥，然后在北岸摆翼形阵势。两翼齐进向南攻击，南军毫不畏惧，鼓噪而进。南军火器营在前，军兵手持长短火铳，有飞枪铳、碗口铳、三眼、四眼铳，杀伤力极大。尤其是虎头铳，也称"一窝蜂"，极具杀伤力，第二队是连环弩。

南军有恃无恐，冲击双桥，双桥几次易手，平安挥旗，南军全线出击，陈文被乱箭射死。燕王带领护卫杀入军中，护卫大多杀散，只剩张辅、三保、王珉死命护卫。平安大叫，抓住燕王，赏万户侯。南军将领疯了一样，拼命杀来。燕王三名护卫多处受伤，燕王坐骑也被射死。

正在危急时刻，蒙古骑兵王骐赶到，在马上旋转身体，拽起王爷。三位护卫掩护且战且退。何福挥师杀到双桥，燕军步步后退。这时奉命埋伏在河北树林里的朱高煦、丘福率众杀出。南军退回河南，暂时深沟高垒，闭寨不出。

双方打了一个平手，但燕军孤军深入，不宜久拖。金忠献计："此处东行有桥，命朱能将军率军渡桥击敌后翼，大王领兵从此处正面杀出，不能全歼也可击溃。拦路之敌即溃，我军可挥师南下。"

燕王然其计，当晚命朱能、朱高煦率队悄悄向东三十里处渡河。人衔枚，马摘铃，不举火把，天未明已经绕到南军后面。一声号炮，冲向营寨。南军猝不及防，慌忙应战，河北燕军乘势杀过桥。双方激战，南军不支。忽然徐辉祖带领人马杀入阵中，燕王赶忙命鸣金收兵。此后大小几战，各有胜负。

四月，京师直隶入梅季节，暑热难当，几乎每日下雨。燕军衣甲太厚，无粮无饷，且僵持不下。损兵折将，军心开始动摇。许多将领感觉前途渺茫。

丘福道："王爷，诸将有的想班师，臣将不同意。以臣将的意思，东渡濉河。那里夏粮已经熟了，牛羊也多，一来可以就食，二来可以整顿兵马，避过梅雨季节，然后相机而动。末将浅见识，请殿下决定。"众将纷纷点头。

金忠明白大家的意思，这是怯战逃避。他洞若观火，士气可鼓不可泄："王爷，世子爷和大师来信，也说到这里。世子爷已让朱高燧率精兵一万，押解粮饷南下。算路程，已过了真定。众将千辛万苦到此，切不可功亏一篑。下官以为，南军此时粮道已被孟善所断，朝中也无兵可派。现在恰如两人较力，看谁的耐力持久。请众将三思。"

众将各抒己见，大帐里有些乱。朱棣心里恼怒，未露在脸上。他说话了："各位将军，刚才丘将军和金大人代表了两种态度，这样争执下去也不是办法。文官坐下。武将们同意丘将军的站在左边，同意金大人的右站。"

结果令金忠很失望，只有朱能、郑亨站在右边，连朱高煦都站在左边。燕王怒了："朱高煦，不成器的东西，如此小挫就思退计，将来如何成大事？渡过滹河就食，食从何来，抢掠百姓是吗？一路走来，你朱高煦没做吗？此处已是直隶，你想让百姓们骂我们是匪寇吗？你速回北平，其他将领请自便吧。"哗啦一响，推掉几上的东西，气愤愤地走进里面。

张辅、马和、王珉急忙跑了进来。王爷名义是在骂朱高煦，大家心知肚明，个个脸色通红。燕王所言是实情，渡过滹河就食，无非是劫掠百姓。大家心知肚明，站在那里走不是，留也不是。

这时有人进来在金忠耳边嘀咕几句，转身离去。金忠面露喜色，站了起来。他佩服燕王，是时候发一次大脾气了。他挥手让护卫们出去，说："王爷确实怒了，众位将军都百战沙场，哪有完胜将军？汉高祖刘邦和项王争天下，屡败屡战，最后垓下一战定鼎，这是下官一年前所说。还有一事，众将该记得。南京相传的燕子争梅，下官已懂，不是梅花开，而是梅子成熟之季。众位将军，建不世之功，封妻荫子，名垂竹帛，正在此季。就在刚才，孟善使人来报，平安派人押送五万石粮饷从徐州赶过来。护粮大军太多，孟善无从下手，让大军接应。"

众将听后，立刻精神抖擞。金忠给朱高煦使了一个眼色，朱高煦拽着丘福向里间走去。不知道说了些什么，两人随燕王走了出来，燕王升帐。

丘福跪下道："臣将跟随殿下几十年，多少次出兵放马，也是死人堆里爬出来的。张世美曾说，大丈夫得遇明主，为主尽忠，马革裹尸幸甚。末将从来不怕死，只是眼窝子浅，书读得又少。刚才金大人一席话，臣茅什么逼开。请大王下令吧，水里火里，跟定大王。"

众文武看他说得粗鄙，都习惯了，也没心思笑他，都赶紧跪下说："臣等唯王爷马首是瞻。"

金忠的心放下了，大家的思想统一了，才可安排下一步。这时马和进来递给金忠一张纸。金忠要递给燕王，燕王示意他读出来。金忠道："探马来报，徐辉祖带兵南撤了，不知何故？"

燕王道："刚才世忠讲到，南军粮草已到，孟善只有一万军兵，只是远远缀着。来信提到，有五六万军马护送，列成方阵，平安亲自押送，离敌人尚不足二十里。这次击溃敌人，夺粮饷，切勿恋战。丘福率一万精兵，攻打左路，李远助之。朱能率一万精兵正面攻打，蒙古三卫脱鲁忽察尔助之。郑亨率精兵一万攻打右路，陈珪助之。高煦率一万兵马埋伏在齐眉山脚下的密林里，看到燕军不支，立即出击。本王率大队人马直取中军夺粮。后军有孟善、张宽可保无虞。"

分拨已定，大军出发到齐眉山下平旷之地列阵候敌。一个时辰过后，敌军到了。当日是难见的晴天，但粮食也盖着油布，正值梅雨季节，雨随时会不讲道理地下起来。三声炮响，燕军三路一起掩杀。南军各翼并不惊慌，立即列阵，箭下如雨。刹那间燕军骑兵被射杀几千人。

朱能令脱鲁马队暂停，列好阵势，盾牌在前，后由步兵轮番射箭。左右两翼也效仿中路，稳步、鼓噪前行。看看已近，朱能命脱鲁率骑兵迅速冲杀过去，南军队形已乱。燕军正要掩杀过去，总兵何福从灵璧城中杀出，冲乱郑亨阵形，迅速斩杀燕军千人。平安乘势反击，燕军抵敌不住，步步后退，又被斩杀射杀数千人。

这时南军后队始乱。孟善一直缀着粮队，三声号炮后，令军士急速跟进，率队杀向后军。朱高煦在林间埋伏，这时杀出。燕军挥师掩杀，中军擂起战鼓，四面合围。南军大败，被斩杀万余人。何福、平安率兵逃回灵璧。

这时北平的王府里，朱高炽在和道衍等人看军报议事，卜义匆匆跑了进来，大喊："爷不好了。"

朱高炽非常生气："你这奴才，大呼小叫的。你是府里老人，越发没了规矩，怎地爷就不好了？"

卜义着急跪下去，说："不是爷不好了，反叛，造反了。"朱高炽越发生气，刚要说打他一顿。

道衍看卜义神色不对。卜义是老成持重之人，急得满脸是汗，又喊出造反，道衍知道出事了，猜想是他一直担心的事，遂说道："世子爷勿躁。卜义你慢慢说，谁造反了。"

卜义用大袖子擦了一下满脸的汗，说："安定门的守将李锐造反了，已经控制了安定门和德胜门。他的一些军士在北门一带抢夺财物。北平城大多数店铺都关门了。"道衍虽然心里有数，还是吃了一惊，看见世子脸露惊恐之色，自己只好故作镇静，让人把张升找来。

张升早就候在外面，跑进来说："情势不太好，李锐控制了两个北门，派出了警戒，设置了木栅、路障。密云千户纪子祥跑了回来说，密云卫指挥王泰响应李锐，也叛了，已经带兵向这里进发。纪子祥只带亲兵，来得快些。其他是否还有响应的目前还不得而知。"

朱高炽刚才有些慌乱，刹那间镇静下来。问张升："纪子祥在哪里？"张升答道："回世子爷，末将让他去都司禀报唐大帅。下一步如何应对，臣听世子爷和大帅吩咐。"

朱高炽心里明白，自己的态度关乎大局，必须给人以无所谓的印象。他说："没什么，告诉大家不要慌，自古兵来将挡，水来土掩，怕他怎地？卜义，你速去告诉晓云姐弟，护侍好女眷，张升调拨一些军兵归他姐弟指挥。你也可以悄悄告诉黄俨和张丽，其他的就不要声张了。若娘娘和世子府的女眷知道，拿你是问。办完差速回此处，去吧。"

卜义看世子从容镇静，放下心来。卜义久经阵仗，他自己倒不怕，他是怕李锐来攻打王府。回了一声，匆匆走了出去。

朱高炽接着吩咐："张升，你赶快派得力的亲兵去都司，告诉唐老将军，不要离开衙门，先派兵保护布政司、按察司和北平府，速调原锦衣卫镇抚司张勇率卫所军马去北门，压住阵脚，先和叛军对峙。"张升出去片刻返回，等候将令。

朱高炽在这个时间写了手令，用了印，对张升说："派人去通州，让房胜派孙岩率五千军马去截击王泰。若已错过，直击密云即可。让纪子祥随大队回密云，这是手令。"看卜义回来，说："派出府内护卫军兵三十人，化装为百姓，分拨到各城门查看。若有异动，先不必回府，直接报与都司，而后报与我等。"

道衍和尚看他分拨，有条不紊，颇为诧异，说："世子爷裁处得当。老衲佩服。是否需要给大营送信？"

朱高炽看着道衍，也颇为踌躇。时间紧迫，容不得他多想，说："量此跳梁小丑，能奈我何！只是看父王军情不利，又有细作蛊惑，火中取栗耳。叛军只有一万军马而已，能有多大作为？以学生之见，先不告诉父王，免得影响军心。"

道衍说："世子爷所言极是，只是北平已是空城，无兵可派，此其一。其二……"讲到这里，似乎在措辞，停了下来。

朱高炽明白其意，说："大师，学生时刻不忘大师教诲。在此生命攸关时刻，忧谗畏讥，首鼠不定，大事去矣。若学生平定叛乱，父王自是高兴。若此时局面实难掌控，父王也鞭长莫及，远水难救近火，而我们、王府、北平皆为齑粉矣，还有何后事可虑哉？"

道衍高宣佛号，点头赞许，说："既如此，世子爷应不辞劳苦，带兵亲去。老衲这就安排王府防务。请爷记住，北平是空城，不战屈人，善之善者也。"

朱高炽沉思片刻，点点头说："学生谨记。有大师在府里，学生放心，把卜义留下。"

第四十一回

▼

遂人意燕兵夺灵璧　施巧计高炽平叛贼

卜义早把世子的披挂拿来。朱高炽拽扎停当，张升已点齐人马。薛苁也过来了，说姐姐让来的，府里已经安排妥当，让薛苁贴身护侍。其实朱高炽的亲兵们也颇有些手段，等闲之人也难靠近。只是这次亲冒矢石，两军对垒，又多了几分危险而已。

朱高炽上马，在队伍前走了一回，大声说道："李锐蕞尔小丑，不识天命，公然叛乱。王爷率众将已经打过淮河，本座已经派人送信，也传檄周遭各部，进城平叛。各位军将，养兵千日，用兵一时。随本座杀贼，立不世之功，图个封妻荫子，正在此时。杀贼！"大家齐呼："杀贼，杀贼！"

看朱高炽时，顶盔披甲，手持大枪，斜挂雕弓和箭壶，大宽带上挂着一把四眼手铳，大喊一声："开拔，安定门。"

大家刚从端礼门出来，张信率一千军马汇入，士气大振。

一路走来，市井萧条，店家关门上板，大街上行人稀少。张勇率两千军马已到了阵前，列阵对峙。张勇见过世子，告诉他说徐忠已带三千兵马去了德胜门。张勇已经得报，世子亲来，虽然有些担心，还是高兴。这样可震慑叛军，提高自己军兵士气。

城墙上军兵张弓搭箭，射住阵脚。李锐亲率几千人马在城门两侧排了几行。弓弩、火铳俱全，令朱高炽想不到的是他们居然有两门飞燕炮。张勇把长刀一摆，军兵闪开，让出视线。

李锐骑在马上，全身披挂，正在和张勇打着擂台，一看朱高炽来了，很吃了一惊。他有些心慌，看军兵们也慌了，一刹那间，摄定心神，大喊道："世子爷驾到，末将甲胄在身，不能全礼。"在马上抱了抱拳。

朱高炽不认识他，只知道他原是卫指挥佥事，因随唐云降燕，擢升为卫指挥同知，仍守此门。朱高炽高声喊道："李锐，王爷和唐老将军都待你不薄，为何反叛？本座命你现在约束军马，拿掉路障，本座只当未发生任何事情。大家各回各营，各司其职，如何？"

李锐哈哈大笑："世子爷，世人都说你禀赋异于常人，此番看来言过其实了。反叛？到底是何人反叛？李锐敬你是一个正人。现在燕王兵败自尽，朝廷来使，末将愿奉你为燕亲王，上表谢罪，永镇北平。末将弃甲称臣，也免生灵涂炭，请世子爷三思。"

道衍在临行前的叮嘱，在路上看到的景象，朱高炽一路在想，不能大动干戈，否则会引起全城混乱，心怀异志或首鼠两端的将官也会有举动。世子正无计可施，听他如此说，有了主意，下令再后退三箭地立栅建帐。

张勇心下诧异，军将们正待厮杀，下令撤退，乃兵家之大忌也。他也没敢回口，只是心中有些蔑视，对世子的蔑视：胆小如鼠。不过张勇心里也明白，李锐占据优势，急切间很难攻下，北平兵少。他心想，先看世子如何作为再做道理。遂举刀后摆，军马后退三箭之地。李锐看到这里，心里也同样疑惑，下令严密监视。

朱高炽下马和张信嘀咕了一阵，张勇走了过来。朱高炽写了什么，绑在箭上，递给张勇。张勇又上马，单刀匹马到阵前，射过一箭，在两阵前落下。李锐令军士取回，燕军也不难为他。

李锐知道是有信来，展开看，就寥寥几字，"若属实，派可靠人来，秘之。"李锐拿到大帐，递给朝廷特使冯无庸，两人半信半疑。

冯无庸不是李锐，虽然扯起大旗，但要控制北平谈何容易。燕王战败自尽又有几人相信？但燕王府兄弟不睦，父子猜忌已经不是秘密。若朱高炽真有此意，那可是不世之功。

冯无庸毅然决然地说，"李将军，本官去。"

李锐吃了一惊："这万万使不得，恐其有诈，不是玩的。大人是朝廷使臣，又是家兄亲戚，倘若出事，于公于私，末将都无法交代。"

冯无庸说："本官实话告诉你，此番北来，早已做好殉国准备。将军能弃暗投明真乃大丈夫。本官先写信给令兄，免其挂念。另外朝廷也不会借此籍没其家，而将军族人也不会被世人骂为乱臣贼子。请将军墨宝，本官就去贼营。"

冯无庸身穿五品官服来到朱高炽大帐，气宇轩昂走进去，长揖不拜。大帐里只有三人，张信避开了。张升大喝一声："大胆，见到世子爷为何不拜，如此无礼，想试本将之剑乎？""仓啷"一声拔出佩剑。冯无庸轻蔑一笑："笑话，我乃朝廷五品命官，你们是朝廷叛逆。你等目无君父之人，本官何须拜你。"

张升大怒，就要杀他。朱高炽摆摆手说："行了，本座也不管你什么命官。既然如此看待小王，请回吧，约定厮杀就是。送客。"

张勇要杀他，朱高炽就是不允。冯无庸站在那里只是不动，朱高炽说："本座不杀你，快些离开。"

冯无庸说："世子爷忘记本官之使命乎？"

朱高炽说："本座岂能忘记！只是你这厮进帐后东拉西扯，毫无诚意，谁想与你徒费口舌？今日与你厮杀便是。"

冯无庸说："是下官之罪，请屏退左右。"

朱高炽说："此人是张勇。这位是舅爷，皆心腹之人，但说无妨。"冯无庸拿出李锐的信递给世子。信中说："末将李锐看世子爷有意，请东宫左春坊学士冯无庸接洽。此人朝廷宠臣，家兄之妻舅，至近至亲，盼回。"写得非常隐晦，当然是怕军兵搜出来。

朱高炽说："原来是冯大人，失敬得紧。冯大人道德文章，名满天下，今日一见，足慰平生。请问冯大人，刚才李锐阵上所言，可是实情？"

冯无庸说："千真万确，燕军被官军三面合围，大败亏输，十停中只剩一停。令王尊看要被俘，恐受辱，自尽而亡。余众归降朝廷。"

朱高炽惊得站了起来，问张升："多久未有大营消息？"

张升说："自从济宁之战后再没有消息，已有十几日了。"

张勇前天进王府还看到军报，现在全明白了。满满的套路，世子爷在用计。他暗暗喝彩，说："世子爷，末将也听大帅说起。这只是小道消息。不过细作禀报，京师正在庆功，大封功臣。"

朱高炽双膝一软，跪在地上，向南磕头，号啕大哭。亲兵赶紧跑进来，被张升赶了出去。冯无庸知道，京师为鼓舞人心，正在大封有功之人。他走过去扶起朱高炽，然后跪下说："臣大明五品左春坊学士、太常寺右丞冯无庸拜见大明燕亲王爷。王爷千岁，千岁，千千岁。"

朱高炽吓了一跳，说："冯大人，这是何意？你这是陷本座于不忠不孝啊。"张勇和张升也跪下喊千岁。

朱高炽呆了一下，抹一把眼泪说："都起来吧，看起来这是真的了。只是父王尸骨未寒，本座这样做，如何向世人交代？如何向母妃交代？说句不孝的话，本座也是反对起兵的。冯大人在朝中，可能也听到一些。有人说本座与圣上友善，这倒不全是，一是怕失败，二是怕背上骂名，世代不能翻身。另外，冯大人，本座想知道我二弟……"

冯无庸赶紧说："回王爷，高阳郡王率领残部渡过滹河，现在和朝廷谈判，条件就是袭承王爵。臣早就听说王爷聪慧过人，所虑的也是令弟。臣在朝中却听到议论，还有令王尊并不看好王爷，这不说了。现君臣分际，臣断不敢坐着。"说着站了起来。

朱高炽沉吟半晌，说："冯大人，本座不能只听你一面之词，还需派人和李锐接洽，主要是燕亲王府上下良贱皆赦无罪。若事成，本座保奏李锐为北平都司同知。请宽坐，待本座书信一封，让张升随你同去。"

冯无庸知道，朱高炽不放心，知道他是不好骗的，说："王爷放心，张将军与臣同去李营，商议具体事宜。待密云卫到达之前达成协议即可，以免王泰不听约束，杀戮人民。"

张升半个时辰就回来了。李锐给朱高炽一封信：一是朱高炽先写好谢罪奏本，并写出通令檄文交给冯无庸；二是在未得到旨意之前各守营地，互不投降，也不厮杀；三是要互派人质，他提出派冯无庸、张升去。

张勇不同意说："世子爷，要写出这些东西，那岂不是叛父投降？李锐乃无常小人，文起将军质于营，岂有生还之理？"

张升说："谢过将军。放心，末将自有脱身之计，张将军也久经战阵，当然知道兵不厌诈了，东西在冯无庸手里，谅他也逃不掉的。从信中看来李锐并不相信。世子爷正可写信给他，以骄其心，以坚其情。"

朱高炽写好信，告诉李锐，让冯无庸过来，两张文书由他保存。李锐明白朱高炽怕他提前传发各地，只待冯无庸上奏本，见朝廷旨意再定夺。

冯无庸到大帐，见过礼，给皇上写奏本，朱高炽派人送走。李锐知会德胜门按兵不动，按原来时间开关城门，来往人等，井然不乱。这边唐云早已得报，本想亲自来责问李锐，只是世子严令守住都司。这里一切准备就绪，派出大队军兵扮作百姓，往来城门外，在密云的路上截住信使。唐云还是有些不放心，派顾晟到通州带领三千兵马到密云半路上埋伏起来。不敢调动城里军兵，一是城内军兵太少，另一个是恐被李锐侦知。

孙岩一路未遇见密云兵马。他知道错开了，直接到达密云城下。这里没有设防，只留一千多兵马，其余都随王泰去了北平。孙岩未遇抵抗，拿下城池。孙岩故意放出一些兵将给王泰报信，留下两千军马守城，孙岩带其余人马到城外埋伏。

王泰看看离北平城还有十余里，败兵追了上来，报告了密云情况。王泰是一个有主意的人，知道拿下北平，密云自然传檄而定。但是有的军将家属在密云，定要回援。王泰无奈，派出两千兵马回救，叮嘱只围不打，等大军回援。而后自带三千人马杀奔北平。

孙岩带兵埋伏，看援兵来到城下，内外夹击，解除了武装，大都投降了孙岩。孙岩安排人守城，叮咛若有兵来袭坚守不出。他有几分顾虑，看出了问题，王泰留下守城兵太少，孙岩怀疑和遵化等地有默契。他带着人马赶回北平，正赶上顾晟和王泰对阵，正列好阵势互射之时，孙岩杀到。人马大部投降，指挥使王泰不敌顾晟，被生擒。

有逃向北平的军兵早被唐云派去的军兵截杀，一个也不曾走脱。顾晟和孙岩合兵一处，打出密云旗号奔安定门而来。顾晟先派人报与李锐，李锐带兵列阵迎接。顾晟也不答话，喊放炮，三声炮响，率兵杀过阵去。

朱高炽听见炮响，知道得手，下令绑了冯无庸，好生看管，跑出大帐翻身上马，大喊一声："随本座杀贼。"催动战马，薛苡带亲兵紧紧护侍，朱高炽连发几箭，早射翻几人。顾晟、孙岩带兵杀入。

李锐也不惧怕，一杆大戟上下翻飞，顷刻刺翻几人。朱高炽大喊，活捉李锐，升三级。众将潮水般地涌过去。朱高炽带兵杀向大帐，在大帐门口，张升手持连环弩，和一些军将对峙。朱高炽大喊："李锐叛乱，与诸将无关，降者既往不咎。"众人放下武器，张升走出来。这时一个千户模样的军官猛然抬起弓箭指向张升。说时迟那时快，朱高炽甩手打出一铳，击中这个千户面门，众军将一拥而上，将其剁为肉酱。

张升夺过一匹马，朝李锐奔去，只三合，轻舒猿臂，把李锐拖下马来，五花大绑。徐忠来报，德胜门主将逃跑，已经收拢军兵，等世子爷示下。

朱高炽说："主帅严办，其他不问，各司其职。"令张勇把几员叛将押到都司，听候发落，打发人回府报信，警报解除。令纪子祥暂时镇守安定门，徐忠升为指挥同知，镇守德胜门。把张信调去密云署理指挥使，待新帅上任，再回枭司。令张升安排军将各归建制，自己带着亲兵打马回府。

道衍亲自到端礼门外迎接，看世子回来，放了三声号炮，府上列队欢迎。朱高炽看到母妃徐静等女眷也在，早早下马，小跑过去，拜倒在地，大呼不孝。徐静亲自扶起，勉励几句，回宫去了。

朱高炽和道衍来到谨身殿右书房商量后续之事。最后敲定：一，给王爷去密信，汇报北平发生的一切，一丝不漏；二，此次叛乱仍有人观望，必须杀鸡儆猴，几员主将及其家人明正典刑，枷号示众，而后拉到丞相胡同出红差；三，擢升孙岩为密云卫指挥使，张勇为卫指挥同知镇守安定门。纪子祥为卫指挥佥事，协助徐忠镇守德胜门。檄令驻守在怀来的张武去助守遵化，由郭泰一人留守怀来。朱高炽对遵化守将指挥蒋盛有了疑虑。最后把有功将士报于王爷。

其实这时北平还不知道燕王大军情况。

第四十二回

▼

败盛庸朱棣定淮北　虑杨文唐云赴直沽

朱棣缴获五万石粮饷，燕军士气大振，当晚将士饱餐战饭，把灵璧城团团围住。以金忠之意，围而不攻，现在无粮的是南军，待其突围，聚而歼之。这确实是上策，可减少伤亡，又可以逸待劳。金忠已明白，南军已无兵可派了。朱棣没有采纳，趁三军士气正高，次日就攻城。他主要考虑给养问题，尤其是夏装问题，分派将士。

后半夜丑正时分，三声号炮，涉水抢桥，蚁附攻城。事有凑巧，何福、平安和众将约定突围，前往淮河一带筹粮，听到三声号炮，全体杀出。

燕军比南军的炮声提前二刻，南军以为是突围的号炮，打开城门往外涌。燕军迎面掩杀，南军后退，但后军不知前面情况，依旧向外涌出，在城门和护城河之间互相推搡，死伤无数，只一刻钟就填满护城河。燕军踩着尸体过河，斩下吊桥，四面掩杀，南军土崩瓦解。斩杀数万，余者皆降，进城出榜安民。

金忠不放心，命王珉带着督战队去市井巡视，有犯军纪者立斩不赦。金忠是一个头脑清晰之人，他明白，胜负已基本决定，燕王问鼎已成定局。此处京畿之地，断不能有损燕军声誉。

燕王没有进城，在外设帐，把俘获的文武官员带进大帐。捉到了平安，大家心情振奋，用丘福的话说，以后真的平安了。朱棣决定，降卒愿意留在队伍里就留下，不愿意的给资遣散，让张辅监督此事，他很怕再发生杀俘之事。把平安等武将先行关押，好生款待，寻机送回北平。文臣都放归南京。告诉金忠，安排看守之人，燕王深知众将皆有杀平安之心。

灵璧城里已经空空，幸好有五万石粮草，不至于饥馁。朱高燧带着金华、陈懋押运粮饷到来，来时已知道得粮草五万石，足可支撑半月，只带两万石。军士夏装，去暑湿药物，钱钞布帛足够赏赐。开始本来朱高燧要随军南下的，但徐静不同意，朱棣也就作罢。这次运粮有功，王爷高兴，也带来了大师、世子的信。众多将士都有家书，金华一一分派。

其他粮饷都存在济宁，现在北平还在源源不断地输送，粮饷已通，燕王无忧矣。令朱高燧保护这些南军将领，送回北平好生安置，命陈懋速回济宁，金华留下，输送济宁和大军之间粮饷。让朱高燧派加急信件到北平，报灵璧之战。然后就在灵璧休整，大赏三军，士气大振。

过了两天，北平又送来加急信件，燕王和金忠两人在大帐，金忠看王爷的脸色变得灰白，拿信的手在颤抖。金忠知道出大事了，燕王把信递给他，金忠看完后长舒了一口气，说：“恭喜王爷，世子确非常人，文武兼备，临危不乱，措置有度，王爷之福啊。这次北平才真正无忧亦。大王，其实臣以为有这样的事再正常不过了，没有这样的事情反而奇怪了。”

朱棣逐渐缓过神来，点点头说：“不瞒世忠，想想真是后怕。朝廷之计甚毒，正面与我们交锋，而后派辽东兵南下，再来一个釜底抽薪，倘若得逞，我等死无葬身之地。这高炽哪来的胆子，又哪来的兵？”又加了一句：“这李锐、王泰反复小人。”

金忠说：“王爷，这也算正常，他们看我们被困于此，辽东兵又南下，正可反戈一击，以图进身。看信中意思，也有观望之人，故此明正典刑。这个冯无庸自尽也算死得其所。殿下应重奖世子爷。”

朱棣点点头，说：“你再写一封信，就按你的意思，不要忘了张升，这是个帅才。”

道衍和朱高炽看过来信，马上派卜义送给王妃娘娘。道衍说：“目前形势，以老衲看来，朝廷已无兵可派，还有两元悍将，铁铉和盛庸。铁铉在济南，只怕此人会断我粮道。其他途中州县，作壁上观，已不真心与我们为敌。"

朱高炽点头说："大师所言极是，学生是不知兵的，但学生看铁铉兵马守城有余，岂敢分兵？况济南离济宁甚远，我军有重兵把守，他铁铉有何能为？"

道衍回道："世子爷所言，确合兵法。铁铉目前确无能为，但世子爷请看。"两人走到沙盘前，道衍指向山海关，世子明白，辽东。

辽东兵众，辽东都司下辖的辽中卫就有二十万之众，还有左右前后屯卫。总兵是杨文，也久经战阵，都督同知耿瓛，耿炳文之子，深得家传，能征惯战，深谙兵法，遭谗获罪，后遇赦，又回到了辽东。杨文忌惮他的才能，两人不和。

道衍和世子都知道，现在耿瓛在建州卫，和蒙古鬼力赤据宋瓦江（松花江）两岸，互有杀伐，抽不出身来。率师入关的，极有可能是杨文。

几日后，唐云来到王府，报告世子，辽东都指挥使、总兵杨文奉命率师入关，带辽中卫八万人。朝廷又下旨广宁，擢升卫指挥黄渤都指挥金事，集兵五万，仍受杨文节制，出山海关，南下济南，汇合铁铉，截断燕军粮道。

世子道："大师真乃神人，父王有大师，犹元世祖有秉忠。"觉得话说错了，马上停住。道衍和唐云装作没听见。这时通州卫指挥房胜，其实已经擢升为都指挥金事，只是虚职而已。他随卜义走了进来，他也得到探报，杨文正在整训军马。

房胜道："黄渤乃耿炳文旧将，也是老将，还算是耿瓛长辈。他戎马半生，都得不到升迁，在杨文属下有七八年了，还是三品。此人心高气傲，等闲之人不放在眼里。杨文最大弱点是心胸狭窄，不能容物。下官与黄渤有旧，可使人劝降。请唐帅示下。"

唐云道："以末将来看，此次杨文南下，定不会走大宁。一是我大宁有重兵把守，二是他已传檄广宁，定会在广宁会师而后南下。他们的目标是直趋济南，定不会在路上纠缠。走广宁，过滦河，走唐山、直沽而趋济南。"

连讲几个一定，是早已深思熟虑。大家明白，唐云有今天声名，绝不是浪得虚名。他接着说："直沽指挥宋贵以前在我麾下，知其善谋能战。最近听说他又收了一个落第的举子，叫白晓，虽是文人，深谙兵机，现参赞军事。末将正飞檄宋贵，做好备战。房将军，你带通州兵马一万人过潮白河到宁河附近寻地埋伏起来。辽东兵过，只管放过，待与宋贵交战，乘势杀出。杨文若敢进攻通州，你正可回师内外夹击。某也给唐山指挥喇哈多去信。辽东兵攻城，坚守不出，放他过去，而后远远缀之，寻找战机。主战场在宋贵这里。"大家称好计。

唐云接着说："房将军使人送信，黄渤有几分把握投降？"房胜坦言无甚把握。

唐云道："那就写信两封，内容一样，一封送给黄渤，一封送给杨文，需找得力之人，只当是送错。末将率兵一万亲自到直沽迎敌。"

世子道："将军若离开北平，城池空虚，奈何？需仔细计较。"

唐云道："北平周遭各城池皆燕军守备，并无敌警，高阳郡王马上返回北平，请他在都司坐纛。末将已调回徐祥，又有大师和世子，确保万无一失。世子爷，借张升一用，令其守卫通州。下官到直沽，可便宜行事。请世子爷督促藩司和北平府保我粮饷和夫役。"

朱高炽道："老将军调度有方，令某眼界大开。粮饷但请放心，府库尚存。学生再去各处调度，定不使有缺。"

燕王在军中也得到探报，朝中还是有高人，此计甚毒，众将也无计可出。朱棣知道这些人平时不太理会姚广孝和世子等一些谋士，趁机道："众位将军，我常说，打仗打的是钱粮。你们都身经百战，有时还是不懂其中道理。这次断粮，别说军士，单你们就六神无主了。"大家都笑了。

燕王接着说："在后方筹粮的，比战场上斩将搴旗的要难得多。我不是偏袒自己的儿子，朝廷几次派刺客刺杀世子。你们班师在家如何？没有刺客上门。杀你一个无关大局，杀了世子，饷道绝矣。此番粮饷运到，我军胜利在望，奸臣又设此计，此计若成，我军休矣。"大家笑不出来了。

金忠自认为了解王爷，就这番话而言，确不似出自燕王之口。金忠认为王爷最不喜欢世子，他认为火候已到，说："王爷之言，有如金石，但众位不必忧虑，北平定会接到战报。大师谋划，世子爷筹饷，唐云调度各军，定使奸计落空。"

朱高煦站出来，拱手道："父王，金大人所言固然有理，但朝廷奸计倘若得逞，善谋划、善筹饷也于事无补了，望三思。"

朱棣道："如此说，那就让孟善本部人马去协守济宁。告诉孟善，不进济宁城，在济宁西南十里扎营，呈掎角之势，一旦有警可驰援。"

唐云到了直沽，在城外十里处，扎下大营，带护卫进城了。宋贵很吃了一惊，迎进署衙，众将参见。宋贵道："末将不知大帅到此，有失远迎，大帅莫怪。"

唐云笑着说："起来，三品官了。说话文起来了，你肚子里的那点牛黄狗宝，老夫还不清楚。别扯淡了，说正事。"大家哄的一声笑了，缓解了刚才的紧张。

宋贵笑得眼睛眯成一条缝，说道："禀大帅，末将已经接连派出哨骑。敌兵已过了唐山，前队两万人，然后是粮草，过后又是大军，最后是五万兵民押解粮饷。末将派千户龙云带兵埋伏在丰南，只待大军一过，放火烧他娘的粮饷，然后和唐山兵会合。"

唐云听到这，想到杨文还真不是无能之辈，如此行军，可谓谨慎。也不知是否收到房胜的信。

其实杨文早已收到，信中几句话深深刺痛他："杨文，匹夫尔，刻薄猜忌，少谋寡断。将军在其麾下七载，虽有战功，未有丝毫奖赏。今与杨文南征，无疑与虎狼相伴。若胜，功必归之，若败，必杀将军以谢朝廷。燕王雄才大略，胸怀天下，只为奸臣逼迫，不得已起于藩邸，奉天靖难。只为攘除奸凶，绥靖朝廷，不日大功告成。将军与弟起于卒伍，相交甚笃，故不忍见将军清名见污，明珠暗投……"

杨文不傻，岂不知此乃离间之计？好言抚慰信使，赏钱打发回去，心里只是别扭，怒气难消。黄渤攻打唐山，无功而返，只好绕过唐山，兵贵神速。杨文也曾装作无意间问了黄渤，是否认识房胜。黄渤没敢承认认识，只是说，听说过此人，未曾谋面。

杨文本来别扭，听他这样说，不免疑惑起来。黄渤接到来信，丝毫不为之所动，当日听杨文一问，以为杨文已经知道送信一事，两人互相猜疑。

唐云在直沽以逸待劳，探马来报，敌兵在离城二十里处扎营。唐云升帐，与众将商议。大家都准备趁立足未稳杀他一阵。宋贵不置可否，眼看着白晓。

白晓走过来，报职名。白晓，字天晓，建文元年北平举子，做幕宾参赞军事，白身。宋贵让他讲，白晓扬起头道："敌军虽远来疲惫，但途中并未遭败，士气正盛，且力求速战，我军正可坚守不出，坐老其师。"

还没等他把话讲完，唐云大喝："竖子，白身书生，敢妄谈军事，轰出去。"进来几个军士拉了出去。不一会儿，亲兵进来，走到唐云耳边要说话，唐云不耐烦地说："别嘀咕，大声点。"

亲兵道："白晓不出寨门，在门口骂大帅呢。"

唐云毫不在意的样子，问："骂本帅什么？"亲兵嗫嚅不敢讲，唐云笑道："是他骂的，又不是你骂的。你说就是了。"

亲兵回道："他骂大帅浪得虚名，如夫人弃儿，反复无常的小人。"

宋贵脸都白了，他知道唐云是父亲和陪房丫鬟生的。丫鬟生下他后被收为妾，几年后离家出走，不知所终。唐云平时最忌恨的就是如夫人弃儿。看唐云的脸在扭曲，花白的胡须在抖动，大手上青筋暴起，大喊一声："把他捉进来！"大帐里众将惊呆了，噤若寒蝉。

亲兵们把白晓押进来，已被打了一顿，脸上青一块紫一块。唐云道："把他拉到大帐旁，一刀一刀剐死，本帅要亲眼看见。"

宋贵醒过神来，道："大帅一向爱兵如子，以仁治军，今天白晓冒犯虎威，罪不至死。望大帅息怒，饶他性命，赶出军营就是。"说完跪下。

唐云看到宋贵犹如火上浇油，大喝道："宋贵，你一向治军严谨，营里如何有此货色？今天这匹夫辱我，本帅必杀之，有敢再谏者，同斩。"众将噤若寒蝉。

宋贵也不起来，连磕几个头，咚咚有声，额头上已经见红。众将也都跪下，求放他一命。唐云一看，知道斩不成了，恨意难消："饶他一条狗命，打他八十军棍。"

军中行刑队上来几个彪形大汉，如狼似虎地拖了出去，白晓骂声不绝。棍棒声和惨叫声传进大帐。

宋贵听了一会儿，心惊肉跳，又跪下求情："大帅，八十军棍也会要这书生命的，大帅开恩哪。"最后打了四十军棍，被亲兵拖着扔出了寨门，一步一挪地走回了直沽。市井之人争相围观，白晓嘴中恨骂不绝，也没敢回家，在市井中游荡。晚上，在一家客栈中偷了一匹马，趁城门未关，逃到了杨文军营。

第四十三回

▼

苦肉计秀才破辽兵　五味心燕王祭祖陵

杨文得报，一个浑身是血的人求见，进来后是一个三十多岁的青年人，衣服已烂，仍能看出是举子服饰。杨文满腹狐疑。白晓把过程简单地叙述一遍。杨文让验伤，棒伤。

杨文哂笑道："你既是谋士，必得宋贵重用。这样的苦肉计，三岁小儿也识得。"

白晓道："大人差矣，苦肉计重在一个计字，今天大人无须问计于我。只求大人两件事，第一件，唐云匹夫，辱没斯文，大人攻下直沽，把他交给小生；第二件事，我白家大族，请将军不要妄杀，设法保全。"

杨文哈哈大笑："谅你一书生，闯我大营，寸功未有，却提了两个条件，你的脸皮够厚。你说得对，本帅不问计于你，你也难施苦肉计。但你探明我军情回报贼军，岂不坏我大事。本帅一向敬重读书人，但不得不杀你。来人，推下去斩首。"

白晓嗷嗷大叫："横竖也是一死，大帅何不关我几日，攻下城池，是杀是留悉听尊便，小生还能长上翅膀飞回去吗？但你不问我计，必会后悔。"手下也都求情，说关几天放掉吧。

杨文下令把他关在后营。这时探子来报，把白晓发生的事告诉了杨文。杨文想到了他走时的那句话，你不问我必定后悔，喊道："快把那酸举子押来。"

白晓身上没有一块好地方，动一动痛彻心腑。杨文问他："你刚才说的话什么意思？"白晓道："不知大帅问小生哪句话？大帅不是怕苦肉计吗？可笑大帅戎马半生，做到都司大帅，却怕我区区一书生，且不知将有大难。"

杨文道："你实话实说，本帅便放你。"

"刚才小生的两个条件，如果答应，我就讲。"杨文点头。白晓道："久闻大帅信义之人，断不会失信于我。现已入更，唐云匹夫定下计策，趁贵军立足未稳，二更吃饭，三更出发，人衔枚、马摘铃来偷营，扰你军心。"

杨文信了。他也一直在考虑此事。这事没必要撒谎，一会儿就见分晓。遂找来军医，给白晓治伤。杨文分拨兵马，以防燕军偷袭。

快到四更天，燕军果然偷袭。辽军早有准备，一声炮响，伏兵杀出。燕军退兵，死伤几百人。杨文回到大帐，白晓已换上干净的衣服。

已过酉正，杨文给白晓安排酒食，白晓请辞："如果贼兵知道学生在此，定会杀小生家人。如今他们不知我在何处，但夜来偷营，被大帅伏击，知是有人泄密，自然会想到学生。小生速回直沽，就说不敢回家，免得家人难过。大人放我，就是救了小生家人。大人功德不浅，定有福报。"

杨文答应放他，亲兵已拿来头罩。白晓放心了。杨文道："先生冒险相告，本帅感谢，城破定护先生全族。但先生久在军中，参赞军事，有何事教我，日后定当厚报。"

白晓都已走了几步，停了下来："大帅有所不知，我白家几代人经商，小生考了四次，才考了举人。家里能立旗杆①，也算祖宗有德。进了两次春闱也无望进士，到军营只想弄个前程。"

杨文明白白晓的意思，说："只要是值得，本帅愿保你一官半职。先说何事。"

白晓道："粮草之事够大乎？"

杨文听后，心下大惊，道："某保你六品武备实职。"

---

① 中举后吃过鹿鸣宴，家里立旗杆以彰显荣耀。

　　白晓道："空口无凭，须鉴名用印，否则日后大人高升，侯门似海，哪里找得到大帅。"杨文和众将都笑了。

　　杨文亲自手书，鉴字，用印，吹干递给白晓，白晓叫屏退左右，道："贼军粮秣，尽屯于南堡，直沽附近州县尽从此处调拨，足有二十万石。但守卫极严，一万多人防守。"

　　杨文大喜，给白晓戴上头罩，催道："先生快请回，若贼兵知你来我营，定当再派兵守卫粮草。"把白晓送出去，把马牵来，白晓骑上马泼风似的赶回直沽。

　　杨文调兵遣将，让指挥王风打前站，带一万兵马，备好引火之物。自己亲率兵马三万跟进，命指挥金事侯悦带一万兵接应。分拨已定，派人告知黄渤，守住大寨。黄渤接到命令，大惊，马上派人追赶杨文，已去远了，叹口气作罢。

　　杨文行了两日，傍晚到达南堡，早有探马报告南堡粮仓的位置。杨文下令距南堡十里外扎下大营，告诉二更出发急行军，三更赶到。四万军马深夜不举火把，轻装前进。走到半路，一声炮响，伏兵四面杀出。

　　杨文情知中了白晓苦肉计，暗自叫苦不迭，下令撤退，但为时已晚。辽东军慌作一团，燕军如砍瓜切菜般斩首两万多人，降者万余，大败亏输。杨文幸得侯悦接应撤回大营，清点人马，折了三万多人马，王风阵亡。杨文伤悼不已。

　　唐云大营，喜气洋洋，杀猪宰牛，犒赏三军。唐云升帐，众将方知行苦肉之计。

　　唐云当天到直沽后，就单独约见了白晓。白晓献此计，唐云就把自己的家世告诉了他，为获信任，先折了一阵，终获大捷。

　　宋贵道："大帅瞒得众人好苦，连我也一并瞒着。白晓，你见到大帅，有了高枝，想甩我们。"大家都笑了。

　　唐云道："和敌军对阵，近在咫尺之间，往来细作极多，如不真演，必有泄露，不但计不成，还会白白赔上白晓性命。老宋呀，你慧眼识英才，我定在殿下前保举你。"

一声老宋，叫得宋贵舒坦，刚刚的不快烟消云散了，说："谢大帅，怎么赏白晓，还望大帅成全。"

唐云道："不消说了，战报已拟好，白晓给杨文要六品前程，我申报世子爷和殿下，给你一个武官五品的前程。"白晓跪下叩头，这四十军棍值了。

五天后，唐云率众在潮白河南岸列好阵势，辽东军十几万，而此时燕军加在一起，在直沽的兵力也不到四万。但前几天斩杀辽东军数万人，现已不足十万，且军士胆寒。唐云知道是黄渤率军，喊黄渤答话。

黄渤带领亲兵、旗牌军在营中策马而出，看唐云一人一骑在桥南站着，让士兵射住阵脚，拍马到桥上，立马欠身。两人互打招呼，唐云道："黄将军，你我神交已久，今日有幸相见，却不想是这样景况，世事无常呀。"

黄渤道："久闻唐老将军大名，今有缘相见，正如老将军所言，世事无常，却要刀兵相见。"两人又交谈几句，各自回阵，两边军将早已按捺不住，只等号令，燕军却是鸣金收兵。辽东兵只好回营。

唐云回到大帐，众将不解，唐云也不解释。次日让宋贵西行四十里，绕到杨文营中，大杀一阵，而后撤回。宋贵依计而行。杨文心下狐疑，联想一件件事，觉得黄渤可疑，把黄渤唤来，责问道："本帅夜袭敌军粮秣，中计而返，黄将军为何按兵不动？"

黄渤道："禀大帅，大帅传命，末将已知去攻打南堡，怀疑中了贼兵之计，深恐诱末将去救大帅，深夜袭营，因此固守，未敢出战。"

杨文接问："既如此，前日与贼兵隔河而据，为何不战？本帅听军士报告，你和唐云老匹夫谈天说地，只是不曾厮杀，作何解释？还有，你与贼将房胜曾为同僚，为什么说不认识？"

黄渤很生气，大声说道："众将都在，大帅征战多年，熟读兵书，竟不识这是贼兵离间之计吗？他约我谈话，就是给大帅看的，让大帅及诸将疑我。末将若冲杀过去，必被伏兵所击。还有末将若说认识房胜，只怕大帅见疑。"

杨文道："本帅当然识此计策，故当面问你。那为何贼军夜来只攻辽中卫，而不击广宁卫？"

黄渤忍无可忍："大帅误堕贼兵苦肉计，损兵折将，不知自省，反疑末将。

末将定上奏本，参奏大帅。"

杨文也怒："既如此，本帅与你分兵，先到济南为头功。"于是分兵扎营，相隔五十多里。黄渤大营离房胜伏兵很近。

唐云得报，大喜，升帐道："本帅虑敌兵太多，寡不敌众，故离间杨文和黄渤，此乃房胜之计。现天幸成功，先击黄渤。宋贵，率兵两万绕过杨文大营，他知你用意，必不阻你，直趋黄渤。"

宋贵夜间绕过杨文大营，杨文真未阻止，路上遇见龙云的信兵，已经烧掉后队粮秣，龙将军和喇哈多会合。

宋贵率师于次日到达宁河，挥师直冲敌阵。广宁兵也不示弱，倚仗人多势众，又有各种火器，鼓噪而进。宋贵抵敌不住，且战且退，这时房胜率军杀到，宋贵挥师再战，广宁兵大败，丢下甲杖，退了四十里扎营。计点人马，折了万余。

房胜和宋贵合兵一处，也折损数千，仍率师出击。两军列阵，房胜出马，射给黄渤一封书信。过了一个时辰，黄渤派人下书，房胜展开，大致意思是也知道房胜是好意，杨文嫉贤妒能，两阵又都是大明军士，不愿厮杀，但不愿连累家人，他已命副将周黑子率师，明日两军对阵后佯败撤回广宁。

次日，黄渤列阵，两军射住阵脚，燕军中房胜拍马持刀出阵。黄渤披挂出阵，两人见礼。黄渤也不带武器，只是手握佩剑。房胜知其意，大喊："黄渤将军，莫做傻事。"话音未落，黄渤抽出佩剑，自刎了。周黑子也不厮杀，命令撤退，带几万人马和辎重回广宁了。

房胜为黄渤收尸，买棺椁，以二品官礼仪葬之。报信给唐云，大家嘘唏不已。唐云传檄各地，广宁兵后撤之时，如不扰民，不准邀击。

杨文知道黄渤自杀，众军已散，粮草被烧，有几分后悔，萌退意。当夜拔寨北归，刚走不到十里，被燕军拦住。现在两方兵力相当，但燕军士气正炽，辽东军毫无斗志，夺路北逃。唐云挥师出击，追击二十多里。唐云兵将杀上来，几处夹击，竖起降牌，投降免死，送归辽东。辽东兵纷纷弃甲投降。

杨文看大势已去，落荒而逃，宋贵紧追不舍，战不几合，被宋贵生擒活捉。唐云大赏三军，让众将各回本阵，他带本部兵马和俘获将领加上白晓返回北平。

军报还没到朱棣军营，探哨已经侦探明白。大家都松了一口气，朱棣此时也感到胜券在握了。他深知，这不但是军事上，在政治上也是极大的胜利。直隶以北大多数州县都望风而降，原来还摇摆不定，作壁上观的武将们有的也降了燕王。

燕王几乎没遇到什么大的抵抗，势如破竹，所向披靡。燕王率师到达泗州，泗州不战而降，这是朱棣祖陵所在。朱棣让李让写祭文，亲往拜祭。众将随同前往。知州周景初发动父老携带酒肉劳军、祭祖。

燕王朝祖陵拜了四拜，眼泪横流，边哭边读。大意是幼冲当政，信任奸宄，兄弟骨肉，横罹残祸，身为藩王，几不能免。奉天靖难，清侧保民，幸赖祖宗庇佑，得今日拜陵下，尚折终相，以肃朝纲，皇天后土，可鉴吾心。哭拜于地，众人都受感染，哭成一片。朱棣又给父老施一礼，告辞回去了。

朝廷命盛庸拒敌于淮河北岸，再各处募兵，天下勤王。盛庸是燕军惧怕的悍将，现马步兵还有六万多人，三千多只战船，几千只战舰陈列大河中。步兵列于南岸，声势浩大。大家都无计可施。朱棣一是想击溃他，二是垂涎战船，在大帐里与众人商议。

金忠道："王爷莫急，我军已到直隶腹地，京师旦夕可下。北平粮道畅通无阻，今到此地，南人习船，北人习马，家家有船，不必非走大桥。命一将向西行四十里，征发民船，渡过淮水。盛庸兵马有限，不可能布防整个河岸。这里做佯攻，以惑敌军，过河大军在背后击之，前后夹击，必大获全胜。"

众将皆赞同，纷纷请战。朱棣派朱能和丘福两员大将各率本部渡河。让王珉同去负责征船，再三叮咛，不能抢船，买或租用皆可。早已发布命令，有擅掠民间物事者斩。

两日后郑亨带兵往桥上冲杀，李远带领人划船杀向对岸。盛庸不甘示弱，顽强抵抗，矢下若雨，燕军瞬间被射杀上千。这时后面杀声顿起，朱能、丘福率师杀到，所向披靡，南军惊慌失措，迅速下船，扬起帆，向东逃去。有一半船被燕军夺去，还有南军在淮河放置的水底龙王炮^①，都被燕军所获。燕军乘势攻下盱眙县，在县郊扎下大营，休整并议下一步去处。

---

① 一种水雷。

第四十四回

▼

叱来使驸马复大义　定民心皇上罪己诏

北平也到了热季，虽是五月，但闰了三月，天气格外热。朱高燧率兵押回平安等人，朱高炽便让朱高燧去都司衙门署理，他也没有时间去闲扯荒唐了。

平安等被俘将领都关在牛街清真寺旁的一所宅院里。这所宅院曾经是张昺府宅，现空置。原打算用承相夹道的一处大宅子，朱高炽不同意，因为那里有枭司的监狱，容易让这些人反感。外面卫所驻军层层把守，外紧内松，里边服侍人员都是穿便装，有功夫在身的军卒。

世子带着枭司和北平府的一些官员去看望平安。这里住了十几位三品以上的将领，其他人在东直门贡院里暂住。世子进府时，平安正站在亭子中纳凉。天气虽然很热，但他衣服穿得纹丝不乱，其他几个人在观看两人下棋。因有一人悔棋，两人争持起来，观战者也加入战团。下棋的是都司同知徐真和都指挥王贵。

世子摇头暗笑，这些丘八也懂棋艺。卜义大喊一声："世子到。"人们往这边看了一下，没搭理，继续下棋。卜义又喊："世子到。"世子摆摆手，让其他人留下，带着薛苤、卜义走进亭子。

黄直担心有事，朱高炽摇摇头，意思是没问题，在亭子中有四个仆人伺候着，其实都是挑选的有武艺的军士，还有薛苤、卜义都是武人，带着他俩走进去。

平安和世子相识，站了起来，拱手作揖。朱高炽身子趋行几步，要跪下去，被平安一把扶住，下棋人都愣在那里。世子高声道："侄儿见过伯父。"按辈分，是至亲，平安是朱元璋养子。

平安道："过来见过世子爷。"几人过来见礼，朱高炽已落座，虚扶一下，大家落座。

平安道："世子爷，罪臣等到此旬日，不知殿下如何处置？今天世子爷到此，定有说法。是把我等送回京师，还是就地正法？"说话有力，掷地有声，言外之意，把他送回京师，不然就杀了他。别想让他投降。

朱高炽笑道："各位将军，几乎都是随高祖、父王出兵放马的，也都是看着本座长大的，都是本座之长辈。拘于国礼，不能向各位将军行礼，然从内心之中实实敬佩各位。窃以为大江南北，莫不是我大明疆土，各位将军莫不是大明壮士，本座不会劝各位将军归顺父王。诸位都知道，父王此番南征，也是不得已也。待剿尽奸宄，恢复祖制，救出我各位王叔，或回北就藩，或行周公辅成王，凭当今圣上裁决。各位将军也深知父王虎威，被其俘获，并不辱没各位。待战事结束，各位还得重新持戈披甲，戍边保民，同享太平。"

众位将军在京师都听说他能干，办差极用心。如此困境，能使饷道不绝，实在难得。今日这番话，拉家常一样，诚恳实在，不掺杂一点官腔。

平安道："世子爷虽如此说，被殿下所擒，我等并无辱没。但自古忠臣不事二主，今番到此地步，有何面目见当今圣上。"

朱高炽道："世伯此言谬也，非是本座有心驳你，怎么会是二主？明明是家里之事。请看下面一干官员，哪个不是皇祖父官员，哪个不曾效命于朝廷，这才是真的忠臣。"

下面的人有许多认识平安等人，都朝亭子鞠躬施礼。

"各位将军，"世子接着讲，"暂且在此忍耐几日，为了各位安全，父王来信叮嘱再三，怕有奸人作祟，刺杀你等，只好委屈大人们了，有什么需要，只管吩咐他们，辽东兵到了直沽被宋贵、唐云打回辽东。现在父王大军已过淮河。所到之处几乎兵不血刃，各州县无不箪食壶浆以迎王师。不多时日，可入京师剪除奸宄，各位将军就可重新当差。"

不显山，不露水，把这十几员大将的侥幸之心说到九霄云外了。世子说完，告辞回府。

此时朝廷也在设法御敌。燕军攻占盱眙直趋扬州，沿途州县闻风而降。朝廷命盛庸加强长江防线。令扬州卫指挥王刚固守城池，急派监察御史王彬前去督战。王彬带着指挥同知姚辉率兵一万到达扬州。其中亲兵队长叫郑力，力能拔鼎，武艺高强，万人难敌。有人密报，王刚欲降贼军，王彬派人逮系下狱，查证解往京师。

燕王派亲兵队的胡纲带着他的亲笔信去找王刚的弟弟王强，并许诺抓住王彬者授实职三品，世袭罔替。王强与胡纲相熟，高官诱惑，且救兄心切。与心腹密议，想捉王彬，再引出郑力，擒而杀之。

郑力所依仗的，就是双锤，王强买通郑力的两个亲兵，并许诺事成之后，赏给八品，两人趁郑力睡熟盗得双锤，门口有人策应，骑上马大喊："锤来了。"惊动郑力，也来不及披挂，边喊牵马，边向门口跑去，追出几十步远，还未及上马，被躲在暗处的胡纲一箭射中面门，又连发三箭，倒地毙命。

胡纲是有名的神箭手，陪王爷射柳，无人能出其右。王强带人冲进衙门，正遇见王彬出衙，立即绑缚，开门迎降，救出王刚，仍做扬州卫指挥。王强随在营中，封为卫指挥佥事，待攻下南京，再授官职。王彬、姚辉骂声不绝，被燕军斩杀。

朱棣记胡纲一大功，并派回北平报信，擢升他为北平按察副使，办完北平差事仍回大营。朝廷令守淮安的宁国公主驸马梅殷派师协防大江。梅殷是太祖高皇帝最钟爱的驸马，博学多谋，深谙兵法，且人品贵重，对朝廷忠心不贰，是高祖托孤重臣。

他率兵镇守淮安，朝廷认为，燕军拿下灵璧后，一定取道淮安，趋向南下。事情也确是如此，但朱棣获悉守淮安的是这个妹夫，不敢强攻，写信给梅殷，口称皇族至亲，骨肉兄弟，久未趋京师，今欲取道淮安，进香京师，以全孝子之心。

梅殷回信："大兄虽吾至亲骨肉，然皇考有令，藩王禁止进京，今率师数十万，屯兵直隶，朝野震动，皇陵不安。此番作为，不惟不忠，且不孝也。”

朱棣收到回信，十分震怒，下令攻打淮安。

金忠谏阻道：“王爷不可，王爷熟读兵书，岂能忘《谋攻篇》？‘上兵伐谋，其次伐交，其次伐兵，其下攻城。将不胜其忿而蚁附之，杀士三分一而城不拔者，此攻之实也。’”

朱棣谢曰：“世忠提醒，险些误事，那我们如何谋划？”

金忠道：“坚持避强就弱。梅殷，儒将也，派人再去送信，而我军直趋淮河。”

朱棣又写信给梅殷：今兴兵至此，只为清君侧恶，天命有归，非人力所能阻也，望思亲之义，勿固执己愿，他日恐难相见。这已经是赤裸裸地威胁。

梅殷命人割掉使者耳鼻，告诉他：“回去告诉你家王爷，这是让他知道何谓君臣大义。”

燕王拿他没办法，只有走武桥过泗州，攻扬州。扬州即下，而后顺江而下，高邮、通州、泰州、江都不战而降。郑亨带人攻下仪真，和高姿隔江相望，整备舟师，准备渡江。

燕兵在江北地区扎营，绵延数十里，旌旗蔽日，甲杖鲜明，大江舟师往来训练水战。京城已经乱作一团。大臣们惶惶不可终日。这些饱学之士，空有满腹经纶，身处绝境，无计可施。有的请求外出募兵。这些口口声声把忠君爱国挂在嘴上的大臣，在国难时各怀心腹事。他们借口外出募兵，一旦城门被破，燕王主掌社稷，自然还做自己的官。不在京师，没同燕王接仗。这些勾当皇上也都清楚得很，只是没有办法约束。树倒猢狲散，这道理他当然晓得。

只有方孝孺每每在帝侧，呕心沥血，谋划防守。他奏对：第一，先把附近还未被占领的州县，下旨率兵进京勤王，一是增加京城防守，二来也是怕降燕，无疑又给燕军增加实力；第二，命盛庸、舟山水师都督陈瑄在浦子口、高姿港一带布防，临近北岸多放置龙王炮；三是请求皇上下罪己诏，以便各省来京勤王。

这几个办法不可谓不周密，这样京师有兵二十多万，即使攻破长江防线，攻城也需时日。那时天下勤王之兵到达，内外夹击，驸马都尉梅殷切断燕军归路，朱棣无能为矣。朱允炆和大臣们都觉得是好计。

于是皇上发布自登基以来的第二份罪己诏：奉天承运皇帝，诏曰，朕钦奉皇祖宝命，嗣奉上下神祇，燕人无道，擅动干戈，屠害百姓，屡兴大兵致讨。近者诸将失利，寇兵侵淮，意在渡江犯阙，以遣将北征，意在扫除。尔四方都司、布政司、按察司及诸府卫文武之臣，闻国有急，各思奋其忠勇，率忠义之士，壮勇之人，赴阙勤王，以平寇难，以成大功，以扶持宗社。呜呼，朕不德而致寇，固不足言，然我臣子岂肯弃朕而不顾乎？各尽乃心，以平其难，则封赏之贵，论功而行，朕无所吝，故兹诏谕，以体至怀。

文武大臣看到这篇罪己诏，更是无所适从，跑得更快了。

燕王朱棣也读到了罪己诏，根本不作理论。他把船收拢在一起，挥师浦子口，浦子口和南岸的下关港隔江相望。都指挥吴用率师到达瓜州，朱能、郑亨陆路进攻，丘福、张辅镇守仪征；朱高煦率朵颜骑兵策应；朱棣率中军；张昶、王珉率督战队保护帅旗。朱棣已晓得是盛庸的主力屯兵浦子口，进兵时有些犹豫，这一犹豫几乎造成灭顶之灾。

吴用碰到盛庸，北人不习舟楫，瞬间被打破舟师队形。陆上，南军部队看到了燕军怯意，鼓噪前行，刹那间矢下如雨，燕军败退，王珉督战队杀几名后退军卒，丝毫阻挡不住。郑亨请求鸣金，千钧一发之时朱高煦带着脱鲁忽察尔蒙古骑兵杀入阵中，南军顿时大乱。

朱高煦让父王回中军，燕王道："我儿来得正是时候，南军无能为矣，你哥哥有病，你好好干，我只能靠你了。"

朱高煦受到鼓舞，立即率部投入战斗。朱能趁势反击，水路也压住阵脚。杀得盛庸丢盔弃甲，斩首万余，又缴获许多船，占领了浦子口。这样一看，过江是迟早的事。朱棣派金忠返回北平。

六月的北平，真像是下了火，唐云、房胜早已返回北平，各处军兵回归本镇。班师时，世子朱高炽和安阳郡王朱高燧亲自出齐化门迎接，大赏三军。

白晓到北平之后，和胡纲一起公务未归，未能迎接，金忠返回北平。马三保带兵随护，把北平文武官员四品以上召在王府谨身大殿议事。世子升座，众官见礼，金忠先读了写给众官的信：

大军已渡长江。天幸祖宗庇佑，众将用命，文武同心，乃有此胜。现正在打扫南京外围，而后攻城，索拿奸臣，恢复高祖旧制。最后勉励众官，在北京恪尽职守，勤谨办差，勠力同心，共享太平。

这封信是一剂强心良方，给北平的官员们一个美好的憧憬，而且就在眼前，已经看得见、摸得着了。世子又勉励几句，大家散去。

朱高炽、道衍、金忠三人留在右庑小书房，每次议事都在右庑书房。左庑各室是燕王所用，不在时也没有人擅自进去，右庑几室，燕王交代，他不在北平时由世子使用。

第四十五回

▼

对弈藩邸老友吐胆　饮马长江世子南行

朱高炽让卜义把冰盆换掉，让把各几上备好茶，每人斟上一盏，挥一挥手，把打扇子的、斟茶的全部屏去，问道："世忠先生，父王在大战之际，让先生亲返北平，必有要事嘱我。"

金忠道："世子爷天资过人，果然不同凡响。下官受王爷所托，有几件事亲报世子爷和大师。第一件事，京师旦夕可下，可让王妃娘娘暗作准备，不日即赴京师，王爷特意叮嘱下官，只让王府作准备，不准走漏风声。"

世子明白，后面强调的这句话是给自己听的，朱高煦就在军中，朱高燧接回唐云，交接完毕，押着新打造的羽箭和办案的黄金细软亲往济宁。娘娘一旦启程，两位郡王府只做简单准备即可南下，南下京师不包括自己。

金忠接着说："第二，下官交代过此事，明日即返回大营，请世子爷和大师把北平各府州县、各郡、卫所有功之人誊写详细，交于下官，过几天王爷也会送来一份功劳簿，一同参详；第三，王爷给大师的信中定会提到，就是上次大师所讲有关当今幼主之事，王爷这几日颇为踌躇，请大师信中告知王爷；第四，最近一段时间北平不用再发大营粮饷，济宁有足够的储备。大营中基本不用北送的粮草，已能就地解决，尤其金银，北平得有足够储备；第五件事，临行前王爷又交代臣一句，要二位定要加强戒备，以防贼人暗算。世子爷，大师，这几条确是王爷与下官亲嘱，并无第三人在场。"

道衍听到最后一句话，愣了一下，随即恢复常态。这句话看似有几分多余，实际是金忠与他道衍有了猜忌，他说："阿弥陀佛，王爷智虑周详，非我等所能项背。百战疆场，战必胜，攻必取，对后方之事，也能谋划到如此细致，令人佩服。世忠与王爷之间，我等与之君臣际会，可谓剖肝沥胆，心气同一。老衲山野闲散之人，处身化外，虽有所谋，然十不中一，正所谓愚者千虑，必有一得耳。和王爷相比，实觉汗颜。"说完啜口茶，两人等他说话，看他只微笑着看着两人。

世子听出两人弦外之音，无法接言，装作糊涂，向自己的茶盅里倒茶。金忠知道自己语言唐突，这秃驴口称化外之人，却丝毫不让过，遂道："大师所言极是，请大师教我，回军营禀告大王。"

道衍说："世忠，老衲对当今幼主之事，在信中已与王爷交谈，想必你也看过。纵观历史，没有活下来的废天子，幼主博古通今，定会晓得这个道理。倘如此，务必以帝王礼制而葬之。"

这算是明说了。幼主一定会自杀殉国。金忠道："果真如此，倒少费了好多周折。然事情往往不遂人愿，奈何？"

朱高炽道："大师、金大人，幼主并无大过，只是奸人蛊惑，望金大人劝谏父王，一如所说，效周公辅成王，必留千古佳话。"

道衍说："世子爷仁德，老衲明白，事情到了如此地步，也不可能如当初所想。世子爷博学，历朝历代，托孤重臣，能有几人善终？况当今名为幼主，论年龄，还要长世子爷两岁，岂能甘心做成王？若有机会，危及王爷、世子爷几代不得宁日矣。老衲还是那句话，自古无活着的废天子，世子爷应当明白，活下来就会兴风作浪，扰乱朝纲，遗祸百姓。"

朱高炽明白，一旦城破，朱允炆断无生存之理。他看了一眼大师，手捻佛珠，高呼佛号，口称化外之人。他没有接言，先去宫里说与母妃，暗作准备。

屋里只剩下道衍和金忠，两人走到棋枰前。道衍知道金忠看到了胜利，有些发飘。其实道衍最担心的就是这样。道衍手拈棋子，首先开口："世忠，你我布衣之交，无话不谈，上次你我倾心吐胆，就在此室。转眼已过去两年，还有如昨日。今老衲有一问，请世忠教我。请问王爷何许人也？你当然明白老衲所问。"

金忠捻棋子的手悬在空中，愕然注视着大师，似乎不认识。沉吟一会儿，道："正如大师所言，王爷英姿华表，虎步龙骧，日角插天，髯长及腹，乃帝王之相。难道大师忘了？"

道衍点点头说："不错，此话确是老衲所讲。但还有一面，世忠请想，王爷鹰隼长耳，嘴角左斜，双目外挑，是也不是？"大师看金忠在点头，接着说道："世忠以善卜而入军营，因多谋而参襄军机。这样面相之人，世忠应比老僧明白。有此面相者，只能共患难，不能共享乐。此话对否？"

金忠大吃一惊，放下棋子，起身离座，躬身道："大师对世忠无话不谈，世忠却疑大师。世忠不及大师多矣，望大师不吝赐教。"

道衍说："世忠请坐，老衲自幼习学，遍游各地，后得遇王爷，可谓如鱼得水，尽展平生所学。世忠与老衲极其相似，殚精竭虑，辅佐王爷，大功告成，你我也该考虑后路了。"

金忠何等聪明之人，已明白大师的意思，他原以为大功即将告成，可享富贵太平。

道衍接着说："王爷此次攻克南京，幼主必将逃离京城或自行了断。几日前老衲看天象，五纬于东南，犯及恒星，积星北移犯紫微。世忠可以看，紫微群星中最亮的已黯淡无光。王爷定会登基，也会大赏群臣，文武百官，或出谋划策，或镇守一方，或斩将搴旗，或不绝饷道，都赏之有名。而你我二人，虽殚精竭虑，却是阴谋之计。天子磊落正大，命系于天，行的是光明大道，岂能用阴事助之？"

金忠听罢，如醍醐灌顶，拱手道："大师，果真如此，你我如何处置？请大师教我。"

道衍说："老衲本是方外之人，富贵如浮云耳。而世忠是世俗中人，王爷定会加官封爵。老僧听说，近两年贵府也使奴驱仆，存了富贵气象？"

金世忠听出了大师的揶揄，赶紧离座，跪下道："大师明鉴，这两年，王爷、世子爷赏赐颇厚。学生入繁华场，迷了心性，忘记当初固守信条。大师一席话，世忠如醍醐灌顶。王爷一旦登基，必不容我等。弟子祸不远矣，大师救我！"连连叩头。

道衍说："世忠，你我情同手足，敢不实言相告？袁珙已久不露面，袁忠彻随大王南下，病倒于扬州。此真乎？伪乎？不得而知。老衲在王妃娘娘启程之前，必给王爷去信，依然做庆寿寺住持，终老天年。无论王爷如何强迫，定不接受爵禄。世忠以为如何？"

金忠已被大师扶起，拱手道："谢大师指点迷津，待学生告辞回府，遣散奴仆，散尽家资，与拙荆共守清贫。明日归营，已知如何应对。大师，你我至交，再不言谢。以前的金世忠已然回归。"说罢告辞。走到门口看到世子，见礼辞去。

世子走了进来，冰盆已化去许多，让人换过。看大师偌大的袈裟穿在身上纹丝不乱，也看不出像热的样子。大师看他走了进来欠欠身，世子赶快说请坐。两人名为君臣，实为师生。

道衍试探着问："在外面听到了一些，有何感触？"

世子不敢撒谎，后面的确听到一些。一是他最敬重大师，二是父王很快到达南京，也许会面南践祚。家里之事世子心里没底，全仗大师，笑道："听到一些。大师身在繁华尘世，怎能脱俗？况父王并非量浅之人，但请大师放心。"自己说的话自己都不信。

道衍说："世子爷说得是，贫僧自知国有国法，佛有佛法。佛法有六名，善说，现报，无时，能将，来尝，自知。善说者，如实而说，不打诳语；来尝者，自身证悟；自知者，自能信解……行道几十年，以这十二字修证自身，自觉无过越之礼。世子爷虽与王爷骨肉至亲，然老衲自知如何去做，能使父慈子孝。"

朱高炽站了起来，拱手道："大师，学生唐突了。自与大师相识，已近十载，大师时时不忘教诲，处处不忘维护。学生虽然鲁钝，也知好坏。现今父王已近功成，不日攻克南京，学生有些心结难以解开，请大师点拨。"

道衍说："世子爷但说无妨，贫僧定知无不言。"

朱高炽道："大师，几年来学生的一件件事没有一件能瞒过大师。有人在暗中针对学生，做各种各样动作，大师你我心知肚明，但此事不能公之于世。然朝廷离间信之后，大多数人已然明白家中尴尬之事。现今众将驰骋疆场，冒矢石，立战功，而学生身有残疾，又无缚鸡之力，能有何为？若父王登基，必立太子，而学生……大师能明白我心，学生就不多说了。"说完眼泪流了下来。

大师心里不免冷笑。世子口口声声劝谏父王不要废掉天子，可见心口不一。他明白世子所说的，当然是和二弟之间。他久在府中走动，深知个中原委，道："贫僧万没想到世子爷如此剖心相告。世子爷所虑极是，王爷登基，迟早之事。世子爷目前只是做好自己分内之事。王爷亦非常之人，只望世子爷不忘初心，用心办差，百官自有话说。"

世子一直在找这样的机会，今天既然已经挑明，也无所顾忌。他心里清楚，想要自保，凭一己之力绝难做到。他靠大师这棵大树，一靠到底。他说："大师明鉴，自靖难以来，镇守北平，承大师和众官相助，并无大的差池。只是总感觉暗中有阻力，有时也心灰意冷，但想父王披坚执锐，亲冒矢石，学生这点委屈又算什么。"

有关世子之事道衍也和燕王探讨了几回，也看出燕王更喜欢朱高煦。说实话，朱高煦不论相貌和武艺，确实最像朱棣，但道衍知道，朱高煦内心阴暗，生性残暴，王爷登基，一旦立其为太子，世子一家就算完结。更何况纵观历史，有活着的废长子乎？但是道衍深知易理，君不密失其国，臣不密失其家。王爷的密谈只字不能露出，他非常同情世子，这次遵化之事，捅了天了。

道衍已经知道，黄俨已经把密信给了军中的朱高煦。说不定朱高燧也派人告诉了二哥，而恰恰押解至军中的黄金正是原应该属于他们的。道衍和世子其实是为了保全他们，但他们却认为世子心狠手辣，斩尽杀绝，他们兄弟更不留情，事后把遵化两巡检司吏员、兵丁和家人尽皆屠戮，一把火烧个干净，借以栽赃给世子，而世子还蒙在鼓里，有几次道衍想提点世子一下，最后还是忍住了。

道衍没敢给燕王去信，只能等见面再谈。看这情形，见面之日，遥遥无期，遂道："世子爷仁孝，人人皆知，老衲讲不改初心，就是你讲的这意思，不论别人怎么做，你只做好人子和臣子之事即可。有人锋芒毕露，有人声色内敛。世子爷读过《道德经》吧？其中一句话，请世子爷谨记，'江海能为百谷之王者，以其善下之'，至柔者克至刚者也。"

朱高炽点头，默念一遍，郑重谢过道衍。

就在金忠走后的第六天，燕王的亲笔信到了北平，是写给道衍的，令着人护送王妃娘娘去大营，由唐云亲自护送。

信中谈了京师情况，幼主朱允炆派李景隆和谷王、安王一起出城讲和，许诺划江而治，已被严词拒绝。京师四周在坚壁清野，让城外居民拆毁房屋，把木料等物运往城里，以恐资敌。京师外围大火连日不息，甚是痛惜。宫里中人穿梭般地出城，向燕军通报朝廷动向，李景隆也暗示他会迎接燕王之师。进城只在旦夕，并让大师随唐云一起南下。

最后令世子见信后轻装简从，火速进京。